LE TESTAMENT DE SHERLOCK HOLMES

DU MÊME AUTEUR

Romans
La Ville monstre, Éditions du Rocher, 2007.
L'Ipotrak noir, E/dite, 2004.

Nouvelle
« L'incroyable défi du professeur Borkoff », in *Sherlock Holmes dans tous ses états*, Rivages/noir, 2007.

Jeunesse
Papa ?, E/dite, 2004.

Essais
Jazz et polar, Éditions Laurent Debarre, 2007.
Hergé & le 7ème Art, Éditions MacGuffin, 2007.
Hergé, la bibliothèque imaginaire, Éditions MacGuffin, 2006.
Tintin au pays du polar, Éditions MacGuffin, 2005.
Tintin à Baker Street, Éditions MacGuffin, 2005.
Jules Verne et Hergé, d'un mythe à l'autre, Éditions MacGuffin, 2005.

BOB GARCIA

LE TESTAMENT DE SHERLOCK HOLMES

Roman

éditions du
ROCHER

ISBN : 2 268 05319 9

À Flore, Éléonore et Philémon.

À la mémoire de Jeremy Brett.

1

J'étais assis devant la cheminée du petit appartement de Baker Street, en proie à une immense mélancolie. À côté de moi, le fauteuil de Sherlock Holmes demeurerait à tout jamais vide. D'épais nuages noirs endeuillaient Londres. La rumeur sourde de la rue me parut macabre comme une procession funèbre. Je restais seul, la gorge serrée, assailli par mes souvenirs.

La terrible nouvelle était tombée dans la nuit. Pas un quotidien, pas une gazette qui ne rendît hommage à mon compagnon. Les célébrités du moment, profitant des feux de l'actualité, évoquaient leur connivence passée avec le génial détective et s'associaient à la peine de ses « proches ». Les chimistes, les criminologues, les scientifiques de tous bords reconnaissaient ses talents et saluaient les contributions majeures de l'autodidacte inspiré. Jamais Sherlock Holmes n'avait recueilli autant d'éloges et de témoignages d'amitié de son vivant.

Mais moi, le docteur John H. Watson, je savais que peu de gens pouvaient se prévaloir d'une véritable intimité avec lui. À combien d'amis fidèles allait-il manquer ? Du côté de sa famille, il n'y avait pas grand-chose à attendre. Je ne lui connaissais qu'un frère, Mycroft, aussi dénué de chaleur humaine et de sentiments que pouvait l'être mon regretté camarade.

Déjà, les spéculations allaient bon train sur les causes exactes de sa mort. Pour les uns, il était tombé à la tâche, en véritable martyr de la science. Pour d'autres, la drogue avait eu raison de sa santé.

La presse s'empara de l'événement pour échafauder d'invraisemblables scénarios. L'imagination des journalistes était sans bornes.

J'appris ainsi successivement et de source sûre que Sherlock Holmes avait péri dans une baignoire remplie d'acide chlorhydrique en testant une combinaison de son invention, puis, dans des versions plus bucoliques, qu'il avait succombé à des piqûres d'abeilles dans l'exercice de sa passion, qu'il s'était brisé la nuque en tombant d'une échelle, lors d'une périlleuse cueillette de cerises, ou encore, qu'il s'était étouffé en avalant un noyau de pêche. Une revue pour jeunes filles romantiques assura qu'il avait, malgré son âge avancé, succombé à un chagrin d'amour, tandis qu'un journal à sensation affirmait qu'il était mort d'une crise cardiaque en découvrant que le professeur Moriarty était son demi-frère. Pour les plus optimistes, enfin, il était encore en vie. Il est vrai que le cadavre de Holmes n'avait pas été formellement identifié. On avait bien retrouvé une chose gélatineuse qui marinait dans le bain d'acide au fond de sa cave. Mais cela n'avait qu'un rapport très lointain avec un être humain.

Comme si cela ne suffisait pas, on mit mes écrits en doute ! Un quotidien en mal de lecteurs soutint, « preuves à l'appui », que Sherlock Holmes n'avait jamais existé et que sa mort était une invention de plus due à l'imagination fertile de son soi-disant biographe. Un autre encore reconnaissait que Sherlock Holmes n'était pas un mythe, mais me reprocha d'avoir passé sous silence ses nombreux échecs. En réalité, mon camarade n'avait connu que fort peu de défaillances et il m'était arrivé de les relater au même titre que ses réussites.

J'avais ma conscience pour moi. Je m'étais appliqué, tout au long de ma vie, à raconter avec le même souci du détail toutes les aventures de mon illustre ami. À une exception près, cependant. Holmes ne m'avait pas permis de publier une série d'affaires macabres que j'avais compilées dans un recueil provisoirement intitulé : « Terreur sur Londres. » En effet, mon ami m'avait demandé l'autorisation de conserver un temps mes écrits afin d'y ajouter quelques précisions. J'avais bien entendu accédé à sa requête, que j'estimais fort légitime, mais ne revis plus jamais mon manuscrit. À ce détail près, je revendiquais le titre d'hagiographe officiel et exhaustif du célèbre détective Sherlock Holmes.

Quant aux raisons de sa mort, je n'y voyais pas grand mystère. Pour moi, c'était clair : Sherlock était mort d'ennui. Ayant depuis des années cessé d'exercer son curieux métier, mon camarade vivait reclus dans sa résidence de campagne et sortait peu de chez lui. Il est vrai que son état de santé s'aggravait, et que, malgré mes mises en garde répétées, il continuait de s'adonner à ses drogues favorites. Je ne lui avais rendu visite qu'une seule fois dans sa retraite, bien des années après notre séparation. Cette ultime entrevue avait été tellement douloureuse que, aujourd'hui encore, il m'est pénible de l'évoquer.

Ces réflexions occupaient mon esprit quand le tintement lointain de la sonnette au rez-de-chaussée me ramena à l'instant présent. Mme Hudson n'était certainement plus aussi alerte qu'autrefois ; quelques instants plus tard, claudiquant et soufflant, elle vint m'apporter un pli.

Je lus :

« Cher docteur Watson,

Notre regretté ami, M. Sherlock Holmes, m'a chargé de vous convier à la lecture de son testament. Soyez, je vous prie, dans mon bureau à 10 heures très précises demain matin. La date et l'heure ont été fixées par M. Holmes lui-même.

Maître William Holborne, notaire, 23, Lincoln's Inn Street. »

Cette invitation d'outre-tombe me réchauffa le cœur. En me convoquant à la lecture de son testament, mon ami me signifiait qu'il ne m'avait pas oublié, malgré les conditions dramatiques dans lesquelles nous nous étions quittés.

Je ne parvins à m'endormir que tard dans la nuit, en proie à une extraordinaire excitation. J'ignorais encore que Sherlock Holmes allait m'entraîner dans la plus incroyable aventure qu'il m'eût été donné de vivre.

2

Le fiacre gagna Chancery Lane et me déposa à l'entrée du grand square auquel on avait donné le nom de Lincoln's Inn Field. L'endroit n'avait guère changé. Son silence apaisant contrastait avec le vacarme des rues environnantes. Cet espace, miraculeusement préservé au fil des années, me faisait penser à un jardin de monastère. Un hall ancien d'une grande majesté occupait l'un de ses côtés ; et les autres constructions basses qui l'entouraient abritaient des études d'avoués et de notaires et des cabinets d'avocats, à la réputation fort ancienne dans la capitale. Dans un angle du square, un vaste escalier de marbre menait à l'étude de notre vieil ami, maître William Holborne.

Je gravis les deux étages en m'aidant de ma canne, sans me soucier de mes rhumatismes, et m'y présentai à 9 h 50, bouillant d'impatience.

Un clerc me fit entrer dans un immense bureau où rien n'avait changé depuis ma dernière visite, quelque quinze ans plus tôt. Une lumière glauque filtrait à travers les hautes fenêtres de verre dépoli, baignant la pièce dans une ambiance de chapelle. L'agencement du lieu semblait avoir été figé pour l'éternité. Au plafond, stuqué et doré, pendait un grand lustre en cristal. Tout le mobilier, du bureau du notaire au moindre guéridon, était d'une teinte sombre qui n'incitait pas à la fantaisie, et une odeur d'encaustique emplissait l'atmosphère. Sur les rayonnages de la bibliothèque, des dizaines d'ouvrages semblaient fondus dans un moule de cuir séculaire, tandis qu'aux murs, dans des cadres aux dorures fatiguées, plusieurs tableaux aux couleurs craquelées représentaient des vues de

Londres, d'où il émanait une ambiance lugubre, presque malsaine. Une horloge neurasthénique, dans un coin de la pièce, veillait sur ce sinistre décor. Derrière maître Holborne, une immense cheminée élisabéthaine hébergeait un feu crépitant, et, au-dessus de l'âtre, les figures austères des ancêtres, sagement alignées, véritable dynastie notariale, semblaient garantir la compétence historique du cabinet Holborne.

Le notaire m'accueillit avec une dignité de circonstance. Lui non plus n'avait pas changé. Tout au plus quelques rides supplémentaires sur le front et au coin des yeux. Il gardait cet air las et désabusé que je lui avais toujours connu. Exerçant sa fonction par tradition et par habitude, il l'assumait sans joie ni passion.

Nous conversions depuis quelques minutes, quand un petit homme à l'œil inquisiteur et à la face de rat fut introduit à son tour. Quelle ne fut pas ma surprise ! Je n'avais pas revu le lascar depuis des années, mais, même si ma mémoire n'était plus aussi bonne, je reconnus immédiatement Lestrade. Son visage ne m'inspirait guère plus de sympathie qu'autrefois. Le policier affichait la moue méprisante de ces parvenus qui ont une haute opinion d'eux-mêmes. Sa montée en grade n'était certainement pas étrangère à ce sentiment de supériorité. Dès qu'il m'aperçut, il se dirigea vers moi les bras ouverts et, à mon grand étonnement, me gratifia d'une violente accolade, comme si nous étions de vieux amis devant marquer leurs retrouvailles par quelque effusion. Sans doute l'étions-nous dans son esprit. Pourtant, mes nombreux récits ne l'avaient jamais épargné.

– Docteur Watson, je vous croyais mort ! lança-t-il avec son tact habituel.

– Merci, c'est une pensée délicate.

– Enfin, je veux dire… Quelle joie de vous savoir encore en vie.

Le notaire nous observa à tour de rôle par-dessus son pince-nez.

– Inutile de faire les présentations. Je crois que vous vous connaissez fort bien.

Lestrade opina du chef.

– Nous formions une fine équipe autrefois, le docteur Watson et moi, pour débusquer les malfrats et résoudre les énigmes les plus tordues.

– Vous et moi ? Il me semble que vous oubliez quelqu'un.

Lestrade prit son menton entre le pouce et l'index, et leva les yeux au plafond.

– Ah, oui ! Vous voulez parler de ce pauvre détective amateur qui vient de décéder et dont on nous rabâche les exploits passés.

Mes traits se crispèrent.

– Je vous rappelle que c'est sur la convocation de feu mon ami Sherlock Holmes que vous êtes ici aujourd'hui.

Il frappa de son poing droit la paume de sa main gauche.

– Sherlock Holmes ! C'est le nom que je cherchais.

Je foudroyai le policier du regard. Il cligna des yeux et tenta de se rattraper.

– C'est vrai, quoi. Tous ces témoignages posthumes, ces hommages frelatés… C'est presque déplacé. Laissons les morts où ils sont et ne souillons pas leur mémoire.

Lestrade eut à peine le temps de terminer sa phrase qu'un nouvel individu fit son entrée. Si le policier n'avait pas beaucoup changé d'aspect, je mis en revanche quelques instants avant de reconnaître Mycroft Holmes. Ses habitudes casanières avaient eu raison de son tour de taille. Sa corpulence lui donnait un air renfrogné et une allure de plantigrade. Mais sa figure respirait une étrange bonhomie et son regard pétillait d'intelligence sous ses sourcils broussailleux. Avec sa barbe fournie et sa chevelure épaisse et grisonnante, il ressemblait à un patriarche biblique. Une aura de puissance et de supériorité semblait rayonner autour de sa personne. Il nous salua d'un sourire bref et laissa tomber sa lourde carcasse dans le fauteuil que lui désignait maître Holborne.

Le notaire prit place derrière son bureau.

– Puisque nous sommes au complet, nous pouvons commencer.

Lestrade glissa un regard vers moi. La même question devait courir dans son esprit : « Au complet ? » Sherlock Holmes n'avait-il pas d'autres ayants droit ? Et que pouvait-il bien léguer à trois personnes aussi différentes que Lestrade, son frère et moi-même ?

Le notaire nous demanda d'examiner l'enveloppe contenant le testament. Nous vérifiâmes la conformité des cachets de cire et des signatures apposées. Il la décacheta ensuite à l'aide d'un coupe-papier.

– Voici le pli contenant le testament de M. Sherlock Holmes. Je vais vous en lire le contenu que je découvrirai en même temps que vous.

Il sortit de l'enveloppe une lettre manuscrite. Nous attendions, tous les trois, les yeux arrondis par l'impatience. Maître Holborne ajusta son pince-nez avec une infinie lenteur, se racla la gorge et se composa une attitude solennelle.

– « Moi, Sherlock Holmes, sain de corps et d'esprit, déclare par la présente léguer tous mes biens, à savoir mon stradivarius, à mon éternel ami le docteur Watson. À ce bon Lestrade, policier pétri de certitudes et de convictions, je lègue mes doutes et mes remords. À mon cher frère, je lègue mes déductions, qu'il en fasse bon usage le moment venu. À maître Holborne, fidèle lecteur de mes aventures et de mes travaux, je lègue mon tout dernier ouvrage qui viendra compléter sa collection. Je demande à tous d'écouter attentivement le récit qui figure en annexe de cette lettre. Ce texte devra être lu en intégralité et en une seule fois par maître Holborne. Cela risque d'être un peu long, aussi ai-je pris la liberté de vous faire livrer quelques boissons et nourritures afin de vous sustenter. Qu'il soit fait selon ma dernière volonté. » C'est signé, daté et attesté par deux témoins de confiance. Tout est en règle.

Lestrade plongea dans un abîme de perplexité. Mycroft observa le plafond d'un air songeur. Le notaire ouvrit des yeux démesurés, comme une chouette surprise par la lumière du jour. Pour ma part, je me demandais quel tour nous jouait encore ce vieux Holmes au lendemain de sa mort. Lestrade éclata soudain.

– Qu'est-ce que cela signifie ? Ce… détective amateur me lègue ses doutes et ses remords. Cela n'a aucun sens !

Mycroft Holmes lui jeta un regard réprobateur.

– Et alors ? Je suis son propre frère et je ne fais pas toute une histoire pour un testament un peu hors norme.

– Un peu hors norme ! tempêta le policier.

– Que me lègue-t-il à moi, à part ses « déductions » ? Je ne sais même pas de quoi il veut parler.

Lestrade se leva et se dirigea vers la porte d'un pas décidé.

– J'ai passé l'âge des devinettes et des enfantillages.

– Sherlock Holmes a probablement un message à nous délivrer, objectai-je. D'ailleurs, son testament n'est pas si farfelu, il me lègue son violon. C'est un beau gage d'amitié. Il a même eu une pensée délicate pour maître Holborne.

L'intéressé se gratta le bout du nez, pensif.

– En effet. Je ne m'attendais pas à un tel présent. Il est vrai que j'ai toujours été un lecteur passionné de ses œuvres. Je suis très touché par le fait qu'il s'en soit souvenu.

– Mais où est le fameux récit dont parle Sherlock Holmes ? demandai-je.

Le notaire glissa sa main au fond de l'enveloppe testamentaire, comme s'il espérait y trouver autre chose.

– C'est pourtant vrai. Il n'y a que cette lettre.

– Puisque cette annexe ne semble exister que dans son imagination, je ne vois pas ce qui me retient encore ici, conclut Lestrade.

Le policier ouvrit la porte du bureau, et se retrouva soudain nez à nez avec deux clercs, les bras chargés de paquets.

– Où doit-on poser ça, maître ? demanda le premier

Le notaire eut un mouvement de surprise.

– Qu… qu'est-ce que c'est ?

– Les repas, livrés par le traiteur à la demande de M. Sherlock Holmes, déclara l'un des clercs. Il y a aussi l'annexe à son testament apportée par coursier.

– Et une enveloppe qui vous est adressée à titre personnel, ajouta le second en soufflant sous le poids de son fardeau.

Mycroft Holmes et moi échangeâmes un regard intrigué. Comme le notaire ne semblait pas comprendre, le premier clerc ajouta :

– Le coursier affirmait que vous étiez au courant et que vous attendiez tout cela, maître.

– Oui, certes, d'une certaine manière.

Il désigna de la main une table de travail en acajou verni située près de la porte.

– Posez les repas et l'enveloppe là-bas, et donnez-moi cette fameuse annexe.

Les clercs déposèrent leurs volumineux paquets et s'éclipsèrent.

Lestrade rejoignit son fauteuil en ronchonnant. Maître Holborne ouvrit alors l'enveloppe.

Nous découvrîmes ensemble un document manuscrit qui devait compter pas moins de mille pages. Je compris alors pourquoi Sherlock Holmes avait écrit dans son testament : « Cela risque d'être un peu long, aussi ai-je pris la liberté de vous faire livrer quelques boissons et nourritures afin de vous sustenter. »

Le notaire soupesa le document d'un air contrit et ne put retenir un long soupir en évaluant l'ampleur de la tâche qui l'attendait. Il jeta un œil à la pendule.

– Bon, puisque ce sont ses dernières volontés…

Mycroft Holmes désigna du regard les paquets de nourriture et de boissons déposés sur la table.

– Nous avons tout notre temps. Et nous ne risquons pas de mourir de faim.

Lestrade haussa les épaules, contrarié. Il avait son visage des mauvais jours.

Maître Holborne ajusta une nouvelle fois son pince-nez et prit une profonde inspiration.

– « Terreur sur Londres », par le Docteur John H. Watson…

Je sursautai.

– Mon manuscrit !

– Vous connaissez ce document, monsieur Watson ?

– Bien sûr. C'est moi qui l'ai rédigé.

– Il n'a jamais été publié ?

– Non. Sherlock Holmes me l'avait emprunté. Il souhaitait y apporter des modifications. De toute façon, il n'était pas publiable en l'état. Il aurait fallu le remanier, l'expurger…

Maître Holborne considéra l'imposant recueil d'un œil neuf.

– Voilà qui change tout. Une aventure inédite du grand détective. Cela promet d'être passionnant.

Lestrade ne partageait pas ce bel enthousiasme.

– Il n'y a rien d'inédit là-dedans. Je connais les histoires auxquelles vous faites allusion. Nous n'allons tout de même pas passer en revue des dizaines d'affaires criminelles sous prétexte que ce sont les dernières volontés de Sherlock Holmes.

– Pas des dizaines, précisai-je, quinze. Quinze affaires, pas une de plus, pas une de moins.

– Quinze, si vous voulez. Mais c'est bien trop pour des affaires qui ont été élucidées. Les coupables ont été identifiés et…

– En êtes-vous certain ?

– Évidemment, puisque c'est moi qui ai mené ces enquêtes.

– Évidemment.

– De plus, je ne vois pas en quoi cette compilation morbide pourrait constituer le testament de Holmes.

– En effet, reconnut le notaire, c'est assez inhabituel.

Mycroft Holmes braqua son regard sur Lestrade.

– Ce sont les dernières volontés de mon frère. Il nous appartient donc de les respecter.

Puis, d'un geste de la main, il invita le notaire à s'exécuter.

Lestrade croisa les bras sur sa poitrine et prit un air exaspéré.

– Lisez-nous cela, qu'on en finisse au plus vite !

Maître Holborne ouvrit le manuscrit à la première page, s'éclaircit la voix et entama sa lecture.

3

La journée s'étiolait dans une ambiance crépusculaire, comme si le jour avait oublié de se lever. L'hiver n'en finissait plus. Dehors, l'atmosphère était quasiment irrespirable. Londres suffoquait dans un froid glacial, les yeux rouges, les poumons irrités, la respiration sifflante, clignant des paupières et éternuant du matin au soir. La ville empestait la fonte échauffée. Le brouillard prenait la couleur du soufre. La poussière de charbon provenant des raffineries de sucre et des usines de l'East End donnait aux édifices un aspect macabre et aux statues des figures de ramoneurs.

Depuis les premiers froids, la capitale avait enregistré un nombre record de décès. Londres était en passe d'égaler son sinistre score de l'hiver 1886 où 11 500 personnes avaient péri de bronchite, d'emphysème et d'asthme. Les sans-abri succombaient par dizaines aux assauts du froid. La Tamise commençait à geler par endroits, et un vent glacé pétrifiait la ville.

Moi-même, qui n'avais jamais connu de gros problèmes de santé auparavant, je ne parvenais pas à me débarrasser de fièvres récurrentes.

Je venais de passer la journée entière prostré dans notre appartement, dans l'attente d'une vague éclaircie pour pouvoir sortir. Mon activité s'était bornée, comme la veille, à écrire les aventures de mon camarade et à lire les romans à la mode que me conseillait mon ami et agent littéraire London Cayle.

Pour l'heure je somnolais, bercé par le crépitement du feu dans l'âtre et le martèlement de la pluie sur les carreaux. Holmes était penché sur sa table de travail. Il analysait sans trêve son fichier et ses archives criminelles.

Je fus tiré en sursaut de ma léthargie par le tintement de la sonnette de la porte d'entrée. Il fut suivi presque aussitôt du bruit de pas précipités dans l'escalier. Quelques éclats d'une voix masculine parvinrent jusqu'à nous, entrecoupés de protestations :

– … voir monsieur Holmes… très urgent…

– Essuyez vos pieds… vous allez tout salir…

– La paix… pas le temps… affaire d'État…

Soudain, un superbe spécimen de limier ruisselant et haletant déboula dans notre salon, suivi d'une Mme Hudson furibonde.

– Ce monsieur…, commença-t-elle.

Lestrade écarta notre logeuse d'un geste peu courtois.

– Holmes, une évasion ! Millbank ! Ce matin !

Mon camarade leva la tête vers le nouveau venu.

– Calmez-vous, mon vieux. Venez vous sécher devant la cheminée et racontez-nous ce qui s'est passé.

Le policier s'ébroua comme un chien humide et se laissa tomber dans un fauteuil avec le bruit d'un tas de linge détrempé. Il voulut s'essuyer le front d'un revers de la manche, mais ne parvint qu'à s'asperger un peu plus le visage.

– Un prisonnier, un certain Mark Dughan, a disparu.

– Quand avez-vous découvert l'évasion ?

– Ce matin, peu après 6 heures. Le gardien de nuit venait de partir et son collègue de jour avait attaqué sa ronde de routine. Il a trouvé la cellule 24 vide. La porte n'avait pas été ouverte. Nous sommes en présence d'un parfait mystère.

Lestrade fit un geste évasif de la main. Une giclée d'eau humecta le parquet.

– Le prisonnier s'est volatilisé. Millbank est pourtant réputé pour sa sûreté. Personne ne s'en est jamais évadé. Il faut rattraper ce fuyard. Le temps presse.

Holmes bourra le fourneau de sa pipe avec du tabac frais et l'alluma.

– Pourquoi avoir attendu 19 heures pour me prévenir ?

Le policier se leva. Il n'attendait que le signal de Holmes pour repartir.

– C'est que… nous avons fouillé la prison de fond en comble toute la journée dans l'espoir de trouver un indice. Nous comptions interroger le gardien de nuit, mais il n'a pas repris son service à 18 heures.

Holmes tira sur sa pipe et observa un instant les volutes de fumée qui s'échappaient vers le plafond.

– Dans ce cas, votre mystère n'en est pas un.

Son flegme irrita le policier.

– Vous ne prétendez tout de même pas que vous savez où se trouve le prisonnier ?

Selon son irritante habitude, mon camarade ne répondit pas directement à la question.

– Éliminez toutes les hypothèses irréalistes, mon bon Lestrade. La solution est celle qui reste, même si elle semble incroyable.

Le visage du « bon Lestrade » exprimait maintenant un mélange de stupeur et de contrariété. Pour ma part, il y avait bien longtemps que je ne m'étonnais plus de rien. En outre, je savais fort bien que mon camarade ne fournirait aucune explication tant qu'il n'aurait pas vérifié ses hypothèses.

Holmes se leva, s'étira, puis il enfila son manteau en prenant soin de le boutonner jusqu'au col, et se dirigea sans précipitation vers la porte. Lestrade trépignait d'impatience sur ses talons.

La chance nous souriait. Un fiacre disponible passa devant le 221b au moment même où nous sortions. Malgré la pluie battante, et la chaussée glissante, Lestrade ordonna au cocher de forcer son allure. Durant notre trajet, notre homme s'efforça d'essorer ses vêtements tout en maudissant la saison. J'observais Holmes du coin de l'œil. Il semblait somnoler. Je savais que son cerveau fonctionnait à plein régime. Que n'aurais-je donné pour partager, ne fût-ce qu'un instant, les pensées de cette fabuleuse machine à déductions !

Le pénitencier de Millbank avait été construit sur une forteresse datant du XIIe siècle. Avec ses tours crénelées, ses meurtrières et ses murs de pierre de taille usés par le temps, il semblait surgir des brumes du Moyen Âge. Il ne manquait plus que le pont-levis et les douves pour parachever cette apparence de château fort médiéval.

Nous fûmes accueillis – mais était-ce le terme approprié ? – par un bonhomme gras et mal fagoté. Des bajoues cramoisies pendaient de part et d'autre de son visage bovin. Son crâne dégarni ressemblait à une toundra parsemée de mèches folles qui s'agitaient au vent. Chacun de ses gestes provoquait une onde flasque qui se propageait sur la graisse de ses bras et de son ventre. Il nous tendit une main moite et hésitante.

– Baltimor Compostel, directeur du pénitencier. Votre visite n'était pas prévue.

Le moins que l'on puisse dire, c'est que notre présence ne semblait guère l'enthousiasmer. Son regard fuyant était celui d'un gamin qui a fait une grosse bêtise et a peur de se faire gronder. S'essuyant sans cesse le front à l'aide d'un morceau de tissu qui avait en son temps dû être un mouchoir, il bredouilla sur un rythme haletant :

– Nous sommes devant un fait incompréhensible, monsieur Holmes, cela n'aurait jamais dû se produire. Personne ne s'évade de Millbank et…

Holmes arrêta l'homme d'un geste de la main.

– Je sais, Lestrade m'a déjà expliqué.

– … les conséquences peuvent être dramatiques, poursuivit le bonhomme sur sa lancée. Les détenus de Millbank sont les plus dangereux de toute l'Angleterre.

Pourquoi pas de toute la planète, pendant qu'il y était ? Je trouvais qu'il noircissait un peu la situation. Ce n'était tout de même pas la première fois qu'un prisonnier de droit commun s'échappait d'une prison d'Angleterre.

Malgré le froid, Compostel suait comme un bœuf. D'ailleurs, plus je l'observais, plus sa ressemblance avec cet animal se confirmait. L'odeur musquée qu'il exhalait n'était sans doute pas étrangère à ce mimétisme. Un halo de brume nauséabond entourait son corps. On eût dit qu'il rentrait des labours. Il se dirigea vers une tour d'un pas traînant.

– Je vais vous conduire à la cellule d'où il s'est évadé.

Tout en suivant un dédale de couloirs sombres et humides, Holmes soumit le bonhomme au feu nourri de ses questions.

– Quelqu'un a-t-il pu pénétrer dans la prison pendant la nuit ?

– Impossible. Notre dispositif de sécurité est imparable. On ne peut ni entrer ni sortir de Millbank entre 18 heures et 6 heures du matin.

– Qu'est-ce que je vous disais ! renchérit Lestrade entre deux éternuements.

– Il y a des gardiens à chaque étage, précisa encore Baltimor Compostel, et les grilles sont cadenassées de l'extérieur. Même un gardien ne pourrait pas sortir. Par ailleurs, toutes les issues de la prison sont verrouillées et gardées nuit et jour.

– Le gardien de nuit a-t-il remarqué quoi que ce soit d'anormal durant son service ?

– Pas que je sache. En tout cas, il n'a rien consigné sur son registre.

– Qu'a-t-il fait le soir de l'évasion ?

– Il semblerait qu'il ait rendu visite au détenu de la cellule 24. Ensuite, il a regagné son poste de garde. Il a discuté un instant à travers la grille de cloisonnement avec le gardien du bloc mitoyen, puis il s'est plongé dans un livre à la lueur d'une bougie jusqu'à l'arrivée de son collègue du matin.

– Qui était le détenu qui s'est évadé ?

– Un certain Mark Dughan, trente-neuf ans, avocat, deux ans d'emprisonnement pour dettes.

Holmes fronça les sourcils, perplexe.

– De simples dettes ? Vous disiez que cet homme était dangereux...

Compostel s'embrouilla.

– Oui, enfin non. Je voulais dire que nos prisonniers, en général, le sont. Mais, pour notre réputation, nous devons rattraper celui-ci. Vous comprenez ?

Nous comprenions surtout que ce gros bonhomme nous cachait quelque chose.

– Avez-vous trouvé un quelconque indice dans la cellule ? reprit Holmes.

Compostel fouilla dans la poche de sa veste et lui tendit une feuille de papier moite.

– Oui. Ce mot était posé sur son lit.

Mon camarade lut à haute voix :

– « Ma vengeance sera à la mesure de ma souffrance. Mes bourreaux vont connaître l'enfer. Je vais leur offrir le spectacle du sang jusqu'à la nausée. Peut-être comprendront-ils alors ce que j'ai vécu. » Charmant. Combien de temps ce Mark Dughan devait-il encore purger ?

– Deux jours.

Holmes écarquilla les yeux.

– Mais pourquoi se serait-il évadé si près de sa libération ?

Compostel s'épongea de nouveau le front.

– Je l'ignore.

– Et le gardien, quels sont ses états de service ?

Le directeur tarda à répondre, comme s'il redoutait les conséquences de ses paroles.

– Le gardien ? Reginald Foster. Un modèle de sérieux et de ponctualité.

Nous venions d'arriver devant la cellule 24. Il s'agissait en fait d'un sinistre cachot féodal fermé par une porte en bois massif. Les gonds et la serrure avaient dû être l'œuvre de géants. Une minuscule lucarne munie de gros barreaux cylindriques constituait l'unique ouverture sur le monde extérieur. La température de la cellule n'excédait guère les 5 °C. La lumière du jour ne devait que rarement parvenir jusqu'au prisonnier, et les murs, d'au moins un mètre d'épaisseur, suintaient d'humidité. Le sol était recouvert de tommettes rouge sale mal ajustées. Un grabat moisi constituait l'unique mobilier de la pièce.

Holmes cessa de questionner Compostel. Il se mit soudain à quatre pattes et commença à inspecter le sol à l'aide de la grosse loupe dont il ne se séparait jamais. Il allait et venait d'un coin à l'autre de la cellule en poussant de petits grognements à la manière d'un cochon en quête de truffes. Rampant sous le lit, il entreprit de gratter le sol et mesura je ne sais quoi. Baltimor Compostel suivait ses déplacements d'un air effaré.

Parfois, les investigations de mon camarade pouvaient prendre des heures, mais cette fois, il se releva au bout de quelques minutes seulement.

– Le détenu est sorti par la grande porte à la vue de tout le monde à 6 heures du matin.

Le directeur se liquéfia. Lestrade, qui ne craignait jamais de se répéter, émit une objection d'une rare pertinence.

– Impossible, puisqu'on vous dit que personne ne s'est *jamais* évadé de Millbank !

Holmes balaya la remarque d'un revers de la main et se tourna vers le directeur.

– Où est le gardien de nuit à présent ?

Le regard de Compostel se perdit dans un angle de la cellule.

– Nous l'ignorons. Il devait reprendre son service aujourd'hui à 18 heures, mais nous l'attendons toujours.

Holmes pointa un index accusateur sur le torse fumant du bœuf.

– Il ne reprendra jamais son service, vous le savez très bien !

Le directeur laissa tomber sa lourde carcasse sur le lit de la cellule qui gémit sous ce poids inhabituel. Il venait de comprendre sa terrible méprise en même temps que moi : le prisonnier avait réussi à s'enfuir en prenant la place du gardien.

Baltimor Compostel demanda d'une voix blanche :

– Mais alors, si Dughan a réussi à s'enfuir, où est Foster ?

– Vous êtes assis dessus, lâcha Holmes, comme une évidence.

Compostel se releva d'un bond, comme si un ressort l'avait projeté en l'air. Une expression de pure panique envahit son visage.

D'un geste sec, Holmes écarta le lit du mur et découvrit un endroit où le dallage présentait une légère dénivellation. Il descella quelques dalles sans le moindre effort à l'aide de son cure-pipe, puis demanda une pelle et commença à creuser le sol.

Ce que nous découvrîmes alors dépassait en horreur tout ce que j'avais pu voir durant ma vie, y compris lors de la terrible guerre d'Afghanistan. Le corps du malheureux qui gisait là avait été horriblement mutilé. Lestrade, livide et bouche bée, se frottait les yeux. Le directeur détourna son regard et sortit de la cellule en se tenant l'estomac. Holmes ne semblait pas étonné par ce qu'il venait de découvrir. Il dit seulement :

– Intéressant.

Je ne voyais rien d'intéressant dans cet épouvantable charnier. Mon camarade retroussa ses manches et poursuivit sa fouille à mains nues. Se faisant assister dans sa tâche par un vieux gardien plus endurci que les autres, il exhuma quelques ossements brisés auxquels s'accrochaient encore des lambeaux de chair informes, puis un tronc à demi éventré. Holmes extirpa ensuite du bourbier des membres déchirés, enchevêtrés dans une immonde gangue de vêtements et de tourbe. Vint enfin la tête, ou du moins ce qu'il en restait. Holmes l'essuya du mieux qu'il put. Le front portait une étrange marque dont la forme faisait penser à une croix. Le meurtrier avait vraisemblablement assommé sa victime avant de lui faire subir ce dépeçage.

Après bien des efforts, Holmes parvint à reconstituer un cadavre entier à partir de ces pauvres restes d'humanité.

Soudain, Lestrade sortit de la cellule en courant, comme s'il venait seulement de prendre conscience de ce qui se passait. Quant à moi, je parvins tant bien que mal à réprimer mon écœurement pour assister à la suite des opérations.

Holmes extirpa un long couteau de la masse de chair informe et répéta à voix basse :

– Intéressant.

Il continua à gratter la fosse à l'aide de cet outil improvisé et en extirpa de minuscules objets qu'il essuya et examina à la loupe. Il se tourna alors vers le vieux gardien qui lui prêtait main-forte et désigna le cadavre du menton.

– Reconnaissez-vous Foster ?

L'homme ouvrit les mains, comme pour s'excuser.

– Je pourrais pas vous dire. J'ai à peine vu Foster quand il est arrivé. Y fait tellement sombre ici.

– Et ce Mark Dughan, avait-il déjà commis des meurtres ?

– Peu probable.

– Pourquoi cela ?

– J'en ai vu des criminels en trente ans de carrière. Celui-ci était peut-être le pire des voleurs, mais la vue du sang l'effrayait. Je me souviens de la fois où il a fallu lui arracher ses molaires cariées. Là. Et là.

Le gardien, qui s'était essuyé les mains sur les pans de sa veste, avait ouvert grand la bouche et désignait plusieurs de ses molaires, au cas où nous n'aurions pas bien compris de quoi il parlait.

– Il préférait souffrir le martyre plutôt que d'affronter le dentiste de la prison. Il en tremblait une semaine à l'avance. Faut dire aussi que le dentiste a plutôt mauvaise réputation.

Une ride creusa le front de Holmes.

– Recevait-il des visites de parents ou de proches ?

– Non. Les visites sont très rares et le directeur fait tout pour s'y opposer. De toute façon, Dughan n'avait plus de famille.

– Avait-il des affinités avec d'autres détenus ?

– Impossible. Les prisonniers ne s'adressent pas la parole. Le règlement de la prison l'interdit.

– Même lors de la promenade quotidienne ?

– Oui. Les détenus portent des cagoules qui les empêchent de communiquer entre eux. Et les gardiens n'ont pas le droit de leur parler, à part le nouveau.

Holmes leva les sourcils.

– Le nouveau ?

Il désigna le cadavre.

– Ben oui, le malheureux Reginald Foster qu'on vient de déterrer. Il n'aura pas fait long feu, celui-là.

– Pas long feu ? Depuis combien de temps était-il à ce poste ?

– C'était son premier jour, hier.

Holmes sursauta et héla aussitôt le directeur qui nous attendait dans le couloir.

Baltimor Compostel revint dans la cellule, plus blanc qu'un suaire de fantôme. Il tenait devant sa bouche l'oripeau qui lui servait de mouchoir. Je remarquai qu'il évitait le regard de mon camarade. Holmes se fit incisif :

– Pouvez-vous identifier cet homme ?

Compostel retint un haut-le-cœur et jeta un coup d'œil rapide sur le cadavre.

– C'est bien lui. C'est Foster.

À présent, il semblait pressé d'en finir.

– Merci pour tout, monsieur Holmes. Je… je ne veux pas abuser plus longtemps de votre présence.

Holmes se redressa et toisa le bœuf tel un vautour qui s'apprête à fondre sur sa proie. Les veines de son cou se tendirent.

– Il ne faudrait pas non plus abuser de ma crédulité !

Compostel s'incrusta dans un des murs de la cellule.

– Je… je ne comprends pas.

Holmes planta ses yeux dans ceux du directeur.

– Vous ne m'avez pas tout dit au sujet de Reginald Foster.

Il croisa les bras sur sa poitrine.

– J'attends vos explications.

Compostel se liquéfiait à vue d'œil.

– Si vous savez pour Foster, vous allez deviner le reste tôt ou tard. Vous êtes bien placé pour cela, n'est-ce pas.

– Dites toujours ! tonna Holmes qui, d'impatience, tapait le sol du bout de sa chaussure droite.

Le directeur jeta un regard apeuré vers la porte et approcha de nous sa grosse tête moite. Il empestait la sueur. Nous eûmes un mouvement de recul.

– Ce gardien venait d'être nommé à ce poste par votre frère.

Holmes tressaillit.

– Par Mycroft ?

– Oui, il s'agissait en fait d'un journaliste qui menait une enquête secrète.

– Pourquoi ce Foster s'intéressait-il à Dughan ?

– Aucune idée.

Le gros homme voulut baisser les yeux, mais Holmes retint encore son regard.

– Pourquoi vouliez-vous me cacher tout cela ?

Compostel finit par baisser la tête. Ses bajoues touchèrent presque le gras de sa poitrine.

– Mycroft Holmes m'avait demandé de n'en parler à personne, surtout pas à vous. Ni même à Lestrade.

4

Dans le fiacre qui nous ramenait chez nous, la vision d'horreur de ce corps découpé et maculé de terre me hantait toujours. Une boule de peur s'était formée dans mon estomac. Je tentais de détourner mon esprit de ce cauchemar et de me raccrocher aux petites parcelles de vie qui bruissaient autour de moi : le martèlement de la pluie sur le toit du fiacre, le craquement des roues sur les pavés, le claquement des sabots de notre attelage.

Holmes semblait perdu dans ses pensées. J'avais besoin d'entendre le son de sa voix plus que son opinion sur cette atrocité.

– Holmes, comment avez-vous su ?

– Comme d'habitude, mon cher Watson, par élimination. Premièrement : nous savons qu'il est impossible de s'évader de Millbank, tout le monde n'a cessé de nous le répéter. Deuxièmement : le prisonnier n'était plus à l'intérieur, sinon il aurait été retrouvé lors de la fouille systématique de la prison. Troisièmement : les seules personnes habilitées à entrer et à sortir à heures fixes de la prison sont les gardiens. Il n'y a donc qu'une explication : le prisonnier, Mark Dughan, a tué son visiteur, Reginald Foster. Il l'a ensuite découpé à l'aide du couteau à nécropsie et enterré sous son lit. Puis il a endossé le costume de gardien de sa victime et est sorti par la grande porte peu après 6 heures du matin.

– Comment Dughan a-t-il pu se procurer ce couteau ?

– Pour l'instant, je n'en ai pas la moindre idée. Mais je ne manquerai pas de lui poser la question dès que je le rencontrerai.

Ma question était stupide. Holmes venait de me le faire comprendre à sa manière.

Nous roulâmes encore un quart d'heure. Une nouvelle question me brûlait les lèvres.

– Comment avez-vous su que le corps du gardien était enterré sous le lit, Holmes ?

– C'était l'endroit le moins visible de la cellule, donc le plus approprié. Un rapide examen du sol m'a permis de constater que les tommettes avaient été descellées puis reposées sur une surface d'un mètre carré. Je savais que le corps avait été découpé afin de tenir dans cet espace réduit. Mais il ne m'a pas semblé utile de mentionner ce détail.

Ce détail ! Holmes avait parfois de ces expressions. Il pouvait réduire un crime atroce à un vulgaire problème de mathématiques.

Le fiacre s'immobilisa devant le 221b. Nous réglâmes sa course au cocher et nous retrouvâmes quelques instants plus tard dans la chaleur réconfortante de notre salon. Holmes alluma sa pipe et se cala dans son fauteuil, aussi tranquillement que s'il n'avait jamais quitté la pièce et que rien ne s'était passé. J'avais encore bien des questions à élucider.

– Il me semble tout de même incroyable que personne ne se soit aperçu de cette substitution.

– Vous avez raison, Watson. Pourtant, les faits sont là.

Holmes pencha sa tête en arrière, ferma les yeux et poursuivit son explication sur le ton du monologue, comme s'il procédait à une reconstitution en pensée.

– Dughan a revêtu les habits de son geôlier et s'est assis au poste de garde. Il a discuté un instant avec le gardien du bloc voisin. Puis il a lu à la lueur d'une bougie en attendant l'heure de la relève pour s'éclipser.

– Tout cela sans éveiller les soupçons ?

– La prison est très sombre à 6 heures du matin. Le jour ne se lève qu'à 8 heures. Et encore, à cette heure-là, la lumière du jour est loin d'être aveuglante, vous avez vu la taille des lucarnes.

Je ne parvenais pas à me convaincre que cette audacieuse mise en scène ait pu duper tous les employés de la prison la plus sûre d'Angleterre.

Nous restâmes un long moment sans parler, chacun perdu dans ses réflexions.

Ce fut une nouvelle fois moi qui rompis le silence.

– Mais que vient faire votre frère dans cette histoire ? Et comment a-t-il réussi à introduire ce journaliste au poste de gardien de prison ?

– Ce genre de mission doit bien entrer dans le cadre de ses fonctions.

– Ses... fonctions ? Votre frère a toujours été un mystère pour moi.

– Vous avez pourtant dressé un portrait fidèle de Mycroft dans *L'Interprète grec* et *Les Plans du Bruce-Partington*.

– Certes, mais je n'ai rien dit sur son métier.

– Au contraire. Vous en avez dit plus que vous ne le pensez.

Holmes se leva soudain et s'empara d'une règle de bois avec laquelle il se tapota la paume de la main, comme s'il allait commencer un cours.

– N'avez-vous pas écrit que Mycroft était très casanier et peu loquace ? Qu'il ne quittait guère le Diogene's Club, où il passe des journées entières dans un silence quasi monacal ?

– Bien sûr, mais...

– Vous avez également révélé que Mycroft était proche du gouvernement, où des oreilles attentives recueillent ses avis éclairés.

– Certes.

– Et que savez-vous de son intellect ?

– Vous l'avez dit vous-même, Holmes ; au risque de vous déplaire, il est supérieur en tout à vos propres capacités de raisonnement et de réflexion, ce qui le place à un niveau que je n'ose même pas imaginer.

Holmes ne s'offusqua pas.

– En effet, Watson, je vous le confirme. Voilà qui clôt cette aimable devinette. Vous pouvez donc en déduire la fonction exacte de Mycroft et le lieu où il l'exerce.

Holmes jeta sa règle sur son bureau et regagna son fauteuil. Là, il tira sur sa pipe et observa les volutes de fumée qui montaient au plafond. Quelques minutes passèrent. Constatant que mon camarade n'ajoutait rien de plus, je tentai de trouver la solution de cette « aimable devinette ».

Baltimor Compostel avait dit : « Foster menait une enquête secrète »...

Je réfléchis quelques minutes.

La conclusion s'imposa d'elle-même : Mycroft Holmes dirigeait les services secrets de Sa Majesté la reine d'Angleterre. Et le Diogene's Club n'était autre que le siège de ce mystérieux service !

Effaré par l'évidence soudaine de ma propre déduction, je ne pus m'empêcher de lâcher :

– Ça alors !

– Quatre minutes, déclara Holmes en consultant sa montre de gousset.

– Je vous demande pardon ?

– Vous n'avez mis que quatre minutes pour trouver, mon cher Watson.

– Oui, oui, certes, Holmes. C'est assez limpide, en effet. J'imagine que vous allez demander des explications à votre frère.

– C'est la dernière chose que je ferai. Souvenez-vous de ce qu'a dit le directeur de la prison : « Mycroft Holmes m'avait demandé de n'en parler à personne, surtout pas à vous. » Je connais bien Mycroft. Il doit avoir de très bonnes raisons pour ne pas m'associer à cette enquête. Au mieux, il ne me dira rien. Au pire, il fera obstruction à mes demandes et m'empêchera d'accéder aux dossiers.

Mon camarade fronça alors les sourcils et rassembla les extrémités de ses dix doigts, comme il le faisait chaque fois qu'il se concentrait sur un problème difficile.

– Les vraies questions sont ailleurs, Watson. Et je ne suis pas certain que Mycroft connaisse les réponses, sinon il n'aurait pas eu besoin d'un espion. Tout d'abord, il faut éclaircir le mobile de ce crime.

– Si l'on en croit le mot laissé par Dughan, il est question de vengeance.

Holmes ferma les yeux et récita :

– « Ma vengeance sera à la hauteur de ma souffrance. Mes bourreaux vont connaître l'enfer. Je vais leur offrir le spectacle du sang jusqu'à la nausée. Peut-être comprendront-ils alors ce que j'ai vécu. »

– « Mes bourreaux »… cela signifierait-il que d'autres meurtres vont suivre ?

– Si tel est le cas, nous le saurons bientôt.

5

Le lendemain même de ces épouvantables événements, Holmes sortit très tôt, me laissant un mot sur la table du salon :

« Mon cher Watson,

Je serai absent une bonne partie de la journée. Je dois mener une enquête approfondie sur ce fameux Mark Dughan.

*Vous m'avez fait part, hier, de votre intention de rester à l'appartement pour apporter des modifications au texte de cette vieille affaire que vous aviez affublé du titre accrocheur d'*Un scandale en Bohême*. J'ai un petit service à vous demander. Mon ami notaire, maître William Holborne, doit passer dans le courant de l'après-midi afin de récupérer des ouvrages que je lui avais promis de longue date. Pourriez-vous le recevoir à ma place ? Je le soupçonne de brûler d'envie de faire votre connaissance.*

Vous m'obligeriez en lui consacrant un peu de votre temps. Ce monsieur est une vieille connaissance et fut l'un de mes premiers clients.

Merci d'avance,

Sherlock Holmes. »

Il allait de soi que je ne pouvais refuser ce service à mon camarade. Je voyais là également l'occasion d'une distraction.

En fait, mon travail sur *Un scandale en Bohême* était terminé. Mon éditeur, Georges Newnes, s'était mis en tête de publier plusieurs anciennes nouvelles sous forme de livre à la demande de lecteurs frustrés qui n'avaient pas eu la chance de les découvrir en temps utile dans le *Strand*. Newnes voulait profiter de ce changement de format et de support pour me permettre de réinsérer des développements qu'il m'avait interdits, faute de place, dans l'édition d'origine. Je devais maintenant en faire un petit résumé, dont il comptait se servir pour faire saliver les lecteurs en attendant la publication du volume.

Maître Holborne se présenta, comme prévu, au milieu de l'après-midi. Je m'attendais à voir un personnage bedonnant à la cinquantaine dégarnie et pontifiante. Aussi fus-je très surpris quand il franchit le seuil du salon. Svelte et élégant, sans être athlétique, il ne devait pas avoir plus de trente-cinq ans et mesurait environ un mètre soixante-dix. Il émanait de sa personne une impression indéfinissable. Son visage net et parfait, bien que d'apparence fort sérieuse, trahissait une expression un peu triste et rêveuse. Ses yeux étaient d'un marron très foncé, presque noir, tout comme son épaisse chevelure. Si Holmes ne m'avait pas prévenu, je n'aurais jamais pu deviner le métier de cet homme. Je l'aurais peut-être vu en acteur romantique ou en séducteur mondain.

Maître Holborne lut la surprise dans mes yeux.

– Je ne corresponds pas à votre idée du notaire anglais moyen, n'est-ce pas, docteur Watson ?

– Eh bien, à vrai dire…

– Ne soyez pas gêné, c'est normal. Peu de gens imaginent que j'exerce cette profession, et il m'arrive à moi-même d'en douter.

Le notaire s'assit dans le fauteuil que je lui proposais. Mme Hudson nous servit du thé.

– Voyez-vous, poursuivit-il comme pour justifier sa remarque, je suis issu d'une grande lignée de notaires. En tant qu'aîné, j'ai repris l'étude de mon père qui la tenait lui-même de son père. Cela entre dans les avantages mais aussi les contraintes de l'aînesse. Mon père, voyez-vous, n'aurait pas admis que j'embrasse une autre carrière ! Et pourtant…

Il marqua un arrêt, comme s'il hésitait à se confier.

– Pourtant ?

– J'aurais aimé être peintre ou écrivain. J'ai même pris des cours de dessin et de théâtre… à l'insu de mon père, bien sûr. Mes professeurs se disaient fort satisfaits de moi. J'ai aussi rêvé d'être un aventurier, pour ensuite raconter mes exploits au monde entier. Bref, tout sauf notaire. Vous comprenez ?

– Je comprends.

En fait, j'éprouvais quelques difficultés à comprendre. Moi qui n'étais que le fils d'un sans-grade, j'eusse sans doute préféré couler des jours heureux dans l'opulence rassurante d'une étude de notaire plutôt que de gâcher mes jeunes années sur les champs de bataille d'Afghanistan.

William Holborne but une gorgée de thé et reposa sa tasse d'un geste raffiné.

– Comme je vous envie et vous admire, docteur Watson.

– Moi ?

– Oui, vous. Vous ne mesurez pas la chance que vous avez de mener une vie aussi trépidante aux côtés d'un génie comme Sherlock Holmes.

– Ce n'est pas toujours exaltant. Il nous arrive de passer de longues journées dans l'inaction totale. L'ennui nous guette souvent.

– Sans doute, mais la qualité de vos enquêtes compense ces périodes de moindre activité. D'ailleurs, tout cela est fort bien rendu dans vos récits, docteur Watson. Votre sens de la narration est remarquable. Vous parvenez à captiver le lecteur et à rendre passionnants les moindres faits et gestes de vos héros. J'ai passé des nuits blanches sur vos livres, incapable de suspendre ma lecture tant que le mot « fin » n'apparaissait pas au bas de la dernière page. Je pourrais en citer des passages entiers de mémoire. Les enquêtes de Sherlock Holmes ne vaudraient rien sans votre talent de chroniqueur.

Je sentis mon front s'empourprer. Je n'avais jamais reçu autant d'éloges de toute mon existence. J'avais même fini par cultiver une réelle humilité au contact de mon brillant ami, et par me convaincre de mon infériorité intellectuelle.

– Comment parvenez-vous à tenir ainsi le lecteur en haleine, docteur Watson ?

– J'avoue que je ne me suis jamais posé la question. Je me contente de relater les faits dans l'ordre chronologique en livrant mes propres interrogations au fil du récit. En outre, Sherlock Holmes révèle rarement le résultat de ses déductions avant d'en avoir eu la confirmation exacte. Ainsi, le lecteur découvre petit à petit, en même temps que moi-même, des éléments de solution qui ne prennent leur sens qu'à l'assemblage final, à la façon d'un puzzle.

– Vous êtes surprenant, docteur Watson. Je dois dire que cette entrevue m'enchante.

Un nuage assombrit le front de maître Holborne.

– Dans mon étude, je passe toutes mes journées dans une inaction totale. Heureusement qu'il y a vos livres pour m'évader de temps à autre.

Je me souvins soudain du mot de Holmes.

– À propos de livres, mon camarade m'a dit que vous deviez récupérer des ouvrages.

– C'est exact. C'était d'ailleurs le but de ma visite. M. Holmes m'a dit qu'il avait rédigé un traité sur l'étude des traces de pas. Je ne l'ai pas encore lu. Voyez-vous, docteur Watson, j'aime prendre la place de Holmes dans vos récits.

– Cela fait partie du jeu. Le lecteur doit mener l'enquête en même temps que le détective et tenter de trouver la solution avant lui.

– Certes. C'est pour cette raison que je veux disposer des mêmes atouts que Sherlock Holmes. En étudiant ses traités, je serai peut-être capable de l'imiter. Je me passionne pour les enquêtes policières. D'ailleurs j'ai apporté ceci pour M. Holmes.

Maître Holborne me remit une enveloppe de l'épaisseur d'une revue.

– Je suis certain que ce cas l'intéressera. Il doit impérativement le lire.

Mon hôte sembla soudain songeur. Il changea plusieurs fois de position dans son fauteuil.

– Si j'osais…, docteur Watson…

Il interrompit sa phrase, eut une petite toux, se tordit les mains dans tous les sens et finit par lâcher :

– Sherlock Holmes m'a dit que vous comptiez apporter quelques… modifications au texte original de *Un scandale en Bohême*.

– Oui, c'est chose faite. Il ne me reste plus qu'à le résumer en une page. Je ne suis pas très à l'aise dans ce genre d'exercice, mais mon éditeur me l'impose à des fins de promotion commerciale.

– Si j'osais…, reprit timidement le notaire.
– Oui ? dis-je, m'attendant un peu à sa requête.
– Pourrais-je y jeter un œil ? Juste un petit coup d'œil. Au moins lire les premières pages ?

Voilà donc pourquoi ce sacré bonhomme était venu. Outre le fait de me rencontrer, il brûlait d'envie de découvrir la nouvelle mouture de mon texte. Holmes m'avait demandé de bien le recevoir. Je ne pouvais pas lui refuser cette petite faveur.

– Je crains que vous ne soyez un peu déçu. Ces modifications ne sont pas capitales. Je m'autorise toutefois quelques développements que l'édition originale m'interdisait en raison du format réduit du *Strand*. Mon récit comporte à présent soixante-dix pages manuscrites au lieu des cinquante-cinq d'origine.

Je vis son regard s'illuminer.

J'ajoutais sur un ton désinvolte :

– Je vous propose de le relire, si vous en avez le temps.

Maître Holborne laissa éclater sa joie, comme un gamin qui découvre son jouet favori au pied du sapin de Noël. Bien sûr qu'il avait le temps. Je crois qu'il m'aurait embrassé si la bienséance ne l'avait interdit. Je lui remis le texte dans lequel il se plongea avec délectation. Quant à moi, je restai assis devant le feu de bois crépitant, mon écritoire sur les genoux, cherchant mon inspiration dans la danse incessante des flammes.

– Quelle femme !
– Hein ? Quoi ? Où ça ?

À défaut de trouver l'inspiration, j'avais trouvé le sommeil. Mon hôte ne s'en était apparemment pas aperçu tant il était absorbé par sa lecture.

– Cette Irène Adler. Quelle femme exceptionnelle ! J'ai dévoré votre histoire comme si je la lisais pour la première fois, docteur Watson.

Maître Holborne semblait très ému.

– La description que vous faites de cette demoiselle Adler, une jeune femme superbe aux cheveux de cuivre et au regard d'émeraude, est bien plus émouvante que dans la première version. Ainsi décrite, elle me rappelle en tout point ma bien-aimée.

– Votre bien-aimée doit être une fort jolie personne, répondis-je dans un demi-sommeil.

– Elle l'était.

- J'espère qu'il ne lui est rien arrivé de fâcheux.

– Elle est morte.

Je venais de rater une excellente occasion de me taire. Une éternité s'écoula. Puis le notaire ajouta, comme se parlant à lui-même :

– Vous ne pouviez pas savoir. Elle est tombée d'une fenêtre de sa propriété.

Je me raclai la gorge, tentant de retrouver une certaine contenance.

– Un… accident ?

– Elle n'est plus là pour le dire. Des soupçons ont pesé sur un familier. Mais il a été jugé et innocenté.

– C'est… c'est affreux…, balbutiai-je, rouge de confusion.

Quel fieffé maladroit je faisais. Cette fois, j'étais bien réveillé.

Mon regard se porta sur mon écritoire. Ma feuille demeurait désespérément vierge, ce qui prouvait que j'avais dû m'endormir rapidement. L'éditeur devrait attendre son résumé un jour de plus.

La pendule indiquait 18 heures. Il faisait déjà nuit.

Maître Holborne semblait s'être ressaisi et retrouvait peu à peu son sourire mélancolique.

– Je ne veux certainement pas vous ennuyer plus longtemps, docteur Watson. Votre nouvelle mouture de *Un scandale en Bohême* m'a enthousiasmée. Je vous renouvelle mon admiration.

– Merci. Mais je n'ai pas grand mérite, je vous l'ai dit, je me contente de raconter les événements tels que je les vis.

– Vous faites beaucoup plus. Vous savez communiquer une part de magie et de mystère à des existences moroses. Je sais pour m'y être exercé que l'écriture est un art difficile. Il faut faire preuve d'imagination, toucher la corde sensible de son lecteur, le surprendre sans cesse tout en créant des personnages et des situations crédibles. Rares sont les écrivains qui parviennent à conjuguer autant de talents. Pour ma part, je me sens tout juste bon à coucher sur le papier des historiettes insignifiantes dont aucun éditeur sérieux ne voudrait.

Cette avalanche de compliments m'alla droit au cœur, car elle semblait dictée par un véritable élan de sincérité.

– Je suis convaincu que chacun d'entre nous possède une part de talent. Il suffit parfois d'un peu de temps ou d'une occasion propice pour l'exprimer. Je pense avoir bénéficié de cette double chance.

Maître Holborne esquissa un sourire. Il me serra la main avec chaleur et prit congé, sans oublier son fameux *Traité sur les traces de pas*. Je sentis l'émotion me gagner à mon tour. Je venais de me faire un nouvel ami.

Je mettais enfin la dernière main à la rédaction du texte introductif de mon *Scandale en Bohême* quand Holmes franchit le seuil du salon. Il se débarrassa de son manteau détrempé et se frotta les mains devant le feu qui crépitait dans la cheminée.

– J'ai reçu votre collègue, Holmes.

– Mon collègue ?

– Maître Holborne. Vous m'aviez demandé...

Ses préoccupations étaient ailleurs.

– Ah oui, merci Watson, vous m'avez rendu un fier service. J'espère que cela ne vous a pas trop coûté.

– Au contraire, ce monsieur est d'agréable compagnie et sa conversation est fort intéressante. À propos, il m'a remis cela pour vous.

Holmes prit l'enveloppe, la soupesa et la jeta sur le fatras de papiers qui encombrait son bureau. Je restai interdit.

– Vous ne l'ouvrez pas ?

– Inutile, Watson, je sais déjà ce qu'elle contient. Les affaires de maître Holborne se suivent et se ressemblent. Encore un adultère ou une recherche d'ayants droit dans le cadre d'une succession litigieuse. Je réglerai cela plus tard.

Je me souvins soudain qu'il était sorti enquêter sur Mark Dughan, l'évadé de Millbank.

– Avez-vous appris quelque chose ?

– Oui et non. Ce Dughan est une énigme. Il semblait promis à un brillant avenir. Il avait obtenu haut la main son diplôme d'avocat alors qu'il n'avait que vingt-deux ans, et commencé aussitôt à exercer son métier. Un an après, il avait épousé la fille d'un de ses clients et emménagé à Chancery Lane. Son avenir semblait donc tout tracé, jusqu'à ce qu'un événement incompréhensible se produise.

Holmes alluma sa pipe et jeta l'allumette dans l'âtre. Puis, s'enfonçant dans son fauteuil qu'il avait rapproché du feu, il réunit l'extrémité de ses dix doigts, pensif.

– Sa femme a disparu sans laisser le moindre indice, un matin de décembre, il y a environ trois ans.

– Comment avez-vous appris tout cela ?

– Je vous passe le détail de mes investigations. Sachez seulement que j'ai retrouvé assez facilement le vieux domestique des Dughan.

Je trempai ma plume dans l'encrier et pris une feuille afin de ne rien perdre des propos de mon ami.

Holmes me rapporta mot pour mot la conversation qu'il avait eue avec le vieil homme.

« Depuis combien de temps connaissiez-vous Mark Dughan ?

– Je l'ai vu naître. J'étais au service de ses parents. Je le considérais comme mon propre fils.

– Mark Dughan était-il enclin à la violence ?

– Pas le moins du monde. Mon jeune maître était bon et épris de justice. Il avait embrassé la carrière d'avocat par vocation. Il n'hésitait pas à plaider la cause des faibles et des opprimés. Il condamnait toute violence et pensait qu'un conflit pouvait toujours se régler par des moyens pacifiques.

– Et son épouse ?

– Elle était comme lui. Elle consacrait une grande partie de son temps à des œuvres de charité. Ils étaient jeunes et pleins d'espoir. Tous deux rêvaient d'un monde meilleur.

– Le couple était-il uni ?

– Oui. Leur entente était parfaite. Mark Dughan adorait son épouse et elle le lui rendait bien.

– Dans quelles circonstances a-t-elle disparu ?

– Un cocher est venu la chercher à la maison, un matin de décembre. Elle devait se rendre à Limehouse pour apporter des vêtements chauds à une famille d'indigents.

– Vous ne l'accompagniez jamais dans ses déplacements ?

– Oh non ! Madame était très courageuse et elle n'aurait jamais accepté de se faire seconder dans ses missions. D'ailleurs, il ne lui était jamais rien arrivé de fâcheux. Les pauvres la connaissaient et la respectaient. Mais ce soir-là, elle n'est pas rentrée.

– J'imagine que Mark Dughan a aussitôt prévenu la police ?

– Non. J'ai proposé de me rendre moi-même au poste de police, mais il s'y est fermement opposé.

– Pourquoi cela ?

– Je pense qu'il voulait mener son enquête seul et à sa manière. Dès lors, il consacra presque tout son temps à la recherche de son épouse, cachant sa disparition à son entourage…

– La famille de la jeune femme ne s'est pas inquiétée ?

– Les parents de Monsieur et de Madame étaient décédés.

– Que fit Dughan ?

– Il écuma les bas-fonds nuit et jour, surtout les environs de Limehouse.

– Il n'exerçait plus son métier d'avocat ?

– Non. D'ailleurs ses problèmes ont commencé à cette époque. Il a perdu peu à peu sa clientèle. Monsieur ne parvenait plus à faire face à ses échéances. Les huissiers sont venus et ont emporté le mobilier et les objets de valeur. Il ne me payait plus mes gages. Je suis malgré tout resté à ses côtés jusqu'au bout.

– Jusqu'au bout ?

– Je veux dire jusqu'à l'expulsion de Monsieur et son emprisonnement à la prison de Millbank.

– Mark Dughan ne possédait donc pas de fortune personnelle ?

– Si, mais il l'a dépensée en quelques mois. Ensuite, il a emprunté de l'argent à plusieurs banques et à de nombreux amis. En moins d'un an, il était ruiné et couvert de dettes.

– Où passait tout cet argent ?

– Je présume qu'il l'utilisait pour financer la recherche de son épouse ou bien…

– Ou bien ?

– Pour payer un maître chanteur.

– Nous y voilà ! Votre patron avait-il reçu des lettres de demande de rançon ?

– Je ne sais pas. Mais plusieurs fois, il a tressailli en lisant son courrier. Un jour, il a reçu un petit paquet. Quand il l'a ouvert, il est devenu livide et son visage a pris une expression de pure terreur.

– Savez-vous ce que contenait ce paquet ?

– Non. Je préfère ne pas l'imaginer.

– D'où provenait-il ?

– Un coursier l'avait remis à Monsieur en mains propres. Après le choc de cette découverte, une grande agitation l'a gagné. Il était comme paniqué. Il s'est mis à courir en tous sens en s'écriant : « Il me faut de l'argent. Je dois payer, c'est la seule solution ! »

– Ensuite ?

– Je vous l'ai dit. Il a été emprisonné à Millbank pour dettes.

– L'avez-vous revu ?

– J'ai essayé, mais le directeur du pénitencier, Baltimor Compostel, a rejeté ma demande, qui était pourtant en règle. Compostel fait régner un climat de terreur dans sa prison. Plusieurs de ses détenus se sont suicidés ou sont devenus fous du fait de leur isolement et des sévices qu'il leur inflige. Il paraît qu'il leur arrache les dents par sadisme.

– Vous n'avez plus eu aucune nouvelle de Mark Dughan ?

– Non. Mais il y a un détail que j'allais oublier. Il m'avait chargé d'une mission juste avant d'être arrêté par la police.

– Quelle mission ?

– Il m'a demandé de retrouver le cocher qui avait emmené Madame le jour de sa disparition. J'ai passé de longs mois à visiter une par une toutes les stations de fiacres de Londres, sans résultat.

– Vous souvenez-vous de ce cocher ?

– Je n'ai pas bien vu son visage. Il avait relevé le col de son habit et portait des lunettes foncées. »

La terrible histoire de Dughan prenait corps. Son épouse avait été enlevée par un mystérieux cocher un jour de décembre. Le jeune avocat avait alors vraisemblablement reçu des lettres de menace le dissuadant de prévenir la police. Il s'était ensuite ruiné à combler les exigences exorbitantes du ou des ravisseurs. Dans le même temps, il essayait de retrouver les traces de sa femme dans Limehouse. Mais il avait été emprisonné pour dettes.

Aurait-il découvert l'identité de ses bourreaux lors de son séjour en prison ? Et imaginé un plan pour se venger ? Mais comment expliquer cet acharnement sur Foster ?

D'autres questions tournaient dans ma tête. Comment Mycroft Holmes aurait-il eu vent de cette affaire ? Et pourquoi aurait-il utilisé un journaliste comme espion ? Foster avait-il fait une découverte bien plus importante ?

6

La nuit était tombée très vite. Elle m'avait surpris dans ce lieu inconnu, et je cherchais en vain à retrouver mon chemin. Un brouillard dense et étouffant montait de la Tamise et envahissait insidieusement les rues.

Il me sembla qu'une silhouette fantomatique me suivait depuis un moment. Tandis qu'un sentiment d'appréhension et d'insécurité commençait de s'immiscer en moi, je sentis soudain un souffle glacé sur ma nuque. Je fis volte-face. Personne. Seulement un mur de brouillard inquiétant. Un frisson parcourut mon corps. Pourquoi m'étais-je aventuré dans ce quartier à une heure pareille ? Impossible de retrouver Holmes dans cette purée de pois.

Un silence angoissant s'installa peu à peu, comme si la ville entière retenait son souffle, anticipant les monstruosités qui se tramaient dans les ténèbres.

Une ombre surgit derrière moi, me frôla et disparut presque aussitôt. Je me retournai et frappai l'air de ma canne, ne provoquant rien d'autre que des tourbillons de brume. Puis, de nouveau, le silence, lourd, oppressant.

La panique s'empara soudain de moi. Je me mis à courir, le ventre noué par la peur, ne sachant pas si j'allais à la rencontre du danger ou si je m'en éloignais. Ma respiration devint courte et le sang battait dans mes tempes. Je ne parvenais plus à me diriger sous la lumière faible et diffuse des lampadaires, et trébuchai plusieurs fois tant la visibilité décroissait.

Tout à coup, un homme surgit du néant, brandissant quelque chose dans sa main droite. Il m'agrippa de l'autre main. Impossible de distinguer ses traits. Je tentai de me dégager, quand il s'adressa à moi :

- Watson ! Où étiez-vous passé ?

La voix de Holmes se voulait rassurante, mais elle prenait une intonation étrange que je ne lui connaissais pas. Je m'approchai de lui afin de voir son visage et découvris l'horreur à l'état brut. Holmes avait la face couverte de sang. Un rire démoniaque sortit soudain de sa gorge. Je m'aperçus qu'il tenait un long couteau à nécropsie dans une main et une tête humaine atrocement mutilée dans l'autre. Tétanisé de terreur, je restai immobile, incapable de comprendre ce qui se passait.

– Quelque chose ne va pas, Watson ?

Tenant le visage écorché par les cheveux, il le collait contre le mien. Malgré mon effroi, il me sembla percevoir un ricanement à travers la cavité décomposée et pourrissante qui lui servait de bouche. Je sentis le souffle fétide de la mort. Les mâchoires s'entrouvrirent à la façon d'un lion qui s'apprête à rugir, et projetèrent sur moi un abominable flot de corruption organique. Le miasme putride se répandit aussitôt sur ma peau comme une maladie infectieuse.

Au prix d'un effort désespéré, je parvins à me dégager et à m'enfuir dans la nuit. La sueur dégoulinait, poisseuse et gluante, sur mon visage. Je voulus m'essuyer, et m'aperçus que ce n'était pas de la sueur mais du sang. Ma peau était rongée comme celle d'un lépreux. Mon visage se détachait en larges lambeaux livides où s'activait déjà la vermine.

Soudain, l'ombre menaçante surgit à nouveau du brouillard et se dressa devant moi.

– À quoi bon fuir ? Nous faisons équipe, Watson.

Holmes me saisit par les épaules et me secoua avec hargne. J'étais à sa merci.

– Watson ! Watson !

Qu'allait-il advenir de moi ? Je me mis à hurler, espérant alerter des secours. Il me secoua encore…

– Watson ! *Watson !* Taisez-vous, mon vieux. Vous allez affoler tout le quartier avec vos cris !

Je me réveillai, le cœur poignardé par une violente poussée d'adrénaline.

– Holmes ?

– Làààààà.. calmez-vous. Vous êtes fiévreux, il faut vous reposer.

7

Je me réveillai avec la clarté blême du petit matin. Une migraine atroce martelait mon crâne. Je me levai et enfilai ma robe de chambre, bien décidé à chasser le souvenir de cette horrible nuit.

J'ouvris les rideaux et jetai un rapide coup d'œil à l'extérieur. De gros nuages noirs projetaient leur ombre menaçante sur le pavé boueux de la rue. Une foule emmitouflée se pressait dans le froid hivernal. En reculant un peu, j'aperçus le reflet de mon visage dans le carreau de la fenêtre. Quelle tête ! Les yeux cernés, les cheveux en bataille et collés de sueur. On aurait dit que j'avais combattu toute la nuit contre une armée de spectres.

J'enfilai ma robe de chambre et rejoignis Holmes dans le salon. Il consultait la rubrique « faits divers » du *Daily News* et griffonnait je ne sais quoi.

– Bonjour, Holmes.

– Ah ! Watson ! Comment vous sentez-vous ce matin ?

– Assez mal, merci. J'ai dû prendre froid l'autre jour dans cette maudite prison. J'en ai cauchemardé toute la nuit.

– Je sais. À propos de cauchemars, que pensez-vous de ceci ?

Mon camarade me tendit une minuscule fiche cartonnée qu'il venait de remplir.

– « Crps ftte, Mary Kinsley, 10, rep. Tamise, 21 quai Westing, mque mains, écras. par wagonnet. Bless. frtle. Concl S.Y. : m. accdt. noy. »

– J'ai peur de ne pas comprendre un seul mot de ce charabia, Holmes.

– Voilà qui me rassure. Je suis en train d'élaborer un système d'abréviations et de codages permettant de réduire au minimum la taille de chaque élément de mon fichier. Ces raccourcis me permettront de retrouver plus rapidement les informations que je cherche et favoriseront la mise en concordance d'affaires sans relation apparente.

– Mais que signifie cette fiche en langage clair, Holmes ?

– Le corps d'une fillette nommée Mary Kinsley, âgée de dix ans, a été repêché dans la Tamise à la hauteur du 21 quai Westing. Il manque les deux mains, sectionnées par la roue d'un wagonnet. La fillette portait une blessure au front. Conclusion de Scotland Yard : mort par accident ayant entraîné la noyade.

– Pensez-vous qu'il puisse s'agir d'un meurtre ?

Holmes replaça la fiche dans son imposant fichier.

– Je le crois, en effet. L'article expliquait que la fillette passait tous les jours à cet endroit en revenant de l'école. Une voisine la raccompagnait à moins de cinquante mètres de son domicile. Il ne lui restait donc que cette courte distance à parcourir seule. Son père prétend être rentré chez lui vers 20 heures. Ne trouvant pas sa fillette, il s'est inquiété et a alerté la police. L'enquête a déterminé que la petite Mary avait déclenché accidentellement le système de roulage d'un wagonnet qui lui aurait écrasé les mains après l'avoir percutée au visage, ce qui explique l'ecchymose faciale et les mains sectionnées. La fillette serait ensuite tombée dans l'eau glaciale du fleuve et se serait rapidement noyée, à demi assommée et incapable de nager sans ses mains. La police a relevé des traces de sang près d'un wagonnet.

– Cela semble plausible.

– Pas si on se livre à une analyse un peu plus approfondie, Watson. Il y a plusieurs incohérences dans ce rapport. Avez-vous déjà essayé de déverrouiller le système de freinage d'un de ces fameux wagonnets utilisés par les dockers pour convoyer le charbon ?

– J'avoue que ce n'est pas mon passe-temps préféré.

– Il ne faut pas moins de deux robustes gaillards pour mettre en branle cet impressionnant dispositif qui est la plupart du temps bloqué par la corrosion. Je vois mal comment une fillette de dix ans aurait pu y parvenir seule. De plus, l'article précise qu'elle empruntait ce chemin tous les jours : elle en connaissait donc parfaitement les dangers. En outre, la fillette présentait une blessure au front. Qu'est-ce qui a pu lui laisser une telle marque si le wagonnet n'a pas bougé ? Rappelons enfin que la police n'a pas retrouvé les mains. J'en conclus qu'il y a eu meurtre avec préméditation.

Holmes referma son journal et le déposa sur l'une des nombreuses piles qui encombraient jusqu'au moindre recoin de la pièce.

– Mais, qui aurait pu commettre une telle abomination ?

– Il n'existe qu'un moyen de le savoir, c'est de mener notre propre enquête sur place.

Je ne m'attendais certes pas à une affaire de ce genre, mais je sautai tout de même sur l'occasion.

– Je vous accompagne, Holmes.

– Et votre fièvre ?

– Je m'en accommoderai. Je ne tiens pas à me morfondre ici.

Moins d'une demi-heure plus tard, nous arpentions le quai Westing, à la recherche de quelque indice. J'avais l'impression de me replonger dans le cauchemar de la nuit précédente. Les eaux de la Tamise étaient plus sombres que celles du Styx. Une barque mystérieuse émergea soudain du brouillard et accosta non loin de nous. Était-ce Charon, le passeur d'âmes ?

Un groupe de dockers à la face noire poussait des wagonnets de charbon, les muscles tendus par l'effort. Holmes s'approcha de l'un deux, tandis qu'il immobilisait son wagonnet pour le décharger.

– Bonjour. Je suis Sherlock Holmes, et voici mon ami le docteur Watson. Nous enquêtons sur la mort de la petite Mary Kinsley.

L'homme roula des yeux inquiets.

– On a déjà dit tout c'qu'on savait à la police. On y est pour rien, nous, patron.

– Je souhaite seulement vérifier quelques détails. Pensez-vous que la fillette aurait pu desserrer seule le frein d'un wagonnet ?

– Sûr que non, patron. Déjà qu'à deux on a du mal.

– Une roue pourrait-elle sectionner une main ?

– Ah, par contre, ça oui. Et même plus.

Le docker désigna du menton un de ses collègues dont le bras gauche s'arrêtait à la hauteur du coude.

– Demandez à Sammy c'qu'il en pense. Un jour, il a glissé sur les rails. Normal, avec toute c'te gadoue. On n'a jamais pu stopper le wagon, lancé qu'il était avec tout son chargement. C'est pas un douillet, Sammy, mais quand même, ça l'a remué. Heureusement que c'était pas le bras droit, sinon y serait mendiant à c't'heure.

– Vous n'avez rien observé d'anormal, hier en fin d'après-midi ?

– Non, y a plus personne ici après cinq heures.

L'homme se ravisa.

– À propos de mendiant, y a bien le vieux Jack, des fois.

– Le vieux Jack ?

– C'est un pauvre clochard imbibé d'alcool qui dort là-bas sous le pont.

L'homme tendit son bras en direction d'un renfoncement sombre. Holmes insista :

– Avez-vous signalé sa présence à la police ?

Le docker plaqua la paume de sa main sur son front.

– Non. On y a pas pensé. Faut dire qu'il est plus discret qu'un mort. On le voit presque jamais.

Holmes remercia le docker et se précipita vers l'abri du vieux Jack. Nous nous retrouvâmes bientôt dans un trou sordide et nauséabond.

Mon camarade gratta une allumette et nous découvrîmes un homme couvert de guenilles immondes, vautré sur une paillasse putride entourée d'une quantité impressionnante de bouteilles vides. Nous retînmes notre respiration tant l'odeur qui régnait dans ce cloaque était insoutenable. Holmes frappa le sol du pied.

– Hé ! Réveillez-vous ! Êtes-vous Jack le Mendiant ?

L'homme se redressa sur un coude avec une lenteur infinie et mit sa main devant les yeux, gêné par la lumière pourtant faible de notre allumette. Une barbe hirsute lui mangeait la moitié du visage. Il empestait le linge mouillé et bien d'autres odeurs qu'il serait inconvenant d'évoquer dans ce récit.

– Quoi qu'c'est-y qu'vous m'voulez ?

– Avez-vous vu ou entendu quoi que ce soit hier soir ici ?

– Ben, ça dépend d'vot'bon cœur, monseigneur.

Holmes lui tendit une demi-couronne du bout des doigts. Le clochard s'en empara d'un geste vif et la serra dans son poing comme un véritable trophée.

– Vous allez pas m'faire des histoires au moins ?

– Pas si vous nous dites ce que vous savez, affirma Holmes d'un ton ferme.

Jack le Mendiant hésita encore un instant.

– Ben voilà, j'regagnai mon p'tit chez moi quand j'ai assisté à une scène pas ordinaire. Un bonhomme un peu chauve et gras comme un moine a passé tout près de moi. Y boitait fortement de la jambe droite. Il était plutôt bien habillé et tenait une fillette par la main.

– L'homme ne vous a pas vu ?

– Ben non, j'étais caché derrière un wagonnet. En plus, avec ce brouillard à couper au couteau, on n'y voit pas grand-chose.

– Ensuite, que s'est-il passé ?

– Tout d'un coup, sans prévenir, il a flanqué un coup de poing dans la figure de la gamine. La pauv'gosse s'est écroulée à ses pieds, sonnée. Je me suis dis qu'elle avait dû faire une sacrée bêtise pour se faire gronder comme ça. Mais que c'était quand même pas des manières.

Jack le Mendiant dodelina de la tête, menaçant de sombrer à tout instant dans un sommeil profond. Il empestait l'alcool bon marché et sa diction devenait de plus en plus pâteuse.

– Et puis ? insista mon camarade.

– J'ai pas bien vu, d'où j'étais. Le brouillard devenait opaque et je me suis ratatiné derrière mon wagonnet. J'avais peur qu'y m'voie et qu'y m'en fasse autant. On aurait dit que le bonhomme découpait quéqu'chose. La gamine a poussé un p'tit soupir, et puis plus rien. Après, j'ai entendu un plouf, comme quand on jette une grosse pierre dans l'eau.

– Vous n'avez rien fait ?

– Bien sûr que si. Je suis allé me terrer tout au fond de mon p'tit chez moi et j'ai vidé une demi-bouteille de gin pour me r'mettre de mes émotions.

– Vous n'avez pas prévenu la police ?

– Non. Faut dire qu'on n'est pas en très bons termes en ce moment. On aurait même plutôt tendance à s'éviter. Alors j'préfère rester dans mon trou et m'faire oublier. Chacun ses problèmes.

Le mendiant s'affaissa soudain sur le côté et sombra dans un sommeil secoué de ronflements sismiques.

Nous ne fûmes que trop heureux de retrouver l'air frais du quai. La lumière du jour faiblissait. La température avait chuté de plusieurs degrés et une pluie glacée tombait sur nos épaules. Holmes allongea le pas. Je le suivis sans poser de questions. Il était évident qu'il voulait rencontrer John Kinsley, le père de la fillette assassinée.

Nous frappâmes au 21, quai Westing. Il s'agissait d'une petite maison de ville d'apparence modeste mais bien entretenue. Au bout de quelques secondes, la porte s'ouvrit. Holmes et moi restâmes interdits. L'homme qui se tenait devant nous correspondait en tout point à la description donnée par Jack le Mendiant.

Boitant fortement de la jambe droite, il nous fit entrer sans poser de questions et nous précéda à l'intérieur, puis s'écroula sur une chaise, le regard vide.

– Êtes-vous John Kinsley ? demanda Holmes sans détour.

– Oui.

– Avez-vous tué votre fillette Mary ?

L'homme ne leva pas la tête.

– Elle était mon unique raison de vivre. Sans elle, je ne suis plus rien.

Des larmes coulaient de ses yeux rougis par le chagrin. La douleur perçait dans sa voix, une douleur insoutenable montant des profondeurs de l'être.

– Dans ce cas, pourquoi l'avez-vous tuée ? insista Holmes.

– Je ne l'ai pas tuée. Je donnerais tout ce que j'ai pour qu'elle soit encore là.

John Kinsley s'effondra en sanglots. Je pris Holmes à part.

– Il semble sincère.

– Les faits sont là, mon cher Watson. Sensiblerie et justice ne font pas bon ménage. Cet homme est un excellent comédien, il tente de susciter notre compassion. Peut-être même regrette-t-il son geste, ce qui explique son état larmoyant.

Holmes saisit le coude de John Kinsley.

– Suivez-nous au poste de police !

L'homme se leva comme un automate sans offrir la moindre résistance. Tout à coup, il posa sur nous un regard illuminé.

– Oui. J'ai tué Mary. Je mérite la peine de mort. Ainsi je pourrai la retrouver et nous ne nous quitterons plus jamais.

Alors même qu'il venait d'entendre ce terrible aveu, Holmes sembla soudain désemparé. Quant à moi, je ne savais vraiment plus que penser de cette affaire. John Kinsley était-il vraiment coupable ?

8

Holmes regagna Baker Street en fin d'après-midi. Il fonça vers son bureau et, sans un mot, commença à consulter avec frénésie son fameux fichier.

Quelques minutes plus tard, il releva la tête.

– Je me suis rendu à la morgue dès la première heure. Mary Kinsley portait bien une contusion au front, comme le précisait l'article du *Daily News*, mais la blessure ressemblait à s'y méprendre à une croix inversée. Vous souvenez-vous de la tête de Foster, Watson ?

Un court instant, je revis cette tête tranchée, couverte de terre et de sang coagulé. Holmes l'avait essuyée, mettant au jour une étrange marque sur le front.

– Je ne m'en souviens que trop. Pensez-vous qu'il y ait un lien entre les deux affaires ?

Holmes ne répondit pas. Il se replongea dans son fichier.

Mon camarade possédait une capacité de concentration hors du commun. Il pouvait rester des heures entières, le dos voûté sur son travail, sans relâcher son attention une seule seconde. Il prétendait que ses archives criminelles étaient de très loin supérieures à celles de Scotland Yard, et que, un jour ou l'autre, la police adopterait sa méthode de classement.

Après une demi-heure seulement d'épluchage acharné, il extirpa quatre fiches qu'il disposa devant lui. Son regard passa alors de l'une à l'autre, comme s'il voulait les comparer. Puis il se leva brusquement et se dirigea vers l'endroit où il rangeait sa seringue et la solution de cocaïne à 7 %, juste au-dessus de la cheminée. Ses réactions étaient parfois imprévisibles. La drogue était son ultime recours pour aiguiser sa réflexion. Un fort sentiment de culpabilité s'emparait de moi chaque fois qu'il y recourait. Je tentai d'accaparer son attention.

– Vous pensez que Mark Dughan aurait pu tuer cette fillette ? En quoi ces deux affaires seraient-elles liées ?

Holmes se détourna de son but initial.

– Je l'ignore, Watson. Je n'aurais peut-être pas établi de lien si la presse ne se faisait écho de deux nouveaux meurtres sanglants ce matin.

– Ce matin ?

– Vous n'avez donc pas lu les faits divers ?

Comment l'aurais-je pu ? Holmes avait emporté les journaux du matin avant même que je me lève.

– Non, vous les avez…

– Le *Daily News* rapporte qu'un homme a découpé sa femme en morceaux et l'a grillée dans la cheminée de son propre salon. Les voisins ont alerté les pompiers à cause de l'épaisse fumée qui envahissait l'immeuble. Tout le monde pensait qu'il s'agissait d'un incendie. Les pompiers ont réussi à pénétrer dans l'appartement et ont trouvé l'individu attablé. D'après la police, le repas comportait un cœur rôti accompagné d'un assortiment de légumes relevés d'une sauce à la menthe. On a également identifié une salade de doigts confits… le dessert, j'imagine.

– Un cannibale, en plein Londres ! Probablement un détraqué échappé de quelque asile d'aliénés.

– Pas du tout, Watson. L'homme s'appelle Henry Cardwell. C'est un banquier respectable qui habite un appartement cossu en plein cœur de la City.

– Mais comment ce monstre a-t-il justifié son geste ?

– Il a posé un regard étonné sur les pompiers et leur a demandé : « Mais enfin, que se passe-t-il ici ? » comme s'il venait de se réveiller.

– Qu'est-ce qui a bien pu le pousser à commettre un acte aussi barbare ? Il s'agit peut-être d'un crime passionnel.

– J'en doute. Selon le voisinage, le couple s'entendait bien. Jamais la moindre dispute. De plus, on ne leur connaissait aucun souci majeur. Ils vivaient heureux, comblés par l'affection de leurs proches et à l'abri de tout besoin financier.

Holmes se tourna vers la cheminée.

– Vous me parliez de deux meurtres, Holmes. Quel est le second ?

Le regard du détective hésita, encore un peu partagé entre la boîte à seringues et moi.

– Il est aussi horrible que le premier. Un vieil homme s'est présenté chez un couple de voisins d'une soixantaine d'années, Emma et James Barnes, avec qui il devait jouer au bridge ce jour-là. Il a frappé longtemps à leur porte, sans succès. Inquiet, il a fini par alerter la police qui a retrouvé le vieux James Barnes, accroupi et prostré dans un coin de sa chambre. Il ouvrait une bouche démesurée, comme s'il prenait sa respiration pour hurler, mais aucun son ne sortait de sa gorge. Il était couvert de sang desséché de la tête aux pieds. Dans son lit gisait sa femme, ou plutôt ce qui en restait. Les murs de la chambre étaient tellement maculés de sang qu'il aurait été impossible de deviner leur couleur initiale. Le corps de la malheureuse avait été déchiqueté de façon inhumaine. L'arme du crime, un long couteau de cuisine, baignait encore dans une mare de sang à demi coagulé, à côté du lit. Dans un coin de l'appartement, on a retrouvé une main crispée sur un livre. Ce qui tendrait à prouver que la malheureuse a été frappée par surprise alors qu'elle lisait.

– Pensez-vous, là aussi, que ces crimes puissent être l'œuvre de l'évadé de Millbank ?

– Je n'en ai pas la moindre idée, Watson. Je compte bien mener ma propre enquête, mais pour l'instant, j'ai un problème bien plus urgent à régler.

Holmes saisit sa boîte à seringues et l'ouvrit. Je m'apprêtais à protester quand il me tendit une feuille de papier pliée en quatre qu'il venait de retirer de sa fameuse boîte. Je compris alors qu'il n'avait pas eu l'intention de se droguer. Je dépliai la feuille et lus :

« Monsieur Holmes,

Il n'y a que vous qui puissiez résoudre ce mystère à ce qu'on m'a dit. Il y a encore un orphelin qui a disparu. Ça fait cinq en tout. C'est l'œuvre du diable ou d'une sorcière. Même ce pauvre bougre de Mulligan s'est pendu hier, lui qui était en pleine forme. Venez ce soir à 20 heures dans l'église Saint-Georges. Je vous expliquerai ce qui se passe, pour ce que j'en sais. Habillez-vous comme y faut pour que je puisse vous identifier facilement. Ma vue a beaucoup baissé ces derniers temps. Je vous demanderai de patienter un peu, le temps que je vienne à votre rencontre, à cause de mes genoux. Au cas où je n'arriverais pas à vous trouver, je me tiendrai dans un coin très sombre, le plus loin possible de l'entrée de la sacristie. Dieu puisse nous venir en aide.

Une paroissienne. »

– D'où vient ce pli, Holmes ?

– On me l'a apporté ce matin à l'aube, peu avant que je sorte. Je l'avais rangé dans cette boîte pour ne pas l'égarer. Ma table de travail est tellement encombrée…

Sur ce point, nous étions d'accord. Le reste me paraissait plus obscur. Je n'eus pas le temps de l'interroger. Il m'arracha la feuille des mains et la fourra dans sa poche.

– Allons-y ! Il est déjà 19 h 30. Nous ne devons pas rater ce rendez-vous.

Notre fiacre se traînait. Un brouillard dense et opaque nous barrait la route. Je tentai d'obtenir quelque explication :

– Dois-je comprendre que nous allons à l'église Saint-Georges, Holmes ?

– Exact, Watson. Nous y retrouverons une bigote d'environ de soixante-dix ans, vêtue de noir, le visage à moitié dissimulé sous un voile sombre, agenouillée sur un prie-Dieu, les mains jointes et les lèvres marmonnant d'inaudibles prières. Ses mains trembleront et elle sera visiblement terrorisée car elle craint l'abbé. Elle a dû le côtoyer assez longtemps. Sans doute était-elle attachée à son service. Elle ne nous accordera qu'un très court entretien avant de s'éclipser en claudiquant.

– Holmes ! C'est inouï ! Comment pouvez-vous déduire tout cela de cette missive laconique ?

– Vous pouvez en faire autant, Watson, si vous vous donnez la peine de lire attentivement. L'écriture est celle d'une personne âgée, observez les « t » et les « s » hésitants. Cette déduction est confirmée par ce qu'elle écrit : « ma vue n'est plus aussi bonne ». En outre, il est évident que l'auteur de la lettre est une femme, puisqu'elle a signé : « une paroissienne ».

– Comment savez-vous qu'elle est terrorisée ?

– Pourquoi prendrait-elle autant de précautions si elle ne l'était pas ? De plus, elle évoque le diable ou une sorcière, ce qui doit représenter pour elle le comble de la terreur.

– Certes... Mais pourquoi aurait-elle peur de l'abbé ?

– Elle a précisé qu'elle se tiendrait le plus loin possible de la sacristie. Elle semble redouter que l'abbé ne la surprenne en notre compagnie. Donc, elle le craint.

– Mais qui peut bien être ce « pauvre bougre de Mulligan » ?

– Est-ce que je sais, Watson ! Un quelconque homme de main affecté à des tâches subalternes. Peut-être s'agit-il d'un simple d'esprit, d'où le qualificatif de pauvre bougre.

– Pourquoi se serait-il pendu ?

– Certainement pas par désespoir, puisque la lettre nous apprend qu'il était en pleine forme. La raison de son suicide ne peut donc être que la peur.

– Mais comment savez-vous que cette vieille femme était au service de l'abbé ?

– Simple hypothèse découlant du contexte. Il a bien fallu qu'elle le côtoie très régulièrement pour apprendre à le connaître et le craindre. Or il apparaît à son mode d'expression qu'elle est d'une classe sociale peu élevée. Elle ne pouvait donc être qu'attachée au service de l'abbé.

– Et qui sont ces orphelins auxquels la lettre fait allusion ?

– J'ai trouvé la réponse dans mon fichier, Watson. Il s'agit de cinq gamins qui ont disparu de l'institution dirigée par l'abbé Paul Meredith. Les disparitions successives ont été signalées à la police et rapportées dans les faits divers du *Daily News*. La dernière date d'hier.

9

Le fiacre s'immobilisa enfin devant l'église Saint-Georges. Les flèches de l'édifice se perdaient dans la brume. Quelques gargouilles grimaçantes se penchaient, là-haut, pour nous observer. Il fallait vraiment avoir une foi irréductible pour entrer dans ce genre d'endroit. Nous réglâmes la course au cocher. La curiosité l'emportant sur la foi, nous poussâmes la lourde porte qui émit un sinistre grincement. Des relents de bougies et d'encens flottaient dans l'atmosphère glacée de la nef. Il faisait encore plus froid qu'à l'extérieur. L'air semblait se figer autour de notre bouche. Nous avançâmes à pas feutrés dans l'allée centrale. Holmes repéra d'un coup d'œil l'entrée de la sacristie et se dirigea à l'opposé.

C'est alors que nous aperçûmes une petite vieille dont la description était conforme aux prévisions de mon camarade. Bien qu'il fît très sombre, elle perçut notre présence et fit volte-face. Son visage disparaissait sous un voile noir, comme si elle portait le deuil.

– Dieu soit loué, vous êtes venu ! chuchota-t-elle d'une voix imperceptible et tremblotante.

Nous prîmes place sur un prie-Dieu dans une attitude de recueillement, à côté de la vieille femme.

– Lequel de vous deux est M. Sherlock Holmes ? ajouta-t-elle dans un souffle.

Nous nous présentâmes. Elle sembla rassurée et commença à parler à voix basse, le nez dans son missel.

– Il y a eu cinq disparitions à l'orphelinat. Et depuis que Mulligan s'est pendu…

– Qui est Mulligan ? coupa Holmes.

– Le fossoyeur. Un simple d'esprit que la paroisse emploie pour creuser les tombes. C'était aussi un peu l'homme à tout faire de monsieur l'abbé. Il adorait monsieur l'abbé. Il aurait fait n'importe quoi pour lui.

– Pourquoi avez-vous peur de l'abbé Paul Meredith ?

La vieille femme sursauta.

– Chut, malheureux, il pourrait nous entendre. Mais… comment savez-vous ?

– Simple déduction. Vous soupçonnez l'abbé de quelque chose, n'est-ce pas ?

La bigote se signa plusieurs fois.

– Monsieur l'abbé est parfois un peu trop sévère.

– Quel lien y a-t-il entre les enfants disparus et l'abbé ?

– Il… les aimait beaucoup.

Sa voix s'éteignit, comme si elle avait voulu faire oublier les mots prononcés.

– Qu'entendez-vous par-là ? insista mon camarade.

La vieille femme se releva et se signa plusieurs fois à petits gestes rapides.

– Je ne sais rien de plus, monsieur Holmes. Dieu vous aide à combattre Satan.

Puis elle s'éloigna en claudiquant, exactement comme l'avait prévu Holmes. Le bruit précipité de ses pas disparut bientôt après un grincement plaintif de la lourde porte d'entrée.

– Nous voilà bien avancés, dis-je à Holmes. Elle a paniqué. Je suis certain qu'elle avait autre chose à nous dire.

– Je trouve au contraire que nous avons appris beaucoup de choses, Watson. Voyez la vitesse à laquelle elle s'est évaporée dès que nous l'avons questionnée sur l'abbé. Son attitude est plus parlante qu'un long discours. Une visite à ce Paul Meredith s'impose.

La nuit s'était solidement installée. Un brouillard dense et glacé avait pris possession de la ville. Nous croisâmes un passant qui nous indiqua le chemin à suivre pour aller chez monsieur l'abbé : tout droit jusqu'au carrefour, première à droite puis deuxième à gauche, on ne pouvait pas se tromper. Il y en avait pour cinq minutes à pied.

Après trois quarts d'heure d'errance dans la purée de pois, nous finîmes par trouver la maison de l'abbé au détour d'une ruelle. Holmes frappa plusieurs fois le marteau.

L'horloge de l'église venait de sonner neuf coups quand l'homme nous ouvrit enfin sa porte. Il était grand et sec, légèrement voûté. Ses yeux, semblables à deux perles, scintillaient au milieu d'un visage tendu. Des lèvres minces et blanches accentuaient sa physionomie rugueuse. L'homme était aux aguets.

– Qui êtes-vous ? Que voulez-vous ?

– Mon nom est Sherlock Holmes et voici mon associé, le docteur Watson. Nous enquêtons sur la disparition des cinq orphelins sur ordre de Sa Majesté.

Holmes mentait avec un aplomb extraordinaire quand cela s'avérait nécessaire. La porte s'ouvrit en grand. L'expression de l'abbé se métamorphosa. Sa voix se fit accueillante.

– Excusez ma méfiance, messieurs, mais avec tout ce qui se passe en ce moment… Soyez les bienvenus. Puissiez-vous nous aider à résoudre ces mystères le plus vite possible et apaiser les craintes de nos paroissiens.

Paul Meredith nous fit entrer dans un petit salon au mobilier vétuste et rudimentaire. Un lutrin portant une bible trônait en évidence au centre de la pièce. Aucune décoration, pas le moindre objet ostentatoire. Accroché à un mur blanc, le Christ sur sa croix.

– Savez-vous ce qui a poussé le malheureux Mulligan à se suicider ? demandai-je sans détour.

– Je l'ignore, il semblait terrorisé. Je ne pouvais même plus l'approcher. Ç'a été un choc terrible pour moi. Mais comment avez-vous entendu parler de lui ?

Holmes fit un geste énigmatique.

– Enquête spéciale. Quels étaient vos rapports avec ce garçon ?

– Je l'avais pris sous ma protection. Je l'ai aidé du mieux que j'ai pu. Il me le rendait bien. Son attachement était sincère et sans calcul.

– Quand avez-vous vu pour la dernière fois le garçonnet qui a disparu hier ?

– Il a servi à la messe donnée pour le décès d'un de nos paroissiens. Il était enfant de chœur. Il a disparu à la fin de la cérémonie. Je ne m'en suis pas aperçu tout de suite.

Paul Meredith désigna deux chaises.

– Prenez un siège, messieurs, nous serons mieux pour converser.

Holmes resta debout.

– Ce ne sera pas nécessaire, je n'ai que quelques questions à vous poser. Que se passe-t-il habituellement après la cérémonie religieuse ?

L'abbé parut décontenancé.

– Le cercueil est scellé puis porté en terre.

– Qui se charge de cette opération ?

– Mulligan.

– Où le cercueil a-t-il été cloué ?

– Dans la sacristie, bien sûr.

– Le garçonnet a-t-il pu sortir de l'église sans être vu ?

– Non. Il n'y a que deux issues : la sacristie et la porte principale. Or le sonneur de cloches se tient à l'entrée. Il l'aurait vu passer, surtout avec sa robe d'enfant de chœur.

– L'enfant n'a donc pu s'échapper que par la sacristie. Avez-vous questionné Mulligan ?

– Je n'ai pas pu. Il s'est enfui juste après avoir scellé le cercueil. Nous l'avons retrouvé pendu dans sa chambre peu après la cérémonie.

Holmes se dirigea vers la porte.

– Habillez-vous, nous sortons !

– Vous avez un doute ?

– Non, une certitude.

Il se tourna vers l'abbé :

– Pouvez-vous nous conduire au cimetière ?

Nous nous munîmes de lampes et parvînmes sur les lieux en quelques minutes. L'endroit était terrifiant. J'avais les nerfs à fleur de peau. Un hurlement déchira soudain la nuit et me glaça les sangs. En un geste réflexe, je saisis le bras de mon camarade. Il posa sur moi un regard étonné.

– Ressaisissez-vous, mon vieux ! Auriez-vous peur d'une malheureuse chouette ? Ce que vous allez voir est autrement éprouvant.

Le brouillard donnait au cimetière un aspect fantomatique et effrayant. Quelques croix émergeaient çà et là de la purée de pois. Il régnait en ces lieux une terrifiante immobilité, un silence dont la profondeur même annonçait l'horreur et l'inconcevable. Mon corps fut soudain parcouru de violents tremblements que je ne parvenais pas à réprimer. Le froid n'était pas seul en cause. Mon ventre se noua d'appréhension. Mon être entier se refusait à affronter la vision que je m'attendais à voir surgir devant moi à tout instant.

Holmes se tourna vers l'abbé.

– Savez-vous où Mulligan rangeait ses outils ?

Paul Meredith tendit un doigt décharné droit devant lui.

Mon camarade disparut dans le brouillard. Quelques instants plus tard, il revint vers nous chargé de deux pioches et m'en tendit une.

– Tenez, Watson ! Un peu d'exercice vous réchauffera. Vous tremblez de la tête aux pieds.

Puis il se tourna à nouveau vers l'abbé, dont le visage, à la lueur de notre lanterne, parut plus pâle qu'un cierge.

– Où est la dernière tombe en date ?

– Qu... qu'allez-vous faire, monsieur Holmes ? balbutia l'abbé.

– Faire parler les morts.

L'abbé se signa et nous conduisit devant un monticule de terre fraîchement constitué et surmonté d'une croix sobre qui n'était pas encore envahie de mousse. Holmes s'arc-bouta et parvint à faire tomber la croix.

Le visage de Paul Meredith se décomposa.

– Vous n'avez pas le droit. C'est contraire à tous les principes religieux.

– Peut-être, mais c'est conforme aux besoins de mon enquête.

L'abbé brandit soudain son crucifix en direction de Holmes.

– *Vade retro, satanas !* Sacrilège ! C'est une profanation ! Vous... vous...

Sa voix s'étrangla quand Holmes donna le premier coup de pioche dans la terre fangeuse.

Après une demi-heure d'un travail exténuant, nous parvînmes à extirper le cercueil de son habitacle boueux. L'abbé, livide et tremblant, s'était agenouillé à même la terre et proférait des prières incompréhensibles en se signant à petits gestes hystériques. Ses mains tremblaient avec frénésie et son visage était traversé de rictus d'épouvante.

Holmes essuya de la main le couvercle du cercueil. Une croix inversée apparut. Mes jambes vacillèrent. Mon camarade parvint à soulever le couvercle en utilisant sa pioche comme levier. Je détournai le regard, craignant d'être confronté à un spectacle insoutenable. Holmes pencha sa lanterne sur le cercueil.

– Watson ! Venez voir ! C'est monstrueux. Encore pire que ce que j'avais imaginé.

Je réunis mon courage pour baisser les yeux sur le contenu macabre. Mes jambes disparurent soudain sous moi. La nuit gagna mon cerveau.

Le picotement de la gifle sur ma joue me ramena à la réalité. J'étais allongé sur le sol. Holmes était penché sur moi. Il retint *in extremis* sa main quand il s'aperçut que je reprenais connaissance.

– Excusez-moi pour ces quelques soufflets, Watson. J'étais bien obligé, vous avez tourné de l'œil. Vous avez vu ça, ajouta-t-il en me désignant le cercueil ouvert.

Encore sous le choc, je ne parvins pas à répondre. Oh oui, j'avais vu ! Un gamin vêtu d'une robe d'enfant de chœur, bâillonné, les pieds et les poings liés, était sanglé à un vieillard à la peau verdâtre et décomposée. Je n'étais pas près d'effacer cette image abominable de ma mémoire.

Je parvins enfin à me relever. L'abbé se tenait penché sur le cercueil tel un oiseau de mauvais augure, balbutiant d'incompréhensibles litanies, comme s'il avait perdu la raison.

Holmes avait détaché l'enfant et semblait l'ausculter.

– Le corps ne porte pas la moindre trace de blessure. Il n'a pas non plus été empoisonné, cela se verrait aux contractions de son visage. Sa bouche était bâillonnée pour l'empêcher de crier. Les liens de ses poignets lui interdisaient tout mouvement. L'épouvante se lit encore dans son regard.

Holmes marqua un temps d'arrêt.

– Ce pauvre gosse a été enterré vivant.

10

La nuit qui suivit cette horrible découverte, je fus réveillé par des bruits de pas feutrés provenant du salon. L'appartement était plongé dans l'obscurité. Je me levai en prenant soin de ne pas faire craquer les lattes du plancher, puis je saisis ma canne et entrouvris la porte du salon.

Un intrus inspectait le bureau de Sherlock Holmes, à la lueur de la lune. J'observai un instant son étrange manège. Il semblait chercher un objet précis.

J'ouvris la porte d'un geste brusque. L'homme pivota sur ses talons et se figea dans une attitude de pure panique.

– Bon sang, Watson, vous m'avez fait une de ces peurs !

– Holmes, c'est vous ?

– Qui voulez-vous que ce soit ?

– Mais que faites-vous dans le noir ?

– Je ne voulais pas vous réveiller, je m'apprêtais à sortir.

– À cette heure-ci ?

Il devait être 2 ou 3 heures du matin.

– C'est l'heure idéale pour ce que j'ai l'intention de faire.

– Mais que cherchez-vous ?

– Mon cure-pipe. Ah, le voici. Voulez-vous m'accompagner ? Je vous promets une balade des plus instructives.

– Non merci. Je préfère me reposer. Après ce que nous venons de vivre…

Holmes sortit. Je regagnai mon lit et me rendormis presque aussitôt.

Mon camarade revint à Baker Street en milieu de matinée. Il paraissait épuisé mais fort excité. Il s'assit un instant dans son fauteuil, mais se releva presque aussitôt et arpenta la pièce à grandes enjambées, comme si son esprit lui imposait cet exercice.

– Je suis allé chez Cardwell, lança-t-il.

– Cardwell ?

– Le banquier cannibale, vous savez bien.

– Ah oui, le bonhomme qui a grillé sa femme dans sa cheminée.

– C'est du moins ce que croit la police. J'ai réussi à m'introduire dans l'appartement de Cardwell à la faveur de la nuit. Cela n'a pas été simple. Il a fallu attendre que le gardien s'endorme. Mais mon cure-pipe fait des merveilles quand on sait bien s'en servir. Ensuite, j'ai brisé les scellés de la porte. L'appartement n'avait pas encore été nettoyé. J'ai vu une croix inversée tracée avec du sang au-dessus de la cheminée.

– Ce serait donc la signature du meurtrier. Cette affaire aurait aussi un lien avec les autres.

Holmes poursuivit son récit sans prêter attention à ma remarque.

– Ensuite, je suis retourné à la morgue. L'endroit n'est pas très gai de jour, mais la nuit…

Il souffla et écarquilla les yeux, comme s'il ne s'était pas encore remis de cette visite nocturne.

– Vous avez utilisé votre… cure-pipe ?

– À peine. Je n'ai eu aucun mal à entrer. Je commence à être un habitué des lieux. J'ai tout de suite trouvé le cadavre d'Emma Barnes.

– La vieille femme massacrée dans son lit ?

– Exact. Vous vous souvenez de l'article du *Daily News*. Il signalait que la pauvre femme présentait une contusion frontale. La police en a déduit qu'elle avait été assommée avant de subir ces horribles sévices. J'ai voulu voir cette marque de plus près.

– Encore une croix inversée ?

– Oui. Elle avait été gravée sur le front de la malheureuse à l'aide d'un couteau pointu ou d'un ustensile du même genre.

– La police n'a pas remarqué cela ?

Holmes s'arrêta net et vint s'asseoir en face de moi.

– Bien sûr que si. J'allais y venir. Fort de ces derniers indices, j'ai rendu visite à notre ami Lestrade. Je lui ai exposé mes découvertes en me gardant bien de lui expliquer comment je les avais obtenues.

– Quelle fut sa réaction ?

– Syndrome de Boulbaba.

– Je vous demande pardon ?

– Vous n'avez jamais entendu parler de l'affaire Boulbaba ?

– Heu…

– Attila Boulbaba était un malfrat qui opérait au début du siècle dans les bas quartiers de Londres. Un ancien forgeron tombé dans l'alcoolisme et le banditisme. Il guettait ses victimes au coin de rues désertes et les massacrait à coups de marteau avant de les dépouiller.

– Pas très délicat.

– Déformation professionnelle.

– Quel rapport avec nos affaires ?

– Laissez-moi finir. À l'époque, l'affaire fit grand bruit. On ne comptait plus les pauvres gens retrouvés au petit matin, le crâne défoncé et la cervelle dégoulinant dans le caniveau. Il y avait de tout, de la femme soupçonnée d'adultère au voisin trop bruyant en passant par le locataire insolvable. C'était presque devenu une mode. À chaque crime, on accusait Boulbaba. Le parfait bouc émissaire. Mais un jour, le bonhomme fut arrêté et jugé. Or il ne reconnut que cinq crimes sur les dizaines qu'on lui attribuait. La police dut alors se rendre à l'évidence : Boulbaba avait fait des émules. Les gens réglaient leurs différends à coups de marteau et chargeaient Boulbaba. Comme par hasard, dès que Boulbaba fut pendu, les massacres au marteau cessèrent.

– Je ne vois toujours pas…

– Lestrade prétend que les récents meurtres s'inscrivent dans une logique similaire. L'évadé de Millbank, le fameux Dughan, a eu la bonne idée de marquer sa victime d'une croix renversée. La presse n'a pas manqué de rapporter ce fait. Dès lors, les assassins de tout poil signent leurs meurtres de la même façon. Pour Lestrade, ces affaires n'ont aucun point commun, à part la volonté des assassins de faire porter les soupçons sur Dughan.

– Vous croyez à cela ?

– Non. Il y a trop de points communs dans la cruauté de ces crimes. Je suis persuadé qu'ils sont le fait d'un seul et même individu. Peut-être sous influence…

Le visage de Holmes devint grave.

– Mais qui peut en vouloir à la fois à une gamine, à des orphelins, à une vieille femme sans défense et à l'épouse d'un banquier sans histoires ?

11

– *Madame Hudson !* hurla mon camarade comme s'il venait de s'ébouillanter.

L'intéressée sursauta et lâcha la pile de papiers qu'elle tenait dans ses bras. Holmes était d'une humeur massacrante.

– Que faites-vous là ? poursuivit-il sur le ton de l'inquisiteur s'adressant à l'hérétique.

La brave femme resta interdite, au milieu d'un capharnaüm de papiers, de journaux et de revues déchiquetées.

– Je… je fais le ménage, monsieur Holmes. J'allais mettre ces vieux papiers au feu…

– Au feu ? Malheureuse, vous n'y pensez pas ! Vous allez réduire à néant des semaines de travail acharné.

Elle jeta un regard effaré autour d'elle.

– Mais, il y a des tas de papiers partout.

– Vous ne voyez donc pas qu'il s'agit de classements thématiques ?

– Ah ?

Non, elle ne voyait pas. D'une main tremblante, elle tendit à mon ami une grosse enveloppe portant la mention « Pour Sherlock Holmes, urgent », comme pour s'excuser.

– Je n'aurais pas tout brûlé. J'allais remettre cela sur votre bureau.

– Où l'avez-vous trouvée ?

– Sous un tas… thématique.

Je reconnus aussitôt le pli.

– C'est la lettre que maître Holborne avait déposée à votre intention. Souvenez-vous, il insistait beaucoup pour que vous la lisiez.

Holmes me tendit l'enveloppe.

– Dans ce cas, je vous en fais volontiers cadeau, Watson. Mais je vous ai déjà prévenu, n'espérez pas à y trouver l'affaire du siècle.

Holmes congédia Mme Hudson, bougonna un instant et entreprit de trier les papiers qui jonchaient le sol.

J'ouvris l'enveloppe. Elle contenait une lettre introductive de maître Holborne et un exemplaire de la revue *Fantastica*… Voilà qui commençait fort mal. Une fois de plus, Holmes semblait avoir raison.

La revue *Fantastica* tentait depuis des années de concurrencer le *Strand Magazine*, sans le moindre succès. Tandis que le *Strand* connaissait un succès grandissant en publiant les aventures de Sherlock Holmes, *Fantastica* livrait à ses rares lecteurs des enquêtes de fiction à l'intrigue morbide et à la moralité douteuse. Je m'étais toujours demandé qui pouvait bien lire ce genre d'inepties.

Ma curiosité l'emporta. Je parcourus le texte désigné par maître Holborne.

Mon intérêt fut éveillé dès les premières lignes. Ce récit, quoique très romancé, était en rapport direct avec l'évasion de Millbank. Pouvait-il s'agir d'une simple coïncidence ?

– Holmes, écoutez ça !

– Cette Mme Hudson me rendra fou. Comment vais-je m'y retrouver ?

– Un journaliste vient de publier sous la forme d'un feuilleton une nouvelle à épisodes dans laquelle il affirme avoir découvert un nouveau réseau criminel.

– Elle a failli jeter au feu un trésor d'archives inestimable…

– Ce journaliste, c'est Reginald Foster !

Mon camarade cessa soudain de manipuler ses papiers.

– Foster ? Où avez-vous lu cela ?

– Dans ce magazine.

Il se leva d'un bond et m'arracha la revue des mains.

– *Fantastica* ? Encore un canular.

– Comment expliquer que ce canular ait été publié *un mois avant* les faits ?

Il feuilleta le magazine en avant et en arrière avec une moue de dégoût. Il commençait à douter.

– Voulez-vous me résumer cette… nouvelle, Watson, je vous prie.

Holmes s'assit en face de moi et abandonna ses « archives inestimables » au milieu de la pièce. Je commençai :

– Foster a mené une enquête de près d'un an dans les bas-fonds de Londres. Il affirme avoir travaillé en étroite relation avec les services secrets.

Holmes se gratta la tempe du bout de son index.

– Mmm. Ceci expliquerait cela. Continuez, Watson !

– Foster évoque une série de meurtres épouvantables qui n'ont jamais été élucidés à ce jour. Selon le journaliste, la plupart de ces derniers crimes auraient été ordonnés par une puissance supérieure. Il prétend avoir percé le secret d'une mystérieuse organisation au sein de laquelle une femme jouerait un rôle prépondérant.

Holmes rassembla l'extrémité de ses dix doigts, songeur.

– Une femme ? Foster donne-t-il des informations précises, des noms, des lieux ?

– Non. Il décrit seulement cette femme, de taille moyenne, vêtue de noir à la manière d'une veuve, un regard de pythie. En revanche, il prévient les lecteurs qu'il a changé les noms et les lieux de ce récit afin de ne pas compromettre son enquête. Il semblait sur le point de faire des révélations importantes. Il y a autre chose. Le cadre du prochain épisode devait être…

Holmes fronça les sourcils.

– La prison de Millbank ?

– Oui.

Il se leva, croisa ses mains dans son dos et commença à arpenter le salon, tête baissée, en foulant au pied son trésor d'archives. Puis il regagna son fauteuil, serrant les dents sur sa pipe éteinte.

– Que pensez-vous de tout cela, Holmes ?

Il ferma les yeux et ne répondit pas. Je décidai de ne pas troubler sa réflexion et poursuivis la mienne en silence.

Ce récit expliquerait bien des choses. Foster suivait la piste de Mark Dughan et avait réussi à le localiser à la prison de Millbank. Mais pourquoi le journaliste aurait-il choisi de publier ses recherches avant la fin de son enquête ? Il courait le risque d'être démasqué, même en changeant les noms des lieux et des personnes. Et pourquoi avoir choisi une revue aussi médiocre que *Fantastica* ? Quant à Mycroft Holmes, était-il au courant de cette publication ? Quel rôle avait-il joué dans toute cette histoire ?

– Je n'en sais rien, Watson.

Je sursautai.

– Holmes ! Comment avez-vous fait cela ? Vous venez encore de lire dans mes pensées.

– Pas du tout, Watson, je réponds à votre question. Vous m'avez demandé ce que je pensais de tout cela. Je vous réponds que je n'en sais rien.

Mon camarade s'agenouilla, rassembla les papiers qui jonchaient le sol en un gros paquet et les expédia au feu sans autre forme de procès. Puis il s'essuya les mains d'un air satisfait et enfila son manteau.

– Mais il y a quelques questions que j'aimerais poser au directeur de *Fantastica*.

12

Nous venions de quitter les larges avenues des quartiers résidentiels pour nous enfoncer dans les ruelles insalubres des quartiers est. Nous passions sans transition de l'opulence flamboyante à la plus infâme misère. Ce contraste m'avait toujours choqué. Deux mondes coexistaient à Londres. Deux mondes qui s'ignoraient et ne se croisaient jamais. Face à cette outrageante pauvreté, j'avais honte d'être anglais.

Notre fiacre fut bientôt pris dans les embarras inextricables de la circulation et nous avançâmes au pas. Cela nous laissa le temps de contempler le spectacle désolant de la rue. Un brouhaha fait d'éclats de voix, de claquements de fouet et de bruits d'attelages agressa nos tympans. Un groupe d'enfants en guenilles nous accompagna un instant en quémandant quelque aumône. Le cocher fit claquer son fouet au-dessus de leurs têtes et les gamins se dispersèrent comme une volée de moineaux.

Sous ce ciel anthracite et l'éclairage défaillant des becs de gaz, j'avais l'impression de pénétrer en enfer. Les ruelles semblaient se refermer sur nous. Des tas de détritus s'amoncelaient contre des taudis aux façades lépreuses, autour desquels des chiens faméliques cherchaient une méchante pitance. Des grappes de linges gris et moisis pendaient çà et là aux fenêtres. Une fine pluie glacée commençait à tomber.

L'opposition entre le Londres des riches et le Londres des pauvres n'était pas seulement visuelle et auditive, elle était aussi atrocement olfactive. Ici, malgré le froid, l'atmosphère était irrespirable. Je ne pus m'empêcher de le faire remarquer à Holmes.

– Quelle puanteur ! Les éboueurs ne doivent pas passer souvent dans ce quartier.

– Il n'y a pas qu'eux, Watson. Même la police n'ose plus s'aventurer dans certaines de ces ruelles. Le vice et le crime y prolifèrent sans entrave.

– Ainsi que le typhus et le choléra.

L'odeur devenait insoutenable. Je mis mon mouchoir devant ma bouche.

– Je me demande si c'était une bonne idée de venir jusqu'ici.

– Nous n'avons pas le choix. Si nous voulons poursuivre cette enquête, nous devons interroger le directeur de *Fantastica* et tenter d'en savoir plus sur Reginald Foster et sa fameuse enquête. Mais rassurez-vous, il ne nous arrivera rien dans ce quartier en plein jour. Et nous sommes en mesure de nous défendre.

– Ma crainte n'est pas tant liée aux risques de cet endroit qu'à l'accueil que nous allons rencontrer. Vous n'ignorez pas que le directeur de *Fantastica* jalouse le succès du *Strand Magazine* et ne nous apprécie guère. C'est pourquoi j'ai bien peur que nous ne soyons pas tout à fait les bienvenus.

– Qui ne tente rien n'a rien, Watson. D'ailleurs, nous serons bientôt fixés, nous voici arrivés.

Notre fiacre s'immobilisa devant une boutique à la devanture délabrée. On distinguait à peine les mots *Fantastica Magazine* sous la peinture écaillée de la façade crasseuse.

Nous réglâmes la course et pénétrâmes bientôt dans un incroyable capharnaüm. Quel contraste avec les locaux spacieux du *Strand Magazine* ! Des empilements de caisses et de mobilier s'entassaient dans un désordre apocalyptique. Un homme sans âge, malingre et voûté, s'affairait au milieu du chaos. Il portait une vieille redingote rapiécée et des mitaines d'un temps révolu.

Holmes se racla la gorge avec insistance.

L'homme ne nous avait pas vus entrer. Il sursauta et se retourna.

– Voici le docteur Watson, commença mon camarade, et je suis Sherlock Holmes. Nous souhaiterions parler au directeur de *Fantastica Magazine*.

Son visage exprimait un mélange de stupeur et de méfiance.

L'homme accusait la soixantaine. Ses cheveux gris, trop longs et mal entretenus, tombaient en filasse sur ses épaules. Sa peau même était grise, comme si la poussière avait fini par s'y incruster au fil des années. Ses joues émaciées étaient rongées par un début de barbe noire. Une large balafre rayait son menton effilé. Des paillettes jaunes scintillaient dans l'iris de ses yeux. Il ressemblait à un loup anémique.

– Vous êtes vraiment... Que faites-vous ici ?

– Nous vous l'avons dit, mon ami, insistai-je. Nous voulons nous entretenir avec le directeur.

L'homme plissa les yeux et nous scruta de la tête aux pieds.

– C'est moi. Je suis Samuel Bocton, le directeur de la revue *Fantastica.*

Il désigna deux caisses en bois.

– Prenez un siège.

Puis, se rendant compte de l'incongruité de sa proposition :

– Nous sommes en plein déménagement. Nous quittons enfin ce maudit quartier pour nous installer à Saint-John's Wood où nous allons occuper une place plus digne de notre rang.

Samuel Bocton débarrassa une caisse d'un fatras d'objets divers et s'assit en face de nous.

– Si je m'attendais à une telle visite ! Je ne pensais pas accéder aussi vite à la notoriété.

– En fait, enchaîna Holmes, nous menons une enquête criminelle.

Le visage de l'homme se ferma. Il y eut un silence. Il nous considéra d'un œil soupçonneux. Je ressentis, d'une façon aiguë, l'hostilité quasi animale qui se dégageait de ce personnage.

– Que me voulez-vous au juste ? Je n'aime pas beaucoup les enquêtes.

– Confidence pour confidence, je n'aime pas beaucoup les criminels.

Bocton entrouvrit les lèvres pour protester, mais le regard noir de Holmes mit fin à ses velléités.

– Nous souhaiterions vous poser quelques questions à propos d'une nouvelle que vous avez fait paraître dans votre revue sous le titre : « Sur la piste du crime ». Que savez-vous exactement de cette affaire ?

Le loup sembla se recroqueviller, comme s'il redoutait son adversaire.

– Rien de plus que ce que j'ai publié.

- Mais qui est l'auteur de cet article ?

– Reginald Foster.

Holmes glissa un regard entendu vers moi.

– Que savez-vous de ce Foster ?

– Peu de chose en vérité. J'ignore jusqu'à son adresse et son véritable nom.

– Il ne s'appelle pas Foster ?

– Non. Foster est son nom de plume. Il préfère agir sous ce pseudonyme tant que son enquête n'est pas terminée.

Bocton parlait de Foster au présent. De toute évidence, il ignorait le terrible sort du journaliste.

– Pouvez-vous nous parler de Foster ? insista Holmes

Les yeux de l'homme gris n'étaient plus qu'une étroite fente.

– Pourquoi toutes ces questions ?

Holmes prit un air grave et s'abstint de répondre.

Bocton sentit la nécessité de se justifier.

– Je vous l'ai dit, je le connais finalement assez peu. Il a la trentaine. Cheveux bruns, yeux marron. Son allure générale est assez dynamique. Il mesure environ un mètre soixante-dix. Il est toujours habillé avec soin. Ses traits sont francs et volontaires, son visage n'est pas marqué par la souffrance, encore que…

Il marqua un temps d'arrêt.

– Encore que ?

– Il y a comme une fêlure en lui. Je ne suis pas un expert en psychologie, mais je ressens bien ce genre de choses pour l'avoir vu si souvent autour de moi.

– Qu'est-ce qui vous fait dire cela ?

– Des petits riens. Un regard qui vous échappe lors d'une conversation, des absences, une ride qui se creuse soudain sur son front, comme si un vieux souci le harcelait en permanence. Il est animé d'une grande énergie, mais il semble parfois torturé par un mal intérieur. Je me demande ce qu'il cherchait vraiment.

– Comment êtes-vous entré en contact avec lui ?

– C'est lui qui est venu me trouver un jour pour me proposer son manuscrit. Je l'ai dévoré en une journée. Cette histoire m'a passionné et je me suis dit qu'elle plairait sûrement à mes lecteurs.

– Mais pourquoi Foster s'est-il adressé à vous ?

Bocton passa sa main dans ses cheveux poussiéreux, comme pour chasser une pensée gênante.

– Il m'a expliqué avec beaucoup d'humilité qu'aucun autre éditeur ne voulait de ses histoires et qu'il avait un besoin urgent d'argent pour financer son enquête. Alors je lui ai proposé de les publier en le rétribuant par un pourcentage des recettes. Foster paraissait si satisfait qu'il a signé aussitôt le contrat sans en discuter les conditions.

– Vous avez exploité ce malheureux ! m'insurgeai-je en connaissance de cause. Le tarif de ce genre de nouvelles est au moins d'une guinée les mille mots. Et encore, le *Strand Magazine* m'octroie beaucoup plus.

– *Fantastica* n'a pas les moyens du *Strand*, monsieur Watson, et je puis vous affirmer que Foster n'a pas à se plaindre de notre arrangement. Ni moi, d'ailleurs.

Holmes planta ses yeux de rapace dans ceux de Bocton.

– Cette enquête est-elle réelle ou s'agit-il seulement d'une fiction destinée à relancer vos ventes ?

Le directeur de *Fantastica* haussa les épaules. Quand il ouvrait la bouche pour parler, un rictus mauvais déformait ses lèvres et découvrait ses dents pointues.

– Qu'est-ce que ça change ? Les gens veulent du sang, des crimes atroces, de l'horreur. Ça leur permet d'exorciser leurs peurs et d'assouvir leurs fantasmes les plus inavouables. Jack l'Éventreur leur manque.

– Vous prétendez que vos lecteurs ont la nostalgie de ce monstre ?

– Pas seulement mes lecteurs. Les braves gens aiment trembler au coin du feu, calfeutrés dans leur fauteuil préféré, tandis que d'autres se font étriper sur la boue du pavé londonien. Regardez le succès de *Frankenstein*, de *L'Étrange Cas du Docteur Jekyll et de Mister Hyde* et de *Dracula* ! Et que dire du *Chien des Baskerville*, docteur Watson ? N'est-ce pas une œuvre diabolique ?

– Ce n'est pas pareil. Jack l'Éventreur était un monstre sanguinaire qui frappait des innocentes.

Le loup montra ses canines.

– N'exagérons rien. Il a écourté la souffrance de quelques filles perdues vouées à une déchéance certaine. Quant aux innocents, il en meurt des milliers chaque année à Whitechapel, et cela n'offusque personne.

– Que voulez-vous dire ?

Bocton se composa un masque de souffrance.

– Je fais allusion aux milliers de malheureux qui succombent dans les raffineries de sucre de Whitechapel. Près de soixante pour cent des enfants meurent avant l'âge de cinq ans, dans l'East End, et Londres s'en moque. Savez-vous pourquoi, docteur Watson ?

Je baissai les yeux sans trouver de réponse. Bocton s'enflamma :

– Parce que l'opinion publique s'est habituée à voir des gens mourir d'asphyxie dans l'air vicié de l'East End. Le bon peuple de Londres trouve normal que les pauvres s'entassent à quatorze et plus par pièce dans une totale absence d'hygiène et d'intimité. Cela fait partie du quotidien et n'a plus rien d'extraordinaire. Tandis que Jack l'Éventreur, lui, relève presque du surnaturel ou tout au moins de l'exceptionnel. Le diable a toujours fasciné.

Holmes attendit qu'il eût terminé sa diatribe délirante, laissa planer un instant de silence apaisant et reprit d'une voix calme :

– Foster vous a-t-il remis le texte de son prochain article ?

Le directeur de *Fantastica* eut un geste évasif.

– Non, rien, j'attends. Il comptait poursuivre ses recherches au pénitencier de Millbank. Il voulait y interroger un individu important pour son enquête.

– Savez-vous s'il avait des correspondants au sein de la police ? s'enquit Holmes.

– Je crois qu'il travaillait avec un certain Hazelwood.

– Le professeur Cornelius Hazelwood ?

Bocton afficha une expression de pur étonnement.

– Oui, pourquoi ?

– Depuis combien de temps Foster n'a-t-il pas donné de nouvelles ?

– Je ne sais pas. Une semaine environ.

– Cela ne vous a pas inquiété ? insista encore Holmes.
– Non, je publierai la suite du feuilleton quand Foster me l'enverra.
– Vous risquez d'attendre longtemps.
– Que voulez-vous dire ?
– Foster est mort, asséna Holmes en guettant la réaction du bonhomme.

Bocton ne put masquer sa surprise.
– Comment pouvez-vous l'affirmer ?
– Vous ne lisez pas les journaux ?
– Non. Le déménagement me prend toutes mes journées et…
– Son corps a été retrouvé dans une cellule de la prison de Millbank.
– C'est fâcheux, reprit l'homme gris en se grattant la tête, mais le plus difficile est fait.
– Le plus difficile ?
– Oui. Nos ventes ont décollé. Grâce à cette enquête insolite, notre lectorat s'agrandit semaine après semaine. De jeunes écrivains pleins de talent m'envoient leurs manuscrits. J'ai atteint mon but. Je vais enfin sortir de cette ornière. Voilà tout ce qui compte pour moi. J'attendais ce moment depuis si longtemps…

L'homme se leva et désigna plusieurs sacs remplis de lettres et de revues qu'il destinait de toute évidence aux ordures municipales.
– J'enterre le passé. Place à l'avenir.

Puis il braqua son regard vers la porte.
– Maintenant, vous m'excuserez, mais je dois prendre congé de vous car voici les déménageurs. Nous devons être prêts pour l'inauguration de nos nouveaux locaux, lundi.

Nous quittâmes les lieux sans regret. Ce personnage exécrable ne serait jamais au nombre de mes amis.

La nuit commençait à tomber. Quand notre fiacre sortit de l'East End, je fus encore tiraillé entre le remords de laisser toute cette misère derrière moi et le soulagement égoïste de retrouver le confort de notre petit appartement.

Cette nuit-là, je ne parvins pas à trouver le sommeil. Trop de questions se bousculaient dans mon esprit. J'avais le sentiment obscur que Bocton en savait plus long qu'il ne l'avouait. Je tentai encore de récapituler les différents éléments d'enquête en notre possession. D'un côté, il y avait cette tragique évasion de Millbank. Nous savions que l'évadé, un ancien avocat du nom de Mark Dughan avait été le jouet de maîtres chanteurs. Des crimes atroces marqués d'une croix inversée avaient été commis après l'évasion. Mais, malgré les recherches de la police, Dughan demeurait introuvable.

Et aujourd'hui, nous apprenions que Foster avait travaillé avec le célèbre professeur Cornelius Hazelwood, nouveau gourou de la police criminelle moderne. Qu'avaient-ils découvert ensemble ? Et Mycroft Holmes ? Pourquoi tenait-il tant à évincer son frère de ces affaires ?

J'étais loin de pouvoir emboîter les éléments de cet inquiétant puzzle.

13

La notoriété de Sherlock Holmes auprès du grand public était à son apogée. Dans le même temps, la méfiance qu'il inspirait dans les milieux scientifiques s'était transformée en une haine épidermique. On lui reprochait d'opposer un empirisme instinctif à la science officielle et de tirer des lois générales à partir de l'étude de quelques cas isolés. On lui en voulait surtout d'obtenir des résultats aussi probants en utilisant des méthodes dont les fondements scientifiques n'étaient pas établis.

Holmes eut bientôt quelques détracteurs acharnés. Une certaine presse le traîna dans la boue à maintes reprises. Les qualificatifs de charlatan, de marginal, de dilettante et de truqueur lui furent attribués. Mais ce qui paraissait le plus intolérable aux yeux des représentants du pouvoir scientifique, c'était l'indifférence glacée de Holmes à leur endroit. Il les ignorait, dans tous les sens du terme. Pire que le mépris, il y a l'indifférence.

À la suite d'un fâcheux malentendu, le professeur Cornelius Hazelwood, fondateur autoproclamé de la criminalistique moderne, devint, par presse interposée, le plus virulent ennemi de Sherlock Holmes. Hazelwood se présentait comme le nouveau prophète du monde policier. À un journaliste qui lui demandait pourquoi il remettait sans cesse en cause la science officielle, Holmes répondit un jour : « Ce n'est pas parce que des générations d'imbéciles se sont trompées qu'il faut continuer de le faire ! », voulant ainsi dénoncer l'immobilisme de la pensée en ce domaine. On pouvait certes lui reprocher de nombreux travers, mais pas celui de vouloir bousculer le pouvoir en place, ni même de chercher la polémique.

C'est pourtant ce qu'il réussit à faire, car cette remarque malheureuse lui mit à dos une grande partie des communautés scientifique et religieuse.

Hazelwood, dépositaire immodeste de la pensée scientifique en matière de criminologie, avait pris cette phrase anodine pour une agression personnelle. Il ne cachait plus sa haine envers Holmes, ce qui ne l'empêchait pas de le piller et de le plagier sans vergogne, s'appropriant les découvertes du détective et leur conférant une justification scientifique au travers de lois mathématiques et statistiques réputées imparables. Hazelwood officialisait en quelque sorte les découvertes de Holmes en y apposant son sceau.

Je me souvins d'une rare conversation que j'avais eue avec mon camarade sur ce sujet :

« Vous avez lu, Holmes ! Ce Hazelwood possède un sacré culot. Il prétend pouvoir dresser le portrait d'un homme en analysant son écriture. Il affirme être en mesure de déterminer les habitudes et comportements généraux de l'individu après la seule étude de quelques lignes manuscrites. Il n'a fait que reprendre l'idée que vous exprimiez si bien dans votre petit traité de physiographologie.

– Eh bien tant mieux, Watson, c'est au moins cela que j'aurai fini par lui faire admettre. »

Holmes, imperturbable, plaçait une plaquette de verre sur le socle de son microscope.

« Mais, Holmes, ne voyez-vous pas que ce professeur Hazelwood détourne à son profit vos propres découvertes ? Il vous spolie honteusement tout en dénigrant votre travail.

– Mmm. »

Holmes, l'œil droit collé au microscope, observait un monde invisible et s'extasiait. Je constatai une fois de plus qu'il n'attachait pas la moindre importance à ce que pouvait penser, dire ou faire le professeur Hazelwood. Sherlock Holmes n'avait pas besoin de la reconnaissance des autres pour exister, puisqu'il était le seul représentant de sa catégorie. Il était fort de ses propres connaissances et sa conscience était le seul juge qu'il reconnût.

Je ne parvenais pas à m'expliquer ce qui avait pu pousser des hommes aussi différents à collaborer : Cornelius Hazelwood, le scientifique génial mais despotique, Mycroft Holmes, le brillant mais très mystérieux chef des services secrets, et Reginald Foster, le journaliste intrépide.

L'enquête qu'avait menée Holmes sur Mark Dughan n'avait fait qu'obscurcir notre perception de cette affaire. Les meurtres se succédaient : d'abord Foster, puis la petite Mary Kinsley, les orphelins de la fondation Meredith, la femme du banquier cannibale, la vieille Emma Barnes…

Holmes se contentait de les répertorier dans son fichier. Nous n'avions pas le moindre début de piste.

J'en étais là de mes réflexions quand la voix de mon camarade me ramena à la réalité.

– Nous progressons à pas de géant, Watson.

– Auriez-vous appris quelque fait nouveau qui n'aurait pas été porté à ma connaissance ?

– Non. Je ne sais rien de plus que vous, Watson. Mais c'est déjà beaucoup. Résumons les faits. Foster a travaillé en étroite collaboration avec le professeur Cornelius Hazelwood. À eux deux, ils ont accumulé assez d'éléments pour parvenir à mettre au jour une organisation criminelle. Hazelwood a vu en Foster le moyen providentiel de faire un coup d'éclat. Il ne fait aucun doute qu'il a usé de toute son influence pour convaincre Mycroft de nommer Foster au poste de gardien.

– Tout cela, nous le savons déjà. Foster a échoué. Quelque chose ou quelqu'un a dû alerter le prisonnier qui est parvenu à s'évader au nez et à la barbe de la police.

– Exact, Watson. Imaginez l'embarras de Mycroft et de Hazelwood. À cause d'eux, Foster est mort et un tueur ivre de vengeance est en liberté.

– Mais pourquoi votre frère a-t-il tenté de vous écarter de cette enquête ?

– Vous n'êtes pas sans savoir que le professeur Hazelwood me considère comme son pire ennemi.

– Je comprends. Hazelwood a craint pour sa réputation. Si vous veniez à découvrir la vérité et à ébruiter sa monumentale erreur, sa carrière serait détruite.

– Très juste, Watson ! Hazelwood est très influent. Il a donc convaincu ou contraint Mycroft à nommer Lestrade pour traquer le tueur. Ce que Mycroft et Hazelwood devaient ignorer, c'est que notre ami Lestrade accourt ici dès qu'il est confronté à un problème insoluble.

– En effet, tout cela se tient. Mais reconnaissez que nous ne disposons à l'heure actuelle d'aucun indice sérieux nous permettant d'orienter nos recherches.

– Désolé de vous contredire, mon cher Watson, mais nous possédons le message laissé par Dughan dans sa cellule, et la « nouvelle » de Foster parue dans *Fantastica*. Le rapprochement de ces deux documents suggère une nouvelle piste. Foster affirme que de nombreux crimes jamais élucidés auraient été « ordonnés par une puissance supérieure ». Il parle d'une mystérieuse organisation au sein de laquelle une femme jouerait un rôle prépondérant.

– Tout cela reste bien obscur.

– Pas tant que cela. Le message de Dughan parlait de vengeance. « Mes bourreaux vont connaître l'enfer. »

Holmes dressa un index et répéta comme une sentence :

– Vont connaître l'*enfer* !... Souvenez-vous de la trace laissée par Dughan sur le front de ce malheureux Foster.

– Une croix retournée ?... Le symbole des adeptes de Satan. Dughan ferait partie d'une secte satanique ?

– Ou utiliserait une secte pour se venger. Ces éléments nous conduisent à rechercher une secte d'adorateurs de Satan au sein de laquelle une femme joue un rôle important.

Une fois de plus, Holmes parvenait à ouvrir une piste cohérente là où je ne voyais qu'une jungle de données hostiles et contradictoires.

– Comment allez-vous mener cette enquête, Holmes ?

– Pour l'instant, je n'en ai pas la moindre idée, Watson. Je n'ai jamais été confronté à ce type de problème. La tâche risque d'être difficile, car ces sectes n'aiment guère la publicité. Ce sera un travail de longue haleine.

Un silence lourd revint entre nous.

La pipe de Holmes fit entendre ses sifflements asthmatiques. C'était le seul bruit qui rompait le calme et la monotonie de l'appartement, à l'exception du tic-tac hypnotique de la pendule.

Nous étions maintenant au cœur de l'hiver. La journée s'étiolait sous un ciel de houille. Les ténèbres envahissaient inexorablement la ville. Bientôt, Londres, asphyxié sous une chape de brouillard terne, ne serait plus qu'un spectre de pierres et de boue. Combien de méfaits abominables se préparaient encore dans ces intérieurs si calmes ? Il me semblait que la ville entière pouvait basculer dans l'horreur et la barbarie à tout instant. Combien d'éventreurs en puissance allaient se réveiller au milieu de la nuit pour massacrer aveuglément les innocents qui partageaient leur logis ? Que pouvait-il se passer à cet instant dans leur esprit ? Seraient-ils seulement capables d'expliquer leur geste au petit matin ? Les faits récents m'avaient appris que la folie pouvait sommeiller au fond des âmes les plus tranquilles pour se déchaîner sans raison apparente. L'honorable banquier devenait alors cannibale. Le veuf méritant massacrait soudain sa fillette, comme si sa main obéissait à un ordre suprême échappant à sa propre décision. Le bon pasteur punissait ses brebis de châtiments diaboliques.

Existait-il un lien entre ces meurtres ? Étaient-ils commis par Mark Dughan, l'avocat déchu, ou celui-ci tirait-il seulement les ficelles dans l'ombre ? Pouvait-il être lui-même le jouet d'une puissance infernale, capable de transformer le justicier en bourreau sanguinaire ? Jamais cette ville ne m'avait semblé aussi monstrueuse et inquiétante.

Las de ces vaines réflexions, je tentai de me replonger dans mon roman. Mais bientôt, les caractères commencèrent à danser devant mes yeux fatigués. Je ne parvenais plus à me concentrer. Mes pensées étaient ailleurs. L'horloge sonna les douze coups de minuit. Je posai mon livre et allai me coucher. J'attendis le sommeil avec appréhension, comme le condamné attend sa dernière heure, tournant et retournant dans ma tête les abominables événements que nous venions de vivre.

14

Maître Holborne s'apprêtait à lire le chapitre suivant quand la pendule sonna les douze coups de midi. Lestrade se leva et demanda sur un ton ironique l'autorisation d'assouvir un besoin personnel urgent, si le testament ne s'y opposait pas. Nous l'imitâmes à tour de rôle.

Lorsque, débarrassés de ces incontournables vicissitudes liées au fonctionnement du corps humain, nous nous retrouvâmes dans le bureau de notre ami le notaire, Mycroft Holmes aborda une question qui torturait tous les esprits et surtout tous les estomacs :

– N'avez-vous pas faim ?

Un quart d'heure plus tard, mes compagnons entamaient avec un bel enthousiasme les plats que feu mon ami Sherlock Holmes avait mis à notre disposition. Pour ma part, le souvenir douloureux de ces événements me coupa quelque peu l'appétit.

Un sentiment de gêne passa sur le visage de maître Holborne. Il se tourna vers moi et dit, comme pour se justifier :

– Cette lecture testamentaire sort un peu de l'ordinaire. Mais mon métier est si routinier et administratif qu'un peu de fantaisie n'est pas fait pour me déplaire.

Il vit ma moue de désapprobation et ajouta :

– Après tout, ce repas fait en quelque sorte partie du testament de Sherlock Holmes, il n'y a aucun mal à y faire honneur.

– Et, de toute façon, c'est le sort commun, intervint Lestrade. À un moment ou un autre, nous devons cesser d'être. Le fait de vous affamer ne fera pas revenir votre ami, docteur Watson.

Je me laissai finalement convaincre et pris un repas frugal accompagné d'un verre d'eau fraîche.

Lestrade entama un morceau de rosbif, et la conversation dans la foulée.

– Vous possédez un indéniable talent de narrateur, mon cher Watson, mais je trouve que votre récit est beaucoup trop romancé et personnel.

– Romancé, à la rigueur, c'est la loi du genre, mais personnel, je ne suis pas d'accord avec vous. Je me contente de rapporter les faits de façon aussi neutre que possible selon leur chronologie.

– Dans ce cas, pourquoi avoir développé ce long passage sur les affronts subis par Sherlock Holmes. À vous entendre, votre ami était persécuté par les milieux scientifiques et religieux. Vous prétendez que la presse l'a traîné dans la boue. C'est tout juste si vous n'en faites pas un martyr national.

– J'ai les preuves de ce que j'avance.

– Là n'est pas la question. Je vous reproche surtout de vous servir de cette histoire pour régler vos comptes.

– Je n'ai aucun compte à régler, Lestrade.

– Même pas avec ce malheureux professeur Hazelwood ? Paix à son âme. Vous l'accusez de plagier votre ami, alors que Hazelwood a fait des efforts louables durant toute sa vie pour rendre accessibles et utilisables les découvertes intuitives de Sherlock Holmes. Il a donné une rigueur scientifique à des méthodes d'amateur. Il est l'inventeur de la criminalistique moderne, ne l'oubliez pas !

– Au mieux, il a inventé un affreux néologisme. Toute sa science était déjà contenue dans les monographies de mon ami.

Lestrade se servit un verre de vin. Il ne désarmait pas.

– Vous pourriez au moins nous épargner vos états d'âme.

Je me redressai.

– Mes états d'âme ?

– Vos cauchemars ineptes n'ont aucun rapport avec cette histoire.

– Mon but était de montrer dans quel contexte psychologique se sont déroulées ces mystérieuses affaires criminelles.

Lestrade écarta la remarque d'un geste brusque de la main, ce qui eut pour conséquence de décorer la nappe blanche d'une large tache rouge.

– Mystérieuses ? Pour vous peut-être, mais pas pour moi. De plus, il n'a jamais été question de secte dans toutes ces affaires.

– J'aimerais pouvoir vous donner raison.
– Mais il y a plus grave, docteur Watson.
Le visage du policier se durcit.
– Vous sous-estimez la police de Sa Très Gracieuse Majesté.
Je plantai mes yeux dans les siens.
– Mes remarques ne visent que certains de ses membres.
Lestrade avala sa bouchée de travers et fit de louables efforts pour ne pas subir le sort commun.
Maître Holborne profita de cette trêve pour nous rappeler à notre devoir.
– Allons, messieurs ! Ne perdons pas trop de temps en vaines querelles. Nous venons à peine d'entamer la lecture de ce testament. Il nous reste beaucoup à lire. J'ai hâte de connaître la suite.
Mycroft Holmes s'essuya la commissure des lèvres de sa serviette et se leva.
– Moi aussi !
Lestrade avala une gorgée de vin et finit par déglutir. Puis il regagna sa place en maugréant :
– *Pfeu !* Sherlock Holmes se sera moqué de nous jusqu'au dernier moment. Ce récit n'a rien d'un testament.
Maître Holborne attendit que nous fussions tous les trois confortablement installés, ajusta son pince-nez et tourna la page.

15

La température avait encore chuté, tombant bien au-dessous de zéro degré. Un climat polaire paralysait la capitale. Un soleil de glace donnait aux nuages des reflets irréels, presque métalliques. Mes jambes pesaient une tonne. Ce matin, j'avais mille ans. Mes pensées et mes gestes étaient aussi lents que ceux d'un dinosaure.

– J'ai réfléchi, annonça Holmes sur un ton triomphant, la nuit porte conseil.

J'aurais aimé pouvoir en dire autant. Pour l'heure je m'efforçais de beurrer un toast récalcitrant. Cette épreuve occupait toutes mes forces vives.

– Je sais où me procurer des documents sur les sectes et sur ce qui se rapporte au diable, poursuivit mon camarade.

– Ah ?

– Nous avons la chance de posséder à Londres, au British Museum, une bibliothèque qui compte plus d'un million et demi de volumes. Elle surpasse en réputation toutes les bibliothèques connues, y compris celle du Vatican. Pourquoi ne pas utiliser ce fantastique outil que nous avons à portée de main ?

J'opinai du chef mais, au fond de moi-même, j'étais un peu déçu. Holmes m'avait habitué à des prises de décision un peu plus spectaculaires.

– Ensuite, je vais passer au crible les fichiers de la police et mes propres archives. Je dois rechercher tous les crimes attribués à des sectes. Le passé éclaire souvent le présent !

– Et comment comptez-vous accéder aux fichiers de la police ? objectai-je pour la forme.

Holmes éluda la question d'un geste évasif.

– Il me faudra sans doute déployer des arguments très persuasifs. Cela risque d'être assez ruineux, j'en conviens.

Mon camarade avait mis au point une méthode infaillible pour s'attacher les services des fonctionnaires les plus récalcitrants. Un barème très précis concernait tous les niveaux hiérarchiques, du plus retors des chefs au plus insignifiant des grouillots. Quand un nouveau cas se présentait, il lui suffisait d'une analyse vestimentaire rapide pour fixer le montant de l'argument au shilling près.

Je décidai de l'accompagner à la bibliothèque. C'était toujours mieux que de rester en tête à tête avec des toasts hystériques.

Holmes héla un fiacre. Le cocher, un géant au visage violacé, semblait pétrifié par le froid. D'effroyables gerçures craquelaient ses lèvres boursouflées. Il eut toutes les peines du monde à stopper son cheval tant la chaussée était glissante.

– Au British Museum, mon ami ! lança mon camarade.

L'homme souffla dans ses mains pour tenter de les réchauffer.

– Il va falloir emprunter le pont de Londres, m'sieur.

– Et alors ?

– Le trafic est rendu difficile à cause du verglas. Ça risque d'être long.

– Qu'importe, nous devons nous y rendre. Nous mettrons le temps qu'il faudra.

Malgré le froid pénétrant, toute la ville semblait s'être donné rendez-vous dehors. Il régnait une étrange animation. Où allaient donc tous ces gens ?

Nous arrivâmes enfin sur le pont de Londres. Le cocher n'avait pas exagéré. Quatre files de voitures de toute espèce, omnibus, cabs, coupés, fiacres, haquets, camions, tombereaux, charrettes, se croisaient dans un gigantesque enchevêtrement. Les trottoirs étaient bondés d'une foule emmitouflée qui progressait avec peine sur les plaques gelées.

Les personnes âgées se tenaient au parapet afin de ne pas glisser. Des grappes d'enfants se penchaient par-dessus la rambarde de pierre, au risque de basculer dans le vide. Ils semblaient très intéressés par ce qui se passait sous le pont et faisaient de grands signes de la main à je ne sais qui.

Comme nous étions presque à l'arrêt, j'en profitai pour passer la tête hors du fiacre et jeter un coup d'œil en contrebas. Le froid m'obligea un instant à fermer les yeux, puis un spectacle insolite s'offrit à ma vue.

Le fleuve était recouvert d'une épaisse couche de glace. Une foule de colporteurs, de chalands et de camelots y vendaient les produits les plus hétéroclites sur des tréteaux de fortune. Des dizaines de baraquements précaires avaient également investi la moindre parcelle gelée. Il régnait en bas la même effervescence qu'en haut. Il me sembla même distinguer le costume rouge de plusieurs ramasseurs de purin, ce qui signifiait que des chevaux et des attelages traversaient le fleuve à pied sec sur ce socle éphémère.

Au milieu du pont, la statue de Shakespeare, saint patron des frigorifiés, dressait la main droite vers le ciel et semblait bénir tout le petit monde qui s'agitait sur le fleuve figé.

Le fiacre redémarra enfin. Il nous fallut encore une bonne demi-heure pour parvenir devant les marches du British Museum.

La salle de lecture était une immense rotonde surplombée d'une coupole percée de vingt hautes fenêtres surplombant une corniche dorée. Un silence religieux y régnait, à peine troublé par quelques toussotements étouffés et le bruit du papier manipulé qui montaient des longues rangées de pupitres. Le bureau du président de salle était placé sur une espèce de chaire surélevée.

Un employé d'accueil y trônait, immobile comme un caméléon guettant sa proie. En dépit de son allure sénile, le caméléon ne devait pas avoir plus de quarante ans. Holmes m'adressa un clin d'œil et commença à parler à voix feutrée :

– Avez-vous remarqué, Watson, que les administrations placent toujours à leurs guichets d'accueil les employés les moins accueillants ?

– Êtes-vous sérieux ?

– Absolument ! Et l'explication est simple. Ces gens-là se révèlent souvent inaptes à occuper d'autres postes. Donc, en désespoir de cause, l'ancienneté jouant en leur faveur, ils sont placés à l'accueil.

– Inaptes à occuper d'autres postes ? Que voulez-vous dire ?

– L'employé d'accueil développe une sorte d'allergie au travail. Certains d'entre eux parviennent même à tomber réellement malades et portent les stigmates de leur maladie imaginaire. J'ai relevé et étudié de surprenants cas de lumbagos chroniques, de sénilité précoce, de paralysie de la main qui écrit, de crétinisme intermittent, de balbutiement intempestif, de dyslexie incontrôlable, de myopie occasionnelle.

– D'où tenez-vous cela, Holmes ?

– J'ai étudié la question, vous dis-je. J'ai même commencé à rédiger une monographie sur le personnel d'accueil dans les administrations anglaises. Qui maîtrise la psychologie du personnel d'accueil possède les clés de l'administration !

Quant à moi, je ne maîtrisais pas la psychologie du Sherlock Holmes. Mon camarade pratiquait une forme d'humour qui n'appartenait qu'à lui. De telle sorte que je ne savais jamais s'il fallait rire ou prendre ses remarques au sérieux.

Il s'approcha de l'employé d'accueil et signala sa présence d'un raclement de gorge appuyé :

– *Ahem !* Bonjour, mon ami ! Nous souhaiterions consulter des ouvrages sur les sectes.

L'homme mit sa main en cornet autour de son oreille et fronça les sourcils.

– Les insectes ?

Holmes se tourna vers moi.

– Surdité intermittente. Le sujet perd ses facultés auditives dès que son interlocuteur aborde une question qui pourrait occasionner un surcroît de travail ou troubler sa somnolence. Un cas classique.

Puis il se pencha sur le comptoir.

– Non. Des écrits sur les pratiques sectaires et sur le diable.

– Vous avez des cotes précises ?

– Non. Juste les thèmes que je viens de vous citer.

– La recherche va être compliquée. En outre, nous avons très peu de livres sur la question.

– Pouvons-nous les consulter ?

– Vous n'avez pas de chance, ils ont été empruntés il y a quelques jours.

– En êtes-vous sûr ?

L'homme leva un œil indigné.

– Douteriez-vous de ma parole ?

Holmes prit un air étonné.

– Cela ne m'avait pas traversé l'esprit.

Ainsi donc, quelqu'un s'intéressait au même sujet que nous. Simple coïncidence ?

– Pourriez-vous me décrire les personnes qui ont emprunté ces ouvrages ? insista Holmes.

– Ça oui. Malgré tous leurs efforts pour passer inaperçus, on ne pouvait que les remarquer.

– Vous pensez qu'ils cherchaient à se cacher ?

– C'est fort probable.

– À quoi ressemblaient-ils ?

– Ils étaient trois. Un homme et deux femmes. L'homme portait des lunettes teintées, comme s'il voulait dissimuler ses traits. Une des deux femmes m'a semblé bizarre.

– Quelle était son allure générale ?

– Oh non, elle n'avait pas l'allure d'un général ! Elle ressemblait plutôt à un somnambule endeuillé. Son regard était vitreux. Quand elle me dévisageait, j'avais des frissons dans le dos. Elle était vêtue de noir et avait de larges cernes rouges autour des yeux.

Holmes s'approcha du gratte-papier.

– Avez-vous noté leurs coordonnées ?

– Oui, elles sont inscrites dans le registre des prêts.

– Puis-je y jeter un coup d'œil ?

L'homme se raidit.

– Vous n'y pensez pas ! C'est interdit. Je risque mon poste.

Holmes sortit de sa poche un argument sonnant et trébuchant. L'employé jeta un regard circulaire et empocha le faciliteur de confidence. Puis il feuilleta quelques pages de l'imposant grimoire, le tourna vers nous et dit sans desserrer les mâchoires :

– Je ne vous ai rien dit. Je ne vous connais pas. Je ne veux rien savoir.

– Cela va de soi, répondit mon camarade sur le même ton.

Holmes se pencha par-dessus le guichet et lut à voix basse :

– « Erich Weiss et Anna Eva Fay, 89, avenue des Indes. »

Puis il leva les yeux vers le spécimen à la surdité intermittente.

– Des Allemands ?

L'homme avait recouvré le plein usage de son ouïe.

– Non, des Américains.

– Qu'est-ce qui vous permet de l'affirmer ?

– Leur accent anglais était désastreux et leur tenue vestimentaire assortie.

Holmes prit un air de conspirateur.

– Vous ont-ils expliqué pourquoi ils voulaient ces livres ?

Le directeur de salle vint se planter dans le dos de notre informateur, qui replongea aussitôt dans sa surdité.

– Vous laisser libre ?

Holmes n'insista pas.

Nous sortîmes de la bibliothèque. Une fois à l'extérieur, mon camarade se frotta les mains d'un air satisfait.

– J'ai eu le temps de voir une partie des titres empruntés par ces étranges visiteurs : *Quelques soupirs de l'Enfer*, par Molton, *Croyances et Superstitions du Moyen Âge,* de William Paddelton, le *In Memoriam* de Tennyson, *Spectres et Apparitions* de Peter Ellery, *Dialogues avec l'au-delà* d'Arthur Gamblin, les *Œuvres complètes* de Thomas De Quincey, *L'Histoire du Diable* de Daniel Defoe. Cette fois, il semblerait que nous tenions une piste sérieuse, Watson !

16

Holmes fit arrêter le cocher à la hauteur du 70 de l'avenue des Indes et lui demanda d'attendre notre retour à cet endroit. La nuit était noire comme de l'encre. Le froid était vif et le vent armé de milliers de lames de rasoir. Nous parcourûmes une centaine de mètres à pied, tête baissée contre le vent, et parvînmes aux abords d'une grande maison austère entourée d'une haute grille hérissée de pointes acérées. De grands arbres agitaient leurs branches dénudées dans notre direction, comme pour nous mettre en garde contre un danger imminent.

Une lumière furtive passa au-dessus de nos têtes, semblant surgir de nulle part. En levant les yeux, je m'aperçus qu'un curieux système de miroirs et de lumières encerclait la propriété. Nous reculâmes dans l'ombre.

– Regardez, Holmes ! Un des miroirs vient de pivoter. Je ne crois pas que ce soit à cause du vent. À quoi peut bien servir ce dispositif ?

Mon camarade leva les yeux.

– C'est la première fois que je vois une chose pareille. J'ai l'impression qu'il s'agit d'un système optique permettant de surveiller les abords de la maison. Nous allons vite le savoir.

Holmes saisit un caillou et le lança contre la palissade. Aussitôt, plusieurs miroirs se tournèrent vers le lieu de l'impact et un violent éclair de lumière troua les ténèbres. Nous n'eûmes que le temps de sauter derrière une haie d'arbustes afin d'échapper à l'œil diabolique.

Un instant plus tard, un immense portail s'ouvrit sans le moindre bruit et deux hommes surgirent, scrutant la nuit de leurs faisceaux lumineux. Nous retînmes notre respiration. Le froid devenait cruel et une pluie glacée commençait à tomber. Au bout de quelques minutes, un des lascars tourna les talons.

– Rentrons, il n'y a personne.

– Tu as raison, approuva le second. C'est probablement le vent. Une branche morte a dû heurter la palissade.

La grille se referma en silence.

– Ce n'est pas une maison, c'est une forteresse, murmura Holmes. Difficile d'y entrer par surprise.

– Pourquoi ne pas tenter le tout pour le tout ? Nous pourrions carillonner et demander à rencontrer le maître des lieux sous un prétexte quelconque.

– Rien de tel pour éveiller ses soupçons. Je propose plutôt d'attendre qu'il sorte. Nous pourrons toujours essayer de le suivre et…

Holmes n'eut pas le temps de finir sa phrase. Le portail s'ouvrit à nouveau dans un souffle et un fiacre déboula devant nous.

– C'est peut-être notre chance, Watson.

Nous courûmes jusqu'à notre voiture.

– Foncez ! ordonna Holmes au cocher.

– Où allons-nous, monsieur ?

– Droit devant !

Malgré la pluie qui redoublait de violence, notre fiacre roula à vive allure un bon quart d'heure. Notre visibilité étant quasi nulle, je n'aurais pu dire si nous étions toujours à la poursuite de l'autre voiture. Soudain, Holmes hurla :

– *Stop !*

Le cocher tira sur les rênes. Le cheval se cabra et le fiacre s'immobilisa après une glissade de quelques mètres. Mon camarade me saisit par la manche et m'entraîna.

– Que… que se passe-t-il, Holmes ?

– Là-bas ! Le fiacre que nous suivions vient de s'arrêter. Regardez ! Voilà notre homme.

À quelque distance de là, un individu vêtu d'une grande cape noire et coiffé d'un haut-de-forme descendait de sa voiture. Nous reculâmes dans l'ombre d'une porte cochère.

L'homme gravit quelques marches, poussa une porte discrète et pénétra dans un bâtiment à l'aspect très ordinaire.

– Suivons-le ! chuchota Holmes.

Il tritura un instant la serrure à l'aide de son cure-pipe. La porte s'ouvrit avec un petit déclic. Nous nous engouffrâmes aussitôt dans le bâtiment. Holmes posa son index sur ses lèvres et me montra un écriteau au-dessus de la porte. Je n'eus pas le temps de lire de quoi il s'agissait.

Nous avançâmes à tâtons dans une pièce obscure et encombrée. J'aperçus une lumière lointaine et diffuse. Un bruit de foule étouffé parvint jusqu'à nous. J'avais la curieuse sensation d'être observé par des dizaines de regards. Je fis soudain volte-face. Un homme à l'air effaré se tenait devant moi, dans la pénombre. Il me fallut une fraction de seconde pour reconnaître mon propre reflet dans un miroir sombre. Mes yeux commencèrent à s'habituer à l'obscurité. Nous étions entourés d'une armée de personnages immobiles. S'agissait-il de mannequins, d'automates ou d'humains ? Je reculai d'un pas, effrayé par cette curieuse compagnie, quand mon pied heurta un objet. Un mécanisme couina quelque part et une volée d'oiseaux monta vers les hauteurs du bâtiment dans un bruissement d'ailes. Je me retournai à nouveau et butai dans l'un de ces terrifiants personnages. J'allais m'enfuir, quand ce dernier me saisit le bras.

– Hé ! Où allez-vous comme ça ?

Je restais pétrifié de terreur.

– Je crois que nous nous sommes trompés d'entrée, déclara Holmes sur un ton désinvolte.

– Vous venez pour la représentation ?

Mon camarade prit une attitude hautaine.

– Évidemment.

– Suivez-moi, poursuivit l'homme, je vais vous conduire. Je me demande comment vous êtes arrivés jusque-là.

– Nous cherchions les vestiaires, affirma Holmes sur un ton agacé.

L'homme s'excusa presque.

– Faut reconnaître que c'est pas facile de se repérer dans ce dédale.

Nous pénétrâmes dans une salle de spectacle archicomble. La lumière nous aveugla un instant. Holmes glissa une demi-couronne dans la main du bonhomme.

– Merci, mon ami. Vous nous avez tirés d'un mauvais pas. Nous saurons retrouver notre place à présent.

À ce prix-là, l'homme ne se posait plus de question.

– À votre service, messieurs.

Holmes me désigna deux fauteuils libres au troisième rang. Nous les prîmes d'assaut. Une fois installés, je me penchai vers mon camarade.

– Auriez-vous la bonté de m'expliquer ce que nous faisons ici, Holmes ?

– Ne faites pas l'enfant, Watson ! Vous voyez bien que nous sommes dans un théâtre. Vous n'avez pas vu l'écriteau « Entrée des artistes » au-dessus de la porte ?

– Ah, c'était donc cela. Et maintenant, que va-t-il se passer ?

La salle fut soudain plongée dans l'obscurité. Seul l'épais rideau rouge de la scène était éclairé par une rangée de projecteurs de sol.

– Nous allons bientôt le savoir, Watson.

Le rideau s'entrouvrit. Un homme s'avança dans la lumière des projecteurs et réclama le silence d'un geste autoritaire.

– Mesdames, mesdemoiselles, messieurs. Le spectacle que vous allez voir est unique au monde. L'homme qui va se produire devant vous risque sa vie à chaque représentation. Sa performance vous marquera jusqu'à la fin de vos jours. Je demande aux personnes sensibles et émotives de quitter la salle. Mais si vous décidez de rester, sachez que vos nerfs seront mis à rude épreuve.

Je me penchai vers mon camarade.

– Quel baratin.

Derrière nous, une grosse dame en robe de crinoline rose ricana bruyamment. Sur scène, le bonimenteur brassait l'air.

– J'ai l'honneur de vous présenter le plus grand magicien de tous les temps : Harry Houdini !

Le rideau s'ouvrit sur un décor insolite devant lequel se tenait un petit homme à l'allure athlétique. Une musique tonitruante jaillit de je ne sais où. Une explosion d'applaudissements accueillit le nouveau venu. Je ne pus retenir une exclamation de surprise :

– *Holmes, c'est... !*

– Chut.

Le mystérieux inconnu que nous avions suivi depuis la maison aux miroirs jusqu'ici n'était autre que Harry Houdini.

La musique s'estompa peu à peu. Houdini salua son public d'une profonde révérence. Les applaudissements crépitèrent encore longtemps. Deux sbires vinrent le délester de façon théâtrale de son haut-de-forme et de sa cape. Les spectateurs se calmèrent peu à peu. De nouveaux projecteurs s'allumèrent de toutes parts. Un décor au goût douteux apparut dans une clameur d'émerveillement.

Un gigantesque aquarium de verre occupait la partie centrale de la scène. Il était surmonté d'une sorte de grue semblable à celles que l'on utilise pour charger des marchandises à bord des cargos. L'aquarium était entouré de colonnes et de sculptures aux couleurs vives qui pouvaient évoquer des vestiges de temples grecs et des statues pharaoniques.

Le bonimenteur se planta sur le devant de la scène.

– Le grand Houdini va maintenant être cagoulé et sanglé dans une camisole de force.

Deux techniciens ligotèrent le magicien.

– Puis il va être suspendu par les pieds à cette grue.

Houdini, ficelé de la tête aux pieds, fut bientôt incapable de bouger un petit doigt. Les techniciens attachèrent le crochet de la grue autour des sangles de ses chevilles. Le corps du magicien s'éleva dans les airs, la tête en bas. Le présentateur reprit :

– Maintenant, mesdames et messieurs, je vous demande d'observer le plus grand silence afin de ne pas troubler la concentration du maître. Dans quelques secondes, cette grue va le descendre dans ce bassin rempli d'eau. Il se trouvera alors en immersion complète et ne disposera que de deux minutes pour se libérer. Vous pourrez suivre sa spectaculaire évasion à travers les parois transparentes du bassin.

Le mécanisme de la grue se mit en branle dans un silence mortel. Chacun retint son souffle, y compris moi. Le corps emmailloté de l'illusionniste pénétra doucement dans l'eau et fut bientôt entièrement immergé.

Une immense horloge s'éclaira soudain sur la droite de la scène et entama son angoissant décompte.

Houdini gigota dans sa camisole. Mais aucune sangle ne semblait vouloir céder. La pendule égrena des secondes qui durèrent des heures.

Les mouvements de Houdini devinrent désordonnés et précipités. J'eus un instant la sensation que l'homme paniquait et qu'il ne parviendrait pas à se sortir de cette fâcheuse posture.

Une minute interminable s'écoula. J'aurais voulu être ailleurs et ne pas assister à ce spectacle. Mes nerfs étaient à fleur de peau. Je sentis la sueur perler sur mon front et mes mains moites se crispèrent sur les accoudoirs du fauteuil. À côté de moi, Holmes fixait la scène, figé dans une attitude de chouette empaillée.

Derrière nous, la grosse dame en crinoline tomba en pâmoison. Son voisin lui fit respirer des sels. Elle retrouva ses esprits, mais s'effondra en pleurs, terrassée par l'appréhension.

Une autre minute s'écoula, lente, terrible, insupportable.

Dans l'aquarium, les gestes de Houdini semblaient de plus en plus désespérés. Le corps fut encore agité de quelques soubresauts, puis les mouvements cessèrent. Le présentateur sortit une montre de gousset et s'essuya le front.

Une troisième minute arriva à son terme au bout d'une éternité.

Un silence de mort planait à présent sur l'immense salle du théâtre. Le bonimenteur traversa la scène en courant et s'adressa aux machinistes avec force gesticulations. La discussion fut brève et animée. Un des hommes montra la cuve du doigt. Son collègue approuva de la tête et pointa son doigt vers l'horloge. Quatre minutes. Il y eut encore quelques interjections étouffées. Plusieurs machinistes accoururent des coulisses et apparurent en fond de scène, agités et indécis. La plus grande confusion semblait régner sur scène.

Un murmure paniqué enflait dans la salle.

Soudain, un homme se leva au premier rang et désigna l'aquarium.

– Vous ne voyez donc pas qu'il est en train de se noyer ? Il faut le sortir de là.

Le bonimenteur tenta encore de calmer le public.

– C'est… c'est un accident. Cela n'arrive jamais. Restez à vos places ! Nous avons la situation en main.

Un des machinistes se précipita enfin sur la manivelle du treuil et tenta de remonter le corps. Une exclamation d'horreur s'éleva alors du public : dans sa précipitation, le machiniste venait de casser net la manivelle. La camisole de force reposait à présent, inerte, au fond de l'aquarium géant.

Soudain, les techniciens et le bonimenteur se retirèrent dans l'ombre du fond de scène, abandonnant le malheureux à son sort.

L'homme du premier rang monta alors sur scène, avança sous la lumière des projecteurs et se planta devant le public, les bras en croix. Je ne parvins pas à entendre ce qu'il disait.

Des cris de panique s'élevèrent encore dans la salle. Déjà, plusieurs personnes s'apprêtaient à monter sur scène pour secourir le noyé.

L'homme du premier rang ôta son haut-de-forme, fit glisser sa grande cape noire à ses pieds d'un geste théâtral et fit une profonde révérence.

– *Houdini !* hurla soudain notre voisine en crinoline avant de perdre à nouveau connaissance.

Le public, partagé entre la panique et la fascination, hésita un instant. Puis la salle se leva dans un incroyable mouvement d'ensemble, scanda le nom du magicien dans une demi-hystérie et applaudit à tout rompre. J'en fis autant…

– Incroyable, Holmes. Cet homme est un génie. Comment a-t-il fait ?

Holmes était debout à côté de moi, applaudissant avec frénésie. Il se tourna vers moi.

– Vous avez vu ça, Watson ? Ce type est le plus grand mystificateur de tous les temps. Comment a-t-il fait cela ?

Le calme revint peu à peu. Houdini fit alors face au public. Il réclama le silence d'un simple geste de la main.

– Nous allons maintenant voyager aux limites du surnaturel. L'expérience qui va suivre peut traumatiser les plus sensibles d'entre vous. Je recommande donc de nouveau aux personnes émotives et aux cardiaques de quitter la salle.

Plusieurs personnes se levèrent et sortirent. Houdini attendit que le calme s'installe à nouveau.

– Je vais invoquer le diable en personne.

Un murmure de frayeur parcourut la salle.

– Le diable envoûtera un spectateur choisi au hasard et commandera ses actes.

La salle retint de nouveau son souffle.

– Je ne crois pas un instant à ce boniment ! m'exclamai-je.

J'avais dû prononcer ces mots un peu fort. Un projecteur m'aveugla aussitôt. À présent, tous les regards convergeaient vers moi. Du haut de la scène, Houdini pointa son doigt dans ma direction.

– Monsieur voudrait-il se prêter à l'expérience ?

– Moi ? Heu, je…

Presque aussitôt, une charmante jeune femme vêtue d'une robe à paillettes fort seyante me saisit la main et m'entraîna vers la scène. Je jetai un regard désespéré en arrière vers Holmes. Il fit un geste d'exhortation de la main.

– Allez-y ! Vous ne risquez rien. Ce n'est que du boniment, n'est-ce pas ?

Un instant plus tard, je me retrouvai aux côtés de Houdini, aveuglé par la rangée de projecteurs. Des encouragements montèrent de la salle, soudain transformée en un immense trou noir.

Une musique dissonante grinça quelque part sous mes pieds. Houdini tendit ses deux mains vers moi, comme s'il voulait me faire admirer ses ongles. Il me fit faire quelques exercices d'assouplissement, sans doute afin de me préparer à quelque épreuve physique.

Je sentis soudain un goût sucré dans ma bouche. Ce n'était pas désagréable.

Une clameur lointaine et diffuse, mélange d'applaudissements et de rires, parvint à mes oreilles. Puis, une force obscure m'envahit peu à peu. Des milliers de bulles crevèrent dans mon cerveau et se propagèrent dans mon corps avec un picotement désagréable.

Le goût de sucre revint dans ma bouche.

La musique s'estompa.

Quelque chose de chaud sortit de mon corps et se perdit dans la pénombre du fond de scène.

Sur ma droite, Houdini fit une profonde révérence. Le public l'applaudit. La scène était jonchée de plumes et de lambeaux de tissu.

Deux techniciens s'affairaient à nettoyer cet indescriptible désordre. Je regagnai ma place en époussetant mes habits. Ma bouche était emplie de duvet. Les gens s'écartèrent sur mon passage et me jetèrent des regards obliques.

Holmes m'accueillit d'un énigmatique :

– Bravo Watson ! Quel talent !

Plusieurs numéros, tous plus spectaculaires les uns que les autres, se succédèrent encore à un rythme infernal. Houdini fit apparaître quelques fantômes bien connus du public londonien. Des phénomènes étranges et inexplicables se produisirent devant nos yeux médusés.

Puis le spectacle prit une tournure inquiétante. Un décor sinistre et morbide représentant l'intérieur d'une cellule de prison, semblant surgir du néant, occupa bientôt la partie centrale de la scène. Le bonimenteur nous annonça avec force superlatifs que nous allions assister en direct à la véritable évasion du prisonnier de Millbank.

Houdini fut enchaîné devant nous. La lourde porte de sa cellule se referma sur lui. Quelques secondes plus tard, un crieur de journaux surgit au fond de la salle, à l'opposé de la scène, et se mit à hurler :

– Évasion spectaculaire à Millbank ! Demandez le *Houdini Express News* !

Le crieur passa à côté de nous. Il me sembla furtivement reconnaître ses traits. Où avais-je déjà vu ce garçon ? Aussitôt, quatre agents de police se précipitèrent sur scène et ouvrirent la cellule. Nous découvrîmes un squelette enchaîné, portant les habits de Houdini.

Le public, dérouté, ne parvenait plus à démêler le vrai du faux. Le crieur de journaux, à demi aphone, monta sur scène. Puis il retira ses oripeaux et fit une profonde révérence. Houdini, de nouveau ressuscité, souriait aux applaudissements fracassants de la foule.

Le magicien réclama une nouvelle fois le silence en tendant les paumes de ses mains vers le public.

– Il est temps de nous quitter. Que la nuit vous soit douce !

Un éclair métallique frappa soudain la scène et le magicien se désagrégea en milliers de particules scintillant dans la lumière des projecteurs. Soudain, une clameur s'éleva de la salle. Le plafond du théâtre avait disparu pour faire place à un ciel noir et profond, constellé d'étoiles, de planètes et de galaxies. Une comète traversa la voûte céleste et s'enfonça vers l'infini.

Derrière nous, une voix de femme exténuée s'exclama :

– *Houdiniiiiii !*

17

Le jour venait de se lever, moi aussi.

Je gardais un souvenir flou de notre soirée. Un vague sentiment de culpabilité persistait dans un coin reculé de mon subconscient. Je n'aurais pas pu expliquer pourquoi.

Holmes émergea de deux piles de journaux découpés.

– Bonjour Watson. Comment allez-vous ce matin ?

– Ce spectacle de magie m'a laissé un goût bizarre dans la bouche.

Il s'esclaffa.

– Le contraire m'aurait surpris.

– Pourquoi cela ?

– Vous ne vous souvenez donc pas de ce qui vous est arrivé hier soir ?

– Plus ou moins. J'ai fait quelques exercices d'assouplissement, je crois. Ensuite, je ne sais plus très bien. J'ai regagné ma place, la bouche pleine de duvet et de sucre. En fait, je n'ai aucun souvenir précis. Aurais-je... blessé quelqu'un ?

– Heureusement non. Houdini vous a seulement ensorcelé.

– Ensorcelé ?

– À peine arrivé sur scène, il vous a transformé en un chien savant. Vous avez réalisé de très jolies pirouettes. Vous avez couru à quatre pattes et obéi à ses moindres ordres. Ensuite il vous a récompensé d'une friandise que vous avez dévorée en un clin d'œil. À cet instant, le public se tordait encore de rire. La suite est moins désopilante.

– Que s'est-il passé ?

– Houdini a invoqué le diable.
– Le diable ?
– Oui. Le diable est apparu sur scène.
Holmes se mit à danser comme un elfe démoniaque pour mimer cette scène. Je me demandais s'il fallait rire de cette pantomime.
– Ne me dites pas que vous y avez cru. À quoi ressemblait-il, ce… diable ?
– Difficile à dire. C'était une sorte d'ectoplasme en déformation permanente. Pourtant, nous avions tous la conviction profonde qu'il s'agissait du diable.
– Un quelconque effet visuel. Et ensuite ?
– Le diable, disons l'effet visuel, est entré dans votre corps.
Holmes leva les mains au-dessus de sa tête et les ramena lentement vers sa taille, comme s'il enfilait une chemise de nuit invisible.
– Votre comportement a aussitôt changé. De toutou savant, vous êtes devenu molosse enragé. Vos aboiements étaient terrifiants. Houdini vous a alors désigné un pantin vêtu comme un machiniste. Vous vous êtes rué dessus et l'avez déchiqueté avec une férocité inouïe.
– Le pantin était-il rempli de duvet ?
– Oui. C'était un spectacle à la fois comique et terrifiant que de vous voir ainsi vous débattre au milieu de ce nuage de plumes. En quelques secondes, vous avez transformé le mannequin en charpie. Je n'ose imaginer ce qui aurait pu se passer si vous aviez attaqué un être humain.
Mon camarade saisit un coussin entre ses dents et le secoua.
– Je suis désolé. Je ne savais pas.
Holmes lâcha sa proie.
– Vous n'étiez plus maître de vos actes, Watson.
– Comment tout cela s'est-il terminé ?
– Houdini vous a donné une nouvelle friandise, et vous êtes redevenu Watson. Vous avez alors regagné votre place comme si rien ne s'était passé.
– C'est effrayant. Imaginez le pouvoir que peut exercer un tel homme !
– Je l'imagine très bien, Watson. C'est pour cela que je compte lui rendre visite.

– Vous disiez que c'était la meilleure façon d'éveiller ses soupçons.

– J'ignorais à qui nous avions affaire. Maintenant, je le sais. Nous le mettrons en demeure de s'expliquer et nous le menacerons s'il le faut. J'ai de nombreuses questions à lui poser. Pourquoi se fait-il appeler Erich Weiss ? Et que cherchait-il à la bibliothèque de Londres ? Qui est cette Anna Eva Fay, la mystérieuse femme en noir qui l'accompagne ? Quel rôle a-t-elle joué dans l'évasion de Millbank et les meurtres récents ?

Holmes glissa son pistolet dans la poche de son épais manteau. Il n'était plus question de jouer la comédie. Je fis de même et le suivis.

Une demi-heure plus tard, nous carillonnions à l'imposant portail de la maison-forteresse de Harry Houdini. Plusieurs miroirs pivotèrent aussitôt dans notre direction. Un des deux lascars de la veille apparut et nous jeta un œil suspicieux.

– Qui êtes-vous ? Que voulez-vous ?

– Je suis Sherlock Holmes, commença mon ami, et voici mon ami, le docteur Watson.

– Nous n'avons pas besoin de médecin.

– On voit bien que vous n'êtes pas d'ici, poursuivis-je. Sherlock Holmes est le plus grand détective d'Angleterre.

– Nous n'avons pas besoin de détective non plus.

– Nous devons rencontrer Harry Houdini, affirma Holmes.

Le lascar ouvrit des yeux de chouette.

– Harry Houdini ? Je n'ai jamais entendu ce nom-là.

Il mentait fort mal.

– Sur ordre de Sa Majesté la Reine d'Angleterre ! ajouta Holmes, qui, lui, mentait fort bien.

– Faites entrer ! ordonna une voix métallique surgie de nulle part.

La grille s'ouvrit dans un souffle. Les deux gaillards s'écartèrent de mauvaise grâce.

Un homme vint à notre rencontre. Il me semblait plus petit que lorsque nous l'avions vu sur scène. Sans son maquillage et ses costumes, nous pûmes enfin découvrir sa vraie personnalité. Il ne mesurait pas plus d'un mètre soixante, mais sous son épais manteau nous devinâmes une impressionnante musculature. Son teint était légèrement hâlé. Un menton proéminent lui dévorait le bas du visage. Ses cheveux noirs et denses ressemblaient à un casque avec lequel ses yeux sombres s'harmonisaient parfaitement. Sa bouche était large et ses pommettes bien marquées. Ses traits, plutôt grossiers, trahissaient une extraction modeste. Il semblait assez jeune, mais déjà sa personnalité s'affirmait dans la moindre de ses attitudes.

– Veuillez excuser mes gardes du corps. Ils ont des ordres stricts. Soyez le bienvenu, monsieur Holmes, et vous aussi docteur Watson. Que puis-je faire pour vous ?

– Nous souhaiterions nous entretenir avec vous quelques instants.

– C'est un honneur. Je suis flatté de recevoir votre visite. Mais comment avez-vous percé ma véritable identité ?

– C'est mon métier, répondit Holmes sur un ton laconique.

Le magicien se tourna vers moi et me dévisagea.

– Oh ! je vous reconnais. Vous avez participé à mon spectacle hier soir, n'est-ce pas ? J'imagine que ce n'est pas une coïncidence.

– En effet, confirmai-je.

– Entrez, nous serons mieux à l'intérieur pour converser.

Houdini nous introduisit dans un salon cossu. L'endroit faisait penser à un musée, tant il était encombré de lanternes magiques, de boîtes à musique, d'automates de toutes sortes et d'objets baroques dont je n'aurais pu déterminer la fonction exacte.

Une statue de fakir assis en tailleur trônait sur son socle dans un angle de la pièce. J'eus un instant la curieuse sensation qu'elle me suivait du regard. Malgré son ambiance de théâtre miniature, l'endroit était inquiétant. Je glissai ma main dans ma poche et sentis la présence réconfortante de mon arme. Dans quel guêpier nous étions-nous fourrés ?

Au centre de la pièce, deux femmes étudiaient une immense carte du ciel posée sur une grande table de bois massif. Elles tournèrent la tête vers nous. La plus âgée des deux correspondait en tout point à la description que nous avait livrée l'employé de la bibliothèque. La plus jeune se leva et vint à notre rencontre.

– Je vous présente Bess, mon épouse, dit Houdini.

Puis il désigna la femme en noir.

– Et voici mon amie et conseillère, Anna Eva Fay.

– Conseillère ? reprit Holmes.

– Oui, Anna est spirite. Elle me donne de précieuses indications sur le déroulement des séances de spiritisme. Ne la dérangeons pas, elle établit en ce moment un thème astral.

– Vous êtes donc versé dans les sciences occultes ?

– Pas le moins du monde. Mon domaine est l'illusion, la grande illusion. Mais je m'inspire des expériences d'Anna pour donner plus de crédibilité à mes numéros de spiritisme.

Anna Eva Fay ne daigna pas nous saluer, tant elle était absorbée par son mystérieux travail.

Houdini nous invita à prendre place autour d'une table basse, près d'une vaste cheminée. On nous servit le thé. Nous échangeâmes quelques banalités d'usage sur Londres et le temps exécrable qu'il y faisait. Holmes et moi restions sur la défensive.

– Que cherchiez-vous à la bibliothèque de Londres ? lança soudain Holmes au beau milieu de la conversation, comme un pavé dans la mare.

– À la… ? Comment le savez-vous ? J'oubliais, vous êtes détective.

– Oui.

– Je cherchais des ouvrages sur Jack l'Éventreur, sur le spiritisme, sur les pratiques sectaires, le diable, les vieilles histoires de fantômes anglaises, tout ce qui fait la richesse et le mystère de votre pays !

– Curieuses lectures pour un illusionniste, fis-je remarquer.

Houdini parut étonné.

– Au contraire ! L'Angleterre et surtout sa capitale me fournissent une source d'inspiration intarissable.

– Londres, une source d'inspiration ?

– Oui. Pour un visiteur étranger, cette ville est un univers de paradoxes et de contrastes. Le mystère est au coin de chaque rue. Londres peut être sublime ou effrayante. Elle est chargée d'histoire, au singulier comme au pluriel. Aucune ville du Nouveau Monde n'offre autant de diversité.

– Mais en quoi les affaires criminelles en cours vous intéressent-elles ?

– Pour la même raison. Je m'appuie sur l'actualité pour toucher mon public. J'exploite et je mets en scène les peurs et les fantasmes collectifs. Je veux qu'on se sente concerné par mon spectacle. Or, le problème numéro un actuellement, à Londres, c'est l'évasion du prisonnier de Millbank. Et toujours la peur séculaire du diable. J'ai donc monté des numéros d'illusion sur ces thèmes. Reconnaissez que les spectateurs ont mordu à l'hameçon !

– Avec moi dans le rôle de l'appât, rappelai-je.

– N'y voyez aucun mal, docteur Watson. Cela fait partie du spectacle.

– À ce propos, demandai-je encore, comment êtes-vous parvenu à faire de moi un chien féroce ?

– Je pratique aussi l'hypnose, comme la plupart de mes confrères. En outre, je dispose, il me semble, d'une assez forte capacité de persuasion.

– Et l'apparition du diable, cette forme ectoplasmique qui s'est glissée dans le corps de mon camarade ? demanda Holmes. De quoi s'agissait-il exactement ?

– Simple effet d'optique. Mais je ne peux vous en dire plus. Secret professionnel. Les miroirs et les lumières sont une de mes passions.

– Nous l'avions remarqué. Votre maison est surveillée par un incroyable système de miroirs pilotés de l'intérieur, c'est bien cela ?

– En effet. Il s'agit d'une petite application pratique de mes découvertes.

– Vos découvertes ?

– Oui. La technique me fascine. L'optique n'est qu'une de mes nombreuses passions. Je m'intéresse également à toutes les techniques nouvelles, que ce soit en chimie, en mécanique ou en électricité. Elles ouvrent des horizons nouveaux à notre discipline. Les vieux trucs sont éculés et trop connus du public. Il faut sans cesse innover et étonner les spectateurs. Mes grandes illusions sont complexes. Elles nécessitent des heures de préparation et des machineries sophistiquées.

– Ce sont donc des artifices techniques qui vous ont permis de convaincre le public de la réalité de cette apparition diabolique ?

– Pas seulement. L'illusion résulte de la combinaison de plusieurs facteurs. La personnalité et les dons d'acteur de l'illusionniste jouent un rôle important. Je répète mes numéros devant de nombreux miroirs. Le moindre geste a son importance. Le conditionnement psychologique du public contribue largement à la réussite d'un numéro. Il suffit parfois d'un bruit suspect, d'une variation de lumière et de couleur, d'un changement subit de température ou d'une attitude ambivalente des acteurs pour que tout semble basculer dans le mystère.

Holmes ne perdait pas une miette des propos du magicien. Après tout, n'était-il pas lui aussi passé maître dans l'art de la mystification, avec ses innombrables déguisements ?

Je me remémorai le numéro de la cuve. Houdini et ses techniciens, qui s'avéraient être d'excellents acteurs, avaient habilement géré la tension de cette fausse noyade. Le numéro n'avait duré que quelques minutes, mais le conditionnement du public était tel que tous les numéros suivants n'auraient pas pu se dérouler dans la sérénité.

Je voulais en savoir plus.

– Et la cuve ? Comment en êtes-vous sorti vivant ? demandai-je.

– Je n'en suis pas sorti vivant, répondit Houdini d'un ton énigmatique.

– Mais on vous a vu gigoter et vous débattre dans l'eau, la tête en bas, ligoté dans votre camisole, insistai-je.

– Vous voulez dire que vous avez vu la camisole gigoter, docteur Watson. Ce n'est pas la même chose. Dans le domaine de l'illusion, il est préférable de ne pas trop faire confiance à ses yeux. Mais j'en ai déjà trop dit…

Bess Houdini braqua sa théière vers nous.

– Encore un peu de thé, messieurs ?

Holmes tendit sa tasse. Je sentis que nous arrivions à un tournant de la conversation et qu'il n'était pas opportun d'insister d'avantage sur le terrain du secret professionnel.

– Mais pourquoi vous cacher derrière ce nom d'emprunt à consonance allemande ? demanda brusquement Holmes.

– Pas allemande, s'offusqua le magicien. Hongroise ! Erich Weiss est mon vrai nom. Je suis né à Budapest.

– Vous n'êtes pas américain ?

– Non. Je suis arrivé aux États-Unis à l'âge de quatre ans. Mais j'ai toujours soutenu à la presse que j'étais né à Appleton, dans le Wisconsin.

– Mais, pourquoi tant de mystères ?

– Cela facilitait ma carrière aux USA.

– Et votre nom, Harry Houdini ?

– C'est un nom de scène. Je me suis fait appeler ainsi en référence au grand magicien français Jean Eugène Robert-Houdin.

Houdini-Weiss se leva, fit quelques pas et pointa soudain son doigt vers Holmes.

– À vous, maintenant !

– Nous ? reprit Holmes.

– Vous savez tout de moi. J'ai répondu à vos questions avec franchise. Votre visite avait tout d'un interrogatoire en règle. Il me semble normal que vous me disiez ce que vous cherchez.

– J'enquête sur les meurtres récents qui ont eu lieu à Londres, répondit mon camarade en observant son interlocuteur du coin de l'œil. Certains indices m'incitent à penser qu'ils sont l'œuvre d'une secte. Mes recherches m'ont conduit à la bibliothèque de Londres. Et je suis ainsi remonté jusqu'à vous.

Houdini s'esclaffa.

– Me soupçonneriez-vous ?

Holmes ne répondit pas immédiatement. Le silence s'éternisa, laissant planer la suspicion. Puis il lâcha entre ses dents :

– Je me contente d'analyser les faits et de tenter d'y trouver une explication. L'évasion de Millbank a eu lieu le lendemain même de votre arrivée à Londres.

Holmes suspendit sa phrase, guettant la moindre réaction du magicien.

– Pur hasard, monsieur Holmes.

– Il y a aussi cette mise en scène sur l'évasion de Millbank. Connaissiez-vous Mark Dughan ?

Houdini ne riait plus.

– Je connaissais son histoire par la presse, comme tout le monde. N'allez pas imaginer…

– Et puis il y a eu cette curieuse requête à la bibliothèque.

– Je vous ai déjà expliqué mes raisons. Quant à mon séjour à Londres, il ne durera que quelques mois, le temps de m'imprégner de l'atmosphère locale et de mettre sur pied de nouveaux numéros.

Ensuite, je poursuivrai ma tournée à Paris et à Rome. J'espère avoir le temps de visiter mon pays natal avant de regagner les États-Unis. Je ne suis qu'un illusionniste à la recherche d'étrange et de sensationnel, rien de plus. Ce que je montre dans mes spectacles n'est qu'un reflet de la réalité.

Holmes se fit incisif.

– Les meurtres de ces derniers jours étaient bien réels, eux. J'ai vu l'horreur de mes yeux.

Cela ne parut pas ébranler notre homme.

– Ce qui importe n'est pas ce que l'on voit, monsieur Holmes, mais ce que l'on croit. La vie n'est qu'une immense illusion.

Houdini claqua des doigts. Soudain, la statue de fakir hindou descendit de son socle, se dirigea vers la porte du salon d'une démarche raide et nous invita à sortir d'un geste saccadé. Notre hôte lut la stupéfaction sur mon visage et se mit à rire.

– Quel est ce nouveau prodige ? lui demandai-je.

– Un prodige ? Où ça, docteur Watson ?

Je me retournai vers la porte. L'automate avait disparu.

Houdini nous raccompagna jusqu'au portail et prit congé de nous.

Au moment où nous nous apprêtions à sortir, il nous rappela :

– Messieurs !

Nous nous retournâmes. Il braquait deux pistolets vers nous. Trop tard pour fuir.

Soudain, le magicien nous tendit les pistolets en les tenant par le canon.

– N'oubliez pas vos armes.

Il aurait pu nous tuer à tout instant, mais ne l'avait pas fait. Était-ce un avertissement ou une simple démonstration de son art ?

L'homme était-il aussi innocent qu'il le prétendait ?

Son activité officielle n'en masquait-elle pas une autre, beaucoup moins avouable ?

N'avait-il pas poussé trop loin ses recherches ? N'était-il pas tombé dans le piège de ses propres fantasmes ?

Je frémis à l'idée qu'un tel personnage puisse mettre ses talents au service du mal.

18

Londres se morfondait sous un ciel crépusculaire, et moi-même je ne me sentais pas très bien.

L'enquête piétinait. Chaque élément nouveau ne faisait qu'épaissir le mystère qui enveloppait cette affaire. La visite à Houdini ne nous avait rien appris. Holmes le fit surveiller étroitement par des hommes à sa solde, espérant que le lascar finirait par livrer son secret, si toutefois secret il y avait.

Penché sur sa table de travail, Holmes parcourait les faits divers des quotidiens depuis plusieurs heures. Il leva la tête et tapota sa pipe sur le rebord de son cendrier pour ôter la cendre du fourneau. Je profitai de cette trêve pour l'interroger.

– Du nouveau, Holmes ?

– Toujours rien. Scotland Yard a diffusé dans la presse un portrait d'artiste de Dughan et offre une coquette récompense à qui permettra sa capture. Pour le reste, rien.

Il se ravisa.

– Ah, si, la police a retrouvé les corps des orphelins disparus. Il leur a suffi de suivre mes instructions.

– C'est-à-dire ?

– Ils connaissaient les dates de disparition des enfants. Ils ont recherché les morts qui ont été enterrés le même jour. Les corps des enfants étaient dans les tombes, bâillonnés et sanglés aux cadavres en putréfaction. Comme je l'avais prédit, une croix inversée était peinte sur la partie intérieure du couvercle de chaque tombe.

– La police a donc admis votre théorie.

– Pas du tout. Scotland Yard prétend que les croix ont été tracées par Mulligan, le simple d'esprit qui était chargé de porter les cercueils en terre. Ce seraient de simples croix mal faites, et elles ne revêtraient aucune signification satanique. La police a retrouvé un pot de peinture rouge dans la cabane de Mulligan, ce qui, selon eux, confirme leur théorie.

Holmes interrompit son explication, le temps d'allumer sa pipe. Il tira une longue bouffée et reprit :

– Quant à Lestrade, il y voit une preuve supplémentaire de la culpabilité de l'abbé. D'après lui, l'homme entretenait des relations ambiguës avec ces malheureux garçons et aurait vendu son âme au diable.

– Lestrade a été chargé de cette affaire ?

– Je ne vous l'avais pas dit ? Il a déclaré à la presse que la police avait besoin d'un limier d'une très grande perspicacité. En fait, il s'arrange toujours pour s'en tirer à son avantage. Et il ne manquera pas de revenir me voir dès qu'il sera de nouveau dans l'impasse.

Holmes avait à peine fini sa phrase que Mme Hudson frappa à la porte.

– Monsieur Holmes, il y a en bas le monsieur malpoli de l'autre jour, celui qui a inondé le plancher.

– Quand on parle du loup…, dit Holmes avec un demi-sourire.

L'« inondeur de parquet » bouscula notre logeuse et fit irruption dans le salon. Il dégoulinait moins que lors de sa précédente visite, mais il était tout aussi excité.

– Holmes ! Nous avons un souci, lança-t-il, oubliant du même coup les civilités d'usage.

– Nous ? reprit mon camarade en m'adressant un clin d'œil de connivence. Vous voulez dire que *vous* avez un souci. Et que vous venez me trouver parce que vous êtes incapable de le résoudre.

– Heu… en quelque sorte… en effet…, reconnut l'inondeur en se tordant les mains.

– Asseyez-vous, nous allons parler de cela calmement.

Le policier s'apprêtait à se laisser tomber dans un des fauteuils du salon quand Holmes l'arrêta d'un geste de la main :

– *Stop ! Ne bougez surtout pas !*

Lestrade s'immobilisa, coupé dans son élan, en équilibre instable sur l'un des accoudoirs du fauteuil. Holmes se précipita vers le siège, prit son violon qui y était posé et le rangea dans son étui.

– Maintenant, vous pouvez vous asseoir.

Le policier poussa un ouf de soulagement.

– Excusez-moi, Holmes, je ne l'avais pas vu.

– Allons donc ! Un limier d'une aussi grande perspicacité…

Piqué au vif, le policier gesticula un moment, ne sachant plus quelle attitude adopter. Holmes avait l'art et la manière de rendre ses interlocuteurs vulnérables. Il abusait parfois de cette technique avec les gens qu'il souhaitait déstabiliser.

Lestrade se racla la gorge.

– La fille de lord Burnington, Jane, a disparu il y a deux jours. C'est lady Burnington elle-même qui nous a prévenus. Elle nous a demandé de mener une enquête aussi discrète que possible afin d'éviter tout scandale. Elle est issue d'une famille de la plus haute noblesse et place très haut son honneur. C'est probablement la chose qui compte le plus dans sa vie, avec son mari et sa fille, bien sûr. Tout naturellement, la police m'a confié l'affaire.

Holmes se tourna vers moi et me glissa en aparté :

– Modeste avec ça.

Puis, revenant à Lestrade :

– Si je résume la situation, cela fait deux jours que vous cherchez cette jeune fille sans succès.

– Oui. Notre seule information est cette lettre.

Holmes lut à haute voix la missive que lui remit Lestrade.

– « Si vous voulez retrouver votre fille vivante, vous devrez nous verser la somme de 20 000 couronnes sous 48 heures. Nous vous contacterons demain pour vous préciser où et quand l'argent devra nous être remis. Si vous parlez de cela à qui que ce soit, nous sacrifierons votre fille selon le rituel. »

Holmes fronça les sourcils. Le regard de Lestrade se perdit dans le coin supérieur droit du plafond. Mon camarade tendit sa main ouverte vers le policier.

– La suite !

– Je voulais vous expliquer, ce n'est pas de ma faute…

– Donnez-moi la deuxième lettre !

Le policier sortit de sa poche une feuille que Holmes lut aussitôt.

– « Tu as essayé de nous doubler. Ta combine est éventée. La vieille a prévenu la police. On t'avait demandé de garder le silence. Tu es pris à ton propre piège ! Ta fille va payer tes erreurs. Elle va rejoindre ta famille selon le rituel, dans l'antichambre de l'Enfer. Merci quand même pour ce lot de consolation. La gamine est plutôt dégourdie pour son âge. Faut dire qu'elle a de qui tenir ! »

Holmes saisit son arme et dévala les escaliers. Nous le suivîmes.

– La situation est grave, Lestrade. Conduisez-nous chez lord Burnington !

Quelques minutes plus tard, notre fiacre, guidé par les indications du policier, fonçait sous une pluie battante vers le château de lord Burnington.

Un silence tendu régnait dans le fiacre. Lestrade brisa la glace :

– Comment saviez-vous qu'il y avait une deuxième lettre, Holmes ?

– C'était inévitable. Les ravisseurs devaient surveiller les abords du château. Ils ont donc su que la police avait été alertée.

– Pourtant, vous connaissez ma discrétion.

– Justement.

– Vous… avez quelque indice ?

– J'en ai peur. J'espère que je me trompe.

Notre fiacre venait de franchir les grilles du château. Un domestique accourut vers nous.

Quelques instants plus tard, nous fûmes introduits dans le grand salon où nous attendait lady Burnington. La jeune femme avait un port de reine et une dignité de madone, mais son visage blême et ses yeux mouillés trahissaient une extrême angoisse. Holmes alla droit au but.

– Où se trouve votre caveau de famille ?

– Au cimetière de Saint-Patrick, à quelques kilomètres à l'est de notre domaine.

– Où est lord Burnington ?

– Il vient de sortir. Il paraissait très perturbé. Il a refusé de me dire où il allait et n'a pas voulu que je l'accompagne.

– Suivez-moi ! ordonna Holmes.

Le fiacre freina si violemment que nous fûmes projetés en avant. Mon camarade saisit sans ménagement le poignet de lady Burnington. Puis il bondit vers la grille du cimetière, l'arme au poing. Le brouillard et la pluie battante empêchaient toute visibilité.

– Conduisez-moi au caveau, vite !

Nous traversâmes le cimetière dans une course effrénée. Holmes stoppa tout le monde au bout d'une allée désertique et exigea le silence d'un geste autoritaire.

Un cognement sourd et métallique résonnait quelque part dans les ténèbres glacées, comme si un forgeron diabolique s'acharnait aux portes de l'enfer. Plus nous approchions du caveau, plus le bruit s'amplifiait. Soudain, nous aperçûmes à travers le brouillard le dos courbé d'un homme qui cognait sur le verrou du caveau à l'aide d'un épais gourdin. Absorbé par sa bruyante besogne, l'individu ne nous entendit pas arriver.

– Mains en l'air. Plus un geste ! ordonna Holmes.

L'individu se retourna et nous découvrîmes son visage tendu par l'effort.

– Lord Burnington ! s'exclama Lestrade. Que faites-vous ici ?

– Aidez-moi, par pitié ! poursuivit l'homme. Ma fille est enfermée dans ce caveau.

– Comment le savez-vous ? demanda le policier interloqué.

– Un cocher est venu me chercher au château et m'a demandé de le suivre seul. Il m'a dit qu'il savait où se trouvait ma fille. Il m'a conduit jusqu'ici et a disparu aussitôt dans le brouillard.

Le visage de lady Burnington se décomposa, partagé entre la terreur et l'incompréhension.

– Écartez-vous ! hurla Holmes en pointant son arme sur lord Burnington.

Lord Burnington se jeta de côté et Holmes déchargea son arme sur le verrou de la lourde porte métallique. La porte céda dans un fracas effroyable. Nous nous engouffrâmes aussitôt dans le caveau noir et humide.

Le spectacle qui s'offrit à nous dans la lumière crépusculaire de la tombe nous pétrifia dans une gangue d'horreur. Une fillette d'une douzaine d'années semblait assise dans le vide, comme si son corps flottait en apesanteur. Ses pieds se tenaient à une dizaine de centimètres au-dessus du sol. Elle portait une longue robe noire. Une expression d'ultime souffrance se lisait sur son visage harassé. Lord et lady Burnington se précipitèrent vers l'enfant. Je pris son poignet afin de tâter son pouls.

– Elle est vivante. Mais sa température est très basse et son cœur bat au ralenti.

Soudain, la fillette ouvrit les yeux et fixa sa mère d'un regard empli de terreur et de détresse. Ses lèvres muettes prononcèrent le mot « maman ». Lady Burnington s'approcha d'elle et voulut la prendre dans ses bras. Un effroyable rictus de douleur déforma le visage de la fillette.

– Ne la touchez pas ! hurla Holmes.

Il souleva le pan de la robe. C'est seulement à cet instant que nous comprîmes l'horreur de la situation. La malheureuse était empalée sur une tige métallique fixée dans le sol. Le sang coulait de ses entrailles et formait une flaque noire et gluante au pied du pal.

Lady Burnington s'effondra. Lord Burnington tomba à genoux, la tête entre les mains. Il restait tétanisé devant l'innommable monstruosité.

Je me retins de hurler ma haine et mon dégoût. Des larmes de rage envahirent mes yeux.

Lestrade promenait un regard épouvanté autour de lui, comme s'il ne parvenait pas à comprendre ce qui se passait.

Seul Holmes trouva encore la force de s'exprimer.

– Elle est perdue. Si nous la dégageons, elle mourra sur-le-champ. Si nous la laissons ainsi, elle agonisera durant des heures avant de s'éteindre.

Il sortit promptement une seringue et un flacon de sa poche. Il injecta le produit à la petite mourante. Un râle de soulagement sortit de la bouche de la malheureuse.

– Qui vous a fait ça ? demanda encore Holmes à la fillette.

Un ultime souffle de vie sortit de sa gorge :

– Le… diable…

Puis elle referma les yeux. Je pris à nouveau son pouls. Elle était morte.

Holmes se pencha et observa la tige métallique qui retenait le corps.

– C'est un crucifix renversé. Voici donc l'abominable rituel auquel la lettre faisait allusion.

Je me penchai vers lady Burnington pour tenter de lui faire reprendre connaissance quand elle agrippa mon bras et se redressa avec une vigueur inattendue.

– J'exige que vous m'expliquiez ce qui s'est passé !

– Il serait prématuré..., commença Holmes.

Elle se tenait devant nous, droite comme une stèle, les poings fermés. Son beau visage était marqué par une souffrance irréversible. Elle fixa Holmes et hurla :

– Dites-moi ce que vous savez !

– Je... je dois vérifier mes hypothèses, insista mon camarade.

Soudain, lady Burnington m'arracha mon arme des mains et la braqua vers Holmes.

– Parlez !

Un éclair de folie et de détermination traversa son regard. Holmes recula, interdit.

– Soit. Mais je vous demande de considérer tout ce que je vais vous dire comme de simples hypothèses qui devront être vérifiées. Ce que vous allez entendre risque d'être très dur...

– Cela ne sera rien à côté de ce que je viens de vivre.

Une veine bleue battait sur la tempe de mon camarade. Il prit une profonde respiration.

– La première lettre vous demandait de payer une rançon. Les ravisseurs exigeaient votre silence, mais vous avez contacté la police. Ils ont dû s'en rendre compte d'une manière ou d'une autre. La deuxième lettre change radicalement de ton. Elle s'adresse à lord Burnington et le désigne implicitement comme l'instigateur de cette « combine ».

Holmes marqua un arrêt. Il hésitait encore à livrer ses déductions. La main de lady Burnington se crispa sur l'arme. Holmes poursuivit :

– L'expéditeur a écrit : « Tu es pris à ton propre piège. » « La vieille a prévenu la police... » Ce terme horrible semble vous désigner, madame, dit-il en baissant la voix.

Lady Burnington parvint à conserver sa dignité. Holmes reprit :

– Les ravisseurs menaçaient de sacrifier votre fille selon « le » rituel, sans le citer précisément. Cela sous-entend que le destinataire de cette lettre savait de quel rituel il s'agissait. L'antichambre de l'Enfer désignait de toute évidence un lieu sépulcral où se trouvaient déjà tous les défunts de votre famille, donc le caveau familial. « La gamine a de qui tenir » désignait encore une fois le père et laissait sous-entendre, dans ce contexte, que ce dernier avait pu mener une double vie fort dissolue. Si l'on s'en tient à ce courrier, il semblerait donc que lord Burnington ait organisé ce faux enlèvement avec l'aide d'ignobles complices dans le but de vous extorquer de l'argent. Mais cette manœuvre se serait retournée contre lui de manière tragique.

Cette fois, lady Burnington vacilla. Elle s'adossa un court instant contre le mur humide de la crypte et faillit lâcher son arme. Ses lèvres tremblèrent, comme si elle essayait de parler sans y parvenir. Mais elle se ressaisit et pointa son arme sur le front de lord Burnington.

– Tu as trahi tout que nous avions de plus cher, l'honneur de notre famille, notre enfant…

Lord Burnington tendit ses mains jointes vers son épouse, comme on implore une divinité, et fit un signe de dénégation de la tête.

Holmes tenta de raisonner la malheureuse femme, aveuglée par la douleur.

– Je vous en conjure, lady Burnington, écoutez-moi. Il faut mener une enquête. Trop de questions restent en suspens. Lord Burnington avait-il des dettes ? Fréquentait-il une société secrète ? Avait-il un motif sérieux de mettre ainsi en péril la vie de sa propre…

La phrase fut interrompue par le bruit de la déflagration. Lord Burnington fixa une dernière fois son épouse d'un regard hébété et bascula, la face contre le sol, foudroyé par le coup mortel.

19

Le lendemain même de ce crime sordide, le *Times* rapportait une nouvelle affaire épouvantable.

Holmes, lut l'article à haute voix :

– « Escalade dans l'horreur. Ce nouveau carnage dépasse en atrocité tout ce que nous avons pu vivre depuis les abominables crimes de Whitechapel.

« La police a retrouvé la nuit dernière Richard Abbenson, prostré dans un coin de son appartement, le visage traversé d'un effroyable rictus. Sa femme et ses quatre enfants gisaient, éparpillés autour de lui dans une mare de sang. Son fils cadet n'avait plus qu'un bras. L'autopsie a révélé que le meurtrier l'avait achevé en lui défonçant la cage thoracique à coups de pieds de chaise. Il fallut déplacer des meubles pour retrouver la tête de la mère, qui avait roulé sous un buffet. Des viscères, macabre décoration, pendaient au lustre du salon. Ils avaient dû appartenir à la fille aînée qui gisait çà et là, éventrée et à demi dépecée. La cadette, massacrée au hachoir de cuisine, fut reconstituée par déduction en rassemblant tous les morceaux qui n'appartenaient pas aux autres membres de la famille. Le meurtrier avait tracé une immense croix inversée sur le mur du salon avec le sang de ses victimes.

« Richard Abbenson, contremaître dans une fabrique de poteries, passait pour un père de famille tranquille et respectable. Personne dans son entourage ne parvient à expliquer son geste.

« L'autopsie des corps des enfants a montré qu'ils avaient absorbé une forte dose de cocaïne avant leur mort. Le monstre n'a donc eu aucune difficulté à les exterminer et à laisser libre cours à son imagination morbide. Les crimes auraient été commis vers 23 h 30, ce qui a été confirmé par le voisinage. En effet, plusieurs voisins ont déclaré avoir entendu des voix d'hommes et des bruits de dispute vers la même heure. Leur plus proche voisin, situé sur le même palier, a entendu la femme et les enfants crier et pleurer à cette heure. C'est lui qui a prévenu la police, redoutant quelque drame. Le meurtrier a été arrêté et est actuellement questionné. La police vient de nommer un de ses meilleurs limiers, M. Lestrade, pour tenter de mettre fin à la vague de folie meurtrière qui frappe Londres. L'illustre policier a déclaré à la presse qu'il allait mener la vie dure aux émules de Jack l'Éventreur. »

Holmes se leva d'un bond et jeta son journal.

– Lestrade s'apprête à commettre une erreur judiciaire. Suivez-moi, Watson ! Nous pouvons peut-être encore arrêter le meurtrier !

Quelques minutes plus tard, notre fiacre fonçait dans le brouillard vers la demeure de Richard Abbenson.

Une fois de plus, je suivais les déplacements mais pas les déductions de mon brillant camarade.

Nous arrivâmes devant le petit immeuble où le drame s'était produit. La concierge nous indiqua l'étage et le numéro de l'appartement. Nous nous présentâmes devant la porte. Lestrade ne cacha pas son hostilité dès qu'il nous aperçut.

– Holmes, Watson ! Que faites-vous ici ? Je n'ai pas requis vos services cette fois. Il s'agit d'une enquête de police. Je maîtrise parfaitement la situation.

Sans répondre, Holmes dégaina son arme, tourna les talons et frappa contre l'huis du voisin de palier.

– Aidez-moi, Watson, il faut enfoncer cette porte !

Lestrade tenta de s'interposer.

– Que faites-vous, Holmes ? Arrêtez ! Vous vous trompez de porte. Cet appartement n'a rien à voir avec notre affaire.

Holmes écarta le policier, tira une balle dans la serrure et ouvrit la porte d'un violent coup de pied. Nous pénétrâmes dans un appartement presque vide.

Lestrade nous regardait agir d'un air atterré.

– Vous… vous n'avez pas le droit. Ceci est une effraction. Vous assumerez l'entière responsabilité de vos actes.

Holmes oublia la présence du policier.

– Observez, Watson, les cadres, les portraits, les photographies accrochés aux murs !

– Mais, je ne vois rien du tout, Holmes.

– Justement, cela ne vous intrigue pas ?

– Heu…

– Avez-vous déjà vu un appartement aussi neutre ? Nous sommes en présence d'un fantôme. Un homme sans visage, sans famille, sans souvenirs.

– Mais enfin, allez-vous m'expliquer ! trépigna Lestrade.

– Je voulais éviter une erreur judiciaire, mais je crains qu'il ne soit trop tard… Il faut rassembler le maximum d'indices et d'informations sur l'homme qui habitait ici.

– Nous n'avons pas attendu votre arrivée pour le faire, Holmes, déclara Lestrade, vexé. Le locataire de cet appartement est un représentant de commerce international. Il s'appelle Pedro Calmino. C'est un vrai gentleman, d'une totale discrétion et d'une grande courtoisie. Il ne vient dans cet appartement que quand il passe à Londres pour affaires. Le reste du temps, il voyage dans le monde entier.

– Vous l'avez interrogé vous-même ?

– Non, mais les voisins et la concierge nous ont parlé de lui. Ils ne tarissent pas d'éloge à son sujet.

– Depuis quand ce Pedro Calmino habitait-il ici ?

– Environ trois ans. Mais pourquoi toutes ces questions ?

– Pedro Calmino est l'assassin de ces malheureux. Vous n'entendrez plus jamais parler de lui.

Cette fois, Lestrade sortit de ses gonds.

– C'est complètement absurde ! La culpabilité de Richard Abbenson ne fait aucun doute. Il a été arrêté et sera puni. De plus, je n'ai pas d'ordre ni même de conseil à recevoir de vous, monsieur Holmes. Je vous somme de quitter les lieux sans plus tarder.

– C'est ce que je m'apprêtais à faire, mon vieux Lestrade.

– Faites-moi grâce de vos familiarités. Je vous rappelle que vous parlez à un agent en mission officielle.

– Pauvre agent, quel sinistre crétin…, marmonna Holmes en s'éloignant.

– Plaît-il ?

- Je parle de ces pauvres gens. Quel sinistre destin.

– Ah oui, certes. Sur ce point, nous sommes d'accord.

Holmes et moi quittâmes les lieux. Dehors, un rideau de neige nous barra le chemin. La coutume veut que la neige soit un symbole de virginité et de pureté. Mais celle qui tombait sur Londres ce jour-là était chargée de particules grises provenant des usines de charbon de l'East End. Elle semblait porter en elle les germes venimeux des pires malédictions.

Nous réussîmes enfin à trouver un fiacre disponible. Holmes ordonna au cocher :

– À la morgue !

La morgue n'était en fait qu'un long couloir aux plafonds et aux murs grossièrement chaulés. De part et d'autre de ce couloir, le long du mur courait une plate-forme sur laquelle des tables en bois brut se dressaient à intervalles réguliers. Les corps y étaient disposés en rang. Parfois, ils étaient recouverts d'un linceul ; parfois, ils gisaient, nus, à même la table.

Il régnait un froid polaire dans cette autre antichambre de l'enfer.

Holmes demanda à voir les cadavres de la jeune mère assassinée et de ses enfants. Un employé frigorifié nous indiqua les tables où se trouvaient les corps, vaguement reconstitués. Holmes s'approcha si près de leur face que j'eus l'impression furtive qu'il déposait un baiser sur leurs lèvres violettes.

Dans le fiacre qui nous ramenait enfin chez nous, j'étais tiraillé entre le désir de poser des questions à mon camarade et la nécessité de respecter sa concentration. À mon grand étonnement, ce fut pourtant lui qui rompit le silence.

– Je suis assez bien placé pour connaître les effets de la cocaïne, n'est-ce pas, docteur Watson ?

– Et vous connaissez également mon point de vue sur cette question.

Holmes poursuivit comme dans un monologue :

– L'autopsie des corps des enfants révélait de fortes doses de cocaïne, ce que je viens de vérifier moi-même. L'article précisait que le monstre n'avait eu aucune difficulté à les exterminer. Les enfants ont été drogués avant le massacre. Or le voisin de palier a déclaré avoir entendu des cris d'enfants et des bruits de lutte vers 23 h 30.

– Mais les autres voisins ont également déclaré avoir entendu des bruits de lutte et des cris à la même heure.

– Ils ont entendu crier le bourreau qui s'acharnait sur ses victimes. Mais ils n'ont jamais dit qu'ils avaient entendu des voix de femme et d'enfants.

– En effet. Pourquoi cela ?

– Parce que c'était impossible. La mère et ses quatre enfants dormaient ou déliraient sous l'effet de la cocaïne au moment du massacre !

– Et le père ?

– À l'évidence, il était drogué lui aussi. Il a peut-être même assisté au carnage sans pouvoir bouger un petit doigt, anéanti par la drogue.

– Ce qui prouverait que le père n'a pas commis ce massacre. Mais pourquoi le meurtrier aurait-il exterminé la famille et épargné son chef ?

Ce fut la première fois depuis le début de notre longue collaboration que je vis sur les traits de Holmes une telle expression de désarroi.

Une nouvelle affaire. Un nouveau drame. Et un nouveau raz de marée de questions sans réponse. Ce Pedro Calmino avait-il massacré cette famille ? Était-ce un nom d'emprunt utilisé par Dughan ? C'était impossible : la concierge avait déclaré que Calmino habitait là depuis trois ans. Or Dughan venait de purger près de deux ans de réclusion. Alors Dughan avait-il des complices ? Pourquoi ce crucifix inversé tracé avec le sang des victimes ? Ces affaires n'avaient-elles aucun rapport les unes avec les autres, comme le prétendait Lestrade ? Ou assistions-nous au contraire, impuissants, à l'accomplissement de quelque rituel diabolique ?

Je préfère ne pas rapporter ici la teneur des cauchemars qui m'agitèrent cette nuit-là…

20

Holmes quitta sa table de travail et prit place dans son fauteuil en face de moi. Ses traits étaient tendus, presque douloureux. Je sentis qu'il avait besoin de me parler. Il agissait souvent ainsi quand il se trouvait dans l'impasse. Il prétendait que mes questions stimulaient sa réflexion.

– Voilà un mois que je surveille sans relâche Samuel Bocton, commença-t-il. Il fréquente les salons littéraires à la mode et savoure sa récente réussite. Ce type est un arriviste sans scrupule, mais à part cela, je n'ai rien détecté de suspect dans son emploi du temps. Quant au trio Houdini (c'est ainsi qu'il appelait Harry Houdini, son épouse Bess et leur amie, la spirite Anna Eva Fay)… Ces trois-là sont infatigables. Ils ont visité tout Londres, des endroits les plus prestigieux aux plus sordides. Houdini s'est passionné pour la Tour sanglante. Mais surtout, ils se sont rendus au pénitencier de Millbank.

– Millbank ? Avez-vous réussi à savoir ce qu'ils y cherchaient ?

– Oui, j'ai interrogé le vieux gardien qui m'avait aidé à déterrer le cadavre de Foster. Il m'a appris que Houdini avait demandé à visiter la cellule de Mark Dughan. Il aurait pris de multiples croquis des lieux et paraissait fort satisfait. Anna Eva Fay se serait livrée à une curieuse expérience. D'après le gardien, elle aurait interrogé les murs.

– Les murs ont la réputation d'avoir des oreilles, mais j'ignorais qu'ils avaient une bouche pour livrer leurs secrets.

Holmes ignora ma tentative d'humour.

– Anna Eva Fay aurait déclaré qu'elle percevait des ondes négatives.

– N'importe qui aurait ressenti cela, compte tenu de ce qui s'y est passé.

– Certes, mais la suite est plus étrange. Elle est tombée en transe et a eu une vision. À son réveil, elle a affirmé que le prisonnier ne s'était jamais évadé de sa cellule et qu'il rôdait toujours, quelque part dans l'enceinte de la prison.

– Sornettes ! La prison a été fouillée de fond en comble. Dughan s'est bel et bien évadé en endossant les habits de Foster.

Holmes fit un geste de la main, comme pour écarter un moucheron.

– Peu importe. Mais ce Houdini m'a donné une idée.

Il posa son index sur sa tempe.

– Pour l'instant, ce n'est qu'une simple hypothèse, mais elle permettrait de concilier des données en apparence contradictoires. Revenons un instant sur la personnalité de Dughan. Nous savons qu'il avait peur du sang. Il est donc peu probable qu'il ait commis lui-même ces meurtres. Pourtant, ces crimes portent sa marque et semblent s'inscrire dans son horrible programme de vengeance. D'où mon idée : Dughan pourrait jouer un rôle de catalyseur, ou de déclencheur.

– Vous voulez dire qu'il parviendrait à exhorter les autres au crime ?

Cette terrible hypothèse me rappela le numéro de Houdini auquel j'avais malencontreusement participé. L'expérience montrait qu'un homme pouvait agir contre sa volonté, par le simple pouvoir de la suggestion. Et cet homme, ç'avait été moi. Chacun de nous pouvait-il être un assassin potentiel ?

– Prenons le cas du meurtre de la fillette dont le corps a été repêché dans la Tamise, la petite Mary Kinsley, poursuivit Holmes. Le père est peut-être réellement le meurtrier. Son esprit a pu être manipulé et conditionné par Dughan pour accomplir cet épouvantable sacrifice.

– Certes, mais dans le cas de l'assassinat de la famille Abbenson, vous avez établi vous-même que le meurtrier était un voisin, ce Pedro Calmino.

– Ce n'est pas contradictoire. Notre homme a utilisé un voisin au lieu du père de famille pour perpétrer son délit.

– Mais pourquoi ?

– Je n’ai pas encore d’explication.

Un long silence se fit. Chacun de nous poursuivait sa réflexion intérieure.

– Plusieurs témoignages concordent dans ces affaires, lançai-je.

– Lesquels, Watson ?

– Celui de Mulligan d’abord. Il était persuadé d’avoir vu le diable. Ensuite, cette malheureuse fillette empalée n’a-t-elle pas dit que le diable lui avait fait subir son supplice ?

– Seriez-vous devenu superstitieux, Watson ?

À présent, c’était moi qui commençais à douter.

– Eh bien… non… pas vraiment, mais avouez que tout cela est troublant. Souvenez-vous aussi de ce qu’écrivait la vieille femme que nous avons rencontrée dans l’église : « C’est l’œuvre du diable ou d’une sorcière… » Elle avait même ajouté à la fin de notre brève entrevue : « Dieu vous aide pour combattre Satan ! » Ces affaires ne ressemblent à aucune autre. Une force maléfique semble rôder autour des protagonistes de ces drames.

Holmes replongea dans ses pensées. Un long moment passa encore sans que nous échangions un seul mot. Une conclusion s’imposa à moi :

– Si nous parvenions à établir un lien logique entre toutes ces victimes, nous pourrions peut-être déterminer les motivations réelles de l’assassin et parvenir à le capturer.

– Tout le problème est là, Watson. Pour l’instant, aucun lien logique ne semble relier les victimes.

Holmes me tendit soudain son carnet personnel. Je lus :

« Affaire n° 1 : Meurtre du journaliste Reginald Foster. Le fuyard et assassin, Mark Dughan, court toujours. Le cadavre de Foster portait une croix inversée gravée sur le front.

Affaire n° 2 : Meurtre de la petite Mary Kinsley. Inculpation de son père : Henry Kinsley, représentant de commerce à Londres. Croix inversée gravée sur le front de la petite Mary.

Affaire n° 3 : Meurtre cannibale d’Agatha Cardwell. Inculpation de son mari, Henry Cardwell, banquier à Londres. Croix inversée dessinée avec du sang humain au-dessus de la cheminée.

Affaire n° 4 : Meurtre d'Emma Barnes, retraitée. Inculpation de son mari, James Barnes, commerçant retraité. Nouvelle présence de croix inversée.

Affaire n° 5 : Meurtre d'un orphelin ; mort suspecte de Mulligan. Inculpation de l'abbé Paul Meredith. Découverte de quatre autres cadavres. Croix inversées peintes sur les cercueils.

Affaire n° 6 : Meurtre de la jeune lady Jane Burnington, empalée sur une croix inversée. Exécution de lord Burnington par sa propre épouse. Inculpation de lady Burnington.

Affaire n° 7 : Meurtre de Mme Thelma Abbenson et de ses quatre enfants. Inculpation du père, Richard Abbenson. Présence d'une croix inversée sur le lieu du crime. Je suis persuadé quc le meurtrier est leur voisin de palier, un certain Pedro Calmino. »

Holmes ajouta :

– Dughan nous avait écrit : « Mes bourreaux vont connaître l'enfer. Je vais leur offrir le spectacle du sang jusqu'à la nausée. » Il a tenu parole. Et rien n'indique qu'il va s'arrêter en si bon chemin…

21

Je ne voyais plus Holmes. Il surveillait toujours les moindres déplacements de Houdini. Il avait fouillé le passé tumultueux du magicien, celui de sa femme Bess et de leur amie, la spirite Anna Eva Fay. Mais aucun lien ne semblait relier ce mystérieux trio à l'évasion de Millbank et aux crimes qui secouaient Londres. De plus, les derniers assassinats avaient eu lieu pendant que le magicien se produisait sur scène, ce qui lui fournissait un alibi exceptionnel. À moins qu'il ne pût exercer son art de persuasion à distance, ou qu'il ne disposât de complices…

Quand il n'épiait pas les allées et venues du « trio Houdini », Holmes assiégeait les ministères, les bibliothèques et les bureaux de la police. Il tenta à plusieurs reprises de rencontrer les suspects emprisonnés. Mais l'autorisation lui fut refusée.

Il poursuivit donc ses recherches dans une autre direction. À force de persévérance et d'opiniâtreté, il avait réussi à établir une liste à peu près complète des sectes londoniennes en activité. Mais, cette liste augmentant chaque jour, il semblait difficile, voire impossible, qu'il pût vérifier toutes les informations collectées.

Ce soir-là, Holmes rentra fort tard. Je m'étais couché de bonne heure, espérant trouver rapidement le sommeil, mais je ne parvenais pas à m'endormir. J'entendis mon camarade arpenter le salon bien après minuit. Parfois, les bruits de pas s'arrêtaient pour faire place à un silence pesant. Puis la ronde reprenait. De toute évidence, Holmes était dans l'impasse. La piste Houdini semblait de moins en moins crédible, et il était maintenant persuadé que ces crimes avaient été commis ou commandés par une secte. Mais de quelle secte pouvait-il s'agir ?

Holmes ignorait encore que cette information capitale lui serait fournie par son principal ennemi, le professeur Cornelius Hazelwood !

Au petit matin, je découvris le bureau de mon ami dans un désordre apocalyptique. Je compris qu'il avait passé la nuit à établir des fiches à partir des informations glanées durant la journée.

Je jetais un coup d'œil à l'extérieur. Une foule emmitouflée pressait le pas dans le froid hivernal. Un soleil pâlot perçait timidement le voile opaque des nuages. Le brouillard semblait moins dense qu'à l'accoutumée. Cette relative embellie me décida à sortir prendre l'air.

Je me couvris chaudement et me retrouvai quelques instants plus tard dans la rue. Une rafale de vent glacé me fouetta le visage et finit de me réveiller. Un petit vendeur de journaux aux lèvres bleuies par le froid criait les titres du jour avec force gesticulations, un peu pour attirer l'attention des passants, un peu pour se réchauffer.

– Demandez le *Times* ! Le célèbre professeur Hazelwood fait d'incroyables révélations ! L'évadé de Millbank, membre d'une secte secrète !

J'achetai aussitôt le journal et décidai d'écourter ma promenade pour faire part de ma découverte à Holmes. Je montai les escaliers quatre à quatre et fis irruption dans notre salon.

Holmes prenait son petit déjeuner, le nez dans un bol de thé fumant. Les grosses poches sous ses yeux et son teint de parchemin trahissaient le surmenage et le manque de sommeil. À en juger par l'état de ses vêtements, je déduisis qu'il avait dû s'endormir tout habillé, à bout de fatigue.

– Bonjour, Holmes. Le *Times*.

– Bonvour, Batsong.

Je brandis le journal sous son nez.

– Un article de Hazelwood sur les sectes.

Mon ami leva un sourcil. Je lus :

– « Le célèbre professeur Hazelwood vient de terminer une formidable étude sur les sectes secrètes de Londres… »

Holmes leva un sourcil.

– Étrange coïncidence. Poursuivez, Watson, je vous prie !

– « Cornelius Hazelwood livre ses premières conclusions en exclusivité pour les lecteurs du *Times*. Le célèbre professeur a étudié des dizaines de sectes sataniques en activité. Il est parvenu à une conclusion incroyable. Les récents crimes perpétrés à Londres s'apparentent à un mélange de rituels empruntés à l'ancienne Égypte et aux Celtes. Les soupçons convergent vers une secte satanique aux mœurs décadentes. Ses adeptes se livrent à d'abominables blasphèmes. Ils déterrent les morts pour les tourmenter lors de rituels infernaux. Ils souillent les hosties, lisent les messes à l'envers et renversent les croix. Les rituels s'achèvent par l'enfoncement d'un crucifix retourné dans le cœur d'un enfant. Cette secte se nomme l'Étoile d'argent. Le professeur Hazelwood promet de faire toute la lumière dans un ouvrage qui paraîtra très prochainement. Forte de ces premières révélations, la police mène l'enquête. »

Cette fois, Holmes était bien réveillé. Il bondit de sa chaise, fouilla dans le fatras qui recouvrait son bureau et en extirpa une liste griffonnée à la hâte.

– Les Adorateurs de l'Ange noir, le Temple d'Odin, l'Église de Satan, le Culte d'Enoch, l'Aube dorée, les Élus du dragon, l'Étoile d'argent. Nous y sommes !

– L'Étoile d'argent ?

– D'après les renseignements que j'ai pu glaner, il s'agit d'une secte créée par un certain Aleister Crowley. Un bonhomme de sinistre réputation qui fut autrefois le grand maître de l'Aube dorée.

Mon camarade entoura l'adresse.

– 134, Oxford Street, Londres.

Puis il enfila son lourd pardessus, vérifia que son arme était chargée et la mit dans sa poche.

Inutile de lui demander où il comptait se rendre. Je pris mon arme et lui emboîtai le pas.

Un majordome à la gaieté crépusculaire nous introduisit dans un salon lugubre et mal éclairé. Ce qui m'impressionna le plus en entrant dans cette pièce fut la taille monumentale de la bibliothèque, qui n'occupait pas moins de trois pans de mur. D'immenses étagères surchargées d'ouvrages montaient jusqu'au plafond. À en juger par l'odeur de cuir et de papier poussiéreux qui régnait en ce lieu, la plupart de ces grimoires devaient être très anciens. Nous étions bien loin de l'ambiance ludique et mystérieuse du salon-musée de Houdini. Je n'aurais su expliquer pourquoi, mais je me sentis immédiatement mal à l'aise dans ce lieu où régnaient des relents de satanisme et de morbidité.

Notre hôte était assis dans un fauteuil noir, face à une immense cheminée. Il replaçait une bûche à l'aide d'un tisonnier. Son ombre agrandie voletait sur le mur blanc, derrière lui. Ainsi penché sur l'âtre, on eut dit le diable en personne, jouant avec les flammes de l'enfer.

Dès qu'il nous aperçut, il se redressa. Une longue robe de chambre noire satinée enveloppait son corps mince. Il nous examina avec curiosité et nous l'observâmes avec la même attention. Il était grand et mince. Son visage délicat et soigné avait quelque chose de féminin. Ses cheveux noirs, brillants et bien brossés étaient coiffés en arrière. Ses sourcils longs et réguliers se rejoignaient au-dessus d'un nez oblique. Il avait une physionomie qui ne manquait pas de séduction, mais la fixité de ses prunelles et le gris métallique de ses yeux inspiraient, à l'examen, un indéfinissable malaise. Sa pâleur était distinguée, encore qu'elle me parût révéler un manque de chaleur intime plus qu'une véritable aristocratie. Il se dégageait de l'ensemble un air de supériorité hautaine, voire de mépris, qui ne le rendait guère sympatique. Quand il nous désigna un siège, je fus frappé par la finesse et la minceur de ses mains, avec leurs longs doigts effilés et soigneusement manucurés.

Holmes parut troublé. Il ne s'attendait probablement pas à rencontrer ce genre de personne. L'homme avait une allure et une silhouette qui me semblèrent familières, bien que je fusse certain de ne l'avoir jamais rencontré auparavant. Il se dégageait de sa personne un incroyable magnétisme, qui le rendait à la fois inquiétant et fascinant. Son regard gris clair était pénétrant, comme s'il avait eu la faculté de sonder les âmes de ses interlocuteurs. Par sa froideur et son maintien, il me fit penser à un serpent. Soudain, je réalisai pourquoi ce personnage me semblait si familier. Tout dans son attitude me rappelait… Sherlock Holmes lui-même !

Je croisai le regard de mon compagnon et compris qu'il devinait ma pensée, car il haussa les épaules, comme pour dire : « Et après ?... »

Dès que l'homme prit la parole, je sus que l'analogie allait bien au-delà d'une simple ressemblance physique. J'avais l'impression de voir évoluer et d'entendre parler mon propre camarade.

– Je suis ravi de recevoir le grand Sherlock Holmes et son illustre biographe, commença Aleister Crowley, onctueux.

– Vous risquez de l'être un peu moins quand vous connaîtrez les motifs de notre visite, rectifiai-je. De forts soupçons de meurtres pèsent sur vous !

– Diable ! Si j'ose dire. Comme vous y allez ! Je n'ai rien à me reprocher. D'ailleurs, la police m'a déjà interrogé. Ils n'ont retenu aucune charge contre moi.

– Dans ce cas, vous ne verrez certainement pas d'objection à répondre à quelques questions, poursuivit Holmes.

– Si vous avez du temps à perdre...

Holmes fixa son interlocuteur d'un regard hypnotique, à moins que ce ne fût l'inverse. Une lutte intense s'annonçait entre les deux hommes dans cet échange muet.

– Est-il exact que votre secte s'appelle l'Étoile d'argent ? commença mon compagnon.

– Oui. Est-ce criminel ?

– Tout dépend de ce qui s'y passe.

– Rien d'inquiétant. Nous enseignons à nos adeptes une éthique de vie fondée sur la liberté de l'individu.

– Une femme joue-t-elle un rôle quelconque au sein de l'Étoile d'argent ?

– Oui, Rose. Son rôle n'est pas subalterne. Elle est notre grande prêtresse.

– Qui est cette Rose ?

– Ma femme.

Cette fois, nous semblions toucher au but. Holmes se fit incisif.

– Pouvons-nous la voir ?

Pour la première fois, le regard du serpent perdit un peu de son intensité.

– Rose est... souffrante. Elle n'est pas en mesure de vous recevoir.

– Quand pourrons-nous la rencontrer ?
– D'ici quelques jours, je pense.
– De quoi souffre-t-elle ?
– Elle se remet d'un voyage éprouvant.
– Elle s'était donc absentée ?
– Oui, enfin non…

Ce type commençait à m'énerver. Je décidai de me faire mangouste.

– Expliquez-vous, Crowley ! Pourquoi ne pouvons-nous pas voir votre femme ?
– Elle est encore sous l'effet de la drogue et sort à peine du coma.
– Votre épouse se drogue ?

Crowley posa un regard froid sur Holmes.

– Cela arrive même à des gens fort respectables, n'est-ce pas ?

Mon camarade conserva sa dignité. Je poursuivis mon interrogatoire.

– Connaissez-vous un prisonnier du nom de Mark Dughan qui était enfermé à la prison de Millbank ?
– Pourquoi le devrais-je ?

Crowley choisissait souvent de répondre à une question embarrassante par une autre question non moins embarrassante. Ce stratagème ne suffit pas à me déstabiliser.

– J'imagine que ces malheureux constituent des recrues de choix pour vos activités !
– Vous vous trompez, docteur Watson. Nos membres figurent parmi l'élite intellectuelle du pays. Nous n'avons que faire des repris de justice. L'Étoile d'argent compte un grand nombre d'artistes, d'écrivains et de poètes.

Je haussai le ton, montrant ma détermination.

– Vous n'avez pas répondu à ma question.
– Non, je ne connais pas ce Mark Dughan.
– Votre femme le connaissait-elle ?
– Je l'ignore, il faudra lui poser la question. Mais puis-je savoir de quoi vous m'accusez exactement ?
– Avez-vous entendu parler de l'évasion de la prison de Millbank ?
– Je l'ai apprise en lisant la presse, comme tout le monde.

– Mark Dughan fait-il partie de votre secte ?
– C'est possible.
– Vous avouez.
– Je dis seulement que c'est possible. Certains de nos membres se sont inscrits sous de fausses identités afin de préserver leur anonymat.
– Pourquoi acceptez-vous cette pratique ?
– Aucune loi ne l'interdit, monsieur Watson.
J'étais à court d'arguments. Il y eut quelques secondes de flottement. Holmes vint aussitôt à mon secours.
– Que savez-vous de la petite Mary Kinsley ?
– Vous voulez parler de cette pauvre gamine qui a été sauvagement assassinée par son père ?
Mon camarade opina d'un signe de tête.
– J'ai suivi cette terrible affaire dans les journaux, mais…
Crowley se raidit. Son front s'empourpra.
– Vous ne croyez tout de même pas que je suis mêlé à cette affaire sordide ?
– Hazelwood accuse le satanisme…, commençai-je.
– Cornelius Hazelwood n'est qu'un crétin prétentieux. Il ignore tout du satanisme. Notre religion n'est qu'une réaction au christianisme répressif, rien de plus.
– J'ignorais que le christianisme fût répressif.
– C'est pourtant la religion du péché et du pardon. Pendant des siècles, elle a enseigné à l'homme à mépriser sa propre personnalité, à renier et à réprimer sa vraie nature sous prétexte d'une morale illusoire et castratrice. Dieu s'est retiré du monde.
– C'est vous qui le dites.
Crowley tentait à l'évidence de nous entraîner sur un terrain qui lui était favorable. Holmes l'observait et le laissait parler.
– Il suffit de regarder autour de vous pour vous en convaincre, poursuivit notre hôte. Rien dans la misère terrestre ne manifeste le règne du Christ. Face à un Dieu mensonger qui parle d'amour dans un monde cruel, Satan tient le discours authentique et sincère de la liberté. Le satanisme propose une doctrine alternative.
– Une doctrine qui consiste à massacrer son prochain ?

Crowley simula la colère. Ou bien peut-être était-il réellement irrité.

– Sornettes ! Notre religion est fondée sur la satisfaction des instincts naturels de l'homme. Au contraire du christianisme avec ses fallacieuses promesses et son éthique hypocrite, nous invitons nos adeptes à laisser libre cours à leurs légitimes aspirations et aux désirs naturels trop longtemps refoulés au plus profond de l'être. Notre devise est « Fais ce qu'il te plaira ». Est-ce un crime que d'oser vivre ?

– Non, certes, finis-je par admettre, tant que cela ne nuit pas aux autres. C'est la seule question qui nous importe. Mais Hazelwood affirme que vous vous livrez à des pratiques blasphématoires des religions chrétiennes, et surtout du catholicisme, telles qu'hosties souillées, messes dites à l'envers et croix renversée sur un autel.

– Quoi de plus naturel, puisque nous prenons le contre-pied du christianisme ? Nos rituels inversent les symboles religieux contre lesquels nous nous insurgeons. En quoi nos rites seraient-ils plus répréhensibles que ceux que nous dénonçons ?

– Reconnaissez que vous vous complaisez dans la morbidité ! Ces pratiques peuvent être lourdes de conséquences et donner de mauvaises idées à vos adeptes.

Crowley eut un ricanement sec.

– Que devrait-on dire d'une religion qui oblige ses fidèles, adultes comme enfants, à se prosterner devant un dieu agonisant ? Avez-vous déjà observé le visage du Christ sur la croix ? Sa bouche grimaçante de douleur ? Le sang qui dégouline de la couronne d'épines ? Son corps famélique, meurtri par la faim et les privations, le ventre creux et les côtes saillantes… Vous ne trouvez pas cela morbide ?

Le serpent marqua un léger temps d'arrêt et plongea son regard dans le mien.

– Ne croyez-vous pas que cette image puisse aussi laisser des empreintes et des traumatismes profonds ?

Cet homme avait le don de trouver le point sensible de ses interlocuteurs. Nul doute qu'avec une telle force de persuasion, il ne devait pas rencontrer de grandes difficultés à recruter de nombreux fidèles.

Je refusai d'entrer dans son jeu et poursuivis mon interrogatoire.

– Hazelwood a écrit : « Le rituel satanique s'achève par l'enfoncement d'un crucifix retourné dans le cœur d'un enfant. »

Crowley haussa les épaules.

– Ce n'est pas sérieux. Ces histoires éculées datent du Moyen Âge. De tout temps, dès que l'on a voulu discréditer une secte, on a colporté sur elle les mensonges les plus affreux selon lesquels les enfants en seraient les victimes. Ce procédé est honteux.

– On vous reproche aussi vos mœurs dissolues et votre mode de vie décadent. Niez-vous cela ?

– Hazelwood est un cul-bénit et il a la mémoire courte. Je le renvoie à l'histoire de sa propre religion… si toutefois le mot « propre » peut être utilisé. Je vous rappelle que le pape Jean XII a été tué par un mari dans le lit de sa femme, que Pie IV est mort dans les bras d'une courtisane et que Léon X a succombé à une maladie honteuse. Alors, qui parle de mœurs dissolues ?

– C'est du passé.

– Parlons du présent si vous préférez. Un rapport gouvernemental récent affirme que quatre-vingt mille filles perdues, souvent très jeunes, sillonnent les rues de Londres à la tombée de la nuit. C'est peu dire le nombre d'adeptes de ce genre de plaisirs frelatés. Et c'est aussi révélateur de l'hypocrisie ambiante qui, d'un côté, condamne la prostitution, et d'un autre y recourt largement, toutes catégories sociales confondues. Je vous retourne votre question, docteur Watson, mes détracteurs sont-ils bien placés pour me juger ?

Ce diable d'homme avait réponse à tout. Une fois de plus, il s'en sortait par une pirouette intelligente. Holmes assistait à la confrontation sans intervenir, ne cessant d'observer notre hôte et d'analyser son attitude. Quant à moi, j'avais encore quelques arguments à lui opposer.

– Nierez-vous aussi les profanations de tombes et les cercueils que l'on retrouve vidés de leur contenu ? Qui en dehors des adorateurs de Satan peut se livrer à de tels actes ?

– Vous n'allez tout de même pas me comparer à des brigands comme Burke et Hare. Il est de notoriété publique que ces exactions sont dues aux résurrectionnistes. Ils déterrent les corps dans les cimetières pour les vendre à des étudiants en anatomie. Ces gens-là n'ont aucun rapport avec nous. Aucune idéologie ne guide leurs actes. C'est le stade ultime de la famine et l'instinct de conservation qui les pousse à ces exactions.

S'il pensait me désarmer aussi facilement, il se trompait. Je décidai de porter l'estocade.

– Hazelwood affirme que votre secte est à l'origine des affaires criminelles qui secouent Londres. Il n'a certainement pas écrit cela à la légère.

Crowley écarta la remarque d'un geste méprisant.

– Va-t-on m'accuser chaque fois que quelqu'un décède de mort naturelle à Londres ?

– Nous n'avons peut-être pas la même définition de la mort naturelle. Est-ce que le fait d'enterrer des enfants vivants constitue un cas de décès normal à vos yeux ?

– Certes non ! Je sais à quoi vous faites allusion. J'ai lu cette horrible affaire et toutes les autres dans les journaux. Je n'y suis pour rien.

Puis il se pencha vers mon camarade, dans une attitude qui se voulait cordiale.

– Je souhaite vous aider dans votre enquête.

Holmes le regarda avec effarement.

– Pourquoi feriez-vous cela ?

– Il y a trop de suspicion à mon égard. Je tiens à effacer les idées fausses qui courent sur mon compte et nuisent à la renommée de l'Étoile d'argent.

La proposition était aussi abrupte qu'inattendue. Crowley était bien la dernière personne auprès de laquelle nous pensions trouver de l'aide. Mais quel crédit pouvions-nous accorder à un aussi beau parleur ? Je voyais surtout dans sa promesse une manœuvre visant à éloigner les soupçons qui pesaient sur lui et son entourage.

J'intervins à nouveau :

– Qu'est-ce qui nous prouve que vous n'êtes pas le meurtrier ?

– Vous proposerais-je mon aide si j'étais coupable ?

Comme à son habitude, Crowley répondait à une question par une autre question. Holmes l'observait avec un mélange de curiosité et de scepticisme. En même temps, il semblait quelque peu sous le charme de ce personnage ambigu. Les deux hommes se jaugèrent.

Crowley nous lança un regard flamboyant.

– Notre collaboration doit être franche et réciproque. Vous devez me dire ce que vous savez sur l'évasion de Millbank, sur le meurtre de la petite Mary Kinsley, et sur toutes les autres affaires.

Un long silence suivit cette déclaration. Puis, à mon grand étonnement, Holmes lui tendit la main.

– J'accepte votre marché. Mais j'ai bien peur de vous décevoir. Mes déductions sont parcellaires et parfois contradictoires. Pour l'instant, elles soulèvent plus de questions qu'elles n'apportent de réponses. Toutefois, si vous y tenez, je vais vous les livrer.

Crowley hocha la tête, satisfait de cette promesse.

– La moindre de vos déductions, monsieur Holmes, vaut toujours mieux que les pitoyables comptes rendus d'enquête de Scotland Yard.

Crowley avait lâché cette petite phrase sur un ton anodin, comme une évidence. Je connaissais assez mon camarade pour savoir que ce gage de reconnaissance ne le laissait pas indifférent. Je redoutais en même temps que notre hôte n'utilisât la flatterie pour gagner sa confiance.

Holmes raconta dans le détail les circonstances exactes de l'évasion de Millbank, l'assassinat de Foster, la fuite du prisonnier déguisé en gardien au nez et à la barbe de la police. Il fit ensuite un compte rendu des autres meurtres, omettant cependant de signaler un certain nombre de détails importants.

Tout en parlant, Holmes guettait et analysait la moindre réaction de son interlocuteur, ménageant ses effets, marquant de judicieux temps de pause, laissant planer de lourds sous-entendus.

Durant tout l'exposé, Crowley resta attentif et concentré.

Puis, quand Holmes eut terminé, il déclara :

– Revenez me voir dans trois jours. J'espère pouvoir vous apporter des éléments de réponse. Vous ferez alors la connaissance de Rose et de ses pouvoirs exceptionnels.

Si elle lui ressemblait, cela promettait d'être gai.

22

Notre brave logeuse avait remarqué que je ne parvenais plus à m'alimenter correctement en raison de mon état fébrile. Elle m'avait donc préparé l'unique repas auquel je ne pouvais résister : des cailles farcies suivies de délicieux gâteaux de Savoie.

Le dîner achevé, nous nous installâmes devant un bon feu. Holmes fumait sa pipe favorite qui émettait un sifflement familier. Je savourais un verre de digestif, le ventre bien rempli mais l'esprit assailli par mille questions.

– N'avez-vous pris trop de risques en dévoilant ce que nous savions à Crowley ? demandai-je à Holmes.

– J'ai mesuré le risque et pris soin de doser mes révélations, Watson. De plus, c'était le seul moyen de gagner la confiance de Crowley et de tester ses réactions. Je n'ai cessé de l'observer durant notre conversation. Je vous l'ai déjà dit, le visage trahit la pensée d'un individu.

– Que vous ont appris ces traits ?

– Je n'y ai décelé que de l'étonnement et de l'indignation, mais pas le moindre signe de culpabilité, ni même d'embarras.

Cette réponse me laissa dubitatif. Crowley aurait-il pu masquer ses sentiments et tromper mon camarade ?

– Pensez-vous que ce Crowley puisse être innocent ?

Holmes ferma les yeux et répondit à voix basse, comme s'il se parlait à lui-même :

– Pourquoi pas ? Mais il y aurait bien d'autres explications…

– Ah oui, lesquelles ?

– …

– Holmes ?

– …

– *Holmes ?*

Muré dans ses pensées, Holmes ne m'écoutait plus. Sa tête reposait en arrière sur le dossier de son fauteuil. Des volutes de fumée s'échappaient par instants de sa pipe et disparaissaient vers le plafond.

Je me retrouvais seul avec mes questions et mon vieux cognac. Une douce torpeur m'envahit peu à peu. Je m'abandonnai avec délices à la contemplation des formes dansantes du feu, le plus souverain des remèdes pour favoriser la réflexion. Je fermai les yeux, comme le faisait Holmes, et tentai de me concentrer à sa manière.

À quel jeu de dupes jouait Crowley ? En prétendant nous aider, n'essayait-il pas seulement de se disculper et de déplacer les soupçons sur un autre terrain ? J'étais convaincu qu'il fallait se méfier de ce bonhomme comme de la peste…

Qu'entendait Holmes par : « Il y aurait bien d'autres explications… » ? Qui pouvait avoir intérêt à tuer cette pauvre petite ? Et quel rôle jouait Hazelwood dans tout cela ? Aurait-il pu commanditer ce crime afin d'étayer ces thèses ? On savait que ce type était prêt à tout pour justifier sa renommée… mais de là à commettre des meurtres ! Qui pouvait bien tirer les ficelles de ce jeu de massacre ? La mystérieuse Rose Crowley ?

– Nous le saurons dans trois jours, Watson.

La voix de mon camarade me sortit de ma réflexion.

– Holmes ! Voulez-vous cesser de lire dans mes pensées ! Je n'ai plus la moindre intimité.

– Je n'ai pas lu dans vos pensées, mon cher Watson. Je me suis contenté de suivre votre intéressant monologue. Ce n'est pas de ma faute si vous rêvez à voix haute. Votre digestion semblait agitée. Il est vrai que les cailles farcies et les gâteaux de Savoie ne constituent pas un repas idéal le soir.

23

– C'en est trop ! explosa soudain Lestrade. On nage en plein délire.

Maître Holborne interrompit sa lecture et scruta le policier par-dessus ses lorgnons.

– Que vous arrive-t-il, Lestrade ?

– Ce récit est totalement décousu. On ne compte plus les digressions et les passages hors sujet.

– Hors sujet ? Où allez-vous chercher cela ? m'indignai-je.

Lestrade se leva et me toisa du haut de son mètre soixante.

– Je dis bien hors sujet. Vous ne consacrez pas moins de trois chapitres à Harry Houdini et vous nous gratifiez de son spectacle grand-guignolesque. Tout ça pour conclure que ce bonhomme est un grand illusionniste. On le savait déjà.

Mycroft Holmes et William Holborne se tournèrent vers moi et guettèrent ma réponse.

– Mon pauvre ami, répliquai-je. C'est vous qui êtes hors sujet. Vous n'avez pas suivi le fil de la narration, sinon vous auriez compris qu'Anna Eva Fay correspondait en tout point à la description donnée par Foster de sa dame en noir.

– Il n'a jamais été question de dame en noir.

– Bien sûr que si ! Auriez-vous dormi pendant la lecture de maître Holborne ? Dans l'article publié par *Fantastica*, Foster révélait qu'il avait percé le secret d'une mystérieuse organisation au sein de laquelle une femme jouerait un rôle prépondérant. Il en donnait même une description assez précise : taille moyenne, vêtue de noir à la manière d'une veuve, un regard de pythie. C'est en partie à cause de cette ressemblance que nous nous sommes intéressés à ce Houdini.

– Soit, admit Lestrade, j'avais oublié. Mais cela reste un faible argument, docteur Watson.

– Ce n'est pas le seul. Houdini pratique la magie et l'hypnose. Reconnaissez que ses centres d'intérêt sont plus que douteux. Cet homme pourrait devenir très dangereux s'il mettait ses redoutables pouvoirs au service du mal. D'ailleurs, vous entendrez encore parler de lui dans la suite de ce récit. Vous êtes bien placé pour le savoir.

Lestrade eut un geste d'énervement.

– D'accord, d'accord, admettons. Mais vous avez écrit la même chose sur cet autre magicien de bazar, comment s'appelait-il déjà ?... Aleister Crowley !

– Aucun rapport ! protestai-je. Crowley n'est pas un magicien. C'est bien pire, ce type est un adepte de Satan. Les idées qu'il propage sont effrayantes. Je persiste à penser que ce bonhomme est un fléau pour la société. Non seulement il croit dur comme fer à ce qu'il dit, mais en plus il parvient à s'entourer de dizaines d'adeptes fanatiques.

– Cela ne fait pas de lui un criminel.

Les yeux du notaire et de Mycroft Holmes allaient alternativement de Lestrade à moi, comme on suit un match de tennis.

– Auriez-vous oublié cela aussi, Lestrade ? Je vous rappelle que c'est Hazelwood lui-même qui a mis en cause Aleister Crowley et la secte de l'Étoile d'argent. Rose Crowley jouait d'ailleurs un rôle bien inquiétant au sein de cette organisation...

– Il faudrait savoir, docteur Watson. Il y a un instant, vous accusiez cette spirite, Anna Eva Fay, et maintenant c'est au tour de Rose Crowley. Vous ne parviendrez pas à m'embrouiller avec de telles salades. Je ne suis pas le genre d'imbécile que vous croyez.

– Ah bon, quel genre d'imbécile êtes-vous donc ?

– Je suis de ceux qui ne changent pas d'avis comme de chemise.

La discussion s'envenimait. Maître Holborne jugea le moment opportun pour intervenir.

– Il serait peut-être bon de faire une pause et de reprendre cette lecture un peu plus tard. D'ailleurs, c'est l'heure du thé.

Le notaire finissait à peine sa phrase que l'on frappa à la porte.

– Entrez ! ordonna-t-il.

Un majordome, sérieux comme un chambellan royal, pénétra dans le bureau, suivi comme son ombre par une soubrette, les bras chargés de plateaux.

– Souhaitez-vous prendre le thé maintenant, messieurs ?

– Oui ! Vous ne pouviez pas mieux tomber.

Une fois de plus, Sherlock Holmes avait tout prévu. Cet en-cas était digne du meilleur salon de thé londonien, y compris le style impeccable du personnel.

Lestrade avala quelques petits fours, mais ne lâcha pas son idée pour autant.

– Suis-je donc seul à penser que ce récit manque de cohérence ?

Il interrogea Mycroft Holmes du regard. Ce dernier, calé dans son fauteuil, les bras posés sur les accoudoirs, gardait un flegme inébranlable. Il semblait observer la situation de loin, comme si rien de tout cela ne le concernait.

– Vous n'exprimez pas votre avis, monsieur Holmes. Pourquoi ce mutisme ?

Le visage de Mycroft Holmes demeurait indéchiffrable.

– Parce que je prends le temps de déguster mon thé. Buvez, mon vieux, ça va refroidir.

Voyant qu'il n'y avait aucun soutien à espérer de ce côté, le policier revint vers moi.

– Avouez, docteur Watson, que tout cela n'est pas très sérieux, surtout quand on connaît l'épilogue de ces affaires.

– Et si votre épilogue n'était qu'une monstrueuse méprise ?

Lestrade éclata d'un rire forcé, projetant un nuage de miettes de petit four autour de lui.

– Ça, c'est la meilleure, docteur Watson ! Vous comptez récrire l'Histoire ?

Comme personne d'autre ne riait, le policier finit par se rendre compte qu'il était ridicule et plongea le nez dans sa tasse de thé en bougonnant.

La collation prenait fin. Dehors, les dernières lueurs du jour perdaient leur guerre quotidienne contre l'armée des ténèbres. Les rubans rouges du crépuscule s'étiraient dans un ciel de fin de règne. Une clarté étrange baignait les façades des immeubles, leur conférant une allure fantasmagorique.

Le majordome réveilla le feu qui somnolait dans l'âtre de quelques coups de tisonnier. Puis il tira les rideaux, ce qui plongea la pièce dans une atmosphère lugubre. Des ombres inquiétantes emplissaient à présent les moindres recoins du bureau. En regagnant mon siège, mon regard croisa les tableaux qui ornaient les murs. En arrivant, ces gravures m'avaient paru ternes et sans vie. Mais à présent, ils semblaient s'animer de reflets mordorés et irradiaient une beauté malsaine, presque effrayante. Un frisson parcourut ma colonne vertébrale. Après tout, ne représentaient-ils pas la ville qui avait été le théâtre de ces horribles crimes ?

La soubrette débarrassa les plateaux contenant les vestiges de notre collation, puis s'éclipsa telle une ombre silencieuse.

Maître Holborne regagna son bureau.

Lestrade se tassa dans son fauteuil, la mine contrariée.

Le notaire ajusta une nouvelle fois son pince-nez, s'éclaircit la voix et attaqua le début du chapitre suivant.

24

La mémoire ressemble parfois à un rêve à moitié oublié.

Mon confrère et ami, London Cayle, m'avait prévenu : ce remède de cheval devait me guérir en quelques jours, mais les effets secondaires pouvaient être très violents. Ils l'étaient.

Je tremblais de fièvre de la tête aux pieds. Malgré cela, je ne voulus pas rester seul à Baker Street. J'avais besoin de savoir et de comprendre. Je décidai donc de suivre mon camarade, en dépit de ma fatigue.

Tout avait commencé avec cette lettre anonyme, adressée à Sherlock Holmes. Elle indiquait le lieu d'un meurtre, une maison prétendument hantée, perdue au fin fond de l'East End londonien, à la frontière de la ville et de la campagne.

Ensuite, tout s'enchaîna très vite. Nous sautâmes dans le premier fiacre venu. Je plongeai bientôt dans un sommeil semi-comateux, bringuebalé par les secousses de notre attelage. Le fiacre s'immobilisa un instant. J'ouvris les yeux. Holmes avait disparu. Ma tête plongea à nouveau. Le claquement sec du fouet me réveilla en sursaut. Holmes avait repris place en face de moi. Nous repartîmes, plus secoués que jamais. Sous les roues du fiacre, le pavé fit place à un chemin chaotique. Durant tout notre trajet, je me réveillais et me rendormais, l'esprit oscillant entre le rêve et la réalité.

Quand notre attelage s'arrêta enfin, je m'aperçus qu'un autre fiacre nous suivait. Lestrade et Hazelwood en descendirent et nous rejoignirent en hâte.

La nuit était bousculée de gigantesques rafales. Ce souffle effrayant semblait préfigurer un danger imminent. Le froid était vif et le vent armé de milliers de lames de rasoir. Des nuages noirs s'accumulaient dans un ciel de fin du monde. Trois grosses gouttes de pluie s'écrasèrent sur mon front, comme un avertissement céleste.

Un éclair aveuglant déchira soudain la nuit d'une lumière intense et tremblante. Un paysage lugubre et désolé surgit furtivement des ténèbres. Semblant sorti des premiers âges du monde, le lieu avait conservé la marque de l'épouvante la plus ancienne, de cette terreur panique que les hommes, malgré leurs efforts, n'ont jamais réussi à exorciser. Un coup de tonnerre d'une violence inouïe suivit aussitôt. On eût dit la voix rauque et caverneuse du diable crachant sa haine sur ce pauvre coin d'humanité. La tempête hurlait dans des arbres immenses qui se débattaient comme dans une frénésie de douleur. J'eus à peine le temps de voir mon camarade pointant son doigt dans la direction d'une petite maison sinistre et délabrée posée sur une colline lépreuse.

– Là-bas ! hurla-t-il. Courez !

Le fracas du tonnerre ponctua son injonction. Nous gagnâmes la maisonnette qui tremblait sous les gifles phénoménales du vent.

Un éclair illumina très violemment, de manière presque irréelle, la pièce dans laquelle nous venions de nous engouffrer. Un spectacle insolite s'imprima pendant une fraction de seconde sur ma rétine, mais je ne parvins pas à l'interpréter. La vision s'évanouit aussitôt dans les ténèbres. Quelque part à l'étage, une fenêtre vola en éclats dans un fracas de verre et de bois brisé. À présent, chaque parcelle de notre abri vibrait sous les assauts incessants des éléments déchaînés. Des trombes d'eau fouettaient la maison comme pour lui infliger une punition. J'avais l'impression de tanguer sur un rafiot en perdition.

Un deuxième éclair, plus long, figea la scène de sa lumière aveuglante. Un homme était suspendu par les poignets, les bras tendus verticalement au-dessus de sa tête. La mort avait gravé sur son visage une expression d'ultime souffrance. Ses yeux exorbités révélaient l'intensité de la douleur qu'il avait endurée. De gros poids de plomb pendaient à ses chevilles, de sorte que son corps paraissait anormalement long. Quelque chose était fixé sur son ventre.

Un troisième éclair figea de nouveau la scène. Tout le monde avait changé de place. Hazelwood levait les bras au ciel. Holmes se tenait tout près du corps et l'observait avec sa grosse loupe. Je m'étais moi-même rapproché du pendu sans m'en rendre compte. Les murs de la pièce étaient couverts d'inscriptions étranges qui faisaient penser à des caractères cunéiformes.

Au bout de quelques minutes, le roulement du tonnerre mourut au loin et les éclairs cessèrent. Les nuages s'écartèrent. La lumière blafarde de la lune éclairait maintenant le spectacle infernal. À présent, je pouvais voir la scène dans toute son horreur : une cage, semblable à celles que l'on utilise pour les petits rongeurs domestiques, était fixée sur le ventre du malheureux à l'aide de sangles de cuir. La partie de la cage qui était en contact avec le corps présentait un trou circulaire de la taille d'un poing.

Holmes tournait autour du pendu, observant l'orifice à l'aide de sa loupe.

– Cette mise à mort est l'œuvre d'un détraqué.

Lestrade promena un regard paniqué autour de lui.

– Qu... qu'est-ce que c'est que ce dispositif?

Holmes pointa son index vers le haut du cadavre.

– L'homme a été pendu par les poignets, ce qui prouve que l'assassin n'a pas voulu le tuer tout de suite. Voyez ces poids. Notre pendu n'a pas pu bouger ni se libérer.

Holmes détacha la cage et fit pivoter le corps d'un demi-tour. Nous découvrîmes un horrible trou dans le dos du pendu, juste au-dessus des reins, qui traversait le corps de part en part. Holmes approcha encore sa loupe et tira du bout des doigts sur un fil noir et gluant. Quelques secondes plus tard, il tenait par la queue un rat visqueux et sanguinolent.

– La cage contenait des rats affamés. Les animaux n'avaient qu'une issue possible. Ils ont donc dévoré le ventre de ce malheureux et ont pratiqué un trou dans son corps afin de s'échapper. Certains n'ont pas réussi à traverser le corps et ont péri dans les entrailles de l'homme en tentant de creuser une galerie à la façon d'un mineur.

Je collai ma main droite devant ma bouche et tentai vainement de retenir la nausée qui montait de mon estomac. Le sang cognait contre mes tempes. Je grelottais, ne sachant plus très bien si j'étais victime du froid, de la peur ou de la fièvre. Je voulus sortir, mais ne parvins pas à regagner la porte. La lumière était insuffisante. C'est à cet instant que je compris le sens des caractères qui recouvraient les murs. Il s'agissait de croix inversées tracées en rouge. Le signe de Satan était partout, quel que soit l'endroit où se posait le regard. La peur s'abattit sur moi, implacable, inhumaine. Je restai figé devant ce spectacle, comme emprisonné dans un sarcophage de peur.

La suite se mélangea dans mon esprit choqué en un étrange scénario. Je crois que j'étais allongé sur la banquette du fiacre, recouvert d'un épais manteau. Le deuxième fiacre s'éloigna, emportant probablement Lestrade et Hazelwood.

J'entendis Holmes répéter cette phrase étrange, sur le ton d'une incantation :

– Allakabal, Silkini et Mordora !

Ces mots résonnèrent longtemps dans ma tête, inquiétants, terribles, mystérieux. Mon corps tout entier tremblait dans une frénésie de frissons que rien ne semblait pouvoir endiguer. Je finis par m'enfoncer dans un monde de ténèbres glacées peuplé de créatures hideuses, aux regards chargés de remords et d'angoisse. Une insondable tristesse m'envahit. Je me sentis seul et désemparé face aux forces du mal.

Quand je me réveillai dans mon lit, la nuit tombait. Je compris alors que j'avais passé la journée entière à délirer, ne sortant de ma fièvre qu'à la tombée du jour. Je me levai en titubant et gagnai le salon. Ma tête tournait encore comme si j'étais ivre.

« Allakabal, Silkini et Mordora. » Holmes avait prononcé ces mots invraisemblables au cœur de l'enfer, comme une incantation diabolique. Qu'est-ce que cela pouvait bien signifier ? On aurait dit une formule magique, comme celle que pourrait ânonner un sorcier afin d'invoquer un esprit ou jeter un sort, ou de prêter serment… un serment infernal ?

Allais-je me hasarder à lui poser la question ? Je décidai d'user d'un stratagème. J'allais le prendre par surprise en lui jetant sa formule au visage et en observant sa réaction. On verrait bien l'effet produit.

– Allakabal, Silkini et Mordora !

Holmes ne broncha pas d'un cheveu.

– *Holmes !* J'ai dit : Allakabal, Silkini et Mordora !

Mon camarade finit par ouvrir un œil torve. Je le fixai d'un regard pénétrant et répétai une nouvelle fois en détachant bien chaque syllabe :

– Al-la-ka-bal, Sil-ki-ni et Mor-do-ra ! Alors, que pensez-vous de cela, Holmes ?

Il se leva enfin et se dirigea vers sa chambre d'un pas traînant.

– Je pense que vous feriez mieux de retourner vous coucher.

Je restai un instant seul au coin du feu avec mon mystérieux « Allakabal, Silkini et Mordora » en tête. Avais-je inventé tout cela ? Étais-je vraiment en état de comprendre ce que disait Holmes hier soir ? Après tout, il aurait pu tout aussi bien dire : « À Baker Street. Il n'y a plus rien à faire ici… » ou bien « Allons à la plage, vive les pique-niques au bord de l'eau… ». Encore que cette dernière phrase me parût improbable, compte tenu de la saison et du contexte.

Holmes avait raison, j'avais surtout besoin de repos. Je regagnai mon lit et replongeai aussitôt dans un sommeil agité, peuplé de mages, de sorciers infréquentables et de rats hostiles.

25

Ma fièvre était enfin tombée et je me sentais un peu mieux. L'affaire du pendu suivait son cours. Nul ne connaissait l'identité de ce malheureux. Les rares personnes qui avaient accepté de répondre à la police affirmèrent que la maison était hantée. Lestrade couvait jalousement l'enquête au risque de l'étouffer complètement.

Trois jours s'étaient écoulés depuis notre dernière visite chez Crowley. Le moment était venu de retourner le voir, comme convenu, afin de faire connaissance avec sa femme et ses « pouvoirs extraordinaires ».

Crowley nous reçut comme de vieux amis. Il nous offrit le thé, sacrifiant aux règles de la bienséance. Il me parut moins distant. Le ton de la conversation était beaucoup plus léger que lors de notre précédente visite. Notre hôte proféra un certain nombre de banalités sur la dureté de l'hiver, la permanence du brouillard qui devenait obsédant et le printemps qui tardait à se manifester. La conversation s'enlisant peu à peu dans ces considérations météorologiques suspectes, j'eus bientôt le très net sentiment qu'il cherchait à gagner du temps. Le serpent était-il en train d'endormir sa proie ?

Cette fois, je n'étais pas disposé à me laisser berner par ce beau parleur et, au détour d'un long monologue sur les effets désastreux de la poussière de charbon sur les bronches du citadin, je décidai d'entrer dans le vif du sujet.

– Ne devions-nous pas rencontrer Rose Crowley ?

Crowley se raidit soudain.

– Vous la verrez dans un instant, quand elle aura recouvré ses esprits.

– Ses esprits ?

Notre hôte affecta de ne pas avoir entendu la question.

– Je voudrais d'abord vous entretenir d'un sujet délicat.

Dans quelle fable allait-il encore nous embarquer ? J'espérais qu'au moins il ne recommencerait pas à disserter sur les affres du climat londonien.

– Ce que vous allez voir et entendre n'est pas commun. Beaucoup de gens ont du mal à en admettre l'existence. Les plus obtus s'offusquent et font preuve d'une incroyable intransigeance. Mais si vous vous montrez patients, je suis persuadé que Rose pourra apporter des éléments de réponse à notre enquête.

Cette entrée en matière ressemblait à un conditionnement mental destiné à nous faire avaler ses boniments. Serpent ou pas, ce type m'agaçait et j'avais de moins en moins envie de me montrer patient.

– Venez au fait. Quel est ce sujet si délicat ?

– Le dédoublement physique.

– Je vous demande pardon ?

– Le dédoublement physique ! Cela consiste à laisser l'esprit quitter le corps et s'éloigner pour une durée variable. Au retour dans son enveloppe corporelle, le sujet qui s'est dédoublé peut témoigner et apporter la preuve de ce qu'il a vu, entendu et fait.

Je m'attendais à tout sauf à cela.

– Nous ne sommes pas venus ici pour entendre de telles sornettes ! m'offusquai-je.

Holmes et Crowley échangèrent un regard furtif dans lequel il me sembla déceler une certaine connivence. À mon grand étonnement, mon camarade fit un geste de la main, invitant notre hôte à poursuivre son explication.

– Le dédoublement est un phénomène bien réel. N'avez-vous jamais entendu parler de l'autoscopie, docteur Watson ? récidiva Crowley.

– L'auto quoi ?

– L'autoscopie. C'est un phénomène qui consiste à apercevoir son double, à se voir soi-même si vous préférez.

– J'imagine que je pratique l'autoscopie chaque fois que je regarde mon reflet dans un miroir.

– Il ne s'agit pas de reflet, mais d'entité indépendante, autonome et bien réelle. L'autoscopie se produit ainsi : un être endormi a soudain la sensation de se soulever dans les airs et d'observer son propre corps. C'est une des manifestations du dédoublement.

Holmes semblait fort intéressé par les explications de Crowley.

– En effet, j'ai déjà éprouvé moi-même cette impression, affirma-t-il. Mais, bien que l'effet fût fort saisissant, j'ai cru qu'il s'agissait d'un simple rêve au même titre que la sensation de faire une chute vertigineuse ou de voler.

– Ce que vous avez ressenti n'était pas un rêve mais une action physique qui s'est réellement produite. Le dédoublement fait partie des aptitudes que l'homme a perdues au fil des siècles.

Crowley se dirigea vers son imposante bibliothèque et en retira plusieurs ouvrages qu'il choisit sans la moindre hésitation. Il regagna ensuite la table du salon et posa un à un les grimoires devant nous.

– Voici le *Daemonomania* de Jean Bodin paru en 1576 ! Voici le *Magia Naturalis Libri*. Tous relatent les mêmes faits. Certains états cataleptiques ou comateux, pouvant être dus à la maladie ou au sommeil, permettent au Double de quitter le corps et de vaquer à sa guise, de son propre chef ou pour répondre à une demande. N'importe qui peut, s'il a suffisamment de connaissances et de science, agir sur le vivant par le canal de ce Double. La pérennité et la constance de la croyance dans le Double sont confondantes. J'ai collecté plusieurs centaines de témoignages à travers la littérature ancienne et moderne. Je vous les soumets pour que vous puissiez en prendre connaissance et juger par vous-mêmes. Tous ces témoignages concordent au-delà des croyances et des convictions de leurs auteurs. Seule l'interprétation varie. Ce qui relève de la volonté divine chez les visionnaires chrétiens est le fruit d'une science chez les magiciens et les alchimistes. Dans tous les cas, la condition *sine qua non* du voyage au loin est le coma du corps. Traditions païennes et chrétiennes ont une même source, et chacune éclaire à sa façon l'histoire du Double.

– Si ce que vous dites est vrai, résuma Holmes, chacun de nous devrait pouvoir se… dédoubler.

– En effet. Mais l'homme s'est enfermé au fil des siècles dans la caverne du pragmatisme et de la science. Il a oublié le monde véritable, dont il ne perçoit plus que des bribes. Il a perdu les pouvoirs de ses ancêtres. De nos jours, peu de gens savent qu'ils possèdent un second moi. Seuls quelques rares initiés maîtrisent la technique permettant de le libérer à volonté. Certaines personnes sont naturellement prédisposées à ce genre de phénomène. D'autres, en revanche, peuvent y parvenir au moyen d'expédients tels que l'alcool ou la drogue.

Je m'étonnais que mon camarade puisse s'intéresser à de telles inepties. Pour ma part, Crowley ne m'avait pas convaincu.

– Tout cela relève de la pure fantaisie et de l'irrationnel.

– Ce qui est irrationnel aujourd'hui peut se révéler rationnel demain, docteur Watson.

Je levai les yeux au plafond.

Le visage de Crowley se crispa dans une expression de rigidité sérieuse.

– On parvient aujourd'hui à expliquer des phénomènes qui étaient autrefois incompréhensibles. Les exemples sont légion. Dans l'Antiquité, les Grecs prêtaient une âme à certains minéraux car ils pouvaient en attirer d'autres. Aujourd'hui le principe physique de l'aimantation n'étonne plus personne. Au Moyen Âge, une simple crise d'épilepsie était considérée comme une manifestation diabolique. Non seulement les savants ne comprenaient pas ces phénomènes, mais ils les combattaient avec la haine et la violence qu'engendre la peur. Et je ne vous parle pas des accusations d'hérésie portées à l'encontre de Galilée…

– Vos remarques sont justes, admit Holmes. Mais pour ma part, je préfère m'en tenir à la stricte analyse des faits.

– Moi aussi, affirma Crowley. Mais il est des faits qui, aujourd'hui encore, s'expliquent mal par la science officielle. Nous sommes tous prisonniers de notre siècle, du cartésianisme, des idées reçues et des préjugés. Et les savants, plus que les autres, se montrent toujours frileux lorsqu'il s'agit d'admettre de nouvelles découvertes qui risqueraient de remettre en cause le bien-fondé et la légitimité de leur savoir.

Holmes opina du chef. Il était évident que les propos de Crowley faisaient écho à sa propre expérience. N'était-il pas lui-même considéré comme un hérétique et un iconoclaste par les milieux scientifiques et religieux ?

Mais si Holmes semblait être tombé sous le charme de ce curieux personnage, il n'en était pas de même pour moi.

– Si je comprends bien, poursuivis-je sur un ton ironique, chaque individu posséderait la faculté de se dédoubler pour peu qu'il atteigne un état cataleptique au moyen de la drogue ou sous l'effet d'une forte fièvre ?

– Exact.

– Ce double pourrait alors se déplacer à sa guise, investir un individu et lui ordonner d'agir comme bon lui semble ?

– Absolument.

– Ainsi, selon vous, un assassin n'aurait plus qu'à s'endormir et faire exécuter ses crimes par une tierce personne manipulée par son double. Ou quelque chose dans ce genre-là…

– Oui. Mais je constate à votre ton ironique que vous ne me croyez pas, docteur Watson. Il est plus commode de refouler ces considérations dans l'arrière-pays des rêves et de l'imagination fantastique que d'accepter de bouleverser ses croyances, n'est-ce pas ?

– Je ne demande qu'à vous croire, Crowley. Apportez-nous une preuve tangible et vérifiable de vos affirmations et je serai votre premier adepte.

– C'est pour cela que je vous ai conviés aujourd'hui. Veuillez me suivre, messieurs, s'il vous plaît ! Rose doit être réveillée à présent.

Crowley nous conduisit dans le sous-sol de sa maison. Nous descendîmes un escalier en colimaçon étroit et mal éclairé, puis traversâmes deux pièces obscures avant de déboucher dans une vaste salle voûtée éclairée par deux torches murales dont le grésillement désagréable donnait froid dans le dos.

Une vingtaine de personnes se tenaient debout en cercle au centre de la pièce dans un silence recueilli. Elles étaient vêtues de longues chasubles noires, leur tête disparaissant sous d'immenses capuchons, et tenaient à la main un cierge noir. D'où nous étions, nous ne pouvions pas voir ce qu'elles entouraient.

Crowley posa son index sur ses lèvres, signifiant que nous devions observer le plus grand silence. Une curieuse tension régnait dans cet endroit, comme s'il allait se produire un événement extraordinaire. Un sentiment de malaise me gagnait peu à peu.

Nous rejoignîmes le groupe. C'est seulement à ce moment-là que je vis la femme allongée sur une dalle de marbre, les yeux fermés. Un long frisson glacé parcourut ma colonne vertébrale, et le choc fut si grand que je ne pus réprimer un « Ho ! » de stupéfaction. Un « Chut ! » collectif fit aussitôt écho à mon interjection. La femme qui se trouvait sur ce lit correspondait en tout point à la description que Reginald Foster avait faite de la fameuse femme en noir. La blancheur cadavérique de son visage tranchait sur le noir de ses vêtements. Ses yeux étaient marqués de deux cernes profonds qui trahissaient une grande fatigue. Ses lèvres minces et serrées n'avaient plus de couleur. Un étrange air de liquéfaction émanait de tout son être, comme une bougie consumée par la flamme.

Crowley s'approcha de nous.

– Voici Rose, ma femme. Elle se trouve en état cataleptique depuis plusieurs heures. Elle procède actuellement à une expérience de dédoublement sous la surveillance de quelques-uns de nos adeptes.

Le visage de Crowley se métamorphosa. Il paraissait soudain anxieux.

– Que se passe-t-il ? lui demanda Holmes.

– Je… je ne comprends pas. Elle aurait dû terminer son voyage depuis plus d'une heure.

Holmes s'approcha tout près du corps de la femme en noir et fronça les sourcils. Malgré la fraîcheur de l'endroit, de grosses gouttes perlaient sur le front de Crowley. En proie à une extrême agitation, il ajouta, comme pour se rassurer :

– Cela devrait être imminent. C'est seulement un peu plus long que d'habitude. Elle devrait revenir. Elle est toujours revenue. Elle pourra alors témoigner de ce qu'elle a vu et fait.

– Elle ne témoignera jamais, affirma Holmes. Cette malheureuse est morte.

Un homme sursauta et se retourna vers moi :

– Quoi ? Que dites-vous ? Rose est morte ?

Je tressaillis à mon tour en apercevant le visage de l'homme à la lueur de sa bougie. Des paillettes jaunes brillaient dans l'iris de ses yeux. Sa peau n'était pas humaine. J'eus un court instant l'impression de croiser le regard d'un loup. L'homme écarta sa bougie et son visage disparut sous l'obscurité de son capuchon. Une main invisible serra mon estomac. Les événements se précipitèrent. Ce qui n'était au départ qu'un vague murmure d'inquiétude enfla pour devenir un angoissant brouhaha.

Holmes saisit le bras de Crowley d'un geste persuasif.

– Je vous en conjure, laissez Watson ausculter cette malheureuse !

Crowley devint livide et posa un regard effaré sur sa femme, comme s'il venait de saisir l'horreur de la situation. Après de longues secondes d'hésitation, il finit par nous donner son accord d'un imperceptible hochement de tête.

Un homme cagoulé tenta encore de me barrer le chemin :

– Ne faites pas cela, malheureux ! Un seul contact physique risquerait de la tuer. Son esprit ne pourrait plus regagner son corps et serait condamné à errer pour l'éternité.

– Sornettes ! Laissez-moi passer ! hurlai-je.

Après une brève bousculade, je parvins à toucher le corps. Je frémis au contact de cette peau tendue et glaciale.

– Compte tenu de la rigidité cadavérique, affirmai-je, je dirais que cette femme est morte depuis environ trois heures !

Un indescriptible mouvement de panique accueillit cette annonce. Les adeptes laissèrent tomber leurs bougies et colifichets sur le sol pour regagner au plus vite la sortie. L'assemblée se disloqua comme une volée de moineaux. Crowley recula dans un coin de la vaste pièce et s'accroupit dans une attitude fœtale, le dos arrondi et la tête posée sur les genoux serrés dans ses bras.

Je me retournai et m'aperçus que j'étais seul dans ce caveau lugubre avec Aleister Crowley et le cadavre de son épouse. Même Holmes avait fui !

Je parvins non sans difficulté à remettre Crowley sur ses pieds. Il resta hermétique à mes paroles de réconfort. L'homme n'était plus que l'ombre de lui-même. Je le conduisis jusqu'à sa chambre et l'étendis sur son lit. Il gardait une expression hallucinée sur le visage et semblait incapable de reprendre contact avec la réalité.

Il me fallut ensuite me charger de la défunte. Après plusieurs heures de démarches, je réussis à faire prévenir la morgue qui envoya enfin un de ses employés. L'homme enveloppa le corps de Rose Crowley dans un linceul blanc et l'emporta sur son dos.

Je regagnai notre appartement au beau milieu de la nuit, harassé par cette journée éprouvante. Je trouvai Holmes, fumant la pipe, bien installé au coin du feu.

– Ah, Watson. Vous voilà enfin. Où étiez-vous passé, tout ce temps ?

– Holmes ! Ce serait plutôt à moi de…

– Quelles sont vos conclusions à propos de Rose Crowley ?

– Mes ?… Eh bien, d'après moi, elle a succombé à une attaque cardiaque. Son état physique était déplorable. Elle devait se droguer de façon déraisonnable afin d'atteindre le niveau de coma nécessaire à ses dangereuses expériences. Cette pratique répétée a eu raison de sa santé fragile.

Je me calai dans mon fauteuil et me chauffai les mains au feu qui crépitait dans la cheminée.

– Mais vous, Holmes, où étiez-vous passé ? Vous m'avez abandonné sur place sans la moindre explication.

– L'heure n'était pas aux explications, Watson. J'ai couru après Samuel Bocton, le directeur de la revue *Fantastica*. Vous n'aviez pas remarqué sa présence ?

– J'ai eu un doute, une fraction de seconde. Mais tout s'est déroulé si vite. Avez-vous réussi à l'interroger ?

– Oui. Il m'a appris qu'il était membre de l'Étoile d'argent depuis la création de la secte. Il y côtoyait des artistes et des écrivains célèbres tels que Bram Stoker.

– L'auteur de *Dracula* ?

– Lui-même. Bocton prétend qu'il est en parfaite communion d'esprit avec ces gens-là. Il considère que son appartenance à l'Étoile d'argent est un signe de reconnaissance sociale.

– Il ne nous a rien raconté de tout cela quand nous lui avons rendu visite.

– Pourquoi nous en aurait-il parlé ? En revanche, rappelez-vous ses propos. Il tenait le même discours désabusé que Crowley. Ces deux-là glorifient le culte de la personne. Souvenez-vous du credo de Crowley : « Fais ce qu'il te plaira. »

Je me souvenais parfaitement de la visite à Bocton. Je ne voyais pas en quoi Crowley et ses adeptes différaient de ceux qu'ils dénonçaient. N'avaient-ils pas élevé l'égoïsme et le cynisme au rang de doctrine ?

Holmes marqua une pause et alluma une nouvelle pipe.

J'étendis mes jambes devant l'âtre. Ces derniers temps, mon genou droit devenait douloureux.

Réchauffé par la chaleur bénéfique, je poursuivis ma réflexion.

Ainsi donc, les liens entre les différents protagonistes apparaissaient peu à peu. Samuel Bocton et Reginald Foster collaboraient au sein de la revue *Fantastica*. Foster et Hazelwood travaillaient ensemble à l'identification d'un mystérieux réseau criminel. Crowley et Bocton étaient amis de longue date. Quant au trio Houdini, il s'intéressait de très près à ces affaires. Restait un élément bien intrigant…

– Encore une fois, que vient faire votre frère Mycroft dans cette affaire ?

Une parfaite expression de surprise s'afficha sur le visage de mon camarade.

– Mycroft ? Il travaille avec Hazelwood ! Mais cela, nous le savons depuis toujours. Il est évident que mon frère n'a rien à voir avec cette histoire.

Était-ce si évident que cela ?

26

Les médecins légistes confirmèrent mon diagnostic : crise cardiaque consécutive à une absorption massive de drogue. À trop vouloir flirter avec la mort, Rose Crowley avait fini par tomber dans ses griffes.

Nous rendîmes plusieurs fois visite à Crowley. Son état psychologique était critique. Il ne subsistait rien de l'individu fier et arrogant que nous avions connu. L'homme ne parvenait pas à accepter la mort de sa femme. Il se droguait à longueur de journée, persuadé de pouvoir entrer en communication avec la défunte.

Parfois, Crowley tenait des propos incohérents. Mais peut-être ne l'étaient-ils pas tout à fait pour lui. Nous ne savions toujours pas ce qu'il comptait nous révéler au terme de cette fameuse séance de dédoublement qui avait coûté la vie à sa femme.

Ce jour-là, Holmes décida de lui rendre une nouvelle visite. Il espérait toujours lui extirper quelque information sensée. Mon camarade me demanda de l'accompagner afin de lui donner un avis médical sur l'état de santé de Crowley.

Nous trouvâmes notre homme allongé sur son lit, très affaibli, le regard dans le vague. Il ne dormait pas, mais son esprit semblait errer dans un autre monde. Son visage était d'une blancheur cadavérique. Le moindre geste paraissait être une épreuve. Holmes s'adressa à lui avec une sollicitude que je ne lui connaissais pas.

– Comment vous sentez-vous aujourd'hui ?

– Mieux, merci. J'ai beaucoup travaillé. J'entrevois la terrible vérité.

Crowley était certes très faible, mais il n'était manifestement pas sous l'emprise de la drogue. Holmes s'en aperçut et saisit cette opportunité pour l'interroger.

– Je suis désolé de revenir sur ces pénibles événements, mais je dois le faire pour les besoins de l'enquête.

– Je vous ai promis mon aide, je tiendrai parole.

Mon camarade adopta une voix mesurée et calme qui invitait à la confidence.

– Que devait nous apprendre Rose Crowley ?

– Le problème, c'est que je n'en sais rien moi-même. Je lui avais confié la délicate mission de mener une enquête par dédoublement.

– Quelle enquête lui aviez-vous confiée ?

– Celle de retrouver l'assassin, bien sûr.

Holmes me glissa un regard entendu.

– Oui, évidemment.

Crowley poursuivit, persuadé qu'il trouvait une oreille attentive.

– Cela nous disculperait définitivement. Mais mes différentes tentatives pour entrer en contact avec Rose ont échoué.

J'ouvris de grands yeux.

– La contacter ? Mais elle est morte !

Holmes me lança un regard noir. Crowley poursuivit sans y prêter attention.

– Pour nous autres, les initiés, c'est un détail. Je pratique le spiritisme depuis toujours. En principe, je n'ai aucune difficulté à communiquer avec l'esprit des morts. C'est presque une formalité.

Je m'apprêtais à formuler une nouvelle remarque, quand Holmes écrasa mon pied.

– Je vois, affirmai-je avec un rictus de douleur.

La seule chose que je voyais, c'est que nous perdions notre temps à écouter les délires morbides d'un drogué notoire.

– Mais cette fois, vous n'avez pas réussi à établir le contact ? s'enquit Holmes, comme si la chose lui paraissait naturelle.

– Oui, c'est pourquoi je suis persuadé que Rose est tombée dans un piège.

Holmes s'approcha de Crowley.

– Un piège ?

– Je veux parler de son double, bien sûr.

– Bien sûr, répétai-je en écho.

– Son double n'a pas pu réintégrer l'enveloppe corporelle de mon épouse. Cela signifie qu'il est prisonnier quelque part, ou condamné à errer pour l'éternité entre le monde des vivants et celui des morts.

Ce Crowley avait une bien curieuse conception de la mort. Et Holmes semblait réellement s'intéresser à sa théorie. Voilà qui me surprenait encore plus.

– J'ai acquis une certitude, ajouta Crowley. Rose avait découvert quelque chose d'important. Quelqu'un l'a empêchée de parler et la retient toujours dans un monde inaccessible aux vivants. Je dois la libérer.

Crowley se leva, le regard halluciné, et vacilla un court instant. Holmes le retint par le coude.

– Comment comptez-vous faire ?

– Je vais tendre un piège à notre ennemi.

Crowley se dirigea en titubant vers son immense bibliothèque. Il en retira un imposant ouvrage, beaucoup plus récent que les autres, de la tranche duquel dépassaient de nombreux marque-pages. Il posa le livre sur la table, devant nous. J'en découvris le titre en même temps que mon camarade : *Histoire des sectes secrètes*, par le professeur Cornelius Hazelwood.

– Comment êtes-vous entré en possession ce livre ?

– C'est un éditeur de mes amis, Samuel Bocton, qui a réussi à se le procurer en avant-première. La sortie en librairie devrait avoir lieu dans quelques jours.

Holmes glissa vers moi un regard complice. Cet aveu spontané confirmait que Crowley et Bocton se connaissaient fort bien.

– Vous vous intéressez à ce que raconte Hazelwood ? hasardai-je.

– Je suis bien obligé. Si je veux me défendre, il est préférable que je sache de quoi il m'accuse.

Le visage de Crowley se durcit, exprimant soudain la rancœur et le mépris.

– Ce livre est un véritable canular. Il contient tous les poncifs et les pires mensonges du genre. Sans parler des anachronismes, indignes même d'un écolier…

Je tentai d'y voir clair.

– Vous ne prenez donc pas cet ouvrage au sérieux ?

– C'est peu de le dire. Non seulement il n'est pas sérieux, mais encore il est en grande partie plagié sur *Le Marteau des sorcières*.

– *Le... Marteau des sorcières* ?

– Il s'agit d'un livre de bien sinistre mémoire. Il a servi de manuel de travaux pratiques aux inquisiteurs pendant près de deux siècles. Il a été écrit en 1486 par Henri Institor et Jacques Sprenger, deux professeurs en théologie de l'ordre des Frères Prêcheurs. L'ouvrage démontrait l'existence de la sorcellerie et du satanisme, et exposait les modalités concrètes de questionnement des suspects. Des centaines de milliers de prétendus hérétiques ont ainsi été torturés et massacrés. Le plus souvent, leur seul vrai tort était de s'opposer à la doctrine officielle de l'Église catholique.

– Vous prétendez que l'ouvrage de Hazelwood et tiré de ce... *Marteau des sorcières* ?

– Pour une large part, oui ! Pour le reste, notre célèbre savant s'est contenté de recopier tout et n'importe quoi. J'en ai la preuve formelle. Suivez-moi !

Crowley se dirigea vers sa bibliothèque et en retira un grimoire en lambeaux.

– Écoutez ça : « Étranglées puis taillées en pièces, la plupart des victimes des rituels sataniques finissent dans le chaudron où les sorcières préparent le fameux onguent du diable qui doit obligatoirement comporter un peu de graisse humaine. En voici la recette exacte : faire bouillir un enfant dans un chaudron de cuivre en prenant la graisse qui nage au-dessus et faire épaissir le dernier bouillon en manière de consommé. Mélangée avec de l'aconit, des feuilles de peuplier et de la suie, cette préparation diabolique sert à gâter les récoltes, nuire au bétail, envoyer les ennemis dans l'au-delà... » Hazelwood a recopié ces âneries au mot près et attribue ce rituel barbare à l'ordre de l'Étoile d'argent. Ni plus, ni moins.

Crowley s'empourpra légèrement sous l'effet de la colère. Il retrouvait peu à peu sa hargne et sa combativité. Sa voix monta d'un ton :

– Mais tout cela n'a pas la moindre importance en comparaison de ce que je vais vous montrer. Ce livre contient un message beaucoup plus inquiétant qui accuse définitivement son auteur et me permet d'affirmer que je suis victime d'un effroyable complot. Il est temps de désigner le vrai coupable. Préparez-vous à un choc terrible !

Quelle révélation fumeuse nous avait-il concoctée ? Pour un manipulateur comme Crowley, la meilleure façon de se disculper n'était-elle pas de passer aux yeux de tous pour une victime ?

Il ouvrit le livre de Hazelwood à une autre page cochée par un marque-page et pointa une petite gravure du doigt.

– Lisez ce petit texte, monsieur Holmes, et observez attentivement la gravure qui l'accompagne !

Mon camarade se pencha sur le livre.

– « En Égypte, sous la dynastie des Amenhotep, la coutume voulait que l'on offrît une fillette vierge au Nil pour obtenir sa clémence et pour être certain qu'il fertilise la vallée… Les mains de la victime étaient tranchées, embaumées et offertes séparément à Seth, le Diable égyptien. On prête actuellement cette horrible coutume à la secte d'obédience pseudo-égyptienne L'Étoile d'argent, dirigée par l'exécrable Aleister Crowley. »

Puis il sortit sa grosse loupe et la promena un instant sur le dessin. Soudain son visage se décomposa. Il leva un regard hébété vers Crowley, lâcha sa loupe et se laissa retomber sur sa chaise, comme assommé.

J'empoignai la loupe et me précipitai sur le dessin. Ce que je découvris alors dépassait l'imagination. Le rituel décrit par ce croquis ne se déroulait pas en Égypte, mais à Londres, à l'endroit exact où la petite Mary avait trouvé la mort. Je reconnus le quai, les rails sur lesquels roulaient les chariots de charbon, jusqu'à ce fameux pont sous lequel nous avions rencontré Jack le Mendiant.

– C'est impossible ! m'exclamai-je.

J'approchai encore la loupe. Le meurtrier était représenté sous les traits de Seth, l'équivalent égyptien de notre Satan.

À mon tour, j'interrogeai Crowley du regard.

Il tourna lentement un bloc de pages, jusqu'au marque-page suivant.

– C'est la même chose pour les autres.

– Les autres ?… repris-je.

Il ouvrit le livre à une page qui décrivait un rituel grec datant de l'Antiquité : l'enterrement vivant de cinq garçonnets. Nous l'observâmes à tour de rôle. Je reconnus le cimetière et la cabane du malheureux Mulligan, à l'entrée. Le moindre détail était reporté sur ce croquis.

Crowley tourna encore les pages.

Je reconnus le caveau où Jane Burnington avait été retrouvée empalée sur la croix retournée. Je collai mon œil à la loupe. Dans un coin du dessin, on distinguait le ricanement obscène du Diable qui semblait se réjouir de cette scène.

Nous découvrîmes un à un les autres meurtres.

Puis Crowley referma le livre, regagna son lit et s'effondra, à bout de forces.

Le temps se coagula.

Nous étions écrasés par le poids de cette révélation.

Holmes fixait le néant, le regard vide.

27

Nous ne pouvions repousser plus longtemps l'affrontement avec Hazelwood. Mon camarade cachait mal sa tension. Mais sa détermination l'emportait sur son appréhension.

Moins d'une heure après avoir quitté Crowley, nous nous présentâmes chez Hazelwood.

Holmes cogna contre l'huis avec vigueur. Un majordome froid et hautain nous ouvrit presque aussitôt.

– Monsieur Holmes, monsieur Watson. Veuillez me suivre, s'il vous plaît, ces messieurs vous attendent.

– Ces… messieurs nous attendent ? repris-je, éberlué.

Le domestique n'eut pas le temps de répondre. Un homme à la stature imposante vint à notre rencontre. Ma stupeur fut à son comble quand je reconnus Mycroft Holmes. Quel événement exceptionnel avait bien pu faire sortir l'ours de sa tanière ?

– Sherlock, lança-t-il à son frère, c'est seulement maintenant que tu arrives ?

– Mon esprit est moins rapide que le tien, Mycroft, tu le sais bien, répliqua mon camarade sur un ton faussement détaché.

Mycroft Holmes nous précéda dans un salon. Deux hommes étaient penchés sur divers livres et revues qui recouvraient une table de travail. Leur conversation semblait très animée. J'en saisis quelques bribes.

– Où sont-ils actuellement ?

– Chez les libraires. La mise en rayons est prévue pour demain matin.

– Catastrophe. Et la presse ?

– La campagne est lancée. Les journaux sont en cours d'impression.

– Peut-on encore faire marche arrière ?

– Non, il est trop tard.

Les deux hommes se retournèrent à notre approche. Nous allions de surprise en surprise. Je reconnus Samuel Bocton, le directeur de *Fantastica*. L'autre devait être Hazelwood.

Ce dernier se leva d'un bond et se précipita vers nous. Je ne sais pourquoi, mais j'avais toujours imaginé que Cornelius Hazelwood était un nom parfait pour un vieux professeur acariâtre et autoritaire. L'homme qui venait vers nous n'avait pas plus de cinquante ans. Il était vêtu avec une élégante sobriété. Il était un peu plus petit que moi, mais, je le confesse, un peu plus mince aussi. Sans doute pratiquait-il régulièrement quelque sport afin d'entretenir cette silhouette jeune et dynamique. Son regard acéré derrière ses petites lunettes rondes cerclées de métal rendait son visage quelque peu austère et nous rappelait qu'il était d'abord un intellectuel avant d'être un homme d'action. La calvitie gagnait ses tempes et accentuait son front qui paraissait trop grand et taillait haut dans ses cheveux frisés. Un détail quelque peu anachronique attira mon attention : il portait une barbichette en pointe à la mousquetaire qu'il ne cessait de lisser.

– Monsieur Holmes. Merci d'être venu aussi vite.

Mon camarade ne parvint pas à cacher son étonnement.

– Aussi vite ? Je ne…

– Inutile de se répandre en paroles inutiles, coupa notre hôte en lui tendant la main. Faisons la paix ! Je reconnais mes erreurs passées.

Sherlock Holmes ne trouva pas de mots, décontenancé par cette entrée en matière pour le moins inattendue. Cornelius Hazelwood semblait très nerveux.

– Le temps presse. Il faut à tout prix éviter l'hécatombe. Cette affaire a déjà fait assez de dégâts. La psychose s'installe. La crédibilité du gouvernement est en jeu, et pour tout dire… la mienne aussi.

– Si vous consentiez à m'éclairer un tant soit peu, parvint à glisser mon camarade.

Mycroft Holmes vint au secours de son frère.

– Sherlock ne possède apparemment pas toutes les données. Prenons le temps de lui expliquer la situation, voulez-vous.

Nous prîmes place autour de la table de travail. Mycroft Holmes poursuivit :

– Voilà toute l'histoire : il y a quelque temps, un journaliste indépendant du nom de Reginald Foster est venu trouver Samuel Bocton au *Fantastica* pour…

Sherlock Holmes interrompit son frère d'un geste de la main.

– Pour proposer de raconter son enquête sous forme de feuilleton. Foster était sur la piste d'une organisation criminelle au sein de laquelle une mystérieuse femme en noir jouait un rôle important. Il comptait rencontrer Mark Dughan à Millbank dans le cadre de son enquête.

– Tu étais au courant ?

Mon camarade haussa les épaules.

– J'ai l'esprit lent, mais il fonctionne tout de même un peu.

– Que sais-tu d'autre ?

– Vous avez fait nommer Foster au poste de gardien à Millbank. Mais n'est pas espion qui veut. Foster a payé sa curiosité de sa vie. Comment as-tu pu confier une telle mission à un amateur, Mycroft ?

– Je n'ai pas eu le choix. Je n'ai même pas pu rencontrer ce Foster, sinon je lui aurais donné de précieux conseils. Le professeur me l'a, disons…

Le professeur en question, visiblement mal à l'aise, toussa dans son poing et lissa plusieurs fois sa barbiche.

– N'ayons pas peur des mots, Mycroft, je vous l'ai imposé en usant de mon influence. Foster me semblait être l'homme de la situation. Et je voulais partager les honneurs de ses découvertes.

Un sourire flotta un court instant sur les lèvres de Sherlock Holmes.

Hazelwood poursuivit :

– Malheureusement, Foster a échoué et son assassin a pris la fuite dans les conditions que vous savez. Une série de meurtres innommables succéda à cette évasion.

– Tout cela, je le sais déjà, coupa mon camarade. Mais tout d'abord, comment saviez-vous que j'allais venir ici ?

– Cela paraissait inévitable, affirma Mycroft Holmes. Comme nous, tu as découvert les gravures dans le livre du professeur. Il était évident que tu allais aussitôt lui demander des explications.

Sherlock Holmes posa un regard accusateur sur l'intéressé.

– En effet.

Hazelwood prit un air navré.

– Je peux tout expliquer. J'ai agi dans la précipitation. Je ne cherche pas d'excuses, mais j'ai des circonstances atténuantes : je suis pressé par l'administration et l'opinion publique de publier sans cesse de nouvelles découvertes et d'obtenir des résultats. C'est la rançon de la notoriété. Vous devez connaître cela, monsieur Holmes ?

Holmes ne répondit pas.

Hazelwood esquissa un sourire gêné.

– Je reconnais que j'ai eu tort d'imposer Foster et de vous évincer de cette affaire. Mais l'heure n'est plus aux querelles. Nous devons unir nos forces pour combattre un ennemi invisible et sournois.

Holmes s'impatientait.

– Venons-en au fait. Dites-moi où vous avez trouvé les fameuses gravures qui figurent dans votre ouvrage.

– Je les ai achetées à Foster. Il affirmait détenir de nombreuses informations inédites sur les rituels sectaires. Nous avons monté ensemble un dossier impressionnant sur ce sujet. Il paraissait fort bien documenté et sûr de lui. Je n'ai pas pris soin de vérifier chacune de ses informations. Pas le temps, trop de pression…

– Cela ne fait que déplacer le problème. Où Foster s'était-il procuré ces gravures et leurs commentaires ?

Samuel Bocton, qui n'avait pas encore pris la parole, nous désigna le tas de revues qui recouvrait la table.

– Dans les archives de *Fantastica*.

Holmes réunit l'extrémité de ses dix doigts et fronça les sourcils.

– Foster ne vous a jamais dévoilé ses sources, professeur ?

– Non. Mais c'est en partie de ma faute.

– Comment ça ?

– J'ai mis une trop forte pression sur ses épaules. Je savais qu'il avait besoin d'argent pour financer son enquête. Nous avions passé ensemble un contrat. Je lui avais demandé de me fournir des informations sensationnelles en contrepartie d'une avance budgétaire substantielle. Il m'a fourni des documents puisés dans les archives de *Fantastica* pour pouvoir honorer son engagement.

Sherlock Holmes se tourna vers Samuel Bocton.

– Nous revenons toujours à la même question. Qui est à l'origine de ces gravures et des textes qui les accompagnent ?

Un muscle rétracta le regard du loup, comme si un éclair de lumière venait de le frapper en plein visage.

– Plusieurs auteurs. La plupart d'entre eux étaient des écrivains inconnus ou occasionnels. Je ne les rencontrais jamais personnellement. Nous correspondions par courrier. Ils m'envoyaient de petites nouvelles illustrées relatant des énigmes sanglantes mettant en scène des forces occultes.

– Où trouvaient-ils les thèmes de leurs récits ?

Bocton tourna légèrement la tête, nous présentant un profil inquiétant.

– Aucune idée. C'est le mystère de la création littéraire. J'imagine qu'ils devaient faire appel à leur imagination, ou se référer à de quelconques récits qui font peu ou prou partie de la mémoire collective.

– Avez-vous conservé les noms et les coordonnées de ces auteurs ?

– Non. J'ai jeté pas mal d'archives encombrantes lors du déménagement. De surcroît, la plupart de ces auteurs d'un jour signaient d'un pseudonyme ronflant, ce qui fait que je ne connaissais pas leur véritable patronyme.

– Travaillez-vous encore avec certains d'entre eux ?

– Non.

Il hésita.

– Du moins, si c'est le cas, ils n'utilisent pas les mêmes pseudonymes. *Fantastica* publie maintenant des œuvres de longue haleine par épisodes, un peu à la façon du *Strand Magazine*.

Ce n'était un secret pour personne que Bocton rêvait depuis toujours de supplanter le *Strand*, qu'il considérait comme le modèle du genre.

– À quand remonte la première publication de ces fameuses nouvelles ?

– À trois ans environ, affirma Samuel Bocton en tendant une revue à Sherlock Holmes. Voici la première.

Sherlock Holmes sortit sa loupe et observa la gravure. Son visage se décomposa.

– Cette image semble décrire.

– L'assassinat de Foster. C'est ce que nous pensons également.

– Avez-vous fait part de cette découverte à la police ?

– Bien sûr. Nos meilleurs limiers étudient actuellement la question. Mais certains n'y voient déjà qu'une série de coïncidences sans lien direct avec les crimes.

Je consultai la gravure à mon tour. Elle représentait bien une forteresse d'allure médiévale. Il ne faisait aucun doute dans mon esprit qu'il s'agissait de Millbank.

Holmes insista :

– Comment avez-vous su que certains de vos textes avaient été repris dans le livre du professeur Hazelwood ?

– Un simple concours de circonstances. Mon ami Aleister Crowley m'a demandé de lui procurer le livre du professeur en avant-première. Cela me fut très facile, compte tenu de mes nombreuses introductions dans le milieu de l'édition. J'ai feuilleté cet ouvrage et me suis rendu compte que certaines gravures ne m'étaient pas inconnues. J'ai ensuite remis l'ouvrage à Aleister. Ce n'est que plus tard, en fouillant dans mes archives, que j'ai découvert l'incroyable vérité.

Sherlock Holmes posa un regard incrédule sur Bocton.

– Mais pourquoi êtes-vous venu ici ? Hazelwood accuse ouvertement votre ami Crowley dans son livre.

– C'est précisément pour défendre Aleister Crowley et éviter une effroyable erreur judiciaire que je suis venu trouver le professeur. Aleister est très affecté par la mort de Rose et n'est pas en mesure d'assurer sa propre défense. Je connais bien cet homme. Ses idées peuvent choquer, mais ce n'est pas un assassin.

Un long silence suivit cette déclaration. En moi-même, je pensai : un loup et un serpent, quelle belle association.

Samuel Bocton plissa les yeux et sa bouche se tordit, comme s'il hésitait à nous faire une révélation cruciale.

– *Fantastica* est une revue hebdomadaire, commença-t-il. Nous avons publié ces nouvelles pendant près de trois ans…

Hazelwood prit un air grave et poursuivit la pensée de Bocton.

– Ce qui représente environ cent cinquante nouvelles illustrées décrivant des crimes tous plus atroces les uns que les autres. Un travail énorme nous attend. Il faut éplucher chacune de ces nouvelles et tenter de localiser le théâtre des prochains meurtres. Si le tueur poursuit dans la même logique, il doit bien y avoir dans ces nouvelles des lieux qui connaîtront bientôt d'horribles crimes. Si nous les décryptons, nous parviendrons peut-être à le prendre de vitesse et à lui tendre un piège. Pour ma part, je vais analyser la totalité des gravures représentées dans mon livre.

Le professeur suspendit sa phrase et hésita.

– Tout ce qui est arrivé est de ma faute. Je n'aurais jamais dû confier une telle mission à Foster.

– Je suis aussi responsable que vous, répliqua Mycroft Holmes. J'aurais dû vous tenir tête et m'opposer à ce projet. C'était bien trop risqué.

Samuel Bocton baissa les yeux.

– J'ai ma part de responsabilité. À l'avenir, je serai plus vigilant sur les récits que je publierai et…

Holmes tendit la paume de sa main.

– Stop ! À quoi bon chercher un lampiste ? Le mal est fait. Et chacun a sa part de responsabilité. Il faut que nous portions un regard neuf sur ces affaires.

Le professeur se tourna vers mon camarade.

– C'est pourquoi j'ai pensé à vous, monsieur Holmes.

– À moi ?

– Oui. Il doit bien y avoir des détails qui nous ont échappé. Le moindre indice peut se révéler important dans ce genre d'affaire.

Cette enquête prenait une nouvelle fois un tournant des plus inattendus. Sherlock Holmes était venu demander des explications à Hazelwood, et c'est le professeur qui quémandait maintenant son aide. Sherlock Holmes était maintenant sollicité par ceux-là mêmes qui l'avaient tenu à l'écart. C'était à n'y rien comprendre.

Le silence devint pesant. Bocton glissa un regard inquiétant vers Hazelwood. Le professeur détourna les yeux et lissa nerveusement sa barbichette.

Un sentiment de malaise emplit la pièce.

J'eus soudain la sensation obscure que l'un d'entre nous en savait beaucoup plus qu'il ne le disait. L'assassin se trouvait-il autour de cette table ?

28

On frappa trois coups à la porte du salon. Holmes posa son journal.

– Entrez donc, madame Hudson !

La nuit était tombée depuis longtemps. Je jetai un œil à la pendule : 23 h 30.

Notre logeuse passa la tête par l'entrebâillement de la porte.

– Excusez-moi de vous déranger à une heure aussi avancée, mais j'ai pensé que cela pouvait être important…

– Que se passe-t-il ?

– Je finissais d'accomplir quelques tâches domestiques au rez-de-chaussée quand j'ai entendu un bruit suspect dans l'entrée. Je m'y suis précipitée et j'ai vu que quelqu'un glissait ce papier sous la porte.

Elle tendit à Holmes une feuille pliée en quatre.

– Le temps d'ouvrir la porte, notre mystérieux facteur avait disparu dans le brouillard.

Holmes prit la missive, remercia Mme Hudson et lut à haute voix :

– « À l'intention de M. Sherlock Holmes. Il se passe des choses terrifiantes au 78, Downing Street. Des visiteurs y entrent à la tombée de la nuit. Et plus tard, des hommes passent sous ma fenêtre avec de gros sacs en toile de jute sur le dos. Je n'ose imaginer ce que contiennent ces sacs. J'ai vu le jeune James Pickox entrer dans ce local mystérieux. Mais il n'est jamais ressorti, du moins pas sur ses pieds. Je n'ai pas confiance en la police, c'est pourquoi je m'adresse à vous, monsieur Holmes. Faites la lumière sur cette affaire et débarrassez enfin la ville du Monstre. Soyez prudent, l'endroit est très dangereux. » Évidemment, ce n'est pas signé.

– Cela peut se comprendre. Londres est en état de choc. L'auteur de cette lettre aura préféré l'anonymat par crainte de représailles. Tout le monde a peur.

– Pas moi, Watson.

Holmes enfila son épais manteau et se coiffa d'une chaude casquette à rabats pour affronter la nuit glaciale. Je décidai de le suivre. Il glissa son pistolet dans sa poche et je l'imitai aussitôt.

Les lanternes à pétrole qui se balançaient de part et d'autre de notre fiacre éclairaient un épais mur de brouillard, ponctué, tous les quelques pâtés de maisons, par le halo bleuté et brumeux d'un réverbère. Sur l'ordre de mon camarade, le fiacre s'immobilisa aux environs du 60, Downing Street. Nous fîmes le reste du chemin à pied en rasant les murs.

Le vent collait nos vêtements à nos corps et augmentait encore la sensation de froid. Notre haleine semblait se figer autour de nos lèvres.

Nous arrivâmes bientôt devant le 78. Il s'agissait d'une bâtisse rectangulaire de deux étages qui faisait penser à un petit entrepôt. La porte d'entrée était protégée par une grille métallique cadenassée. Nous contournâmes le local, à la recherche d'une issue. Holmes mit son index sur ses lèvres. Puis il me désigna une fenêtre sans barreaux assez accessible et me fit comprendre en quelques gestes qu'il souhaitait l'atteindre. Je m'adossai au mur de la bâtisse, en espérant que personne ne surprendrait notre périlleuse entreprise, et lui fis la courte échelle. Mon camarade grimpa sur mes épaules. Je l'entendis un instant faire des efforts pour ouvrir la fenêtre récalcitrante. Un bref cliquetis de verre brisé résonna soudain dans les ténèbres, suivi presque aussitôt d'un lointain aboiement.

Nous restâmes pétrifiés dans notre inconfortable position. Le chien finit par se taire après un long couinement plaintif. Nous étions plongés dans un silence oppressant. J'avais les doigts endoloris par le froid. Bientôt je ne sentis plus qu'un seul pied sur mon épaule gauche, puis plus rien. Je compris que Holmes avait réussi à se glisser dans le local. Je levai la tête : il me tendait la main du haut de la fenêtre. Je parvins sans grande difficulté à le rejoindre à l'intérieur.

Holmes exhiba son arme sous mes yeux, me signifiant que je ferais bien de prendre la mienne. Je saisis mon pistolet d'une main tremblante.

La lune jouait à cache-cache avec les nuages et baignait la pièce d'une lumière sporadique. J'essayai de comprendre ce que contenait cet endroit. Une odeur âcre et malsaine flottait dans l'air. D'étranges lueurs bleutées émergeaient çà et là des ténèbres. Je me dirigeai vers elles. Ma main rencontra d'immenses rayonnages qui semblaient tapisser tout un pan de mur. J'avançai à tâtons le long de ces étagères afin d'identifier leur contenu. Je compris rapidement qu'elles étaient recouvertes de bocaux étiquetés de différentes tailles, semblables à ceux que l'on utilise pour stocker des confitures. La lumière spectrale provenait de certains de ces mystérieux récipients, comme s'ils eussent contenu quelque substance photoluminescente.

Bientôt, la lune disparut complètement et nous abandonna dans le noir absolu. J'étais désorienté. À quelques pas de moi, Holmes gratta la tête d'une allumette. La lumière fusa, puis se fit plus stable. Nous découvrîmes alors une pièce sans meubles, avec une large table en son centre. Une forme blanchâtre gisait sur la table.

Holmes approcha l'allumette des rayonnages.

Des dizaines de bocaux étaient alignés sur plusieurs niveaux. Nous découvrîmes avec horreur leur macabre contenu. Une goutte glacée glissa le long de ma colonne vertébrale. Ceux du haut contenaient des cerveaux de toutes tailles, entiers ou mutilés. Holmes promena sa faible lumière le long des rayons. Plus loin, des yeux humains flottaient dans un gros bocal à hauts bords. Sur une autre étagère, je reconnus des reliques de foies, de reins et de poumons. Puis encore des cœurs trônant sur une étagère avec d'autres organes informes que je ne parvins pas à identifier.

L'allumette s'éteignit et nous replongea dans une obscurité solide et impénétrable.

À coup sûr, nous étions dans l'antre du monstre.

Holmes gratta une autre allumette et se dirigea vers la table qui occupait le centre de la pièce. Un grand drap blanc recouvrait une forme humaine.

Soudain, une lumière crue envahit la pièce et nous aveugla. Un géant en chemise de nuit se tenait dans l'encadrement de la porte et braquait son arme vers nous. Sa physionomie avait la densité et la puissance d'un monotithe de granit. Mais son regard était franc et clair. Malgré son allure de bûcheron, l'homme n'avait rien d'un rustre.

– Mains en l'air ! Ne faites plus un geste !

Nous restâmes figés dans notre position.

– Qui êtes-vous ?

– Je suis Sherlock Holmes, et voici mon ami le docteur Watson, annonça mon camarade en me désignant du menton.

L'homme eut une moue sceptique et avança vers nous sans baisser sa garde.

– En effet, je vous reconnais. Mais qu'est-ce que vous fabriquez chez moi à une heure pareille ?

Mon camarade ouvrit de grands yeux.

– Chez vous ? Mais qui êtes-vous ?

– Je suis le professeur John Pickox, docteur en chirurgie.

– Pickox ? m'exclamai-je. Mais alors, qu'est-ce que tout ceci ?

Je désignai les rangées de bocaux.

– Ce ne sont que quelques organes humains flottant dans un mélange de formol et de phosphore.

– Nous pensions… enfin… certaines rumeurs prétendaient… Vous êtes vraiment chirurgien ? balbutiai-je.

Pickox baissa son arme et ouvrit un placard rempli de scies, de microscopes et de squelettes aux articulations jaunies, suspendus à des fils de soie.

– Vous semblez troublé, docteur Watson. Je suppose que ce n'est pourtant pas la première fois que vous voyez une salle d'étude anatomique.

Nous baissâmes les bras à notre tour, honteux de notre méprise.

– Je possède une petite chambre juste au-dessus, poursuivit John Pickox. J'ai entendu le carreau se briser et le chien aboyer. Vous vous êtes introduits chez moi par effraction. J'attends vos explications.

– Ne vous méprenez pas sur nos intentions, dit Holmes. Nous avons reçu une lettre laissant supposer que le jeune James Pickox était tombé dans un piège mortel ici même.

– Ridicule ! s'insurgea le chirurgien. Je puis vous assurer que mon fils est en parfaite santé.

– Où est-il actuellement ? insista mon camarade.

– Il est parti à la campagne, chez mes parents, avant-hier. Il souhaitait s'y reposer et réviser dans le calme avant de passer ses examens. Il se destine à la chirurgie, comme moi.

Holmes semblait décontenancé. Je désignai encore le corps allongé sur la table d'anatomie du chirurgien.

– Mais, alors… sous ce drap ?

– Une vieille femme décédée hier. Elle a fait don de son corps à la médecine. L'employé de la morgue l'a apporté en fin de journée. Je compte l'utiliser demain matin pour mon cours d'anatomie. J'enseigne cette matière à une vingtaine d'étudiants, ici même.

– Pouvons-nous le voir ? insista Holmes.

– Si cela peut vous rassurer…

Le docteur Pickox s'approcha de la table d'anatomie et ôta le drap d'un geste sec. Ses traits se décomposèrent. Il vacilla et dut s'adosser au mur pour ne pas s'écrouler.

Sur la table gisait le corps violacé d'un jeune garçon d'une vingtaine d'années. Son visage était marbré de veinules bleues, et des cernes sombres entouraient ses yeux, anormalement enfoncés. Une croix inversée était gravée sur son front, le long de laquelle s'était formée une horrible croûte brune.

29

Holmes se débarrassa de son manteau et s'effondra dans son fauteuil. J'étais impatient de recueillir le compte rendu de ses dernières investigations. Je n'eus pas besoin de l'interroger car il prit aussitôt la parole.

– Le jeune homme assassiné est bien le fils du docteur Pickox. Le meurtrier lui a injecté le virus du choléra, ce qui explique le teint caractéristique du cadavre.

– Le choléra... En effet, il avait le teint bleuâtre et les yeux anormalement enfoncés. Mais où a-t-il bien pu trouver un virus actif ?

– Son père travaillait sur ce sujet. Il n'en a pas fallu davantage à Lestrade pour faire arrêter le docteur.

– Le chirurgien a-t-il avoué ?

– Non. Il est en état de choc. Il affirme ne rien comprendre. Selon lui, quelqu'un aurait remplacé le corps de la vieille femme par celui de son fils.

– Qui aurait pu commettre un acte aussi abominable ?

– La dernière personne qui est entrée dans ce local est l'employé de la morgue. Il est venu déposer le corps de la vieille femme en fin de soirée. Un domestique lui a ouvert, il a posé le corps sur la table d'anatomie et est reparti. Ces livraisons sont banales compte tenu de l'activité du docteur Pickox.

– Personne n'a examiné le cadavre au moment où il a été livré ?

– Non. Il était entouré d'un linceul de la tête aux pieds afin de ne pas contaminer l'endroit. De plus, le domestique a une peur panique de ces cadavres. Il laisse au docteur le soin d'ôter le linceul. Il s'est donc débarrassé au plus vite de son livreur et n'a pas réveillé son maître pour le prévenir de cette livraison.

– Et l'employé de la morgue ?

– J'ai mené mon enquête. L'homme qui a apporté le cadavre ne fait pas partie des employés de la morgue. Le cadavre de la vieille femme ne devait être livré que le lendemain, peu avant le début du cours d'anatomie du docteur Pickox.

– Vous ne croyez donc pas à la culpabilité du docteur Pickox ?

– Non. Trop de preuves l'accablent. Si l'on voulait en faire une victime parfaite, on ne s'y prendrait pas mieux.

Je réfléchis à haute voix :

– En effet. L'assassin peut avoir enlevé le jeune Pickox au moment où son fiacre se dirigeait vers la campagne. Puis il l'aura tué et aura ramené le cadavre chez son père. Le domestique a-t-il pu donner la description du prétendu employé de la morgue ?

– Malheureusement non. L'homme portait un masque médical, comme en portent les chirurgiens. Il a expliqué qu'il ne voulait pas prendre le risque d'une contamination.

– Avez-vous pu relever quelque indice ?

– Oui, des dizaines, Watson.

– Ah ?

– Mais ils appartiennent tous au docteur Pickox et semblent se liguer contre lui pour l'accuser. L'assassin est un génie du crime. Ma tâche sera donc double. Il me faudra démontrer l'innocence de Pickox et, plus difficile encore…

– Quoi donc, Holmes ?

– Tenter une fois de plus de convaincre Lestrade qu'il se trompe.

Au même instant, au rez-de-chaussée, Mme Hudson tourna sur elle-même comme une grosse toupie en brandissant son balai au-dessus de sa tête. Mais elle ne put rien contre la horde crasseuse et indisciplinée qui s'engouffra dans l'escalier.

Un gamin au regard effronté et à la casquette de travers franchit le seuil du salon.

– M'sieur Holmes ! M'sieur Holmes !

Je bondis de mon fauteuil, prêt à refouler l'assaillant à l'aide de ma solide canne, quand Holmes retint mon bras.

– Laissez, Watson ! Vous voyez bien que ce sont les Irréguliers de Baker Street.

– Ah ?

– Ils doivent m'apporter des nouvelles. Je leur avais demandé de surveiller le vieux pont où Jack le Mendiant avait installé son grabat.

Puis mon camarade se composa le masque autoritaire d'un commandant s'adressant à ses soldats. Il désigna du menton un gamin un peu plus grand que les autres, qui devait être le chef de la bande.

– Au rapport, Higgins !

– Nous l'avons vu, m'sieur, aussi vrai que j'vous vois.

– Jack le Mendiant ?

Le dénommé Higgins roula soudain des yeux terrorisés.

– Non, m'sieur, le Diable.

– Le... Où ça ?

– En plein cœur de Londres, m'sieur. Dans une espèce de genre de cave qu'a l'air d'une taverne d'Ali Baba. Je suis sûr qu'y se passe des choses pas honnêtes là-dedans.

Le gamin parlait d'expérience.

– Conduisez-nous vite, mon jeune ami !

Holmes remit une demi-couronne au chef de la bande qui le remercia un million de fois. La horde dévala l'escalier et se dispersa dans la rue sous les invectives inutiles de Mme Hudson. Seul le fameux Higgins resta avec nous.

Nous hélâmes un fiacre. Le jeune garçon prit place à côté du cocher et le guida à travers un dédale de ruelles mal éclairées qu'il semblait connaître comme sa poche.

L'attelage dut bientôt s'arrêter tant la chaussée se rétrécissait. Nous mîmes pied à terre et marchâmes un instant entre deux bâtiments si penchés que leurs sommets semblaient se rejoindre. La ruelle se terminait par une impasse sombre et sordide. Le parfait coupe-gorge. Je serrai mon poing sur la crosse de mon vieux pistolet, prêt à l'utiliser à la moindre situation suspecte.

Higgins désigna la gueule noire d'un soupirail qui s'enfonçait sous un petit immeuble délabré.

– C’est là, m’sieur !

Le jeune garçon ouvrit des yeux terrorisés et recula de plusieurs pas.

– S’cusez-moi, m’sieur Holmes, mais je peux pas aller plus loin. J’ai trop peur.

Puis il disparut, happé par le brouillard. Holmes cria encore dans sa direction :

– Ne relâchez pas votre vigilance, Higgins, j’attends toujours des nouvelles de Jack le Mendiant.

Nous descendîmes quelques marches. L’endroit empestait la moisissure et le pourrissement de matières végétales et animales. À peine avais-je pénétré dans l’obscurité de la crypte qu’une terreur brutale s’abattit sur moi. Holmes gratta une allumette. Nous découvrîmes une vaste cave voûtée encombrée d’objets hétéroclites à demi délabrés, digne d’un antre de pillard oriental. Holmes saisit soudain mon bras et me fit sursauter.

– Écoutez, Watson !

En prêtant l’oreille, je parvins en effet à percevoir un bourdonnement sourd, sans pouvoir dire s’il était lointain ou proche. Il me sembla qu’un être immatériel tremblait dans l’ombre et faisait vibrer l’air autour de lui. Un frisson glacial parcourut ma colonne vertébrale.

Au fur et à mesure que nous avancions, le tremblement de mes jambes s’amplifiait et la mystérieuse vibration semblait se rapprocher. Quelque chose d’horrible et d’inimaginable gémissait et se tordait dans les ténèbres, tout près de nous. Aucune image ne se formait dans mon esprit pour tenter d’interpréter le son qui emplissait maintenant mes oreilles. Aucun mot ne parvenait à décrire de façon juste le phénomène vers lequel nous avancions avec effroi. L’allumette s’éteignit et nous replongea dans une obscurité totale. Je n’ai pas honte de l’avouer, j’avais peur, horriblement peur. Tout mon être était tendu et tétanisé par une frayeur incontrôlable et grandissante : la peur de l’irrationnel et de l’inconnu.

– Je n’ai plus d’allumettes, Watson. Vous en reste-t-il ?

– Oui, je… je crois.

Je fouillai dans les poches de ma veste et sentis avec soulagement le contact de la petite boîte. Je frottai la tête d’une allumette. Une étincelle jaillit et, presque au même moment, une nuée vibrante virevolta autour de mon visage et sembla s'enfoncer dans mes cheveux. Je reculai d'un bond et brassai l'air à grands gestes désordonnés afin de chasser cet ennemi éthéré et diffus. L'allumette s'éteignit et je fis tomber la boîte par terre. Un silence lourd opprima de nouveau les ténèbres. L'horreur était toute proche, à quelques centimètres peut-être. Sous quelle forme monstrueuse allait-elle surgir ?

– Où êtes-vous, Watson ? Pourquoi avez-vous éteint cette allumette ?

– La... la boîte. Elle m'a échappé.

– Eh bien, ramassez-la, mon vieux !

Ma main chercha à tâtons dans l'obscurité glacée et rencontra soudain une forme visqueuse et grouillante. Cette chose n'était pas de ce monde, ou du moins, elle ne l'était plus. Je retirai brusquement ma main et l'essuyai plusieurs fois sur le pan de ma veste. J'entendis mon compagnon trébucher un peu plus loin sur ma gauche. Il ne parvenait pas à s'orienter dans les ténèbres.

– Alors, Watson, ces allumettes ?

Je m'accroupis, tentant de retrouver cette maudite boîte, lorsque je sentis soudain un léger craquement sous mon pied droit.

– Je les ai, Holmes.

Cette fois, j'étais bien décidé à ne pas me laisser surprendre. Je grattai une nouvelle allumette.

Toujours accroupi, je fus alors saisi par une abominable paralysie devant l'horreur de la vision qui s'offrait à moi.

Le sang dans mes veines devint lourd et glacé comme du mercure.

Je suffoquai, incapable de me relever, de fuir ou de parler.

Guidé par la faible lumière, Holmes me rejoignit aussitôt.

– Bon sang, Watson, qu'est-ce que c'est que ça ?

À quelques centimètres seulement de mon visage, se tenait « ça » : les restes décomposés et purulents d'une tête humaine, grouillante d'insectes et de vermine immonde. Des lambeaux de chair livide s'accrochaient encore au squelette, mais, par endroits, la face était rongée jusqu'à l'os. Une armée de bestioles abjectes avait dévoré les yeux et s'était introduite dans le crâne par tous les orifices.

Seuls les longs cheveux noirs, sans doute moins comestibles que le reste, demeuraient intacts.

Holmes m'aida à me relever. Je détournai la tête un instant afin de reprendre mes esprits, mais je chancelai à nouveau : la même scène épouvantable se déroulait derrière moi.

Une douleur vive entre le pouce et l'index m'arracha soudain un cri et me rappela à la réalité. Je soufflai sur mes doigts brûlés et grattai une nouvelle allumette. Je compris alors qu'il n'y avait qu'une seule victime dont l'image se reflétait dans un large miroir. Il s'agissait d'une femme. Ses mains et son cou étaient prisonniers d'un étau de bois, comme les malheureux que l'on exposait autrefois sur la place publique et que l'on livrait à la haine populaire en guise de punition.

Holmes promenait maintenant son énorme loupe à quelques millimètres de cette tête rongée. Les détails grossis devaient sembler encore plus monstrueux et inhumains.

Je vivais un cauchemar éveillé. Quand prendrait fin cette abominable série de meurtres ? Où s'arrêterait cette escalade dans l'horreur ? Fallait-il être un ennemi juré du genre humain pour prendre tant de plaisir à la torture de la chair et de l'esprit, à une telle dégradation de l'homme ?

La consternation et le dégoût se lisaient sur le visage tendu de mon camarade.

– Nous touchons le fond, mon pauvre Watson. Je n'ai jamais rien vu de semblable de toute mon existence. La pire des maladies n'est rien en comparaison de ce que cette malheureuse a dû endurer avant de succomber.

Je ne trouvais pas la force de parler. Une brûlure de fiel monta dans ma gorge. Holmes poursuivit son explication comme dans un monologue pensif.

– Nous avons affaire à un fou, Watson, un malade dangereux possédé par les forces du mal.

Il me désigna un pot d'une dizaine de centimètres de haut auquel je n'avais pas prêté attention auparavant. Le pot portait un étrange écusson : un lion au cou duquel était lové un serpent.

– Ce récipient contenait du miel, expliqua Holmes. Le visage de cette pauvre fille en a été enduit à plusieurs reprises. La liqueur poisseuse et sucrée a attiré toute la vermine de cette cave. Les mouches, cafards, blattes ont rongé ce pauvre visage pendant de longues journées et y ont établi leur nid.

Holmes me montra encore les restes de repas grouillants de vers. L'assiette et les couverts portaient le même écusson. Mon cœur se souleva.

– Comme si cette souffrance ultime ne suffisait pas, poursuivit-il, le bourreau a nourri et abreuvé sa victime pendant toute la durée de sa lente agonie. Il a poussé le sadisme jusqu'à placer un miroir en face du visage, afin que la malheureuse assiste à sa douloureuse déchéance. Au-dessus du miroir, une croix inversée…

L'air se raréfiait. Il me fallait sortir au plus vite.

Je me précipitais vers la sortie quand une lumière aveuglante me frappa en plein visage.

– Plus un geste ! Vous êtes pris au piège !

D'instinct, je portai mes mains à mes yeux. Deux hommes m'empoignèrent avec fermeté et m'immobilisèrent. Un troisième braquait un faisceau lumineux sur moi.

– Docteur Watson !

Je reconnus la voix de Lestrade.

– Vous êtes la dernière personne que j'aurais suspectée.

Par chance, Holmes nous rejoignit et tenta de dissiper le malentendu. Le policier écouta notre récit avec un scepticisme renfrogné. Ses traits prirent une allure grave quand il découvrit l'atroce vérité.

Lestrade et ses hommes inspectèrent les lieux. Soudain, le policier braqua vers nous un index péremptoire.

– Le cadavre était-il mort quand vous l'avez découvert ?

– J'ignorais qu'il existât des cadavres vivants, mon cher Lestrade.

Le policier se hérissa comme un coq hargneux. Puis son visage chafouin afficha une sorte de satisfaction sournoise.

– Je veux vous voir tous les deux dans mon bureau demain matin.

– À quel titre ? s'offusqua Holmes.

– Vous êtes les témoins principaux.

De retour à Baker Street, Holmes se précipita sur le livre de Hazelwood, le feuilleta avec nervosité et plaqua sa main sur la page qu'il cherchait.

– Voilà ! Je savais bien que j'avais déjà vu cette scène. Regardez, Watson !

La gravure qu'il me désignait représentait avec précision le lieu fantasmagorique que nous venions de quitter. Holmes en lut le commentaire :

– « Chez les Perses, la grande prêtresse de la mort ne tolérait pas qu'aucune autre femme fût plus belle qu'elle. Toutes les femmes et les jeunes filles du royaume s'enlaidissaient de leur mieux afin de ne pas avoir à subir sa colère. Il arrivait parfois qu'une jeune fille, insouciante ou à peine consciente de sa beauté juvénile, oubliât cette règle. On enfermait alors la malheureuse entre deux auges en ne laissant passer que sa tête, et on lui enduisait le visage de miel afin que les insectes puissent le dévorer. La grande prêtresse l'obligeait en outre à manger et à boire pour que sa mort fût lente et, comble du raffinement, elle plaçait un miroir devant son visage afin que sa victime pût assister à la lente et douloureuse dégradation de son beau visage. On prétend que cette terrible coutume, déformée et embellie au cours des siècles, serait à l'origine de la légende de Blanche-Neige. Certaines sectes sataniques auraient encore recours à ce genre de rituel afin de punir celles qui contestent la suprématie de leur grande prêtresse. »

Holmes referma le livre, le replaça dans la bibliothèque et prit son gros traité d'héraldique qui rassemblait toutes les armoiries d'Angleterre.

– Un lion, un serpent… C'est le blason de la famille Wheeler.

Il se laissa tomber dans son fauteuil, rassembla l'extrémité de ses dix doigts et serra les maxillaires dans un effort de concentration intense.

Une longue heure s'écoula sans un mot. Je lisais pour la énième fois la préface d'un nouveau roman, sans comprendre pour autant de quoi il y était question. La vision de ce visage décomposé et purulent me hantait et empêchait toute concentration sur quelque sujet que ce soit.

La pendule venait de sonner la demie d'une heure. Il faisait nuit depuis fort longtemps. Je sentais la fièvre monter en moi. Je repoussais jusqu'aux dernières extrémités le moment d'affronter le sommeil, car je savais que d'horribles cauchemars viendraient encore me tourmenter jusqu'à l'aube.

Mon camarade prit son carnet personnel et inscrivit : « Affaire n° 10 : Meurtre de lady Wheeler. Inculpation de son mari. »

Puis il se leva et se dirigea vers sa chambre en soliloquant.

– Tout se tient. C'est presque trop simple.

30

Le lendemain matin, Holmes se rendit à la convocation de Lestrade. Je ne pus l'accompagner, étant de nouveau terrassé par une forte fièvre. Le traitement de cheval de mon ami London Cayle avait fait long feu.

Je passai la journée à errer sans but dans l'appartement, me traînant de mon lit à mon fauteuil, du fauteuil à la fenêtre et de la fenêtre à mon lit. Mon front me brûlait. De violents frissons parcouraient parfois mon corps. J'étais incapable de concentrer mon attention sur quelque activité que ce soit. Les questions se bousculaient dans ma tête et un défilé d'images macabres venait me hanter dès que je fermais les yeux.

Il était à peine 17 heures, mais il faisait nuit depuis longtemps. Pour la énième fois de la journée, je jetai un œil distrait à l'extérieur. Des milliers de cheminées ronflaient en même temps, crachant leurs idées noires sur la capitale. Les bâtiments prenaient des allures inquiétantes, noyés dans la ouate sale du brouillard comme dans un cocon de peur. La rue était presque déserte. Quelques ombres sans visage glissaient le long des trottoirs, la tête rentrée dans les épaules.

J'entendis soudain le bruit de la porte d'entrée, suivi du craquement familier des marches. Holmes franchit la porte du salon. Il accrocha son pardessus trempé au portemanteau et tendit ses paumes devant l'âtre.

– J'ai vu Lestrade.

– S'est-il inquiété de mon absence ?

– Je crois qu'il ne s'en est même pas aperçu.
– Vous a-t-il interrogé ?
Un sourire énigmatique passa sur les lèvres de mon camarade.
– Il a essayé. Mais il n'est pas très doué à ce jeu. En définitive, c'est moi qui lui ai tiré les vers du nez.
Holmes se retourna, se pencha en avant, releva les pans de sa redinguote et présenta la partie arrière de son anatomie au feu qui ne s'en offusqua pas.
– La police était sur la piste de lady Wheeler à la suite d'un avis de disparition.
– Comment Lestrade est-il parvenu à la retrouver ? Ce n'est tout de même pas Higgins et ses Irréguliers qui ont pu le renseigner.
– Non. Notre ami avait reçu une lettre anonyme dénonçant les agissements troubles de lord Wheeler. Il s'était bien gardé d'en parler à quiconque. Sans doute espérait-il s'octroyer les honneurs de la découverte de lady Wheeler. La missive révélait que lord Wheeler entretenait une liaison passionnée avec une jeune danseuse, une certaine Lulu Grande-Bouche. Lady Wheeler l'aurait appris et aurait payé des malfrats pour défigurer la jeune femme à l'aide de vitriol. La fameuse Lulu est parvenue à échapper à ses agresseurs et a survécu à ses blessures. Elle s'est aussitôt réfugiée auprès de lord Wheeler et lui a conté sa pénible aventure. Fou de rage, il aurait décidé de punir lui-même sa femme en lui faisant subir un supplice encore plus monstrueux. La lettre indiquait en outre le lieu exact du crime.
– Qui peut être l'auteur de ce courrier ?
Holmes se redressa et s'écarta vivement de l'âtre. Une forte odeur de linge brûlé émanait de sa personne.
– Comment le saurais-je, Watson ? Les lettres anonymes sont rarement signées. En revanche, la calligraphie m'a paru chaotique, bizarre, complexe…
– Voulez-vous dire qu'elle serait l'œuvre d'un fou ?
– Non. J'ai seulement échoué à analyser les caractéristiques fondamentales de l'écriture. La forme des lettres changeait sans cesse, comme si plusieurs personnes de sexe et d'âge différents s'étaient associées pour rédiger ce petit texte.

– En tout cas, quelqu'un aura surpris les agissements de lord Wheeler et l'aura dénoncé. Il faudrait déterminer qui ! Comptez-vous enquêter chez lord Wheeler ?

Holmes agita ses mains dans son dos et se tint à une distance raisonnable de l'âtre.

– C'est ce que je comptais faire, mais Lestrade s'est montré dissuasif. Il m'a promis de sérieux ennuis si je m'intéressais de trop près à cette affaire. Il me considère comme un suspect potentiel, et vous avec.

– C'est absurde.

– Sans doute, mais il n'a rien trouvé de mieux pour nous évincer de ces affaires. Vous connaissez les méthodes de Lestrade. Il fait appel à mes services quand ça l'arrange. Le reste du temps, il me tient à l'écart de peur que je ne lui fasse de l'ombre.

– En attendant, nous voilà de nouveau dans l'impasse.

– J'ai tout de même appris deux ou trois choses. L'écusson que nous avons vu dans la crypte était bien celui de la famille Wheeler. Lestrade et ses hommes ont passé la crypte au peigne fin et ont retrouvé plusieurs objets personnels appartenant à lord Wheeler. Il l'a donc fait arrêter et emprisonner. La police l'interroge toujours.

– A-t-il avoué ?

Une ride creusa le front de mon camarade.

– Non, au contraire. Il clame son innocence. Il affirme qu'il n'a jamais eu de maîtresse et qu'il aimait sa femme à la folie. Il crie au complot et à la machination, exactement comme le docteur Pickox.

– Avez-vous évoqué la présence de cette croix inversée sur le miroir ?

– Oui. Mais Lestrade ne démord pas de sa théorie. Syndrome de Boulbaba.

– Tout cela est ridicule. En outre, nous sommes de nouveau confrontés au même problème d'anachronisme. Comment une gravure datant de plusieurs années pourrait-elle décrire en détail un crime qui vient d'être commis ? Que dit Lestrade à ce sujet ?

– Il a analysé les fameuses gravures. Il soutient qu'elles n'ont aucun rapport avec les faits. Son argumentation est simple. Ouvrez n'importe quel livre de fiction illustré traitant de crimes ayant eu lieu à Londres : avec un peu d'imagination, vous pourrez toujours leur trouver un lien de parenté avec nos affaires. Il m'en a fait la démonstration avec un recueil de nouvelles datant du siècle dernier. Le bougre n'avait pas entièrement tort. Mais je ne crois pas aux coïncidences, Watson. Ces affaires ont quelque chose de…

– Diabolique.

Holmes ne répondit pas. Il se tourna vers la cheminée, saisit sa boîte à seringue et disparut dans sa chambre. C'était une façon comme une autre de mettre fin à une conversation qui, dans son esprit, n'avait probablement jamais été autre chose qu'un monologue.

31

Un bourdonnement sourd grondait quelque part dans la nuit. Peu à peu, le grondement enfla, se rapprocha et se précisa. C'était comme un énorme son de cloche, grave et lancinant. Il provenait de partout et de nulle part. À présent, il était tout proche. Il se multipliait à l'infini. Ce n'était pas une cloche, mais des dizaines de bourdons qui martelaient maintenant leurs mélodies lugubres. Ou plutôt des tocsins, annonciateurs de quelque calamité.

Au loin, le hurlement redoublait d'intensité, entrecoupé de gigantesques explosions.

Pourtant, je savais qu'il ne s'agissait que d'un rêve. La fièvre faisait parfois naître les hallucinations les plus délirantes dans mon esprit surchauffé. Mais comment sortir de ce cauchemar ? Comment me réveiller ? J'aurais voulu appeler au secours, mais je restais endormi et je subissais la montée inexorable de la peur. Cette peur qui vous ligote les membres et vous plante ses aiguilles de glace dans le crâne.

Le hurlement devenait insupportable.

À présent, les bruits les plus horribles s'ajoutaient aux appels de détresse du tocsin. Des pans de murs s'effondraient dans des fracas de fin du monde. Des gens criaient, appelaient au secours. Des crissements et des grincements diaboliques surgissaient des ténèbres. De pauvres hères couraient en tous sens, pris de panique. Certains tombaient à terre et n'avaient pas la force de se relever. D'autres tendaient leurs mains jointes vers les cieux pour implorer la clémence divine. Les chairs se tordaient dans le chaos.

Le hurlement atteignit son paroxysme. Je crus que mes tympans allaient exploser. La mort eût été plus douce que cet enfer.

Comment fuir cette monstruosité ?

J'ouvris soudain les yeux.

Un homme se tenait debout devant la fenêtre de ma chambre et regardait le chaos, fasciné et effrayé à la fois.

Il me fallut quelques secondes pour réaliser que cet homme, c'était moi.

Je ne dormais plus.

J'étais bien réveillé, grelottant de froid et de peur, le nez collé au carreau, ne comprenant pas ce qui se passait.

La rue était livrée à une frénésie dévastatrice. De vieux journaux, des détritus, des abris de fortune et des gens maculés de boue et de sang étaient balayés par une force invisible. Une énorme plaque métallique s'éleva dans les airs et s'effondra quelques mètres plus loin dans un fracas assourdissant. Des tuiles, des arbres déracinés, des blocs de pierre, des morceaux de toitures et de constructions roulaient sur la chaussée, percutant les façades des maisons et entraînant toutes sortes d'objets dans leur course folle. Au-dessus de moi, les griffes de la foudre lacéraient un ciel d'apocalypse.

Soudain, la porte de ma chambre s'ouvrit avec fracas.

Holmes apparut en chemise de nuit et me tira en arrière par la manche.

– Watson ! Vous êtes fou ! Reculez-vous.

– Que se passe-t-il ?

– La tempête est en train de ravager la ville. Les carreaux vont voler en éclats. Aidez-moi à barricader les fenêtres.

Holmes colla son dos contre l'unique armoire de ma chambre. Puis il s'arc-bouta en prenant appui sur un mur et parvint à la faire glisser vers la fenêtre. Le frottement des pieds du meuble sur le parquet provoqua un grincement strident qui ne parvint pas à couvrir le hurlement hystérique du vent.

Un quart d'heure plus tard, toutes les fenêtres de l'appartement et du rez-de-chaussée étaient obstruées.

Nous restâmes cloîtrés un bon moment, à prier pour que le danger s'éloigne.

Puis ce fut le silence total. On n'entendit plus rien, pas même le moindre écho. Et ce silence brutal et opaque était presque plus épouvantable encore que le fracas des éléments déchaînés.

Nous comprîmes peu à peu que le danger était passé.

Il nous fallut encore une heure pour remettre un peu d'ordre dans l'appartement. Aucune fenêtre n'avait été endommagée.

– Nous avons eu beaucoup de chance, constata Holmes, le vent soufflait dans le sens de la rue. Je n'ose imaginer l'état de l'appartement, et même de tout l'immeuble, si nous avions subi la pression du vent de face.

C'était déjà le matin. La lumière du jour commençait à poindre timidement, comme si elle n'osait pas révéler les affres de la nuit.

Puis la pluie commença à tomber. Ce n'était certes pas la première fois qu'il pleuvait à Londres, mais cette fois il s'agissait de pluies torrentielles. Des rigoles et des cascades d'eau boueuse et glacée ruisselaient sur les façades ravagées des bâtisses et dévalaient les rues en pente. En quelques jours, la ville fut transformée en une immense mare de boue gluante.

Grâce à la presse, nous pûmes retracer les événements de cette nuit-là. Une tempête d'une violence inouïe s'était abattue sur la capitale, causant des dégâts titanesques, tant sur le plan humain que sur le plan matériel. D'innombrables cheminées s'étaient écroulées sur la chaussée, causant la mort de dizaines de personnes. Les plombs de multiples édifices avaient été retroussés ou arrachés comme de vulgaires feuilles de papier. Des balcons s'étaient effondrés. Des centaines de maisons avaient été ébranlées aussi violemment que si elles avaient subi un tremblement de terre.

Pire encore, la fameuse statue de Shakespeare qui se trouvait au milieu du pont de Londres avait basculé dans la Tamise sous la pression inouïe du vent. Dans sa chute, elle avait brisé la couche de glace. En quelques minutes, des dizaines de personnes, qui préparaient leurs étals de bonne heure, avaient péri dans les eaux noires et glacées du fleuve.

L'une des conséquences inattendues de la tempête fut que toutes les cloches de la ville, agitées violemment, se mirent à sonner en même temps. On eût dit un monstrueux tocsin annonçant le fléau qui s'abattait sur Londres. La cloche de Westminster se fêla, tant le marteau la frappa avec violence. Voilà donc le bourdonnement incroyable que j'avais perçu à travers le vacarme de la tempête.

Ce que redoutait Cornelius Hazelwood arriva. La psychose collective, attisée par la presse, s'empara de la population. Comment ne pas relier cet avertissement céleste aux meurtres abominables dont la ville était le théâtre ?

Dès lors, les théories les plus folles virent le jour sous la plume inspirée de journalistes « bien informés ». On y apprenait « de source sûre » que l'évadé de Millbank était une sorte de messager du diable, venu sur terre pour instaurer le règne des ténèbres.

Plusieurs chefs religieux soutinrent l'idée que Londres était responsable de la calamité qui s'abattait sur elle, ces meurtres étant les inévitables conséquences d'une vie moderne qui avait mené la cité à la décadence. Londres était malade de ses propres turpitudes et contaminait ses habitants. Quelque force antédiluvienne, surgie des profondeurs du néant, se propageait dans toute la ville et allait bientôt gagner le pays entier, à la manière d'une épidémie. Un esprit malin avait été libéré.

Dans la *Pall Mall Gazette*, un journaliste compara Londres au Minotaure réclamant son tribut d'âmes humaines. « L'appétit du Minotaure est insatiable, précisait-il. Londres est une bête païenne déchaînée. »

À l'angle des rues, des prédicateurs hallucinés galvanisaient les foules apeurées. Les spécialistes de l'Apocalypse et les apprentis devins rivalisaient d'imagination pour prédire les affres les plus abominables. Ils affirmaient d'une seule voix que ces meurtres n'étaient autres que des manifestations infernales. Ils étaient l'œuvre du diable en personne.

Comme il se doit, les fanatiques fin-du-mondistes brandirent le spectre du Jugement dernier.

Devant l'inefficacité avérée de la police, le peuple, plus pragmatique, décida de réagir et de prendre les choses en main. Des milices populaires se constituèrent çà et là, guidées par des idéologies douteuses. Elles organisèrent des battues aux relents morbides de chasse aux sorcières.

Une vieille femme faillit être lynchée par la foule sous prétexte que son haleine fétide ne pouvait être que le souffle du diable. La police eut toutes les peines du monde à faire admettre aux justiciers que la malheureuse avait des problèmes de digestion aggravés par une consommation abusive de gin et d'oignons crus.

De puissants groupes de pression, comme la Lord's Day Observance Society, revinrent sur le devant de la scène. Ils instaurèrent une rigueur spartiate lors du jour du Seigneur. Une véritable paralysie généralisée gagnait le pays chaque dimanche. L'impression d'un pieux recueillement et d'une morne résignation était omniprésente. Les lieux qui d'ordinaire procuraient un délassement à une population surmenée furent interdits, verrouillés et barricadés. Toute distraction profane ou activité autre que religieuse le jour du Seigneur était désormais assimilée à un péché, voire un délit. Dès lors, Londres ressembla à une ville morte, un grand corps tétanisé peuplé de fantômes apeurés.

Comme pour donner raison à Hazelwood, de nouvelles sectes virent le jour tels des champignons sur l'humus automnal. De faux prophètes – mais des escrocs confirmés – promirent, moyennant finance, la rédemption à ceux qui rejoindraient leur mouvement. Les gens du peuple, tiraillés entre la peur et le doute, ne savaient plus vers qui se tourner pour gagner leur salut. Une seule certitude les hantait maintenant : il fallait se racheter d'urgence et expier ses fautes.

Soudain, la rumeur publique, aussitôt relayée par la presse à sensation, colporta l'annonce d'un miracle.

Nous découvrîmes les faits dans le très sérieux *Times Magazine* en même temps que tout le pays. Mon camarade lut l'article à haute voix :

– « Le miracle s'est produit il y a environ une semaine dans une petite chapelle à demi abandonnée située au 34, Perntorn Street. Une statue, surnommée la Vierge de Lucullus, a pleuré des larmes de sang. Le sang est également sorti de ses pieds, de ses mains et de plusieurs endroits du corps. Des témoins dignes de confiance ont vu du sang couler au bas de la statue et l'ont récupéré pieusement dans un récipient. Des médecins et des chimistes se sont penchés sur cet incroyable phénomène. Les analyses sont formelles : le sang est bien du sang humain. Pour l'instant, la communauté scientifique n'explique pas ce phénomène très rare. Les religieux, quant à eux, ne sont pas surpris. De telles manifestations se seraient déjà produites. Dans le cas présent, il s'agirait d'un message de Dieu, montrant à chacun le chemin du rachat spirituel par la pénitence et la mortification. Des fidèles et des religieux ont veillé la statue jour et nuit. Ils affirment qu'elle a gémi et soupiré à plusieurs reprises.

« Cette statue n'est pas ordinaire, elle représente la Sainte Vierge à l'automne de sa vie, les traits tirés et le visage fatigué par les privations et les souffrances. À ses pieds se tient un chérubin au visage gonflé d'espoir et de vie, symbolisant l'avenir et le renouveau. Il tourne un visage radieux et chargé de certitudes vers la Sainte Vierge. Ses petites mains potelées ne demandent qu'à caresser et chérir cette mère universelle. L'expression du regard de l'enfant en dit long sur sa dévotion et sa passion. Dans sa main droite, il tient un crucifix qu'il tend à bout de bras, comme pour exhorter à la prière celui qui vient contempler l'œuvre.

« Depuis l'apparition du miracle, d'interminables files d'attente se forment chaque jour devant la statue. Les gens affluent de toute part et viennent parfois de fort loin pour assister au prodige, persuadés qu'elle a le pouvoir d'effacer leurs péchés et de les délivrer du mal. En quelques jours, la chapelle est devenue un haut lieu de pèlerinage. En ces temps de peur et de fin des espérances, la population y investit tous ses espoirs. D'une certaine manière, elle vient combler un besoin de spiritualité insatisfait.

« Toutefois, à l'heure où nous imprimons ce texte, la statue ne saigne plus, ne gémit plus et ne montre plus aucun signe divin. Elle répand maintenant une suave odeur de mort. À son pied, le petit récipient ne contient plus que quelques gouttes de sang coagulé. La Vierge de Lucullus ne semble pas avoir livré tous ses secrets. »

Holmes jeta le journal sur la table, bondit hors de son siège et se précipita sur le livre de Hazelwood. Il le feuilleta avec frénésie, l'ouvrit et plaqua sa main sur une page.

– La Vierge de Lucullus !

Il referma le livre d'un claquement mat. J'eus à peine le temps de saisir mon manteau et de dévaler l'escalier à sa suite.

– Je viens avec vous !

– Dans votre état ? Vous devriez plutôt vous reposer.

Dans la rue, mon camarade stoppa un fiacre d'un geste autoritaire.

– 34, Perntorn Street, le plus vite possible !

Notre attelage démarra sur un coup de fouet sec et s'enfonça à vive allure dans le brouillard humide et poisseux.

– Qu'avez-vous vu dans le livre, Holmes ?

Le regard de mon camarade me fit tressaillir.

– La Vierge de Lucullus, dans toute son horreur.

Je ne le questionnai pas davantage. D'ailleurs, je n'étais pas certain d'avoir envie d'entendre son explication.

Arrivés à la hauteur de la chapelle, nous mîmes pied à terre. La foule annoncée dans le journal n'était pas au rendez-vous. Seuls quelques badauds rôdaient en silence aux abords de la chapelle. Ils semblaient attendre quelqu'un ou quelque chose. Une sourde angoisse contractait leurs visages. Un policier au regard obstiné barrait l'entrée de l'édifice, les bras croisés sur la poitrine. Un petit bonhomme nerveux sortit soudain dans son dos. Il tenait dans sa main droite un mouchoir qu'il collait sur son visage. Il nous aperçut et vint à notre rencontre.

– Holmes, Watson ! Qu'est-ce que vous fabriquez ici ?

Il retira son mouchoir et le secoua, comme pour en chasser les miasmes. Nous reconnûmes aussitôt le visage familier de ce vieux rat de Lestrade. Sans attendre notre réponse, il ajouta :

– Quelle odeur insoutenable ! Cette statue empeste la mort. Hazelwood tente de percer le mystère. Nous avons fait évacuer la chapelle.

Mon camarade ne sembla pas surpris d'apprendre que le professeur nous avait devancés. Il fit un pas vers Lestrade.

– Laissez-moi entrer et je résoudrai votre mystère comme ceci…

Holmes accompagna son propos d'un geste sibyllin, comme s'il ordonnait à un tavernier de lui remplir son verre.

Lestrade haussa les épaules.

– Comme vous voudrez. Mais je vous préviens, officiellement, je suis…

– … responsable de l'enquête, je sais, compléta Holmes en écartant le policier.

Nous pénétrâmes dans la chapelle. Une lumière glauque tombait des vitraux, créant une ambiance malsaine. L'odeur était insupportable.

Nous aperçûmes soudain Hazelwood. Il portait un masque épais comme ceux des médecins légistes et tapotait la statue à l'aide d'un long pic métallique, comme s'il espérait susciter quelque réaction humaine. Il se retourna et nous fit signe d'approcher. Son visage était congestionné par la chaleur qui devait régner sous l'étoffe de son masque. De grosses gouttes de sueur coulaient sur son large front et ses tempes. Il sortit un mouchoir, s'essuya et dit d'une voix étouffée :

– Il faut faire vite, Holmes. Des milliers de gens sont venus poser leurs lèvres sur cette pierre. Nous risquons de voir se propager le typhus ou la peste. Cela fait une heure que je l'ausculte sans succès et que je lutte contre les nausées. Je pense qu'il va falloir la briser à coups de masse.

Je pinçai mes narines et retins mon souffle pour ne pas sentir cette odeur fétide. Holmes sortit son énorme loupe et concentra son attention sur un drôle de gnome qui ricanait au pied de la Vierge.

– Ce ne sera pas nécessaire.

Il banda ses muscles et parvint à imprimer un mouvement de rotation au poignet du chérubin. La croix que portait l'enfant dans son poing se trouva inversée. Un petit claquement sec se fit entendre, semblable au déclic d'une horloge passant sur une heure. Nous reculâmes d'instinct. Hazelwood se signa.

– Mon Dieu. Comme sur la gravure…

Une ouverture d'un centimètre de large fendit la statue de haut en bas. Holmes y introduisit en force le pic de Hazelwood. Dans un long grincement plaintif, la statue s'ouvrit en deux parties. Nous demeurâmes pétrifiés devant l'horreur innommable qui apparut sous nos yeux. L'intérieur de l'effigie était hérissé de dards sur lesquels un corps de femme en décomposition avancée était encastré. Le corps se détacha soudain de son étreinte mortelle et s'affaissa sur le sol de la chapelle, figé dans la position qu'il occupait au creux de la statue.

Quelqu'un poussa soudain un cri étouffé derrière nous. Le bruit provenait d'un confessionnal, à demi dissimulé dans l'obscurité. Holmes pivota et braqua son arme vers l'alcôve.

– Sortez de là-dedans ! Mains sur la tête !

L'homme apparut, les bras levés : Harry Houdini !

– Je... je voulais seulement observer ce qui allait se passer, balbutia-t-il.

– Dans quel but ? demanda Holmes sur un ton incisif.

– Vous le savez bien. Je m'inspire de l'actualité pour créer de nouveaux numéros. Je vous ai déjà expliqué ma démarche.

– Pourquoi vous cacher ?

– Je n'avais pas le choix. La police avait fait évacuer la chapelle. Ce confessionnal m'offrait un lieu d'observation inespéré.

Le magicien fut fouillé et relâché, faute de charges contre lui.

Une question s'imposa à moi. Comment ce diable d'homme avait-il pu échapper à la vigilance des sbires de Holmes ?

J'entrevoyais un terrible corollaire. Et si mon camarade s'acharnait depuis le début de l'enquête à traquer un leurre, laissant ainsi le champ libre au véritable Houdini ?

32

Dans la rue, les têtes se courbaient un peu plus. Une impression de morne résignation écrasait la ville. Nous vivions un temps de peur et de fin des espérances. Londres perdait jour après jour ses dernières illusions.

Houdini continuait à exhiber les siennes et faisait salle comble chaque soir au Princess Theatre. Cinq gaillards à la solde de Holmes, discrets comme l'ombre, suivaient le magicien nuit et jour, ou du moins le croyait-il…

L'homme semblait s'intéresser de très près à l'actualité criminelle du pays, mais rien jusqu'à présent ne permettait de l'accuser de quoi que ce fût.

Les Irréguliers de Baker Street surveillaient inlassablement la tanière de Jack le Mendiant et guettaient son improbable retour. Le vagabond semblait s'être dissous dans l'atmosphère acide de Londres.

Mark Dughan restait introuvable, malgré les récompenses offertes par la police.

Quant à Holmes, il passait désormais des journées entières en compagnie de Crowley. Il rentrait de plus en plus tard, le regard voilé et les gestes imprécis. Quand il ne sortait pas, il se plongeait dans un travail compulsif, classant et reclassant sans relâche son énorme fichier, cherchant dans le passé un début d'explication aux meurtres récents.

De mon côté, je ne voyais pas la fin de cette étrange fièvre qui m'épuisait autant moralement que physiquement. Malgré ma longue pratique de la médecine et les multiples traités dont je disposais, je ne parvenais pas à identifier l'origine de mon mal. J'avais consulté plusieurs confrères qui m'avaient prescrit des remèdes aussi variés qu'inefficaces.

Pour les uns, j'étais victime d'une forme peu courante de paludisme contractée lors de mon séjour en Afghanistan, et qui s'était soudainement révélée après plusieurs années d'incubation. Pour d'autres, mon état actuel était une conséquence directe de mon ancien métier. J'aurais été contaminé par les multiples malades de l'East End que je m'étais mis en tête de soigner à une époque. Mon mal ressemblait à une insidieuse combinaison d'affections, sans que l'on pût lui donner un nom précis. Pour d'autres enfin, je subissais le contrecoup d'un hiver particulièrement rude, aggravé par la chape stagnante de brouillard, de fumée et de miasmes nauséabonds qui recouvrait Londres en permanence. On me promettait que tout cela disparaîtrait dès le printemps, pour peu que je me décide à prendre un peu de repos à la campagne.

Mes amis me suggérèrent de suspendre provisoirement ma collaboration avec Holmes et de remettre à plus tard la rédaction de ces affaires. Mais de cela, il n'était pas question. Plus que toute autre personne, j'avais besoin de comprendre et de relater ces affaires qui nous touchaient de très près du fait de l'implication personnelle de mon camarade.

Fort de cette dernière réflexion, je pris ma plume et résolus de recopier le texte de Hazelwood relatif à la Vierge de Lucullus.

« Les premiers chrétiens étaient systématiquement traqués et tués à Rome. Contrairement à ce qu'ont écrit certains, les Romains se moquaient éperdument de la religion chrétienne. En revanche, ils y voyaient un dangereux contre-pouvoir capable de fédérer des centaines de milliers d'âmes contre l'empire. C'est la raison pour laquelle ils persécutèrent les chrétiens et ridiculisèrent leurs croyances. Leur cruauté à leur égard ne connaissait aucune limite. L'apothéose du cynisme et de la morbidité fut atteinte par l'empereur Lucullus. Celui-ci se spécialisa dans les techniques de mort lente. Des textes anciens rapportent que Lucullus fit mouler une statue iconoclaste représentant la Vierge Marie sous des traits vulgaires et délabrés qui faisaient davantage penser à une prostituée en fin de carrière qu'à une sainte. Un chérubin à tête boursouflée et aux allures de Bacchus se tenait à ses pieds et la fixait avec un rictus teinté de lubricité et de perversité. L'effigie était creuse et constituée de deux parties parfaitement encastrables. L'intérieur était hérissé de pointes métalliques enduites de venin. La statue s'ouvrait et se refermait à l'aide d'un mécanisme dont nous ne savons rien. Les textes spécifient seulement que Lucullus levait le bras droit et tournait son pouce vers le sol pour ordonner le début du supplice. Le martyr était placé dans la statue. Il agonisait ainsi pendant de longues heures, transpercé de centaines d'aiguilles empoisonnées. Le sang du malheureux coulait par de minuscules porosités et était recueilli dans une vasque à ses pieds. On obligeait alors les autres chrétiens à boire ce sang dans une parodie de cérémonie chrétienne, symbolisant la victoire du paganisme sur la chrétienté. »

– À propos, Holmes, comment avez-vous découvert le mécanisme d'ouverture de la statue ?

Holmes leva la tête de ses fiches et posa un regard vitreux sur moi.

– Avez-vous remarqué le visage de cet affreux gnome qui se tient aux pieds de la prétendue vierge ?

– En effet. Je me suis dit qu'il était trop bouffi pour être celui d'un bébé. Il semblait beaucoup trop vieux et marqué par les excès de bonne chair. Comme Bacchus, j'imagine.

– Ce n'est pas Bacchus, mais Lucullus lui-même. J'ai vérifié dans mon *Traité d'histoire antique*. Le texte cité par Hazelwood dit : « Lucullus levait le bras droit et tournait son pouce vers le sol... » C'est ce que j'ai fait. Le mécanisme était un peu grippé, mais il a fonctionné.

Tout paraissait si simple après que Holmes eut donné son explication.

– Et... a-t-on identifié le corps de cette malheureuse créature ?

Holmes fixa un long moment le plafond avant de répondre. Puis ses pensées revinrent vers moi.

– Oui. Hazelwood a effectué des recherches. La police avait enregistré la disparition d'une jeune femme, quelques jours avant la macabre découverte. Une sordide affaire en vérité.

Je pris une nouvelle feuille de papier et trempai ma plume dans mon encrier.

– Est-il vraiment nécessaire de noter tout cela, Watson ?

– Je ne fais que mon métier de chroniqueur, Holmes. Chaque détail peut avoir de l'importance. Rien ne doit être négligé. Vous me l'avez répété cent fois.

– Bien, puisque vous voulez savoir..

Mon camarade me raconta cette histoire dans le détail. Mes doigts se crispèrent sur ma plume, et je ne pus écrire le premier mot tant cette affaire était abominable. Je ne trouvais pas la force de relater une telle infamie. Comment lui, Malcolm Fellow, homme de science célèbre et comblé, était-il parvenu à une telle extrémité dans l'horreur ? Comment avait-il pu infliger de tels sévices physiques et moraux à cette créature innocente et sans défense, sa propre belle-fille ? Des larmes de rage et de dégoût envahirent soudain mes yeux.

Holmes se tenait à présent debout derrière moi. Il posa sa main sur mon épaule.

– Je vous avais prévenu, Watson. J'ai moi-même été bouleversé en découvrant la vérité. Maintenant, vous savez pourquoi je voulais vous dissuader de consigner tout cela par écrit. Si vos lecteurs souhaitent en savoir plus, ils pourront toujours consulter les archives de Scotland Yard. Quant à moi, je n'oublierai rien, avec ou sans votre chronique.

Pour une fois, j'approuvais sans réserve Lestrade. Il avait eu raison d'emprisonner le tortionnaire de cette pauvre enfant.

Holmes arpentait maintenant la pièce, tête baissée et mains croisées dans son dos.

– Pourtant, le coupable a tout nié jusqu'à la dernière minute, Watson. Il pleurait, jurait qu'il ne comprenait pas. Il implorait sa femme de le croire, se traînait à ses pieds, la suppliait. Spectacle pathétique et pitoyable. Et savez-vous ce qu'elle a fait ?

J'aurais tourné mon pouce vers le sol, comme Lucullus, et ordonné la mort immédiate de cet être vil et amoral.

– Elle lui a craché au visage, Watson. Ce geste en dit long pour une personne de ce rang.

En vérité, je trouvais la réaction mineure compte tenu de la gravité du crime.

– Inutile de lui chercher des circonstances atténuantes, Holmes, trop de preuves l'accablent.

Mon camarade devint grave.

– Justement, Watson, beaucoup trop de preuves.

Il ouvrit son carnet et inscrivit : « Affaire n° 11 : Meurtre d'Agatha Edwards, belle-fille de Malcolm Fellow. Emprisonnement de ce dernier. »

33

Holmes poussa la porte du pied et entra dans le salon en soufflant, les bras chargés de grimoires poussiéreux. Le groom le suivait, plié en deux sous le poids de deux gros sacs également remplis de livres.

– Posez ça sur mon bureau ! ordonna mon camarade.

Le groom eut une hésitation. Le bureau était recouvert de dizaines de journaux, fiches et revues. Le jeune garçon parvint tout de même à ériger une pile à l'équilibre précaire sur ces fondations hasardeuses. Puis il s'essuya le front du revers de la main et quitta la pièce en jetant un dernier coup d'œil inquiet sur son empilement.

Holmes se frotta les mains.

– Crowley m'a enfin confié le résultat de ses recherches. Puis-je solliciter votre aide, Watson ?

C'était bien la première fois que Sherlock avait recours à mes services. J'exultais intérieurement. De plus, je voyais là une occasion inespérée de tromper l'ennui.

– Bien sûr, Holmes. Qu'attendez-vous de moi ?

Mon camarade désigna la pile de grimoires.

– Crowley est persuadé que la solution de tous ces crimes se trouve quelque part dans ces pages.

– De quoi traitent ces ouvrages ?

– Ils rapportent des pratiques sectaires ancestrales.

– Comme le livre de Hazelwood ?

– Oui, mais d'après Crowley, ces documents sont beaucoup plus fiables. Au pire, ils feront double emploi avec le livre de Hazelwood, au mieux ils le compléteront.

– Comment comptez-vous procéder ?

Holmes me tendit un des grimoires.

– Crowley nous a mâché le travail. Chaque ouvrage comporte des dizaines de marque-pages qui relèvent des rituels ayant pu inspirer notre assassin. Nous allons tenter de les rapprocher des meurtres, il en ressortira peut-être un dénominateur commun.

Au bout d'une heure, je parvins à établir une fiche portant l'intitulé horrible de « Rituel des mains coupées ». On y apprenait que les femmes adultères en Égypte avaient les mains sectionnées, ainsi que les voleurs en Orient. Et que chez les Athéniens, on tranchait les mains des suicidés pour les enterrer à part. Cette pratique était également en vigueur en Angleterre au Moyen Âge. Mais tout cela avait-il un quelconque rapport avec le meurtre de la petite Mary Kinsley ?

J'entamai la rédaction de la fiche « Supplice du miel » quand Holmes me fit sursauter.

– Écoutez cela, Watson ! Le roi Aldebert III fit enterrer vivants ses cinq enfants, sous prétexte de leur assurer la vie éternelle.

– Y aurait-il un rapport avec les cinq orphelins de l'abbé Meredith ?

– Je l'ignore, Watson. En tout cas, cela prouve une chose.

– Quoi donc ?

– Que la folie des hommes ne date pas d'hier.

Mes investigations m'apprirent entre autres choses qu'un certain sire Fayel fit manger à sa femme, Gabrielle de Vergy, le cœur du poète Raoul de Coucy, son amant. En découvrant quel horrible festin elle venait de faire, la malheureuse se laissa mourir de faim. J'appris aussi qu'en Inde, on déterrait et mangeait le cœur des morts, auxquels on attribuait des pouvoirs magiques. Fallait-il voir dans ces pratiques les mobiles de notre banquier anthropophage, pris en flagrant délit de dégustation de sa défunte épouse ?

D'autres rites étaient encore plus effroyables, de par leur ampleur et leur cruauté. Ainsi, à l'occasion de la dédicace de la Grande Pyramide du Soleil, à Tenochtitlan, vingt mille personnes furent sacrifiées sur l'autel. Les victimes, consacrées au dieu Xipe, étaient écorchées et les adorateurs revêtaient leur peau pendant les fêtes. La même tribu offrait aux déesses de la fertilité des femmes et des jeunes filles, qui subissaient d'abord la décapitation.

Je découvris aussi quelques pratiques « médicales » antiques. Les tyrans de certaines contrées barbares, s'ils étaient atteints de la lèpre, devaient pour se guérir se baigner dans le sang de leurs sujets. D'autres buvaient le sang de leurs ennemis vaincus afin d'augmenter leur propre force.

Ces charmantes coutumes auraient-elles traversé le temps sous une forme ou une autre ? Vivait-on le début d'une ère de massacres et de génocides perpétrés au nom de quelque prophétie ou croyance impie ?

Notre travail dura plusieurs heures. À la fin, Holmes lut chacune des fiches avec une moue de déception.

– Quelle est votre conclusion, Holmes ?

– De deux choses l'une, soit Crowley se moque de nous, soit la solution est ailleurs.

34

On frappa à la porte.

Maître Holborne interrompit sa lecture et releva la tête.

– Entrez !

Un maître d'hôtel en livrée impeccable pénétra dans le bureau, suivi d'un vieux laquais aux cheveux grisonnants.

– Le dîner, monsieur.

– Déjà ?

Quatre paires d'yeux se tournèrent vers la pendule. 21 heures !

Voilà près de dix heures que William Holborne avait commencé sa lecture. Il lisait avec exaltation, porté par ce récit qui le passionnait. Nous étions suspendus à ses lèvres, moi inclus, car j'avais oublié une quantité de détails de cette histoire écrite des années auparavant. Seul Lestrade manifestait de loin en loin quelques signes d'agacement.

L'arthrite gagnait mon genou droit. Je me levai en m'aidant de ma canne. Rien de tel qu'un peu d'exercice pour rétablir la circulation sanguine.

Un sourire venimeux se dessina sur les lèvres de Lestrade.

– On comprend mieux pourquoi Sherlock Holmes s'est opposé à la publication de ce récit. Sa parution aurait eu des conséquences désastreuses pour sa carrière.

Je n'étais pas décidé à entendre une fois de plus les critiques du policier.

– Je constate que vous n'avez pas suivi, mon pauvre Lestrade. Sherlock Holmes ne s'est jamais *opposé* à sa publication. Il souhaitait seulement le conserver afin de l'enrichir de remarques ultérieures.

– Je serais curieux de les connaître, ces fameuses remarques !

– Rassurez-vous, nous y viendrons.

– En attendant, cette histoire est toujours aussi décousue. Je me demande d'ailleurs quel éditeur aurait été assez inconscient pour la publier.

– Il est évident que, sous cette forme, ce texte n'aurait jamais trouvé preneur.

– Vous admettez donc que j'ai raison.

– J'admets surtout que vous n'avez rien compris au monde de l'édition. Ce que lit maître Holborne est une suite d'impressions notées à chaud. Il s'agit plus d'un journal personnel que d'un récit destiné à être édité.

Le notaire se tourna vers Lestrade.

– Je trouve pour ma part que ce récit reflète parfaitement les événements. Vous ne devez pas minimiser la qualité du travail du docteur Watson.

– Merci maître, poursuivis-je. Mais j'en connais les limites. Je sais par expérience que mon ami Georges Newnes, le directeur du *Strand Magazine*, m'aurait demandé quelques aménagements d'écriture afin de rester dans sa ligne éditoriale.

Un nuage passa sur le front de maître Holborne.

– Vous auriez accepté de modifier votre récit ?

– Sur la forme, seulement. J'aurais sans doute resserré certains passages et récrit certaines scènes afin de ne pas choquer les lecteurs trop sensibles.

Lestrade revint à la charge.

– Si j'avais été Georges Newnes, j'aurais tout simplement refusé cette histoire par trop incohérente.

– Fort heureusement, vous n'êtes que Lestrade. Et je vous mets au défi de trouver la moindre incohérence dans ce récit.

– Ce n'est pourtant pas ce qui manque. Ce prétendu dédoublement physique qui se termine par le décès de Rose Crowley est grotesque et hors sujet. D'ailleurs, il me semble que vous-même, docteur Watson, émettiez les plus grandes réserves sur cette expérience.

– Certes, mais elle s'inscrivait dans le flux de notre investigation. Il est toujours plus facile de formuler des critiques *a posteriori*.

– Admettons. Mais il y a pire. Dans les chapitres précédents, vous nous présentiez le professeur Cornelius Hazelwood comme le principal adversaire de votre camarade. Et tout à coup Hazelwood et Sherlock Holmes collaborent comme les meilleurs amis du monde. Ce n'est pas la moindre incohérence de ce récit.

– Votre mémoire est tellement sélective qu'elle confine à l'amnésie, mon pauvre ami. Dois-je vous rappeler que c'est Hazelwood lui-même qui a requis l'aide de Sherlock Holmes après avoir fait son mea-culpa ? D'ailleurs, le cas Hazelwood est loin d'être clos. Il est bien trop impliqué dans ces affaires.

Le policier haussa les épaules.

– Mais alors, que penser du dépouillement des ouvrages de Crowley ? On y apprend, entre autres choses, que la reine Autrigilde, ou quelque chose dans ce genre-là, se fit enterrer avec deux de ses médecins. Quel rapport, même lointain, peut-il y avoir avec les affaires relatées ?

– Nous cherchions, nous nous posions des questions. Nous avons peut-être suivi de fausses pistes à un instant ou à un autre, mais au moins, nous avons eu le courage d'investiguer. Ce qui n'était pas votre cas.

– Je n'avais pas de temps à perdre, moi. Quand je tenais un coupable, je le remettais aussitôt à la justice. Je ne cherchais pas à savoir s'il avait pu être influencé par de mauvaises lectures.

Pendant que nous nous querellions de la sorte, le majordome et le vieux laquais avaient dressé le couvert pour le dîner.

Mycroft Holmes se frotta les mains avec jubilation en contemplant le festin qui nous attendait. L'ours extirpa sa masse imposante de son fauteuil.

– Et si nous poursuivions cette passionnante discussion à table ?

Pour ma part, j'avais l'estomac un peu noué et me serais volontiers passé de ce nouvel intermède gastronomique. En fait, j'avais hâte d'en finir. La suite de cette histoire contenait les événements les plus douloureux de mon existence et je savais que leur évocation, même aussi longtemps après les faits, ne me laisserait pas indifférent.

Soudain, sans que j'aie rien demandé, le vieux laquais à la tignasse grisonnante déposa devant moi un plat sous cloche. Je soulevai le couvercle par curiosité.

– Des cailles farcies !

Je soulevai une autre cloche.

– Des gâteaux de Savoie !

Voilà bien le seul repas auquel je n'aurais pu résister.

Le serveur dut se méprendre sur ma réaction. Il se pencha vers moi et me glissa à l'oreille, comme pour s'excuser :

– Les cailles farcies et les gâteaux de Savoie ne constituent sans doute pas un repas idéal le soir, mais ce sont les ordres, docteur Watson…

– Vous ne pouviez pas mieux faire, mon brave.

Le dîner se déroula normalement. C'est-à-dire que Lestrade pesta contre tout et rien, que maître Holborne et Mycroft Holmes échangèrent quelques banalités d'usage en marge de ces affaires, et que je me remplis la panse avec délectation. Ce menu providentiel me redonna l'optimisme nécessaire pour suivre ce récit jusqu'au bout. Lestrade pouvait bien dire ce qu'il voulait à présent.

Le repas fut expédié en moins d'une demi-heure. Personne ne souhaitait vraiment s'éterniser à table. Nous visitâmes les toilettes à tour de rôle, puisqu'il était désormais établi que le testament ne s'y opposait pas.

Le notaire regagna son bureau le premier. Dans son dos, le feu crépitait dans l'âtre, revitalisé par les bons soins du majordome. De pâles reflets de lune passaient par les interstices des rideaux, nous rappelant que dehors, la nuit était tombée depuis longtemps.

Maître Holborne ajusta une nouvelle fois son lorgnon, s'éclaircit la voix et reprit sa lecture à l'endroit où il l'avait abandonnée.

35

Holmes menait un combat pathétique contre des administrations sourdes et déshumanisées. Il tenta plusieurs fois de plaider en faveur des suspects, mais sa parole ne fut pas entendue. Le gouvernement voulait des jugements rapides et des sanctions exemplaires afin de rassurer la population. Il y eut donc des procès expéditifs et des exécutions sommaires.

Nous assistions, impuissants et démoralisés, à une double hécatombe. Aux massacres perpétrés par le tueur venait s'ajouter le massacre programmé par la machine judiciaire.

Pour mon camarade, cela ne faisait aucun doute : plusieurs suspects avaient été punis pour des meurtres qu'ils n'avaient pas commis. Les plus chanceux croupissaient dans d'effroyables geôles dans l'attente d'un hypothétique procès.

Les idées noires s'incrustaient en moi, comme des visiteurs indésirables que l'on ne parvient pas à mettre dehors. Ces meurtres me hantaient. Je ne saurais dire pourquoi, mais je me sentais coupable de ne rien pouvoir faire pour les parents et les proches qui avaient survécu à ces crimes effroyables.

Plus le temps passait et plus je réalisais que mon célèbre camarade perdait pied. Il était maintenant évident qu'il ne parvenait pas à extirper de sa masse d'informations l'indice significatif qui lui aurait permis de retrouver le meurtrier et de comprendre ses mobiles.

Pourtant, Holmes était persuadé que ces meurtres avaient un lien. Selon lui, le hasard n'était pour rien dans le choix des victimes. Il consacrait toute son énergie à tenter de trouver une cohérence à ces crimes horribles. Mais les questions demeuraient sans réponse et chaque nouveau meurtre ne faisait qu'épaissir le mystère. Quels destins pouvaient rapprocher une jeune écolière, un futur chirurgien et une épouse de banquier passée sur le gril ? L'évadé de Millbank était-il le meurtrier ? Agissait-il seul ? Obéissait-il à des ordres ? Pourquoi le tueur avait-il sauvagement assassiné la petite Mary Kinsley et épargné son père ? Pourquoi avait-il aussi tué ce jeune chirurgien plein d'avenir et non pas son père ? Quelle logique avait présidé à ces choix morbides ?

Au plus fort de ma révolte, je marmonnai pour moi-même :

– Au fond, les vraies victimes sont ceux qui restent…

Soudain, un effroyable tintamarre, derrière moi, me fit sursauter. Je tournai la tête et vis ce spectacle ahurissant : Holmes se tenait debout au milieu d'un tas d'objets brisés et de papiers. Il s'était levé si brusquement qu'il venait de renverser sa table de travail et tout ce qu'il y avait dessus. À présent, le regard halluciné et la lèvre tremblante, il pointait un index accusateur vers moi.

– Répétez ce que vous venez de dire, Watson !

Je me tassai dans mon fauteuil.

– Oh, ce n'était pas si important, Holmes.

– Répétez, vous dis-je !

Il ne me parut pas opportun de le contredire.

– Je me faisais juste une réflexion personnelle. Je me disais que les plus à plaindre, dans toutes ces affaires, étaient les survivants, pas les morts.

– Et pourquoi ça, je vous prie ?

– Eh bien, cela semble évident : parce qu'ils vont pleurer ce qu'ils avaient de plus cher jusqu'à l'heure de leur propre mort. Oui, je persiste à penser que ce sont eux les vraies victimes.

Holmes sautilla alors d'un pied sur l'autre et esquissa un curieux pas de danse. Puis il se mit à rire en répétant :

– Vous êtes un génie, Watson ! Un authentique génie !

Je sortis la tête de mes épaules.

– Vous êtes sûr ?

– Absolument. Vous êtes positivement génial. Votre lucidité me confond.

Puis il extirpa une feuille de papier du fatras qui jonchait le sol, y griffonna quelques mots à la hâte et me la tendit.

– Voici la liste des vraies victimes de notre tueur !

Je lus :

« Victime n° 1 : John Kinsley, représentant de commerce
Victime n° 2 : Henry Cardwell, banquier
Victime n° 3 : James Barnes, commerçant à la retraite
Victime n° 4 : Abbé Paul Meredith
Victime n° 5 : Richard Abbenson, industriel
Victime n° 6 : Lady Richard Burnington
Victime n° 7 : Pendu inconnu
Victime n° 8 : John Pickox, chirurgien
Victime n° 9 : Lord Wheeler
Victime n° 10 : Malcolm Fellow, scientifique. »

Mon camarade sautilla encore un instant d'un pied sur l'autre.

– Pourquoi n'y ai-je pas pensé plus tôt ? Si cette hypothèse est vérifiée, cela signifie que Mark Dughan a voulu infliger à ces hommes et à ces femmes des souffrances aussi monstrueuses que celles qu'il a supportées lui-même. C'est exactement le sens de son message. Rappelez-vous, Watson : « Ma vengeance sera à la mesure de ma souffrance. Mes bourreaux vont connaître l'enfer… Peut-être comprendront-ils alors ce que j'ai vécu. »

Une vérité ignoble et monstrueuse m'apparaissait maintenant :

– Il a tué la petite Mary dans le seul but de faire souffrir John Kinsley. Il a tué les cinq orphelins afin de faire accuser et d'anéantir l'abbé Meredith. Il en va de même pour Cardwell, Barnes et les autres. Cela signifierait que tous ces gens s'étaient ligués contre lui à un moment ou un autre pour lui causer du tort. Voici donc le fameux point commun que nous cherchions depuis le début de ces affaires.

– Exactement, Watson. Vous venez de lever une partie du voile qui entoure ces affaires, mais nous ne tenons pas la solution pour autant. Il nous reste à fouiller dans le passé de ces gens, et à tenter de comprendre quel est leur méfait. Il est urgent d'organiser une confrontation entre les survivants de cette hécatombe. Ils doivent se connaître ou au moins avoir entendu parler les uns des autres. Nous pourrons peut-être en déduire les prochaines victimes et appréhender l'assassin sur les lieux mêmes de son forfait.

Cette nuit-là, je m'endormis avec le sentiment d'avoir été utile à quelque chose. Je mis des heures avant de trouver le sommeil. De nouvelles hypothèses se formaient, de nouvelles idées naissaient. De nombreux détails me revinrent en mémoire. Mark Dughan avait connu une rapide déchéance à la suite de la disparition de son épouse. Holmes avait établi que Dughan subissait la tyrannie d'un maître chanteur. Sa femme était-elle morte ou vivante ? Ses ravisseurs l'avaient-ils tuée ? Si tel était le cas, il pourrait s'agir de la fameuse souffrance à laquelle Dughan faisait allusion dans son message. Quel lien y avait-il entre ce maître chanteur et les dix victimes ? Étaient-ils tous des maîtres chanteurs ?

Un scénario prit forme dans mon esprit : l'épouse de Dughan a été enlevée par un ou plusieurs ravisseurs. Le ou les ravisseurs le font chanter et lui réclament toujours plus d'argent en échange de la vie de sa femme. Mais Dughan, ruiné et couvert de dettes, est jeté en prison. Le ou les ravisseurs, comprenant qu'ils ne pourraient plus rien lui soutirer, tuent son épouse de façon cruelle. D'où le message laissé par Dughan : « Je vais leur offrir le spectacle du sang jusqu'à la nausée. Peut-être comprendront-ils alors ce que j'ai vécu. »

À ce stade, mes pensées devinrent confuses. Aucune des dix victimes n'avait vraiment le profil d'un maître chanteur et encore moins celui d'un assassin. Rien dans leur passé ne révélait la moindre déviation morale. Chacun à sa manière était un exemple de citoyen modèle : l'abbé, le banquier, le chirurgien, le scientifique, la riche lady Burnington… Alors pourquoi se seraient-ils ligués contre Mark Dughan, l'avocat promis à un brillant avenir, lui aussi un citoyen modèle ?

Une autre question jaillit soudain : combien y aurait-il encore de victimes ? Hazelwood avait décompté près de cent cinquante gravures morbides dans les archives de *Fantastica*…

36

Bien qu'elles fussent légales, les autorisations de visite aux détenus accusés de meurtre étaient fort rares et très difficiles à obtenir. L'administration excellait dans l'art de décourager les demandeurs en multipliant les obstacles à l'infini.

– Il n'y a qu'une personne qui puisse nous permettre de rencontrer les prisonniers, affirma Holmes, Cornelius Hazelwood.

Une demi-heure plus tard, nous nous présentâmes au domicile du professeur qui nous reçut sans délai.

– Du nouveau, Holmes ?

– Peut-être. Je dois confronter les suspects les uns aux autres pour le savoir.

– Les confronter ? Dans quel but ?

Holmes s'enflamma.

– Je suis parvenu à la conclusion que les hommes et les femmes qui ont été arrêtés dans le cadre des récentes affaires se connaissaient déjà.

Cornelius Hazelwood lissa sa barbiche, sceptique.

– En quelle occasion se seraient-ils connus ?

– C'est ce que je veux découvrir. Je suis certain qu'il existe un dénominateur commun dans leur passé. Savez-vous où ils sont incarcérés actuellement ?

– Oui. Ils ont tous été transférés à Millbank dans l'attente de leur procès.

– Millbank ?

– Ces gens sont réputés dangereux. Pour rassurer l'opinion, il était important de…

– Je dois les voir au plus vite. C'est notre unique chance d'éviter de nouveaux crimes et d'arrêter le meurtrier.

Ce double argument convainquit Hazelwood.

– J'ai le pouvoir de les rencontrer à tout instant. Allons-y !

Baltimor Compostel accourut vers nous en soufflant comme un bœuf asthmatique. Un halo de puanteur animale entourait sa masse graisseuse. Il posa un regard effaré sur l'improbable duo formé par Sherlock Holmes et Cornelius Hazelwood.

Puis il nous tendit une main poisseuse qui me fit penser à un morceau de viande avariée.

– C'est… un honneur. Que puis-je faire pour vous, messieurs ?

– Nous désirons confronter les suspects et les interroger.

Compostel s'essuya le front avec un morceau de tissu immonde.

– Dans la même pièce ? En votre présence ? Mais c'est extrêmement dangereux.

L'autorité naturelle de Hazelwood était inversement proportionnelle à sa taille. En toute occasion, il affichait une détermination sans faille. Il détacha chaque syllabe.

– Prévoyez la sécurité en conséquence. Et amenez-nous les prisonniers tout de suite.

Baltimor Compostel se tordit les mains et observa le bout de sa chaussure droite avec insistance.

– C'est-à-dire que… cela ne va pas être facile.

Hazelwood, peu habitué à tergiverser, se fit incisif.

– Expliquez-vous, mon vieux, que se passe-t-il ?

– Plusieurs d'entre eux ont été pendus.

Holmes transperça le gros bonhomme du regard.

– Quoi ? Est-ce que vous vous rendez compte que vous nous privez de témoignages décisifs ?

De grosses gouttes de sueur dégoulinaient sur le front visqueux de Compostel.

– Je n'ai fait qu'exécuter la sentence du tribunal. Ces gens avaient été jugés coupables.

– Et lady Burnington. Vous l'avez exécutée, elle aussi ?

Compostel passa son torchon sur son visage.

– Nous n'avons pas eu le temps.
– Pas eu le temps ? hurla Holmes.
L'homme recula et se cacha la face du dos de la main, comme un gamin qui a peur de recevoir une claque.
– C'est pas de notre faute. Elle s'est laissée mourir de faim avant son procès.
– Et les autres ?
– James Barnes a perdu la raison.
– Lord Wheeler ?
– Il s'est ouvert les veines avec ses dents.
– Qu… Quoi ? Et Malcolm Fellow ?
– Il s'est suicidé en avalant sa langue.
Hazelwood capta le regard fuyant de Compostel.
– Comment se fait-il que les gardiens ne soient pas intervenus ?
Le bœuf vibrait de la tête aux pieds tel un énorme bloc de gélatine.
– Les gardiens ? Faut se mettre à leur place, chaque fois qu'un détenu meurt, ça leur fait du travail en moins.
– Suffit ! hurla Holmes dans le nez du bonhomme. Qui est encore vivant et suffisamment sain d'esprit pour répondre à mes questions ?
Le directeur de la prison compta sur ses doigts graisseux.
– Heu… le banquier Henry Cardwell, l'abbé Paul Meredith et le chirurgien John Pickox. Leur procès a été repoussé car ils bénéficient encore de quelques appuis en haut lieu.
– J'exige de les voir tout de suite.
Baltimor Compostel nous conduisit dans un caveau humide qu'il nous présenta comme un local spécialement aménagé pour les interrogatoires difficiles. À en juger par l'arsenal d'outils et de machines que contenait cet endroit, j'en déduisis que ces interrogatoires devaient être plutôt musclés. Certains de ces appareils auraient pu figurer en bonne place dans un musée consacré aux instruments de torture médiévaux. Compostel n'avait pas usurpé sa sinistre réputation.

Quelques instants plus tard, les trois malheureux furent amenés, menottes aux poignets et chaînes aux pieds, encadrés par quatre gardiens aux visages haineux.

L'état de fatigue des prisonniers en disait long sur leurs conditions de détention. Nous avions en face de nous trois hommes brisés, hagards. Des épaves à la dérive. Ils semblaient à bout de force. Je reconnus immédiatement Pickox et Meredith. J'en déduisis que le troisième personnage était le banquier Henry Cardwell. C'était un petit homme bedonnant, avec des yeux globuleux qui le faisaient ressembler à une grenouille. Il portait des lunettes dont un des verres avait été brisé, probablement lors d'un interrogatoire. Ses yeux de myope dans un visage lunaire lui donnaient un air apeuré. Il était recroquevillé sur lui-même, comme terré dans sa peur. Ces hommes avaient déjà perdu ce qu'ils avaient de plus cher, et la prison leur ôtait le peu qui leur restait : leur dignité.

Seul Pickox, du haut de son mètre quatre-vingt-dix, gardait une lueur de détermination dans le regard. Cet homme avait juré de se battre jusqu'à la dernière seconde afin de rendre justice à son fils. Un gardien le poussa sans ménagement vers le centre de la pièce. Pickox pivota en un éclair et frappa l'homme au visage avec une énergie inouïe. Le gardien s'écroula à terre.

– Je suis innocent ! hurla le chirurgien. J'exige que l'on m'écoute et que l'on me traite avec respect.

La réaction ne se fit pas attendre. Les trois autres gardiens plongèrent sur lui et le frappèrent à la tête et aux jambes. Le malheureux tomba à genoux. Les trois hommes en profitèrent pour l'immobiliser. Pickox tenta encore de se débattre, mais un coup de gourdin sur la nuque l'étourdit. On l'enchaîna alors, à demi conscient, sur une lourde chaise métallique, rivée au sol. Les deux autres prisonniers n'offrirent pas la moindre résistance. Ce qui n'empêcha pas les gardiens de les traiter avec la même férocité. La scène ne dura que quelques secondes et nous n'eûmes pas le temps de réagir.

Hazelwood paraissait consterné. Il mesurait la distance qui existait entre ses théories et leur mise en pratique.

– Vous n'avez pas le droit ! m'insurgeai-je.

– Ces hommes sont des fous dangereux, docteur Watson, coupa Compostel, dans un sifflement congestionné. Nous faisons cela pour votre sécurité. Seule une discipline de fer peut avoir raison de ces monstres. Je vous suggère de les interroger au plus vite afin de les renvoyer en cellule.

– Les monstres ne sont pas toujours ceux que l'on croit, répliquai-je, furieux.

Holmes écarta le bœuf d'un geste méprisant et s'approcha des prisonniers.

– Nous ne sommes pas venus pour vous persécuter, mais pour tenter de vous aider. Nous vous demandons de collaborer, c'est peut-être votre dernière chance de vous sortir de là et de confondre l'assassin.

Pickox releva la tête.

– Confondre l'assassin. C'est tout ce que je veux. Je ne demande rien pour moi. Ma vie n'a plus de sens. Mon fils était ma fierté et ma gloire. Je veux lui rendre justice. Ce ne sont pas ces barbares incultes qui m'en empêcheront.

Pickox eut encore la force de cracher sur un des gardiens. L'homme leva le bras pour riposter, mais Holmes bloqua sa main d'un geste autoritaire. Le gardien recula en grognant.

Pour la première fois depuis son arrestation, le chirurgien retrouva l'espoir d'être enfin entendu.

– Je répondrai à toutes vos questions, monsieur Holmes. Mais je crains de ne pouvoir vous en dire plus qu'à la police.

Holmes interrogea les trois hommes du regard.

– Est-ce que l'un d'entre vous connaissait Mark Dughan ?

Ils firent de concert un signe négatif de la tête. Puis Holmes s'adressa à Pickox :

– Connaissez-vous ces deux messieurs ?

Pickox tourna la tête et dévisagea longuement le banquier et l'abbé.

– Non, c'est la première fois que je les vois.

Mon camarade posa la même question à l'abbé et au banquier. Chacun répondit négativement.

Il se tourna alors vers le banquier.

– Avez-vous déjà fait du mal ou voulu du tort à une personne dans votre passé ?

L'homme parut surpris par cette question.

– Du tort ?

– Vous connaissiez-vous un ennemi personnel ? insista mon camarade.

Henry Cardwell tenta de rassembler ses idées.

– Non, je ne crois pas. Ma banque a prêté beaucoup d'argent à des industriels et des hommes d'affaires. Mes taux d'intérêt figuraient parmi les mieux placés du marché. J'ai aidé d'innombrables projets à voir le jour. Il m'est même arrivé d'effacer des dettes. Je ne me connaissais que des amis et recevais chaque jour des preuves de gratitude. J'ai toujours fait preuve d'une grande prodigalité à l'égard de mes amis et de ma famille.

La voix du banquier s'étrangla.

– Je ne comprends toujours pas ce qui s'est passé... ma pauvre femme...

Des larmes amères coulèrent sur ses joues décharnées.

Mon camarade se tourna vers Paul Meredith.

– Et vous, monsieur l'abbé ?

L'homme posa son regard vide sur nous.

– Moi ? Je dirigeais une fondation d'aide aux enfants abandonnés. J'y ai consacré ma vie et mon énergie. Qui aurait pu m'en tenir rigueur ? Je vous répète que je n'ai pas commis ces meurtres abominables. Je prie Dieu chaque jour pour l'âme de ces pauvres créatures et pour que la vérité triomphe.

– Et vous, John Pickox ?

Le chirurgien parut hésiter. Il fixa l'abbé avec intensité. Quelque chose semblait le troubler.

– Je suis chirurgien. J'ai sauvé des dizaines de vies et soigné bien des gens, souvent sans la moindre contrepartie financière. Je ne me connais pas d'ennemis. Je ne pense pas avoir fait le moindre tort à qui que ce soit dans mon existence. À la mort de mon épouse, j'ai consacré beaucoup de temps à l'éducation de mon fils. Il était mon prolongement, ma fierté, mon ambition. Un brillant avenir était tracé devant lui...

Il s'arrêta de parler, se tourna vers l'abbé et le dévisagea de nouveau avec intensité.

– Je vous ai dit tout à l'heure que je ne connaissais pas ces deux personnes. Mais à la réflexion, il me semble que j'ai déjà croisé monsieur l'abbé quelque part. Je ne l'ai pas reconnu tout de suite. La prison a dû changer quelque peu ses traits.

Compte tenu de l'état physique et psychologique du malheureux abbé, il était évident que Pickox pouvait s'être trompé. Paul Meredith se tourna à son tour vers le chirurgien.

– Auriez-vous soigné un de mes petits orphelins au sein même de notre orphelinat Saint-Georges ?

– Je n'en ai pas le souvenir. Je soigne et j'opère mes malades à la Royal Hospital Academy. Y êtes-vous déjà venu ?

L'abbé scruta le visage du chirurgien.

– Allez-vous à l'église le dimanche ?

– Cela m'arrive.

– À Saint-Georges ?

– Jamais mis les pieds.

– Une chose est certaine : nous nous sommes déjà croisés, conclut l'abbé.

Holmes revint vers le banquier.

– Et vous, monsieur Cardwell, reconnaissez-vous ces deux messieurs ?

– Oui, en effet, peut-être. À présent, je me souviens du timbre de voix de M. Pickox.

Les trois hommes tombèrent d'accord sur le fait qu'ils s'étaient déjà rencontrés, mais aucun d'eux ne parvenait à se souvenir en quelles circonstances. J'en déduisis que cette rencontre avait dû être furtive et éphémère.

Holmes leur assura qu'il ferait tout son possible pour établir la vérité et leur rendre leur liberté.

Cardwell, Meredith et Pickox promirent de fouiller dans leurs souvenirs et de prévenir Holmes s'ils parvenaient à se remémorer les circonstances exactes de leur rencontre.

Les trois prisonniers furent reconduits dans leurs cellules. Hazelwood exigea qu'on les traitât avec humanité tant que leur procès n'aurait pas eu lieu.

Je croisai le regard chargé d'espoir de Pickox. Nous n'avions pas le droit de le décevoir.

En quittant la salle d'interrogatoire, un vieux gardien nous salua avec un profond respect et nous adressa un large sourire.

Où avais-je déjà vu cet homme ?

37

Nous vivions avec un sentiment d'échec permanent. Nul ne savait quand et où frapperait à nouveau le meurtrier. Nous ne possédions pas le moindre indice qui aurait pu nous permettre de lui tendre un piège. Mark Dughan demeurait introuvable.

Holmes épluchait les faits divers comme si c'était une question de vie ou de mort. Peut-être était-ce vraiment le cas.

Une pile de journaux déchiquetés s'accumulait devant lui. Il y avait là le *Daily News*, le *Morning Adviser*, le *Morning Herald*, le *Chronicle*, le *South London Observer*, l'*Echo* et plusieurs magazines populaires. Holmes avait rempli une bonne dizaine de ses fameuses fiches codées. Quand il en eut fini avec le *Post*, il était déjà fort tard. Il leva les yeux vers la pendule et s'étira en poussant un long soupir de soulagement. Puis il tapota le fourneau de sa pipe éteinte sur le bord d'un cendrier et la bourra de tabac avec son pouce.

Un instant plus tard, la pipe fit entendre ses sifflements asthmatiques.

Comme d'habitude, je savais qu'il ne me donnerait aucun compte rendu de son travail si je ne prenais pas l'initiative de l'interroger.

– Avez-vous des nouvelles fraîches, Holmes ?

– Des nouvelles, oui. Mais « fraîches » n'est pas le meilleur qualificatif que l'on puisse leur attribuer. La presse rapporte deux nouveaux crimes abominables qui portent la signature de notre tueur fou…

– De quoi s'agit-il ?

– Dans le premier cas, un homme a été retrouvé mort dans son lit, étouffé par un livre.

– Vous voulez dire écrasé sous le poids d'un livre ?

– Non, étouffé. Il avait avalé des dizaines de pages d'un gros roman. Et pas n'importe quel roman !

– Que voulez-vous dire ?

– Il s'agissait du *De daemonia* de Hermetio Palatinus. Je connais cet ouvrage pour l'avoir vu chez Crowley. Il porte une croix inversée sur la couverture.

– Vous voulez dire que quelqu'un l'a tué en le forçant à avaler ce livre ?

– À ma connaissance, la littérature ne se dévore qu'au sens figuré, Watson. Dans le cas présent, il est certain qu'on l'a un peu aidé.

– Qui est la victime ?

– Un dénommé Harold Battlefield, éditeur de son état. Un passionné de littérature, comme il se doit. L'homme était âgé d'une soixantaine d'années. Il était resté paralysé à la suite d'une maladie infectieuse et sa vue défaillante ne lui permettait plus de lire. Sa fille, Margaret, lui faisait donc la lecture chaque soir. La police a arrêté la jeune femme et l'a emprisonnée en attendant de la juger. La brigade d'investigation criminelle a été chargée de l'enquête. Elle est menée par Lestrade.

– Encore lui.

– Oui. Et il est également chargé de la deuxième affaire.

– De quoi s'agit-il cette fois ?

– Une femme a été retrouvée dans une ruelle sordide du quartier de Limehouse, étranglée…

Holmes fit une moue dégoûtée.

– … avec ses propres boyaux.

– Quoi ?

– Vous avez bien entendu, Watson. L'assassin lui a ouvert le ventre, en a extirpé les intestins et les a serrés autour du cou de sa victime jusqu'à l'étouffement, si toutefois elle n'était pas déjà morte. Un témoin a assisté à toute la scène depuis sa fenêtre. Il aurait entendu un homme insulter la femme et la rouer de coups. L'homme lui reprochait d'avoir eu de graves écarts de conduite dans ce quartier. Il aurait dit : « Tout le monde pensera que c'est l'œuvre de l'évadé de Millbank. Mon honneur est vengé. Retourne au ruisseau. C'est ta place. »

– Quelle horreur ! Et qui est ce fameux témoin ?

– Un voisin. La police n'a pas révélé son nom par crainte de représailles.

– Pourquoi n'a-t-il pas donné l'alerte ?

- Il l'a fait, mais il était trop tard. Il a cependant fourni à la police un descriptif précis de l'assassin. Après enquête, il s'agirait du mari de la jeune femme, un certain William Cornwell, grossiste en vins et spiritueux. Lestrade a perquisitionné à son domicile et a retrouvé des vêtements fraîchement tachés. D'après lui, l'homme aurait entraîné sa femme, Anita Cornwell, à Limehouse, sur les lieux mêmes de ses exactions, et lui aurait fait subir un sort semblable à celui des filles perdues de Whitechapel.

Holmes marqua un arrêt.

– Encore un détail. L'article précise que la malheureuse portait une blessure au front.

– Vous pensez que…

– Je passerai à la morgue pour en avoir le cœur net.

– Et ce… William Cornwell, a-t-il avoué son crime ?

Un pli s'ajouta au front de mon camarade.

– Non. D'après l'article, il nie tout en bloc, mais ne possède aucun alibi permettant de l'innocenter. Ce crétin de Lestrade l'a arrêté et tente de lui extirper des aveux.

– Je ne suis pas un admirateur inconditionnel de Lestrade, mais pourquoi dites-vous « ce crétin de Lestrade » ? Il me semble que dans le cas présent, n'importe qui suspecterait à juste titre ce mari trompé.

– Je fais allusion à la déclaration que notre ami a faite à la presse.

Holmes fouilla dans sa pile de journaux découpés et en retira un article.

– Voyons, où était-ce ? Ah, voilà : « Lestrade a déclaré que, selon ses premières analyses, il ne s'agirait pas d'un suicide mais plutôt d'un acte de malveillance… »

– Quelle clairvoyance !

– Écoutez la suite : « La police a retrouvé un long couteau de nécropsie ensanglanté à quelques pas du corps. Pour l'instant, l'inspecteur Lestrade n'exclut toutefois pas la possibilité d'un accident dû à une maladresse de manipulation… »

– Une maladresse de manipulation ? Quel crétin ce Lestrade !

Plus tard, au cœur de la nuit, je sentis des picotements désagréables sur mon visage et mes mains. Je repensais à cet horrible assassinat.

Tout à coup, mon rêve prit forme de façon saisissante.

La malheureuse victime sort d'un restaurant louche de Limehouse à la tombée de la nuit. Elle passe devant moi sans me voir. Elle porte une sacoche de cuir en bandoulière, semblable à celle des médecins. Que fait-elle seule à cet endroit ? Je décide de la suivre.

Elle titube. Son haleine chargée de gin agresse mes narines à travers mon rêve. Elle s'adosse un court instant à un réverbère pour reprendre son souffle et retire ses chaussures afin de soulager ses pieds endoloris. Puis elle fait quelques pas mal assurés dans le noir et retrouve peu à peu son équilibre. Elle marche dans les rues sombres de Limehouse et respire l'air glacé à pleins poumons pour tenter de se dégriser. Elle est tellement ivre qu'elle ne perçoit pas la morsure du froid sur la plante de ses pieds.

Elle a un morceau de viande coincé entre deux molaires. Ça la gêne. Soudain, elle sort de son sac un long couteau à nécropsie et décide de s'en servir comme d'un cure-dents.

Un moustique inopportun commence à virevolter autour d'elle. Elle tente de le chasser, mais l'insecte n'a que faire de ses dérisoires gesticulations. La bestiole ne manque pas d'audace et se pose sur le ventre de la zigzagante promeneuse, juste à l'endroit du nombril. Elle veut chasser l'intrus et frappe plusieurs fois son estomac avec rage. Mais la distraite oublie qu'elle est toujours armée de son redoutable couteau à nécropsie. L'arme l'éventre et, comble de l'ironie, le perfide insecte parvient à s'envoler juste à temps pour se replacer en orbite autour de son crâne.

S'apercevant de sa bévue, l'étourdie extirpe l'arme de son ventre. Mais elle joue de malchance, ses intestins s'enroulent autour du couteau. Tout cela l'agace terriblement. On peut le comprendre.

Excédée par ce moustique moqueur, elle tente à nouveau de le pourfendre en brandissant son redoutable couteau au-dessus de sa tête. Mais elle ne parvient qu'à se fabriquer une écharpe avec ses propres boyaux. Le moustique opportuniste en profite pour se rassasier en toute quiétude et disparaît dans la nuit, repu et heureux.

De dépit, la pauvrette jette son couteau et se laisse mourir.

Maladresse de manipulation..

Un picotement vif sur ma joue me réveilla en sursaut. D'un geste réflexe, ma main écrasa le moustique. Je pus enfin me rendormir.

En voilà un qui ne viendrait plus troubler mon sommeil. Je n'avais vraiment pas besoin de lui pour faire des rêves idiots.

38

Holmes explorait son fichier sans relâche, composant et recomposant ses fiches en une multitude de combinaisons. Que cherchait-il exactement ? Le savait-il encore lui-même ?

Il faisait nuit depuis longtemps. La fatigue me gagnait. La fièvre s'immisçait dans mes veines. Le sang cognait contre mes tempes. Mon front me brûlait.

Je posai mon roman sur la table basse devant la cheminée et m'apprêtais à regagner ma chambre quand Mme Hudson apparut sur le seuil du salon, le regard figé. Sa lèvre inférieure tremblota un court instant, comme si elle voulait parler sans y parvenir.

Elle finit par lâcher :

– Une... personne... vous demande...

Je ne compris pas si elle s'adressait à Holmes ou à moi. C'est alors que j'aperçus une ombre inquiétante se profiler dans le dos de la brave femme. Le mystérieux visiteur la tenait certainement en respect. Je bondis hors de mon fauteuil et saisis mon arme. Holmes sursauta et s'apprêtait à m'imiter quand notre logeuse s'écarta. L'homme avança de deux pas et sortit de la pénombre.

– Aleister Crowley ! m'écriai-je.

Que faisait-il ici à une heure aussi avancée ?

On aurait dit un vampire évadé de je ne sais quelle demeure sépulcrale. Son teint était d'une pâleur mortelle. Ses yeux rouges et cernés lui donnaient un regard terrifiant. Sans doute était-il drogué, ou bien en proie à l'une de ses mystérieuses visions. Holmes fit un signe de la tête, indiquant à Mme Hudson qu'elle pouvait se retirer. Elle ne se fit pas prier.

– J'ai établi le contact avec Rose, commença Crowley d'une voix d'outre-tombe. Elle est prisonnière du Monstre. Je sais où elle se trouve.

– Où ça ? demanda Holmes avec douceur.

Crowley ne semblait pas l'entendre.

– J'ai besoin de votre aide, Holmes. Vous êtes le seul à accorder quelque crédit à mes propos. Je dois libérer Rose.

Son regard halluciné scrutait la pièce, comme s'il observait de mystérieux phénomènes qui se déroulaient autour de nous à notre insu. Je crus que ses yeux allaient lui sortir de la tête.

Soudain, il tourna les talons et sortit dans le couloir, raide comme un automate.

– Suivons-le ! me glissa Holmes. Il me semble être dans un état second.

Je décidai de faire fi de ma fièvre et enfilai mon pardessus. Je tâtai ma poche droite et sentis la présence réconfortante de mon arme. Désormais, nous ne nous déplacions plus sans cet indispensable accessoire. Holmes saisit une lampe-torche.

Quelques minutes plus tard, nous remontions Baker Street, sur les pas de Crowley. Un vent glacé faisait tourbillonner le brouillard autour de nous.

Les lumières d'un fiacre surgirent soudain à quelques mètres de nous. Holmes tendit le bras. La voiture s'arrêta *in extremis*.

Crowley s'adressa au cocher, comme s'il parlait à un fantôme. Pour ce que je pus saisir de cet étrange dialogue, il tentait de décrire un lieu, sans toutefois parvenir à le situer précisément. Le cocher lui adressa un regard de désapprobation.

– Je connais bien un endroit qui pourrait ressembler à ça, mais c'est un vrai coupe-gorge. Faudrait être fou pour aller là-bas.

Holmes lui tendit une demi-couronne. Le cocher mordit la pièce. Un large sourire illumina soudain son visage.

– D'accord. Mais je vous laisserai à l'entrée du quartier. Je tiens à ma peau, moi.

Le fiacre fonça vers High Street. Puis il tourna à droite, à gauche et encore à droite. Il descendit George Street, prit Coronation à l'est, remonta Spring Garden Lane.

Le brouillard semblait s'épaissir au fur et à mesure que nous avancions vers l'est. Les rues commencèrent à s'enrouler sur elles-mêmes, formant un labyrinthe inextricable. Nous traversâmes avec force éclaboussures des ruelles aux pavés disjoints, couvertes de boue et de déchets. Je renonçai bientôt à tenter d'identifier notre itinéraire, perdu dans la nuit et le brouillard. Il me sembla que le cocher lui-même hésita et revint plusieurs fois en arrière.

Le fiacre s'immobilisa enfin. Nous mîmes pied à terre. Le cocher tendit le doigt devant lui, ne désignant rien d'autre qu'un épais mur de brouillard.

– C'est par là. Enfin, je crois.

Le cheval était nerveux, comme s'il pressentait qu'une malédiction hantait ce lieu. L'animal commença soudain à renâcler en grattant le sol du sabot. Son maître eut toutes les peines du monde à le calmer.

Tandis que nous avancions dans la direction indiquée par le cocher, un long hennissement déchira les ténèbres, suivi d'un galop frénétique. Puis le martèlement des sabots sur le pavé s'estompa, nous abandonnant dans la nuit hostile.

Crowley avançait d'un pas sûr, comme s'il pouvait se diriger sans difficulté malgré le brouillard étouffant qui nous cernait.

Nous traversâmes une ruelle étroite et sordide qui déboucha au bout d'une centaine de mètres sur une place séculaire. Je ressentis une sourde oppression. Mes jambes devenaient plus hésitantes. Sans doute commençais-je à ressentir les effets de la fièvre. Vers quelle abomination marchions-nous cette fois ? Quelle vision d'horreur allait encore s'offrir à nos sens révulsés ? Je parvins à me muscler de courage et emboîtai le pas à Holmes et à Crowley.

Soudain, un édifice immense se dressa devant nous, émergeant du brouillard telle une fabrique monstrueuse. Crowley avançait toujours droit devant lui, la nuque raide et le regard fixe. Il s'arrêta soudain et leva les bras au ciel.

– Pandémonium ! Voici le Monstre !

Nous poussâmes un gigantesque portail métallique qui émit un long grincement plaintif. Une terrible appréhension montait en moi. J'aurais voulu fuir cet endroit maudit, mais mes compagnons avançaient toujours. Il était trop tard pour rebrousser chemin. Je n'avais d'autre solution que de pénétrer dans les entrailles de ce monstre de métal et de pierre.

Holmes balaya les ténèbres avec le faisceau lumineux de sa lampe. J'aperçus d'immenses cuves. Des peaux animales… ou humaines pendaient de ces récipients démesurés. Mon souffle resta bloqué dans ma gorge. Une odeur pestilentielle rendait l'air quasi irrespirable. L'endroit ressemblait une usine infernale. Mais que pouvait-on produire ici, sinon la mort ? Cette idée me glaça les sangs. Nous avancions maintenant avec prudence.

Soudain, Crowley fonça droit devant lui et disparut dans les ténèbres. Je perçus autour de nous d'étonnants murmures de foules que j'imaginais mortes depuis longtemps. Je subissais l'hallucinante sensation d'un momentané dégel du passé, comme si ce lieu était marqué d'esprits qui se réveillaient brusquement à notre approche. À présent, j'entendis, feutrés comme des soupirs, mais nets et précis, des toux rauques et des râles oppressés.

Un hurlement douloureux déchira soudain les ténèbres :

– *Roooose !*

Nous reconnûmes la voix de Crowley. Holmes braqua sa lampe dans la direction d'où provenait le cri.

C'est alors que nous découvrîmes la faune des morts-vivants qui se cachait dans les moindres recoins de cet immonde cloaque. Des grappes de créatures à demi décomposées s'agglutinaient à même le sol. Certains semblaient figés dans la mort. D'autres remuaient à peine. Un être effrayant au visage rongé, mi-homme mi-bête, fixa un instant la lampe, comme hypnotisé, avant de disparaître dans les ténèbres glacées. La puanteur ambiante commençait à m'étouffer et m'étourdir. Crowley se tenait accroupi devant une forme sombre et lui parlait doucement. Chassant les derniers vestiges de ma répugnance, je fis un pas dans leur direction. Crowley se tourna vers nous et nous désigna le pauvre être couvert de guenilles crasseuses qui se tenait accroupi sur le sol glacé.

– Rose ! C'est Rose !

Rose Crowley leva vers nous des yeux d'animal apeuré. Son visage était pratiquement méconnaissable tant il était délabré. Je vis la pourriture qui rongeait ses dents, la mort qui envahissait sa peau, ses cheveux et ses ongles.

Soudain, une main m'agrippa. Je fis un bond en arrière et tentai de me dégager. C'était une fillette, ou du moins ce qu'il en restait. Sa langue était pendante. Une salive gluante coulait sur ses lèvres bleuies. Je me débattis, mais sa main resta accrochée au bas de mon pantalon. Elle tendit un moignon pustuleux et décharné vers moi. Ses yeux étaient vides et blancs comme ceux des statues grecques. Voulait-elle de l'argent ? Qu'aurait-elle pu en faire dans un tel endroit ? Je lui tendis avec précipitation le contenu de ma poche. Elle me lâcha et disparut dans les ténèbres en glapissant.

Rose Crowley releva soudain la tête et, sans que rien ne pût annoncer sa réaction, suivit la fillette tête baissée. Aleister Crowley se releva en titubant.

– Rattrapons-la ! Il faut la sauver !

Holmes promena le faisceau de sa lampe autour de nous. Rose Crowley et la fillette avaient disparu.

À nouveau, une main surgit de la nuit et se referma sur mon poignet, comme un étau glacé. Je sentis en elle une puissance capable de briser mes os. Mes doigts étaient engourdis par cette étreinte. C'était une vieille sorcière au visage flétri et rongé. Elle émit un grognement rauque. Je sentis son souffle fétide tout près de moi. Je parvins à me dégager au prix d'un réel effort. Soudain, un bruit mat, semblable à un objet qui tombe à terre, me fit sursauter. Holmes braquait le faisceau de sa lampe vers le sol. Crowley gisait à ses pieds.

– Aidez-moi à le transporter, Watson ! Il vient de s'évanouir.

À quelques mètres de nous, des grappes de créatures informes commençaient à s'agiter. Une silhouette rampait sur le sol, comme frappée de convulsions. Je n'avais aucune envie d'en voir davantage.

– Prenez l'autre bras, Watson ! ordonna Holmes. Il faut sortir d'ici au plus vite. Gardez votre sang-froid. Ne faites aucun geste brusque.

Je passai le bras gauche de Crowley autour de mon cou. Holmes fit de même avec le bras droit. Nous le traînâmes ainsi entre nous, comme s'il s'agissait d'un vulgaire ivrogne rentrant de la noce. Je redoutais à tout instant que la meute tapie dans le noir ne se jette sur nous, mais les ténèbres restèrent immobiles sur notre passage. Nous marchâmes ainsi jusqu'à l'immense porte métallique, laissant derrière nous le peuple de l'Enfer.

La rue était glacée et hostile, mais elle me parut presque réconfortante en comparaison du lieu que nous venions de quitter. Nous errâmes longtemps dans le brouillard. Crowley reprit enfin connaissance, mais il resta prostré et ne prononça plus un mot, comme si son esprit s'était dissocié de son corps.

J'étais transi et parcouru de frissons, les sens partagés entre la morsure du froid et la brûlure de la fièvre. Nous nous assîmes sous un porche, à bout de forces.

D'énormes flocons de neige tombaient avec une infinie lenteur. Certains semblaient suspendus dans l'air glacé. Une masse de nuages cachait la lune. La nuit avait la profondeur de l'hiver qui arrête le temps, fige le paysage dans une immobilité presque totale, effaçant lignes et courbes pour les fondre dans une prison blanche fermée par le ciel.

Un fiacre tiré par une licorne immaculée vint à passer au bout d'un temps infini. La lumière fade de l'aube finissait de chasser les ténèbres. Le cauchemar prenait fin. Quelques elfes espiègles accompagnèrent un instant notre curieux convoi. Puis l'attelage s'éleva dans les airs. Une violente lumière brûla soudain mes yeux. Des myriades d'étoiles explosèrent dans ma tête. Ensuite…

Ensuite, je ne sais plus. Il m'est impossible de relater la fin de cet épisode car la plus grande confusion régnait alors dans mon esprit.

39

Lorsque je pénétrai dans le salon, Holmes était déjà à l'ouvrage. À en juger par le tas de quotidiens découpés qui jonchaient le sol, il devait travailler depuis plusieurs heures. Il ne sembla pas remarquer ma présence tant il était absorbé par sa tâche. Je jetai un œil à la pendule : midi ! Avais-je rêvé – je devrais dire cauchemardé – tous les événements de la nuit précédente ? Je voulais en avoir le cœur net.

– Holmes…

– Ah, Watson, de retour parmi nous, coupa mon camarade sans lever la tête de son ouvrage.

Je me plantai devant lui.

– La visite de Crowley, la découverte de ce lieu peuplé de créatures immondes, dites-moi que tout cela n'est pas vrai.

Il leva des yeux étonnés vers moi.

– Bien sûr que si, Watson.

– Mais, Rose Crowley est morte, comment aurait-elle pu se trouver dans ce pandémonium ?

– Elle n'y était pas.

– Pourtant, vous avez vu la même chose que moi, n'est-ce pas ?

– Certes. Nous avons vécu les mêmes scènes, mais notre interprétation semble différer quelque peu.

- Crowley a pourtant parlé de pandémonium.

- Savez-vous bien ce que désigne ce mot, Watson ?

– La capitale de l'Enfer, je crois.

– Très juste. Cela ne vous a pas étonné de trouver la capitale de l'Enfer en plein cœur de Londres ?

– Maintenant que vous le dites, en effet… Mais pourtant, ces immenses cuves, cette odeur de putréfaction, ces êtres terrifiants rampant dans le noir. Comment expliquez-vous tout cela ? Voilà un mystère de plus, que nous ne sommes pas prêts de percer.

Holmes me tendit un vieux plan de Londres.

– Faux. Il m'a suffi de quelques minutes pour trouver la réponse dans cette ancienne carte. Il s'agit d'une tannerie désaffectée qui sert de refuge à des dizaines de malheureux. C'est une sorte de mouroir géant dans lequel nous a conduits Crowley.

– Un mouroir ?

– Oui. Je savais qu'un tel lieu existait, mais j'ignorais où il se trouvait. Tous les malheureux qui ne possèdent plus rien viennent passer leurs derniers jours ici plutôt que de finir seuls, rongés par la vermine, dans un quelconque hospice. Les cadavres sont ensuite brûlés par les plus valides ou livrés aux meutes de chiens qui rôdent dans le quartier, ou peut-être pire encore.

– C'est monstrueux. Je croyais que tout cela n'existait plus depuis les nouvelles réglementations sanitaires.

– Je le croyais aussi, Watson.

– Mais comment Crowley aurait-il pu connaître un tel endroit ?

Mon camarade posa la paume de sa main sur le gros livre de Cornelius Hazelwood.

– Cette fois, c'est là-dedans que j'ai trouvé l'explication. Figurez-vous que le siège de l'Aube dorée se situait à quelques pas de la tannerie. Or, Crowley a été grand maître de cette secte pendant plusieurs années avant de créer l'Étoile d'argent. Il est donc fort probable qu'il ait eu connaissance de ce lieu dans le passé. Son esprit aura fait un étrange amalgame entre cette tannerie désaffectée et le lieu de détention imaginaire de sa défunte épouse.

– Comment ai-je pu me laisser berner ?

– Votre perception était altérée par la fièvre. En outre, Crowley possède une indéniable force de persuasion. Vous l'avez en quelque sorte suivi dans son délire.

– Mais cette femme ? La fillette ? Qui sont-elles ? Tout cela est tellement étrange. Que s'est-il réellement passé là-bas ?

– Rien de bien mystérieux, Watson. Pour commencer, nous avons poussé une lourde porte métallique. J'ai tout de suite reconnu l'entrée d'une fabrique désaffectée. J'ai noté au passage le nom de la rue et le numéro à demi effacé qui figurait encore à côté du portail. À l'intérieur, nous avons vu d'immenses cuves. Des morceaux de peaux animales pendaient encore de certaines d'entre elles. L'odeur de la tannerie imprégnait l'atmosphère. Le faisceau de ma lampe a alors croisé un malheureux clochard en guenilles. L'homme était dans un état pitoyable. Son visage était ravagé par des maladies et des blessures de toutes sortes. Nous l'avons effrayé et il s'est enfui. J'ai alors compris que nous étions dans le repaire le plus sordide des bas-fonds de Londres. Le cocher nous avait d'ailleurs mis en garde. Ensuite, Crowley s'est précipité vers un petit groupe de malheureux. Il y avait là une mère qui serrait contre elle une fillette transie de froid. Crowley a cru reconnaître Rose sous les traits ravagés de cette malheureuse femme. Tandis qu'il tentait de communiquer avec la mère, la fillette s'est agrippée à vous pour mendier quelque argent.

– En effet, je me souviens. J'étais tellement effrayé que je lui ai remis le contenu entier de ma poche.

Holmes me jeta un regard accusateur.

– Ce n'était pas une bonne idée, Watson.

– Ah ?

– Vous avez donné un véritable pactole à cette gamine. La mère s'en est aperçue et elle s'est enfuie dans les ténèbres avec sa fillette.

– Mais pourquoi donc ?

– Sans doute craignait-elle qu'on ne lui reprenne cet argent. Mais votre générosité a aussitôt attisé la convoitise des deux ou trois pauvres hères qui ont assisté à la scène. D'abord, une vieille femme vous a saisi le poignet pour quémander elle aussi quelque aumône. Vous vous en êtes débarrassé sans ménagement.

– Je… je l'ai prise pour une morte-vivante.

– En vérité, elle n'en était pas loin, Watson. D'autres malheureux s'apprêtaient à nous solliciter quand Crowley a perdu connaissance sous l'effet de la drogue ou de la fatigue.

– J'avais bien remarqué qu'il n'était pas dans son état normal !

– C'est alors que j'ai pris la décision de fuir ce lieu en emportant Crowley. Il fallait faire vite avant que les mendiants ne nous sautent dessus. Par chance, les malheureux devaient être trop engourdis par le froid et la maladie. Ils n'ont pas réagi assez vite et nous sommes parvenus à nous enfuir.

– Et ensuite ?

– Ensuite ? Rien de particulier. Ah, si. Vous vous êtes effondré dans le fiacre. J'ai d'abord cru à un évanouissement. Vous avez parlé de licorne et d'elfes, ou quelque chose de cet acabit. J'ai braqué la lampe dans vos yeux…

– C'est exact. Je me souviens d'avoir vu des milliers d'étoiles.

– Mais vos puissants ronflements m'ont vite rassuré. Je vous ai laissé dormir jusqu'à Baker Street. Le cocher m'a aidé à ramener Crowley chez lui et à vous déposer dans votre chambre. D'autres questions ?

– Heu… non.

Qu'ajouter à cela ? Holmes avait une façon si déconcertante d'expliquer l'inexplicable. Pourquoi ne parvenait-il pas à résoudre toutes ces affaires criminelles alors qu'il ne lui avait fallu que quelques instants pour discerner le vrai du faux dans cette troublante équipée nocturne ?

40

Un messager remit un pli à Holmes. Le front de mon camarade s'éclaircit à la lecture de la missive.

– Bonne nouvelle ? hasardai-je.

– Hazelwood me demande de passer chez lui de toute urgence. Il prétend avoir identifié un lieu où pourrait frapper le tueur. S'il dit vrai, cette information serait capitale ! Nous pourrions tenter de lui tendre un piège.

– Et éviter un nouveau massacre !

Malgré les encombrements et la pluie battante, il ne fallut qu'une demi-heure à notre fiacre pour nous déposer devant la porte de Cornelius Hazelwood.

Le célèbre professeur nous reçut aussitôt. Il semblait très excité. Comme à son habitude, il ne s'embarrassa pas de préambules inutiles et alla droit au but.

– J'ai passé au crible la totalité des gravures de mon livre.

– Combien en contient-il ? demandai-je.

– Près de trois cents. Et j'ai réussi à localiser un endroit sans la moindre ambiguïté.

– Un seul ? C'est peu.

– Certes, mais cela pourrait suffire pour capturer l'assassin.

– Quel est cet endroit ? demanda Holmes.

Cornelius Hazelwood ouvrit son gros ouvrage devant nous.

– Il s'agit d'une belle maison datant du début du siècle, située sur le Strand, au 127.

– Comment êtes-vous parvenu à l'identifier ?

– Grâce à l'arrière-plan.

Hazelwood pointa son doigt sur un détail de la gravure.

– Une église se trouve dans le fond de l'image, légèrement sur la droite. La voyez-vous ?

Holmes promena sa grosse loupe à quelques centimètres du papier.

– Ah oui, en effet.

Le regard du professeur pétillait.

– Savez-vous combien il y a d'églises à Londres, monsieur Holmes ?

– J'avoue que je ne me suis jamais posé la question.

– Près de trois cents.

Holmes eut une moue dubitative.

– Êtes-vous certain de…

– Oui. Grâce à la forme unique de son double clocher. Observez la dissymétrie des deux flèches.

Je me penchai par-dessus l'épaule de mon camarade. En effet, les deux clochers semblaient appartenir à deux églises d'époques et de styles éloignés tant ils étaient dissemblables.

– Et vous avez visité les trois cents églises de Londres pour retrouver votre perle rare ? demanda mon camarade, sceptique.

Cornelius Hazelwood lissa sa barbiche et poursuivit son explication, non sans quelque fierté.

– Pas du tout. J'ai transmis cette gravure à l'évêché qui m'a aussitôt renseigné. J'ai alors fait appel à un géomètre. Après quelques mesures simples, il m'a replacé dans la perspective de la gravure. La maison se trouvait devant moi, dans les moindres détails, exactement comme sur la gravure.

– Vous avez eu beaucoup de chance de tomber sur cette image.

Hazelwood s'offusqua.

– Pas le moins du monde. J'ai procédé par déduction.

Holmes posa un regard éberlué sur son interlocuteur, comme s'il pensait qu'aucune autre personne que lui n'était capable de se livrer au jeu des observations et des déductions.

– Par déduction ?

– Bien sûr ! Mon raisonnement était fort simple. Puisque les endroits où frappe l'assassin sont représentés avec autant de fidélité, je me suis dit que certaines gravures devaient comporter des caractéristiques d'environnement telles que des bâtiments, des ouvrages d'art, des endroits facilement reconnaissables. Vous n'êtes pas d'accord avec moi ?

– Si, si, admit Holmes.

– J'ai analysé toutes les gravures de mon livre en notant celles qui contenaient ce type d'information. La plupart se sont révélées inexploitables, à l'exception de celle-ci.

Holmes tentait de cacher son irritation. Sans doute s'en voulait-il de ne pas avoir eu cette idée lumineuse lui-même.

– Qui habite cette maison ?

– Le juge Allan Richmond, avec sa femme et leur bébé, ainsi qu'une vieille nurse et quelques domestiques.

– Quand avez-vous fait cette découverte ?

– Avant-hier.

Mon camarade sursauta.

– Pourquoi ne m'avez-vous pas prévenu plus tôt ?

– Je n'ai pas eu le temps ! Cette affaire ne m'a pas laissé une minute de répit depuis deux jours.

– Mais les habitants de cette demeure sont peut-être en danger.

– Rassurez-vous, nous avons pris toutes les dispositions nécessaires.

Le front de Holmes se plissa.

– C'est-à-dire ?

– La propriété et ses abords sont surveillés nuit et jour. Nous avons placé des policiers à l'intérieur même du domicile du juge. Les moindres déplacements du juge et de sa famille se font sous escorte discrète mais efficace. La nurse dort dans la chambre même du bébé.

– Qui est cette nurse ?

– Une religieuse assez âgée. Le juge Richmond la connaît depuis sa plus tendre enfance et a une confiance totale en elle. Le bébé est en sécurité. Des policiers se relaient pour monter la garde vingt-quatre heures sur vingt-quatre devant sa chambre. Lestrade lui-même supervise l'opération. Que pouvait-on faire de mieux ?

Holmes fronça les sourcils.

– Confier cette tâche à quelqu'un de compétent.

– Je sais la piètre estime dans laquelle vous tenez Scotland Yard et en particulier ce bon Lestrade, mais je puis vous assurer que nos meilleurs éléments sont sur place. Quant à Lestrade, ce n'est certes pas un génie…

– Voilà un bel euphémisme.

– … mais vous avez tort de le sous-estimer. C'est un policier consciencieux et dévoué. Il fera tout ce qui est en son pouvoir.

– Je suis rassuré, affirma Holmes sur un ton qui laissait entendre qu'il ne l'était pas du tout. J'aimerais visiter moi-même cette maison, interroger ses habitants et vérifier les mesures de sécurité mises en place par la police.

Le professeur Hazelwood lissa nerveusement sa barbichette.

– Eh bien, à vrai dire, ne vous froissez pas, monsieur Holmes, mais je crains que votre présence sur place ne perturbe quelque peu le service de sécurité mis en place par Lestrade. De plus, rien ne permet d'affirmer que le tueur frappera à cet endroit. Mais s'il se manifeste, croyez-moi, nous le capturerons.

– Si vous le dites. Mais alors, pourquoi m'avoir fait part de cette découverte si vous souhaitez me tenir à l'écart ?

– Tout d'abord, je voulais respecter mon engagement moral vis-à-vis de vous. Ensuite, connaissant vos affinités avec Aleister Crowley, je me demandais si vous ne pourriez pas m'en apprendre un peu plus sur les rituels de sa secte.

– Pourquoi ne vous adressez-vous pas à son ami l'éditeur Samuel Bocton ?

– Bocton prend systématiquement la défense de Crowley et ne me serait d'aucune utilité.

– Mais que vient faire Crowley dans cette histoire ?

– Lisez plutôt !

Hazelwood pointa du doigt le commentaire qui accompagnait la fameuse gravure.

Holmes se pencha sur l'ouvrage.

– « Selon une légende de l'Europe centrale, le Cromloch dévorait les bébés à la tombée de la nuit. C'était son unique moyen de rester en vie. Chaque jour, il se mettait en quête de nouvelles victimes. Il flairait l'atmosphère, à la recherche d'une victime de choix et portait son dévolu sur une maison qu'il investissait sans peine. Nul ne voyait en lui le redoutable Monstre des Ténèbres car il possédait le pouvoir de se transformer à volonté. Les gens de maison lui ouvraient spontanément leurs portes et l'invitaient sans méfiance. Le Cromloch s'introduisait alors dans la chambre du bébé, endormait ceux qui le veillaient et dévorait le corps de l'enfant à l'exception de la tête. Puis il repartait au lever du jour, métamorphosé en jeune éphèbe, prêt à vivre une journée de luxure et d'excès en tout genre. La nuit suivante, il redevenait le Cromloch. Ce rituel morbide persiste de nos jours au sein de certaines sectes satanistes, telles que l'Astrum Argentinum. Cela expliquerait le fort taux de mortalité infantile enregistré dans les quartiers pauvres de Londres. »

Je me souvins de ce qu'avait dit Bocton à ce sujet : « Près de soixante pour cent des enfants meurent avant l'âge de cinq ans, dans l'East End, et cela n'offusque personne... »

Holmes leva les yeux vers Hazelwood.

– Astrum Argentinum ?

– C'est le nom latin de l'Étoile d'argent, la secte de Crowley.

– Qui a rédigé ce texte ?

– Reginald Foster.

– Vous n'avez pas vérifié ses sources ?

– Non, à l'époque je lui faisais entièrement confiance. Je le considérais comme un collaborateur au-dessus de tout soupçon. J'avais tort. Je me suis déjà expliqué sur ce point.

Un silence embarrassé flotta dans la pièce.

Hazelwood pointa son index sur une zone obscure du dessin.

– Il y a un autre détail sur la gravure. Regardez ! Un personnage se tient dans l'ombre, comme s'il observait cette maison.

Holmes approcha de nouveau sa loupe.

– Le Diable !

41

La pendule indiquait 18 h 30 quand notre logeuse pénétra dans le salon, un pli à la main.

– Un messager en uniforme a remis cela pour vous, monsieur Holmes.

Holmes lut le papier :

– « Je sais où et quand j'ai rencontré l'abbé Meredith et Henry Cardwell. Cela pourrait expliquer toute cette affaire. Venez vite au pénitencier de Millbank. John Pickox. »

– Le monsieur est en bas, il attend la réponse, précisa Mme Hudson.

– Quoi ? Le messager est toujours là ?

Holmes bouscula la brave femme, arracha son manteau de la patère et se précipita dans l'escalier. Je le suivis, curieux de découvrir comment ce pli était parvenu jusqu'à nous.

Un vieil homme en habit de gardien attendait dans l'entrée.

– Bonjour, monsieur Holmes. Bonjour, docteur Watson ! lança-t-il en nous voyant.

– On se connaît ? demandai-je à notre curieux messager.

– Sûr que oui ! répondit l'intéressé. Je suis gardien au pénitencier de Millbank. C'est moi qui ai aidé monsieur Holmes à déterrer le cadavre de Foster dans la cellule de l'évadé.

– En effet, confirma Holmes, je me souviens de vous.

Mon camarade ouvrit la porte et nous poussa dehors. Un mur de brouillard s'éleva devant nous. Il régnait un froid polaire.

Nous poursuivîmes notre conversation en remontant Baker Street à la recherche d'un fiacre.

– J'ai assisté à la confrontation qu'il y a eue entre Pickox, Meredith et Cardwell, poursuivit le gardien. Et j'ai entendu votre conversation avec les prisonniers.

– Vous étiez donc présent ?

– Je montais la garde à l'entrée de la cellule. Je vous ai même salué quand vous êtes repartis.

– J'avoue que je n'y ai pas prêté attention, j'étais trop préoccupé par cette affaire.

– On m'a chargé de surveiller la cellule de Pickox. Hier, il a demandé à vous parler, affirmant qu'il avait des révélations très importantes à vous faire. J'ai transmis sa demande à Compostel qui s'est esclaffé et m'a répondu : « C'est un peu tard. »

– Ensuite ?

– Je suis retourné voir Pickox et lui ai proposé de me confier son secret. Mais Pickox se méfie des gardiens. Il n'a pas tort, certains de mes collègues sont un peu… brutaux.

Holmes s'impatientait.

– Alors ?

– Pickox m'a écrit ce message en me demandant de vous le remettre en mains propres. Je ne sais rien de plus.

Holmes héla un fiacre qui venait à notre rencontre.

– Au pénitencier de Millbank, le plus vite possible.

Le fiacre faillit se renverser à plusieurs reprises tant la chaussée était glissante et la visibilité incertaine. Il fit cependant des prouesses. Moins de quinze minutes plus tard, nous frappions à la lourde porte de la prison.

Un gardien au regard obtus ouvrit le mouchard.

– Qu'est-ce que vous voulez ?

– Je suis Sherlock Holmes. J'ai rendez-vous avec le directeur.

– Ah ? Il ne m'a pas prévenu. Je vais voir s'il peut vous recevoir.

Le mouchard se referma, nous abandonnant dans la brume hostile. Des minutes interminables s'écoulèrent.

La porte s'ouvrit enfin.

Holmes se précipita sur le gardien.

– Je veux voir John Pickox.

– Pickox ? Je croyais que vous aviez rendez-vous avec M. Compostel ?

– *Pickox !* hurla mon camarade.

Le gardien sursauta.

– Pas la peine de vous énerver comme ça… D'ailleurs, y a plus rien qui presse.

L'homme tendit son bras vers le centre de la cour.

– C'est celui du milieu.

Nous fîmes quelques mètres en courant dans le brouillard. Trois potences émergèrent de la purée de pois devant nous. Nous nous approchâmes encore. Le pendu du milieu était John Pickox.

Un gros homme arriva en courant à notre rencontre, entouré d'un halo de puanteur bestiale.

– Monsieur Holmes, c'est toujours un plaisir…

Le poing de Holmes percuta la face écarlate de Compostel et clôtura cette brève entrevue.

Dans le fiacre qui nous ramenait à Baker Street, Holmes massait sa main droite et remuait ses doigts endoloris. Un éclair de haine passa dans ses yeux.

– Ce type est une sinistre ordure.

– Compostel ?

– Bien sûr. Il se résume à une fonction, sans le moindre état d'âme. Il est le pur produit d'une administration sans âme, appliquant les ordres au pied de la lettre avec une jouissance à peine dissimulée. Souvenez-vous de ce qu'a dit le vieux gardien : « J'ai transmis la demande de Pickox à Compostel qui s'est esclaffé et a répondu : "C'est un peu tard"… » Compostel savait qu'il allait pendre Pickox et n'a pas jugé utile de lui donner une dernière chance. Le malheureux est mort en emportant sa révélation avec lui.

Holmes serrait les mâchoires. Son regard était effroyable de tension et de rage contenue.

– Tous ses espoirs reposaient sur moi. Je le vengerai, Watson, j'en fais maintenant une affaire personnelle.

42

Sherlock Holmes inscrivit sur son carnet : « Victime n° 13 : Juge Allan Richmond. »

Nous étions terrassés. Physiquement et moralement anéantis. Comme si chaque affaire nous éloignait un peu plus de la vérité.

Holmes se mortifiait de ne pas être intervenu. Mais comment l'aurait-il pu ? Il avait proposé ses services, mais Hazelwood avait refusé, prétextant que sa présence sur place risquait de contrarier le plan d'action de Lestrade.

Le résultat était là.

Je relus plusieurs fois le compte rendu détaillé du *Times*, sans comprendre comment une telle monstruosité avait pu se produire. Pour l'heure, je cherchais à combler le vide de mon esprit afin de ne pas sombrer moi-même dans la dépression. Je décidai de reporter l'article du *Times* dans mes notes, comme pour conjurer le sort.

Je livre donc à mes lecteurs les horribles événements tels que j'ai pu les reconstituer à partir des comptes rendus journalistiques :

« C'est la nuit dernière que se produisit le drame, en dépit de l'impressionnant dispositif déployé par la police autour et dans la demeure du juge Allan Richmond, au numéro 127 du Strand.

Le juge et sa jeune épouse quittèrent leur domicile vers 19 heures afin d'assister à une soirée de gala au Cercle des juristes. Ils écoutèrent les discours de plusieurs personnalités. Puis ils passèrent à table avec les nombreux convives. Un policier en civil se tenait à chaque porte et suivait du regard tout nouvel arrivant afin de prévenir le moindre comportement suspect.

Au milieu du repas, la jeune femme se pencha vers son mari et lui glissa à l'oreille :

– Rentrons, mon ami. J'ai un affreux pressentiment.

Le juge tenta de raisonner son épouse.

– Qu'avez-vous à craindre, ma chérie ? La maison est bien gardée. Sœur Martha dort dans la chambre de bébé. Un policier monte la garde devant la porte. Et nos gens de maison se feraient tuer plutôt que de laisser un intrus entrer chez nous.

– Bien sûr, mais… je suis certaine qu'il est arrivé quelque chose.

– Mais non, voyons ! Si un fait nouveau venait à se produire, nous serions aussitôt prévenus. Nous ne sommes qu'à quelques minutes en fiacre de notre maison.

La jeune femme ne put rien avaler de son repas. L'angoisse et la crispation se lisaient sur son visage.

Le reste de la soirée lui parut interminable. L'heure de la libération arriva enfin. Le va-et-vient des fiacres s'amplifia devant les marches du Cercle des juristes. Il fallut attendre encore longtemps un fiacre libre.

À peine entrée chez elle, la jeune femme monta les escaliers quatre à quatre et se précipita vers la chambre de son enfant. Le policier montait toujours la garde devant la porte, solidement campé sur ses jambes, les mains derrière le dos. Le sourire de l'homme rassura la jeune femme.

– Tout s'est bien passé ? lui demanda-t-elle, un frisson dans la voix.

– Oui, madame. Personne n'est entré ni sorti de cette chambre depuis votre départ.

Il ouvrit son poing et exhiba une grosse clé, d'un air entendu.

– D'ailleurs, pour y parvenir, il aurait d'abord fallu me prendre ça.

La jeune mère se décrispa peu à peu.

– Vous n'avez entendu aucun bruit suspect à l'intérieur ?

– Non, madame, rien du tout.

– Pouvez-vous ouvrir ?

– Bien sûr, madame.

Le policier tourna la clé dans la serrure et poussa délicatement la porte afin de ne pas réveiller le bébé. La femme entra sur la pointe des pieds dans la chambre. Elle constata que la vieille nurse, sœur Martha, s'était allongée tout habillée sur son lit et s'était assoupie dans cette position. La vieille femme souffrait d'une forte angine. Lady Richmond ne voulut pas troubler ce sommeil mérité. Elle vérifia encore que les fenêtres étaient solidement barricadées. Le bébé dormait paisiblement dans son berceau. Elle déposa un tendre baiser sur son petit front. Puis elle sortit à pas feutrés et referma la porte.

– Surtout, ne relâchez pas votre vigilance ! ordonna-t-elle une dernière fois au policier.

Puis elle regagna sa chambre, enfin rassurée.

Mais, au beau milieu de la nuit, elle fut secouée par un épouvantable cauchemar. Son horrible pressentiment la poursuivit dans son sommeil. Elle se revit, posant ses lèvres sur le front de son enfant. Après coup, cette sensation lui parut étrange. Elle essaya de se souvenir. Elle n'avait pas senti la tiédeur habituelle de son bébé sous ses lèvres. La peau du bambin n'était pas aussi douce que d'habitude. Seul l'instinct d'une mère peut percevoir ce genre de nuances. Elle n'avait pas senti non plus la respiration lente et apaisée de son enfant.

Elle se réveilla en sursaut, le front en sueur, le corps parcouru de spasmes nerveux. Elle enfila en hâte une robe de chambre et courut vers la chambre du bébé. Le policier, fidèle au poste, ne dormait pas.

– Tout va bien ? lui demanda-t-elle d'une voix angoissée.

– Bien sûr, madame. Je suis là.

– Ouvrez ! Je veux m'en assurer par moi-même.

L'homme tourna la clé. La jeune femme se précipita dans la chambre, un bougeoir à la main. Un sentiment d'anxiété s'empara d'elle. La nurse dormait toujours. Mais à présent, elle remarqua un verre à côté de son lit. Il lui sembla que ce verre n'était pas à cet endroit une heure plus tôt. Une odeur fade et écœurante flottait dans l'air. Quelque chose s'était-il produit, ou bien n'était-ce que le fruit de son imagination ?

Elle s'approcha du petit berceau. Le bébé lui sembla très pâle sous la lumière vacillante de la bougie. Sa peau tendue avait une transparence de nacre. Elle posa encore un baiser sur son front.

Cette fois, elle en était certaine. Il était glacé. Elle voulut le prendre dans ses bras pour le réchauffer.

Elle tira la couverture et découvrit alors l'horreur à l'état pur. La tête seule reposait sur l'oreiller du couffin. Le corps avait disparu. La femme poussa un hurlement de terreur et s'écroula à terre. Le policier s'approcha et découvrit à son tour l'abomination. Cédant à la panique, il souffla dans son sifflet à en perdre haleine. D'autres policiers et des gens de maison accoururent aussitôt. La vieille nurse, réveillée par le vacarme, s'assit sur son lit et se tint le front entre les mains.

– Que se passe-t-il ? J'ai mal à la tête.

La voix de la vieille femme était rauque et cassée par l'angine.

Un policier huma le verre, posé sur la table de nuit.

– C'est un puissant soporifique. Vous avez été droguée, déclara-t-il.

La nurse se pencha à son tour sur le couffin et, découvrant l'horreur, se signa en hurlant :

– C'est l'œuvre du Diable. La malédiction s'abat sur nous.

Un policier tenta de calmer la situation, mais c'est tout le contraire qui se produisit. La vieille femme, sous le choc, hurlait de plus belle :

– J'ai vu le Diable cette nuit. J'ai cru que je faisais un cauchemar, mais c'était bien lui. Il est ici. Il faut fuir cette maison. Il va tous nous tuer.

Il s'ensuivit un incroyable remue-ménage, accompagné de cris de terreur, d'injonctions policières et de roulements stridents de sifflets. Cédant à la panique, la vieille nurse, encore sous l'effet du narcotique, tomba plusieurs fois à terre et finit par s'enfuir en titubant. Elle sortit de la maison en courant, la face dans les mains, passa devant le chenil et s'enfonça dans les ténèbres glacées.

Ajoutant leur sinistre contribution aux cris et aux pleurs, les chiens se mirent soudain à aboyer comme s'ils étaient enragés. Dehors, un nouveau hurlement déchira la nuit. Peu de temps après, on retrouva le corps sans vie de sœur Martha, ses membres raidis et tétanisés. La mort avait figé son visage dans une indicible expression de frayeur. Elle portait une horrible blessure au front.

L'inspecteur Lestrade, chargé de l'enquête, fut interrogé par un journaliste. Il paraissait très affecté et désemparé. Voici le compte rendu de la brève entrevue qu'il lui accorda :

– Inspecteur, avez-vous quelque indice permettant d'orienter l'enquête ?

– Pas pour l'instant. Les faits qui viennent de se produire sont tout simplement impossibles.

– Que voulez-vous dire ?

– Toutes les issues étaient fermées. La maison était truffée de policiers. Un de mes hommes montait la garde devant la porte de la chambre du bébé…

– La vieille nurse a déclaré qu'elle avait vu le Diable. Pourrait-il être l'auteur de ce crime ?

– Je ne crois pas au Diable, ni aux esprits d'aucune sorte. Ce crime est l'œuvre d'un fou ou d'un maniaque doué d'une intelligence supérieure. Il tente de nous mystifier, voilà tout…

– A-t-on retrouvé le corps du bébé ?

– Non. On continue de fouiller la maison et les environs.

– Savez-vous de quoi est morte la nurse ?

– Il est un peu tôt pour l'affirmer, mais nous pensons qu'elle a été empoisonnée au cyanure ou par un produit similaire.

– Que comptez-vous faire à présent ?

– Poursuivre nos investigations et tout mettre en œuvre pour qu'un tel événement ne se reproduise pas.

– Pensez-vous que ce nouveau crime puisse être l'œuvre du fameux Mark Dughan, l'évadé de Millbank, comme le prétend Sherlock Holmes ?

– Non. Rien ne permet de relier ces affaires.

– Mais cette marque sur le front de sœur Martha, on dirait une…

– Je vous le répète, cette affaire obéit à sa propre logique. On essaie de me mystifier, mais cela ne prend plus avec moi. Je ne suis pas tombé de la dernière pluie.

– Vous avez déclaré lors de son évasion que vous vous engagiez à mettre la main sur Mark Dughan, l'évadé de Millbank. Êtes-vous toujours aussi confiant ?

– Plus que jamais. J'aurai ce type et il paiera pour son crime. Parole de Lestrade. Mais cessez de faire l'amalgame et de lui prêter tous ces meurtres. Nous ne sommes pas dans un roman policier ! »

L'affaire fit grand bruit. L'assassin s'attaquait maintenant au symbole même de la paix et de la justice de notre pays. Le péril était réel. Si un juge n'était plus en sécurité en Angleterre, que pouvait espérer un simple citoyen ?

La police déploya des moyens sans précédent pour tenter de percer le mystère de cet abominable meurtre. Lestrade fit passer la demeure du juge et ses environs au peigne fin. Il ordonna également des perquisitions dans toutes les maisons du quartier, sans le moindre résultat.

La vieille nurse fut un instant soupçonnée du meurtre du bébé. Mais rien dans le passé ni dans le comportement de la religieuse ne pouvait étayer cette hypothèse. Le juge lui-même refusa que l'on ternît la mémoire de celle qu'il considérait comme sa seconde mère. Les gens de maison furent questionnés. L'avis était unanime. Jamais elle n'aurait pu commettre un tel acte. La police analysa l'emploi du temps de la vieille femme, le jour qui précéda le meurtre. On apprit que sœur Martha avait promené le bébé dans son landau jusqu'au jardin municipal. Elle était rentrée en fin d'après-midi avec une forte angine. Rien d'étonnant, compte tenu du temps exécrable qui régnait sur Londres.

Certains prétendirent que la religieuse était possédée par les forces du mal. N'avait-elle pas affirmé qu'elle avait vu le Diable ? Quelqu'un proposa même d'exorciser la demeure du juge et le corps de la défunte. Mais à quoi bon ?

Cornelius Hazelwood, plus pragmatique, requit les services de Sherlock Holmes… un peu tard. Le professeur fit une nouvelle fois amende honorable et reconnut qu'il avait eu tort de confier cette affaire à Lestrade. Je me demandais vraiment de quel bord était ce curieux bonhomme.

La curiosité l'emporta sur la rancœur. Mon camarade se plia une nouvelle fois à la demande du professeur. Nous nous rendîmes aussitôt chez le juge.

Sur place, il régnait une effervescence incroyable. Nous trouvâmes un Lestrade surmené et dépassé par les événements. Il donnait l'impression pathétique d'une mouche se débattant au milieu d'une toile d'araignée. Une cohue hétéroclite se bousculait dans le hall de la maison. Je fis quelques pas et butai sur le corps d'un homme allongé par terre.

Lestrade nous aperçut enfin.

– Ah, Holmes, vous voilà. Examinez les lattes du parquet une par une.

– Moi ? demanda mon camarade, stupéfait.

– Non, pas vous, lui.

Le policier désigna l'homme en blouse grise, qui avançait à plat ventre en auscultant le sol centimètre par centimètre.

– Il doit bien être quelque part, poursuivit Lestrade.

– Qui ça ? m'inquiétai-je.

– Le corps du bébé. Il n'a pas pu se volatiliser.

Holmes enjamba le policier rampant.

– Où se trouve la chambre du meurtre ?

– Suivez-moi !

Le policier nous conduisit aussitôt à l'étage. Une foule incroyable composée d'enquêteurs, de journalistes et de religieux se bousculait dans la petite pièce, à croire que tout Londres s'était donné rendez-vous ici pour voir la dernière attraction en vogue.

Sherlock Holmes demanda aussitôt que l'on évacue la chambre. Tout le monde sortit à l'exception de Lestrade, qui estima que nous ne pourrions pas nous passer de sa présence.

Selon son habitude, mon camarade examina les lieux à l'aide de sa grosse loupe. Puis, après une brève inspection, il se releva, le visage tendu et contrarié.

– Qu'avez-vous observé ? s'inquiéta le policier.

– Rien. Les indices ont été méthodiquement effacés.

– Vous voulez dire que *quelqu'un* les a éliminés ?

– Oui. Et je peux même vous dire qui.

– Mais alors, nous tenons le coupable. Seul l'assassin aurait intérêt à agir ainsi.

Holmes fit une moue de dégoût et tourna les talons, s'apprêtant à quitter les lieux sans plus d'explication. Le policier fulmina dans son dos.

– Holmes, cessez donc ces cachotteries infantiles. Donnez-moi le nom du coupable !

Mon camarade se retourna et pointa un doigt accusateur sur la poitrine du policier.

– Vous, Lestrade !

– Qu… quoi ? Vous m'accusez de meurtre ?

– Pire. Je vous accuse d'avoir effacé de précieux indices avec l'aide de votre cohorte d'ahuris costumés.

Lestrade bégaya, hoqueta et faillit s'étouffer en même temps, ce qui n'est pas facile à rendre sur un plan grammatical. Puis il devint écarlate et gonfla ses joues à la façon d'un crapaud en parade nuptiale.

Nous allions sortir quand nous nous retrouvâmes nez à nez avec le fameux trio : Erich Weiss, plus connu sous le nom de Harry Houdini, suivi comme son ombre par Anna Eva Fay et par sa femme Bess.

– Quel accueil ! lança l'illusionniste, se méprenant quelque peu sur notre présence.

– Comme on se retrouve, répondit Holmes du tac au tac.

Lestrade accourut au-devant des visiteurs.

– Merci d'être venu aussi vite, monsieur Houdini.

– Je ne voulais pas rater une telle occasion, déclara le magicien.

– Une telle occasion ?

Houdini se reprit.

– De collaborer avec la police anglaise.

– Ah oui, bien sûr. J'espère que le roi de l'évasion nous apportera plus de réponses que le roi des détectives.

Le limier nous jeta un œil noir.

– Je ne vous retiens pas. Nous avons du travail.

– Si cela ne vous dérange pas, intervint Houdini, je souhaiterais que messieurs Holmes et Watson restent un instant afin que nous puissions confronter nos conclusions.

Le policier émit un borborygme que nous nous empressâmes d'interpréter comme une acceptation.

Nous assistâmes alors à un fort curieux spectacle. Anna Eva Fay se mit en position du lotus dans un coin de la chambre. L'illusionniste posa une chaise sur une table et grimpa sur cet échafaudage improvisé, comme s'il s'apprêtait à effectuer un numéro d'équilibriste. Puis il analysa chaque parcelle de mur et de plafond avec l'attention d'un médecin auscultant un malade.

Bess Houdini s'intéressa plutôt aux fenêtres et aux portes, ainsi qu'à la cheminée et aux parties basses des murs. Au terme de cette longue et minutieuse investigation, les époux Houdini échangèrent quelques mots et revinrent vers nous.

– Aucun mécanisme propre à réaliser une grande illusion n'a été installé ici, déclara Houdini.

À la seule vue du visage dépité de Lestrade, l'illusionniste jugea nécessaire de préciser :

– Je vous donne un avis professionnel. Comme vous le savez, mes évasions sont truquées. Elles nécessitent des appareillages complexes dissimulés un peu partout. Un tel matériel laisse des traces. Ce n'est pas le cas ici. Personne d'autre que la vieille nurse et le bébé n'a pu entrer ou sortir de cette pièce. Qu'en pensez-vous, Holmes ?

Mon camarade eut une moue dubitative.

– Mais alors, comment l'assassin a-t-il fait ? insista Lestrade.

– Je l'ignore, affirma Houdini.

– Il y aurait bien une solution, souffla Bess Houdini à voix basse, l'hypnose…

Le magicien foudroya son épouse du regard.

– L'hypnose ? reprit Holmes.

Bess Houdini se tordit les mains et implora son mari du regard, comme si elle voulait se faire pardonner les paroles prononcées.

– Je… je ne sais pas. C'était une idée en l'air… sans aucun fondement.

Holmes se tourna vers l'illusionniste.

– N'êtes-vous pas un spécialiste de l'hypnose, monsieur Houdini ?

– Cela m'arrive, uniquement lors de mes spectacles. Je ne suis qu'un petit amateur sans prétention.

– Un petit amateur sans prétention pourrait-il endormir l'homme de garde, pénétrer dans cette pièce, commettre son forfait et repartir sans laisser le moindre souvenir de sa visite ?

Houdini écarta la remarque d'un geste peu convainquant.

– Le policier en faction devant la chambre se serait méfié. Il est presque impossible d'endormir un homme sur la défensive.

– Comme Watson, lors de votre spectacle ? insinua Holmes.

– Vous n'imaginez tout de même pas..., commença Houdini.

Un cri étouffé, provenant d'un angle de la pièce, interrompit cette discussion.

Anna Eva Fay venait de sortir de sa méditation, comme si elle se réveillait en sursaut. Elle demeurait assise dans la position du lotus. Son regard fixe semblait perdu dans le lointain.

– J'ai vu son visage, déclara-t-elle soudain.

– De qui parlez-vous ? demanda Lestrade, qui avait quelques difficultés à suivre.

– Du meurtrier !

Houdini, trop heureux de cette diversion, en profita pour se fondre dans l'angle opposé. Lestrade sortit de sa poche un petit carnet, à tout hasard.

– Signalement du suspect, ordonna-t-il avec la voix autoritaire du limier rompu à la pratique de l'interrogatoire.

– Signalement ? répéta Anna Eva Fay, le regard perdu dans l'abîme.

Lestrade tapa du pied en signe d'impatience.

– Oui. À quoi ressemble l'assassin ?

– C'est un homme, affirma la médium.

Le limier commença à noter.

– Non, une femme ! rectifia la spirite.

Le policier s'énerva.

– Faudrait savoir.

– Un homme, ou une femme, je ne sais pas, ou les deux... balbutia Anna Eva Fay.

– Vous n'avez rien vu de plus précis ?

– Si. Il était fou de rage. Il a accompli sa vengeance.

– Ensuite ?

Ensuite, rien. La spirite fixa le néant et s'enfonça dans une étrange méditation. Lestrade remit son carnet dans sa poche, dépité.

Mlle Fay se leva comme un automate et regagna la porte de sortie. Harry Houdini s'apprêtait à l'imiter quand son épouse le retint par la manche.

– As-tu pensé à donner le thème à M. Lestrade ?

Houdini se frappa le front de la paume de la main.

– J'allais oublier.

Il sortit de sa poche un papier roulé serré dans un ruban.

– Qu'est-ce que c'est ? demanda le policier.

– Le thème astral de Mark Dughan. C'est vous qui l'avez demandé à Anna Eva.

Holmes assistait à la scène, les bras croisés sur la poitrine, un sourire narquois au coin des lèvres. Lestrade enfourna le document dans sa poche d'un geste nerveux.

– Tiens, tiens. La police s'intéresse aux sciences occultes ? railla mon camarade.

– Nous ne devons négliger aucun indice…, affirma le limier, rouge de confusion. J'étudierai ce document à tête reposée.

– Pourquoi pas maintenant ? insista Holmes.

Houdini vit un moyen de se réhabiliter.

– Je peux vous le résumer si vous voulez.

Holmes fit un geste de la main, invitant son interlocuteur à parler.

– Anna Eva Fay a étudié le signe astral de Mark Dughan, commença l'illusionniste. Elle l'a ensuite superposé à la configuration solaire correspondant aux jours des différents meurtres. Ce qu'elle a trouvé est prodigieux. Dughan est…

Il hésita à employer ce mot.

– … entré en résonance avec les astres, ce qui a pu bouleverser son comportement. Selon Anna, les crimes cesseront quand les astres auront bougé de façon significative. Dughan retrouvera alors sa personnalité et se rendra certainement à la police, à moins qu'il ne se suicide… Mais tout cela n'est qu'une hypothèse, il faudrait se livrer à une étude approfondie des ascendants de Dughan pour la confirmer.

– Que concluez-vous ? trancha Holmes.
– Pour l’instant, rien du tout.
Mon camarade adressa un sourire carnassier à Lestrade.
– Je vous laisse méditer cela à tête reposée.

43

Les jours se succédaient, sombres et sans espoir.

Mon camarade parlait peu et dormait encore moins. Quand il ne traquait pas le Houdini, il passait des journées entières en obscures démarches ministérielles. Ces périodes de grande dépense d'énergie alternaient avec des moments de quasi-désespoir. Il se rendait alors chez Aleister Crowley ou bien restait enfermé à Baker Street et cherchait son inspiration dans la cocaïne. Je savais qu'il n'y trouvait plus que l'angoisse et le doute.

Un matin, alors que j'étais occupé à rédiger un épisode de ce récit, je le vis débouler dans le salon, l'œil brillant et le pas déterminé. Il rentrait d'un de ces fameux rendez-vous administratifs et paraissait fort excité.

– J'ai enfin obtenu l'autorisation, Watson.

– L'autorisation ?

– Je vais pouvoir consulter les archives du juge Richmond.

– En quoi est-ce si important ?

– J'espère y trouver deux ou trois informations utiles, dont la solution de ces énigmes.

Ma plume m'échappa et barra ma feuille d'un énorme pâté noir.

– Qu… quoi ? Comment êtes-vous parvenu à cette conclusion ?

– Grâce à vous, nous savons que l'assassin agit par vengeance et cherche à faire souffrir ceux qui lui ont fait du mal. Qui pourrait avoir de bonnes raisons de se venger d'un juge ?

– Un homme qui aurait été condamné par ce même juge !

– Exact, Watson. Il est donc fort probable que l'assassin figure dans la liste des gens que le juge Richmond a envoyés en prison et qu'il se venge de ceux qui l'ont condamné. La boucle serait bouclée. L'évadé de Millbank se serait vengé de Richmond ! Mais ce n'est qu'une hypothèse de plus. Il faut maintenant la vérifier…

J'abandonnai mon travail et enfilai mon manteau, conscient que l'enquête prenait un tournant crucial.

– Nous ne serons pas trop de deux. Je vous accompagne, Holmes.

– C'est fort aimable à vous, Watson. Cette mission devrait être moins éprouvante que nos précédentes sorties.

Les archives du tribunal de grande instance de Londres !

Je n'imaginais même pas qu'un tel endroit pût exister. C'était un monde souterrain et aveugle. Un monde privé de lumière naturelle. Confiné dans une nuit humide et moisie. Le sanctuaire de la jurisprudence londonienne enseveli sous plusieurs centimètres d'une poussière séculaire. Il y avait là des tonnes de dossiers empilées sur des étagères qui se perdaient dans des dizaines de travées sombres. Et encore des piles de dossiers entassées dans les moindres recoins. Des liasses de documents étouffés dans leurs liens comme pour mieux les réduire au silence. Et partout, ce curieux mélange olfactif de poussière et de moisi, provoquant une irrépressible envie d'éternuer. L'enfer du claustrophobe.

La mémoire du crime croupissait ici, colonisée par des générations d'araignées et gardée par une armée de fonctionnaires anémiques, dont la peau jaunâtre se confondait avec la couleur des parchemins.

Forts de notre autorisation en bonne et due forme, nous nous adressâmes à l'un de ces gardiens du temple.

– Bonjour. Je suis Sherlock Holmes et voici mon ami, le docteur Watson, commença mon camarade.

L'homme-tronc demeura aussi immobile qu'une statue de cire de chez Madame Tussaud. Je toussotai à plusieurs reprises afin de tenter de capter son attention.

– Nous souhaiterions consulter les archives du juge Allan Richmond.

L'Homo Petrificus ne bougea pas d'un poil.

– Maladie du sommeil, diagnostiqua Holmes. Venez, Watson, nous allons bien trouver nous-mêmes.

Sans le savoir, Holmes venait de ressusciter le fonctionnaire.

– Où allez-vous comme ça, messieurs ?

– On vient de vous le dire, mon vieux, rétorquai-je, mais vous dormiez.

– Je ne dormais pas, je travaillais.

– La nuance était trop subtile pour que nous nous en apercevions.

Il s'ensuivit une série de démarches administratives aussi complexes qu'incompréhensibles. Nous eûmes plusieurs entretiens avec des personnes chargées du contrôle des documents d'accès, puis de l'accès aux documents de contrôle des accès aux documents de contrôle, ou quelque chose dans ce genre-là.

Nous dûmes remplir quantité de formulaires et signer d'innombrables papiers. Pour ce faire, nous parcourûmes de nombreux couloirs sombres et étouffants, l'endroit ayant certainement été conçu par un architecte amoureux des labyrinthes. Nous gravîmes maints escaliers, nous égarâmes plusieurs fois, nous trompâmes souvent de bureaux. Nous croisâmes deux ou trois visiteurs sans âge qui semblaient chercher leur chemin depuis des temps immémoriaux, et dûmes ranimer un nombre incalculable de fonctionnaires tétanisés par l'absence chronique d'activité. Finalement, nous revînmes à notre point de départ, sans trop comprendre comment.

Je mis sous le nez du cerbère somnolant les quelques papiers signés, tamponnés, paraphés et dûment autorisés que nous avions glanés lors de notre périple.

– Cette fois, nous avons le droit de consulter ces satanées archives.

L'homme-tronc ne broncha pas.

Un coup de poing d'une violence inouïe s'abattit soudain sur le bureau du grouillot. Des dizaines de feuilles s'envolèrent dans un nuage de poussière et retombèrent en désordre. Je n'avais jamais vu Holmes dans une telle colère. Son visage, d'ordinaire impassible, me fit frémir. Sa face était écarlate, son cou tendu à l'extrême. Les veines de ses tempes menaçaient d'exploser à tout instant sous la pression du sang.

Le poussiéreux se recroquevilla au fond de son siège. Puis il parvint à articuler d'une voix souffreteuse :

– Je… je pensais que vous étiez au courant.
– Quoi encore ? hurla mon camarade.
– C'est fermé aujourd'hui.

Holmes se rapprocha si près du gratte-papier que j'eus l'impression qu'il allait lui arracher le nez avec les dents. L'autre se cramponna à son bureau, tremblant de tous ses membres.

– Mais pour un visiteur de votre qualité, on pourra faire une petite exception.

L'anémique glissa de son siège. Je découvris à cette occasion qu'il était doté de jambes et qu'il savait s'en servir.

– Veuillez me suivre, messieurs, souffla-t-il d'une voix moribonde.

Il sortit une clé de sa poche et ouvrit une porte située à quelques mètres seulement de son bureau. Les traits de mon camarade se détendirent à la vue des rayonnages.

– Tout est là, précisa le gratte-papier, c'est rangé par années. Et chaque dossier est numéroté selon la date du procès.

Holmes se tourna vers moi.

– Je le disais, Watson, avec le personnel d'accueil, tout n'est qu'une question de psychologie.

Puis il aboya vers le grouillot :

– Où se trouvent les dossiers des procès présidés par le juge Richmond ?
– Rangés avec les autres, par ordre chronologique.
– N'y a-t-il aucun moyen de les retrouver rapidement ?
– Si, il faut consulter tous les dossiers, un par un.

Il était évident que nous n'avions pas la même notion du temps. Holmes eut un geste agacé et chassa l'employé du revers de la main, comme on ôte une poussière de son manteau. L'autre sortit à reculons, la tête basse.

Il y avait là des centaines, peut-être des milliers de dossiers. Nous réalisâmes qu'il nous faudrait des années pour retrouver ceux qui concernaient le juge Richmond, et des années encore pour enquêter sur chacun d'eux. Autant retrouver une aiguille dans une meule de foin !

Le raisonnement de Holmes était probablement juste. Et je sentais que nous n'avions jamais été si près du but. Mais nous nous heurtions à un problème technique majeur : le manque de temps. Nous quittâmes cet endroit avec un sentiment d'extrême frustration. Je me dis qu'il faudrait maintenant un miracle pour trouver la clé de cette énigme.

44

Il me semblait qu'un danger inconnu, peut-être surnaturel, rôdait autour de moi, invisible et menaçant. Tout devenait hostile. Des ombres inquiétantes se lovaient dans les coins mal éclairés de ma chambre. Je les voyais grimacer, ourdir d'horribles desseins à mon encontre. Nuit après nuit, ma conviction se renforçait. Quelque chose se tramait à mon insu. Quelque chose d'horrible et d'inavouable.

Ce soir-là, comme les autres soirs, je m'enfermai dans ma chambre et mis le verrou. Mais la peur m'y suivit. Au moindre craquement, au moindre pas dans l'escalier, je me réveillais en sursaut et restais immobile, la gorge serrée, les yeux rivés au plafond. Était-ce seulement l'effet de la fièvre ? Ou une peur venant d'une intuition plus profonde ?

Tard dans la nuit, j'entendis le bruit d'un souffle, tout près de la porte. Un rai de lumière filtrait sous l'huis, signe qu'il y avait encore quelqu'un dans le salon.

Je parvins à surmonter ma peur et sortis de mon lit à tâtons. Me pliant en deux, je collai mon œil au trou de la serrure, tremblant d'appréhension.

Je mis ma main sur ma bouche pour m'empêcher de crier. Mais le spectacle qui s'offrait à moi n'avait rien d'horrible, ni même de désagréable.

Je vis la créature la plus belle et la plus radieuse qu'il m'eût été donné de contempler. Une femme à la beauté incandescente, habillée comme une princesse de contes de fées, se tenait debout au milieu du salon, dans une lumière presque irréelle. Ses cheveux roux tombaient en cascade sur ses épaules graciles. Son corps, nu comme dans un rêve interdit, était l'image de la perfection divine. Aucun peintre, aucun sculpteur, aucun artiste au monde n'aurait pu imaginer une telle harmonie de courbes et de proportions. Aucun mot connu n'aurait pu rendre la plénitude de cette vision. Seul l'Être suprême pouvait avoir conçu une telle merveille. Un doute s'immisça aussitôt dans mon esprit. J'avais le sentiment confus d'avoir déjà rencontré cette créature dans une autre vie.

Elle pivota et se retrouva soudain face à moi. Je crus un bref instant qu'elle se dirigeait vers ma chambre. Mais non. Simple illusion d'optique. Elle ne pouvait pas me voir. Un sourire lumineux éclairait son visage. Elle n'avait pas d'âge, pas de passé. Elle symbolisait la jeunesse éternelle. Ses yeux brillaient comme des émeraudes. Elle ressemblait à la superbe Irène Adler. Mais ce n'était pas elle. Cette femme venait d'un autre monde. Était-ce un fantôme ? Ou l'un de ces doubles dont Crowley nous soutenait l'existence ?

Soudain, la divine créature fit quelques pas de côté et sortit de mon champ de vision. En s'écartant, elle découvrit un homme, assis de dos dans un fauteuil du salon. Je réalisai alors qu'elle était en conversation avec lui. Le personnage se leva et s'étira. Puis il fit face à ma porte et je vis son visage quand il passa sous la lumière d'un chandelier.

Holmes !

Sans un mot, il saisit un caoutchouc brunâtre, releva sa manche, puis tendit son bras gauche. Ses veines étaient constellées de minuscules traces sombres. D'une main experte, il serra son garrot. Ses veines se gonflèrent. Il saisit alors sa seringue et, d'un geste précis, enfonça l'aiguille.

Je ne pus retenir un petit cri étouffé. Holmes et la créature se tournèrent brusquement vers ma porte.

– Malédiction ! s'écria la créature. Quelqu'un nous observe !

Holmes lâcha la seringue qui se brisa sur le sol et sortit de la pièce en courant, comme s'il redoutait quelque événement abominable.

La fille s'approcha de ma porte. Je restai plié en deux, le dos glacé par l'appréhension, incapable de faire le moindre geste. Ses yeux me fixaient, comme atteints de folie, de l'autre côté de la serrure. Un violent frisson me traversa. Ses doigts se crispèrent sur la poignée et tentèrent en vain d'ouvrir la porte verrouillée de ma chambre.

Soudain, une plainte rauque sortit de sa gorge, un râle qui se gonfla jusqu'à l'étouffer. Convulsée par un spasme furieux, elle chercha à se redresser, me regardant cette fois avec une haine qui la défigura.

Je mordis mes lèvres jusqu'au sang afin de ne pas hurler devant ce que je vis à cet instant. La créature se raidit. Sa peau se flétrit, verdit, se creva çà et là, laissant l'os apparaître dans une puanteur croissante, si fétide qu'elle m'emplit de nausées. Je vis ses traits se fondre en une infecte boule putride, son crâne surgir, puis ses vertèbres, ses côtes. Son ventre pourri se creva.

Je restai pétrifié de terreur, comme dans ces cauchemars où l'on sait qu'il faut fuir sans retard et où cependant l'on reste immobile, soudain terrassé par une abominable paralysie.

Un fluide coula sous ma porte, gluant, écumant comme de la bave de serpent. Il se répandit autour de moi comme une maladie infectieuse. Ce n'était pas du sang, mais une sorte de bile nauséabonde, un mélange putrescent des miasmes les plus exécrables.

Je me réveillai soudain en sursaut.

Une sueur épaisse et glacée poissait mon visage et mon corps.

Un immense dégoût me tordit l'estomac et remonta jusqu'à ma gorge.

Tout cela paraissait si réel.

Ce cauchemar contenait les éléments récurrents de mes visions précédentes. Les personnages et les situations n'étaient pas exactement les mêmes, mais le message adressé à mon subconscient était immuable : la peur, une peur incontrôlable et incompréhensible. La peur de quelque chose de proche, de coutumier. Je sentais le danger à portée de mes sens, sans pouvoir le qualifier et l'identifier.

Holmes était lié à cette peur.

Mais en était-il la victime ou l'artisan ?

45

Un tintamarre familier envahit l'escalier.

– Tiens, voilà Lestrade, fis-je remarquer.

– Non, répliqua Holmes, formel, il s'agit de Samuel Bocton, le directeur de *Fantastica*.

– Comment pouvez-vous en être si sûr ?

Il n'eut pas le temps de répondre. La porte du salon s'ouvrit sur Samuel Bocton, suivi comme son ombre par une Mme Hudson écarlate.

– Ce monsieur..., commença notre logeuse, les poings sur les hanches et les yeux rivés sur les chaussures boueuses de notre visiteur.

Bocton avait un regard de loup traqué. Sa peau brillait d'un reflet de bronze. Il brandit une enveloppe dans sa main droite. Je ne l'avais jamais vu dans un tel état d'excitation.

– Au courrier ! Ce matin ! C'est affreux !

Holmes désigna un fauteuil.

– Que se passe-t-il ?

Bocton tentait de reprendre sa respiration. Il tendit l'enveloppe à Holmes.

– Lisez !

Mon camarade s'exécuta aussitôt.

– « Mon œuvre touche à sa fin. Demain dimanche, je frapperai à nouveau. La lune sera grosse quand je pénétrerai dans la chambre. J'aurai toute la nuit devant moi pour accomplir ma sublime besogne. Un faisceau de lumière pâle baignera son beau visage. Je la regarderai une dernière fois comme j'ai regardé tous les autres. Je revois encore le visage apeuré de la petite Mary Kinsley, des cinq orphelins, de la pauvre vieille Emma Barnes, de la fille de lady Burnington et du beau bébé du juge Richmond.

« Alors, lentement, j'enfoncerai le poison paralysant dans ses veines. La piqûre la réveillera peut-être, mais elle ne pourra ni crier, ni appeler. Il sera trop tard, le poison aura déjà agi. Elle ouvrira ses grands yeux, me regardera d'un air hébété. Elle sera consciente et muette, comme si elle acceptait sa cruelle destinée.

« Elle ne souffrira pas, enfin pas trop. De toute façon, elle ne pourra pas l'exprimer. »

Holmes déglutit et poursuivit d'une voix blanche :

– « Puis je déposerai le bébé sur son ventre. Une pure terreur contractera les muscles de son visage. Peut-être aura-t-elle encore un dernier sursaut. L'instinct de conservation, et l'instinct maternel aussi. Qu'importe, j'aurai une autre piqûre à portée de main. Je pourrai toujours la calmer si la première dose ne suffit pas.

« Ensuite, je placerai plusieurs oreillers derrière sa tête, pour qu'elle puisse assister à la lente agonie de son bébé, comme au spectacle. C'est une belle chose que je lui offre là ! J'espère qu'elle m'en sera éternellement reconnaissante. Moi qui n'ai même pas eu le privilège de voir naître le mien.

« Bien sûr, je n'oublierai pas de prélever un peu de son sang dans un récipient, comme pour les autres. Cela me permettra d'admirer mon œuvre jusqu'à mon dernier jour.

« Enfin, ayant terminé ma besogne, je traverserai le mur et repartirai vers le néant de mon existence.

« Après mon départ, la pauvrette perdra son sang toute la nuit, murée dans le silence et paralysée par l'horreur en contemplant son ventre délabré.

« Pourtant, je ne suis pas un monstre. Ne croyez pas que cela m'amuse de massacrer des innocents. J'accomplis seulement ma destinée. Puisque Dieu n'a pas écouté mes prières, je m'en remets à la justice du Diable. Je vais briser la vie de celui qui a brisé la mienne. Il a tué ma pauvre Emily, mon tendre et fragile amour aux boucles de feu et au regard d'espoir. Je veux lui faire vivre l'enfer. La mort serait trop douce pour cet assassin.

« Sa pauvre épouse paiera pour lui.

« Peut-être sera-t-elle encore consciente quand on la découvrira au petit matin, le regard harassé et vitreux, comme si elle sortait de quelque fête rituelle monstrueuse. Puis elle mourra sous le regard impuissant de ses sauveteurs dérisoires. Vous l'avez dit vous-même, vous ne pouvez rien contre le Diable, monsieur Holmes ! »

À l'écoute de ce récit, Mme Hudson se signa et sortit en courant, abandonnant ce visiteur aux chaussures sales, porteur du message de mort.

Un silence opaque suivit cette lecture. Je tentai de réunir mes pensées.

– Quelle horreur, Holmes. Il s'agit de l'assassinat d'une femme enceinte.

– C'est pire que cela, Watson. Si l'on en croit l'auteur de ce texte, la malheureuse assistera à la mort de son propre bébé, extirpé de ses entrailles avant son terme.

Samuel Bocton sortit de son enveloppe un grand dessin en couleurs et le remit à Holmes d'une main tremblante.

– Il y avait ceci avec le texte.

Mon camarade examina un instant l'illustration à l'aide de sa grosse loupe et tressaillit.

– Mon Dieu, c'est d'un réalisme effrayant.

Il posa sa loupe, vaincu.

Je jetai un œil à la gravure. Elle représentait l'intérieur d'une chambre au mobilier cossu et aux lourdes tentures rouge et or. Une femme gisait sur son lit, le regard terrifié, dans une mare de sang. Elle serrait dans ses bras le corps marbré d'un bébé mort-né. Un feu se mourait dans une grande cheminée sur laquelle était posé un tableau de famille encadré de deux grands chandeliers en argent. Une immense tapisserie représentant une scène bucolique ornait la partie droite de l'âtre.

Le directeur de *Fantastica* se redressa tel un fauve enragé. Ses yeux dardaient des rayons d'énergie pure.

– Il faut agir.

Holmes rapprocha l'extrémité de ses dix doigts.

– Je ne vois pas comment. À moins de prévenir toutes les femmes enceintes d'Angleterre qu'un fou risque de les tuer cette nuit.

– On pourrait essayer de demander à tous les journaux et magazines de publier cette gravure accompagnée du texte, proposai-je.

– Non, Watson ; nous n'aurions pas le temps de contacter les quelque mille cent journaux et revues que compte Londres. De plus, si l'on en croit l'auteur de ce message, le drame aura lieu cette nuit même. Or, dans le meilleur des cas, les journaux ne paraîtront pas avant demain matin.

Samuel Bocton marchait de long en large, la main sur le front. Il s'arrêta soudain.

– Il faut au moins prévenir la police. Ils pourraient peut-être visiter les maisons et colporter l'information jusqu'à l'aube.

– Il y a plus de quatre cent mille maisons à Londres intra muros, sans parler des immeubles et des meublés. Il faudrait des semaines pour toutes les visiter. Et puis, rien ne permet de penser que ce crime aura lieu à Londres même.

Un nouveau silence accueillit cette brève analyse.

Le loup plissa soudain les yeux. Son regard devint inquiétant.

– Avez-vous une idée de ce que signifie cette phrase : "Vous ne pouvez rien contre le Diable, monsieur Holmes ?"

– Pas la moindre.

– On dirait que l'assassin vous lance un défi personnel.

– Qu'est-ce qui vous fait penser cela ?

– Vous vous appelez bien Holmes, que je sache.

– Mycroft également.

La nuit fut interminable comme une veillée funèbre. Je restai des heures devant la cheminée, à regarder les flammes danser dans l'âtre, incapable de trouver le sommeil, ni de me concentrer sur une quelconque tâche. Holmes serrait les dents sur sa pipe, bien qu'elle fût éteinte depuis fort longtemps. Tous les traits de son visage trahissaient une concentration intense.

Mes pensées commencèrent à m'échapper. Je luttais encore pour reculer le moment fatidique du sommeil. Une question incongrue traversa soudain mon esprit.

– Holmes ?

– Mmm…

– Quelle incroyable intuition vous a permis d'affirmer que nous allions recevoir la visite de Bocton et non pas celle de Lestrade tout à l'heure ?

– Cessez donc de me prêter des dons surnaturels, Watson. Je ne suis ni devin ni prophète. J'ai vu arriver notre visiteur par la fenêtre, voilà tout.

Je me sentis vaguement honteux d'avoir été incapable de faire preuve d'un sens de l'observation aussi élémentaire.

Une autre pensée s'imposa alors à moi. Et si l'assassin était près de nous ? Si sa présence était tellement évidente que nous ne parvenions pas à le voir ? Alors, il nous suffirait d'un sens de l'observation élémentaire pour l'identifier et le confondre.

46

Le jour venait à peine de se lever. La journée s'annonçait lugubre. Une purée de pois dense et jaunâtre asphyxiait la capitale. Un soleil morne et sans âme tentait de manifester sa présence à travers les tourbillons et les remous du brouillard. Les premiers magasins ouvraient leurs portes, jetant un halo de lumière fade dans l'atmosphère moite de la rue. Londres ressemblait à un spectre évanescent sorti de l'imagination morbide de quelque peintre décadent.

Un orage éclata soudain. En quelques secondes, la pluie martela nos carreaux avec une violence inouïe.

Nous étions attablés devant notre petit déjeuner, Holmes et moi, sans appétit, avec des têtes d'insomniaques professionnels, quand un nouveau brouhaha nous fit sursauter. Je reconnus les cris aigus de Mme Hudson suivis d'une cavalcade dans l'escalier. Une forme ruisselante et haletante, à mi-chemin entre le limier harassé et la serpillière saturée, fit irruption devant nos yeux endormis.

– Holmes. Lady Saint-James…

Mon camarade tourna un regard fatigué vers moi.

– Habillez-vous, Watson. Apprêtons-nous à affronter l'horreur dans sa manifestation la plus aboutie.

Dans le fiacre qui fonçait sous la pluie battante, Lestrade ne prononça pas un mot. Ses traits étaient décomposés. Je ne lui avais jamais vu un tel visage. Il s'essuya plusieurs fois les yeux et renifla bruyamment dans sa manche détrempée. Était-ce la pluie ou les larmes qu'il épongeait ainsi ?

Nous n'osâmes pas interrompre ce silence douloureux. J'essayais encore de me convaincre que l'histoire reçue par *Fantastica* n'était qu'un sordide canular.

Mon espoir s'effondra quand nous découvrîmes l'abomination. La chambre ressemblait en tout point à la gravure reçue par Bocton. Le moindre détail était à sa place, jusqu'à la couleur des rideaux et la grande fresque bucolique à droite de la cheminée. Les deux chandeliers et le tableau posés sur l'âtre. À n'en pas douter, l'assassin connaissait cet endroit par cœur.

La malheureuse agonisait sur son lit ensanglanté. Elle n'avait pas été déplacée, de peur qu'elle ne succombât à ses abominables blessures. Plusieurs médecins s'activaient à son chevet pour tenter de maintenir le mince fil qui la retenait encore à la vie. Ses lèvres violettes tranchaient sur la blancheur cadavérique de sa peau. Son regard errait, à mi-chemin entre le monde des vivants et celui des morts.

Holmes posa sa main sur l'épaule de Lestrade dans un geste presque amical.

– Il faut nous expliquer tout ce qui s'est passé, mon vieux.

Lestrade tenta plusieurs fois de prendre la parole, mais les mots restèrent coincés dans sa gorge. Il désigna un médecin du menton.

Le docteur, un petit homme au regard harassé et à la chevelure hirsute, nous prit à part.

– C'est la femme de chambre qui l'a découverte ainsi au petit matin. Le fœtus avait été arraché de ses entrailles à l'aide d'un couteau de nécropsie. La malheureuse a été droguée pour l'empêcher de se débattre lors de cette monstrueuse opération. Nous avons trouvé plusieurs traces de piqûre dans son bras droit et cette seringue sur la table de nuit.

Je me souvins du texte paru dans *Fantastica* : « Alors, lentement, j'enfoncerai le poison paralysant dans ses veines. La piqûre la réveillera peut-être, mais elle ne pourra ni crier, ni appeler. Il sera trop tard, le poison aura déjà agi. »

Le médecin s'essuya et déglutit.

– Le meurtrier lui a injecté un produit paralysant du genre de ceux que les Indiens d'Amazonie utilisent pour immobiliser leurs proies. Le produit tétanise la victime, qui ne peut ni appeler, ni bouger. Mais en revanche, elle reste parfaitement consciente.

– Où est le mari ? interrogea Holmes à voix basse.

L'homme désigna du regard un être livide qui se tenait debout à côté du lit.

– Et le bébé ? demandai-je à mon tour.

– Le fœtus n'a pas survécu. En vingt ans de carrière, je n'ai jamais vu une telle boucherie. La malheureuse serrait le petit cadavre dans ses bras. Si vous aviez vu l'expression de son regard… C'était un effroyable mélange de terreur, d'impuissance et de désespoir.

– Survivra-t-elle ? s'inquiéta Holmes.

– Non. Elle a perdu trop de sang. Elle vit ses derniers instants. Nous lui avons injecté une forte dose de morphine pour qu'elle ne souffre pas trop.

Le médecin tremblait. Des gouttes de sueur perlaient sur son front.

– Il y a autre chose.

L'homme reprit sa respiration. Sa voix s'étrangla :

– Le bébé, il portait une croix inversée gravée sur la poitrine.

Une profonde nausée montait dans ma gorge. J'eus une sorte d'éblouissement. Je vécus, comme en vision accélérée, la succession d'événements qui avaient conduit à ce drame. Ainsi donc, le monstre avait marqué de son sceau maléfique un être qui n'avait pas encore vu le jour. Seul un suppôt de Satan errant dans les ténèbres de la folie avait pu commettre cet ultime sacrilège.

Un long moment s'écoula sans un mot. Puis Holmes s'approcha du médecin et désigna la malheureuse du regard.

– Peut-elle encore entendre ?

– Je pense que oui.

Tout à coup, il me sembla qu'un léger tremblement animait les lèvres de la pauvre femme.

– Elle essaie de nous parler !

Holmes s'approcha du lit de la mourante.

– Connaissez-vous l'assassin ? Si c'est oui, fermez une seule fois les yeux, si c'est non, fermez-les deux fois !

Elle ferma une fois les yeux.

– Est-ce votre mari ? demanda Lestrade dans une intuition morbide.

Soudain, elle tourna les yeux vers la cheminée, à l'opposé de l'endroit où se tenait son mari. Son regard se figea. Je pris son pouls. Le fil s'était rompu.

Holmes se précipita vers l'âtre.

– Elle a fixé la cheminée, comme si elle voulait nous désigner quelque chose avant de mourir.

– Il y a peut-être un passage secret dans la cheminée ? hasardai-je.

Holmes ne m'écoutait pas. Il rampait à terre sous le regard consterné des personnes présentes. Il promena un instant son énorme loupe à quelques centimètres du sol, puis se dirigea vers la fresque qui ornait la partie droite de la cheminée. Il se releva soudain d'un bond, palpa la pierre de l'âtre et plongea le bras dans le conduit de la cheminée. Nous suivions ses déplacements sans comprendre.

Tout à coup, le panneau sur lequel était peinte la fresque bucolique coulissa le long du mur et découvrit un passage secret, pratiqué dans l'épaisseur du mur, probablement à partir de l'emplacement d'une ancienne porte condamnée et oubliée.

Une chemise de nuit maculée de sang frais et un long couteau de nécropsie avaient été laissés là par le meurtrier.

Lestrade bondit à son tour. Le policier reprenait le dessus.

– Le propriétaire de cette chemise est l'assassin. Laissez-moi agir, Holmes ! À la police de prendre le relais.

Le limier s'empara de la chemise et lut : « William Saint-James. » Puis, dans un geste qu'il voulut théâtral, il pointa son doigt vers lord Saint-James.

– Je vous arrête pour le meurtre de votre femme et de l'enfant qu'elle portait.

Lord Saint-James, brisé, releva son visage de souffrance vers le policier. Il avait les yeux rouges et gonflés par les heures passées à pleurer. Il ressemblait à tout sauf à un assassin. Il nous regarda à travers ses larmes, puis il tomba à genoux près du lit de la défunte et posa sa tête contre le corps sans vie. Il avait atteint le bout de sa douleur.

L'arrestation de lord Saint-James fit une nouvelle fois la une des journaux.

Lestrade livra avec complaisance les résultats de son enquête à la presse. Le policier avait réponse à tout. Selon lui, les habits ensanglantés retrouvés dans le passage secret désignaient clairement lord Saint-James. Et sur son lit de mort, la victime elle-même l'avait implicitement accusé en tournant les yeux vers ce fameux passage. Le mobile du crime ? Lestrade était confiant. On finirait bien par le trouver. Lord Saint-James avait-il avoué son crime ? Non. Bien trop lâche, comme tous les autres. Et la présence de la croix inversée sur la poitrine du fœtus ? Syndrome de Boulbaba. Cette marque avait été tracée à dessein par le meurtrier pour détourner les soupçons vers Mark Dughan. Tout se tenait.

Dans les pages intérieures des quotidiens, une autre nouvelle passa presque inaperçue. Le célèbre illusionniste Harry Houdini annonçait qu'il quitterait l'Angleterre le lendemain après un grand gala d'adieu. Il remerciait le public londonien pour son accueil chaleureux et rendait grâce à la capitale anglaise de lui avoir fourni tant d'inspiration et de matière pour ses spectacles à venir. Il annonçait aussi qu'il comptait poursuivre sa tournée européenne à Paris et à Rome avant de rejoindre les États-Unis.

Une question me préoccupait toujours. À qui le message annonciateur du dernier crime était-il destiné ? À Mycroft ou à Sherlock Holmes ?

« Vous l'avez dit vous-même, vous ne pouvez rien contre le Diable, monsieur Holmes. »

Une autre phrase me revint soudain à l'esprit. Celle-là avait été prononcée par Samuel Bocton, le directeur de la revue *Fantastica* : « Les braves gens aiment trembler au coin du feu, calfeutrés dans leur fauteuil préféré, tandis que d'autres se font étriper sur la boue du pavé londonien. Regardez le succès de *Frankenstein*, de *L'Étrange Cas du Docteur Jekyll et de Mister Hyde* et de *Dracula* ! Et que dire du *Chien des Baskerville*, docteur Watson ? N'est-ce pas une œuvre diabolique ? »

La réponse était-elle dans *Le Chien des Baskerville* ? Un souvenir confus naissait en moi en même temps qu'un terrible pressentiment.

Je me précipitai sur les numéros du *Strand* dans lesquels ce récit avait été publié. Chapitre I : « Monsieur Sherlock Holmes », aucune allusion au diable. Chapitre II : « La malédiction des Baskerville », pas d'allusion non plus. Chapitre III : « Le problème », page trois. Mon cœur sauta dans ma poitrine en relisant ce passage :

« – Et vous, homme de science expérimenté, vous croyez qu'il s'agit d'un phénomène surnaturel ?

– Je ne sais que croire.

Holmes haussa les épaules.

– Jusqu'ici j'ai limité mes enquêtes à ce monde, dit-il. D'une manière modeste, j'ai combattu le mal ; mais m'attaquer au Diable en personne pourrait être une tâche trop ambitieuse… »

Mon appréhension se transforma en conviction. Le meurtrier s'adressait directement à mon camarade. Il le connaissait donc et le provoquait ouvertement.

Je fis part de ma découverte à Holmes.

Son regard devint étrange. Un minuscule muscle tressauta sous son œil droit. Un léger frémissement fit trembler la commissure de ses lèvres minces. J'eus un instant l'impression qu'il allait me faire une révélation. Mais son visage redevint hermétique. Et il haussa les épaules, exactement comme dans le passage cité. Quel homme étrange..

Quelques semaines plus tard, Aleister Crowley quitta à son tour la perfide Albion. Il annonça à Holmes qu'il comptait s'installer au Portugal pour y créer une nouvelle secte, affirmant qu'il avait enfin trouvé la paix intérieure et qu'il était guéri de Londres.

47

Je connaissais bien les périodes de dépression de mon camarade et m'y étais en quelque sorte habitué. Je devrais plutôt dire que je m'y étais résigné, faute de trouver une solution adéquate. Mais cette fois, c'était autre chose. Holmes se repliait sur lui-même. Il devenait irascible.

Je le savais torturé de n'avoir pu résoudre les épouvantables énigmes auxquelles nous avions été confrontés.

La drogue devint son ultime refuge. Il espérait sans doute y trouver une réponse à ses interrogations. Je commençais à craindre pour sa santé physique et mentale. Il n'avait plus la même résistance qu'autrefois. Son usage excessif des drogues aurait tôt ou tard raison de ses facultés intellectuelles.

Holmes s'était retiré dans sa chambre depuis le début de la matinée, les bras chargés de revues et de journaux. L'intensité de la fumée qui filtrait sous le battant refermé me confirma qu'il travaillait sans relâche. En fin de journée, la porte s'ouvrit brusquement. Mon camarade, encore en robe de chambre, m'apparut comme un fantôme surgi de limbes opaques.

Au dîner, Mme Hudson nous servit une de ses délicieuses recettes dont mon camarade raffolait. Au lieu d'afficher la moindre satisfaction, il refusa de toucher à son assiette et accabla la pauvre femme d'une litanie de reproches injustifiés. Le repas se poursuivit dans un silence accablant. Je n'osais plus lui adresser la parole de peur de le contrarier ou de troubler sa réflexion, que je savais intense.

Voyant son visage torturé, je pris pourtant la décision de tenter de le raisonner.

– Holmes, je souhaiterais m'entretenir avec vous.

– Moi pas, coupa-t-il.

– Pourtant, il le faut. Je ne vous cache pas que votre santé m'inquiète.

– Vous devriez plutôt vous soucier de la vôtre.

– Je suis médecin. J'aurai bientôt raison des fièvres qui m'accablent. Tandis que dans votre cas, la drogue…

– Qu'est-ce qui vous autorise à me juger ?

– Loin de moi cette idée, Holmes. Je veux seulement vous aider.

– Ai-je sollicité votre aide ?

– Non, mais je…

– Tout ce que je veux, c'est la paix.

– Au nom de notre vieille amitié…

Holmes eut un geste de mépris.

– Parlons-en de notre vieille amitié !

– Que voulez-vous dire ?

– Notre prétendue amitié est si vieille qu'elle en est moribonde.

– Je ne comprends pas.

– Je sais, Watson. C'est là votre principal trait de caractère.

Cette fois, il allait trop loin. Je me raidis et m'apprêtai à répliquer sur le même ton. Mais je parvins à contenir ma colère et me ressaisis. À quoi bon entrer dans son jeu ? Je devais le traiter avec compassion, n'oubliant pas qu'il était malade. Le médecin reprit le dessus.

– Mais, en quoi aurais-je démérité ? Ai-je dit ou fait quoi que ce soit de désobligeant ?

– Non, rien.

– Alors ?

– C'est précisément ce que je vous reproche, Watson. Vous n'avez jamais pris la moindre initiative, ni fait preuve de la moindre présence d'esprit en quelque occasion. Vous êtes un boulet accroché à mes pieds. Un poids que je n'ai plus la force de tirer. Vous êtes un témoin embarrassant, l'inutile rapporteur de mes pauvres exploits.

– J'ai toujours fait de mon mieux pour remplir mon rôle de biographe.

– Je n'en doute pas, Watson, mais c'est bien peu. Vous pouvez écrire à vos lecteurs que notre trop vieille amitié prend fin aujourd'hui.

Je suis au regret de vous avouer que j'ai supporté trop longtemps votre présence inerte. Avec vous à mes côtés, j'ai le sentiment de régresser.

Ma gorge se serra. Je ne pus rien répondre. Je n'avais jamais entendu de paroles aussi venimeuses dans la bouche de mon compagnon. Certes, il pouvait parfois faire preuve d'un extrême agacement à mon encontre et se montrait souvent tyrannique vis-à-vis de son entourage, mais ses propos n'avaient jamais atteint une telle agressivité.

Il ne faisait aucun doute que Holmes était malade. Une transformation s'était opérée en lui. Était-ce le contact de ce Crowley qui avait modifié ainsi son comportement ? Quel genre de fascination et de pouvoir ce diable avait-il exercé sur mon compagnon ? Les deux hommes avaient passé beaucoup de temps ensemble. Pour moi, il était clair que mon camarade avait fini par se ranger à certaines idées de Crowley. Ne s'étaient-ils pas découvert de nombreux points communs ? Entre drogués, on doit bien se comprendre. Holmes avait-il trouvé son alter ego négatif, son double morbide ?

Un silence lourd revint entre nous. Un long moment s'écoula.

Puis Holmes se leva soudain.

– Votre présence m'est devenue à ce point insupportable que j'ai pris la décision de me retirer à la campagne et de ne recevoir aucun visiteur.

– Votre état nécessite des soins, insistai-je encore. Écoutez l'avis du médecin à défaut d'entendre celui de l'ami. Accepterez-vous au moins que vos proches prennent des nouvelles de votre santé de loin en loin ?

– Mes proches ?

– Je pense à votre frère Mycroft…

– Mycroft n'a jamais eu la moindre sollicitude à mon égard et ne s'est jamais préoccupé de ma personne. Et c'est réciproque. Il m'est encore plus étranger que vous.

J'étais à bout d'arguments.

– Vous n'allez tout de même pas vivre comme un reclus, Holmes. Pensez à l'opinion publique, à votre carrière.

– J'entends bien être le seul responsable de mes actes devant Dieu et le Diable. Vous pouvez écrire et répéter cela à qui vous voudrez, Watson.

48

Notre petit appartement me semblait bien vide sans la présence orageuse de mon compagnon. Certes, je recevais de temps à autre la visite inopinée de mon éditeur, Georges Newnes, de notre ami notaire et de mon ami et agent littéraire London Cayle, fidèles entre les fidèles. Tous firent preuve de beaucoup de compréhension et manifestèrent une grande sollicitude à mon égard, un peu comme si je venais réellement de perdre un être cher. Mais je dois avouer que leur compagnie ne comblait pas le vide laissé par Sherlock Holmes.

Ils s'inquiétèrent à juste titre de l'absence de Holmes. Maître Holborne, en particulier, eut du mal à comprendre les raisons de ce départ précipité et me posa de nombreuses questions : Où se trouvait-il ? Était-il souffrant ? S'était-il retiré des « affaires » ? Sur quoi travaillait-il à présent ? Quel était l'état de nos relations ? Il me fallut bien leur expliquer la situation. Étant incapable de mentir, je pris le parti de dire la vérité avec simplicité. Oui, Sherlock Holmes me considérait comme un poids mort et préférait se passer de notre amitié qu'il jugeait « moribonde ». D'ailleurs, il ne voulait recevoir personne, pas même son propre frère. Il avait certainement besoin d'isolement, d'un retour sur lui-même. Maître Holborne sembla très déçu. À vrai dire, nous l'étions tous.

Les mois passèrent. Le printemps revint, puis l'été. Mes fièvres disparurent. London Cayle, qui ne pratiquait pourtant plus la médecine depuis fort longtemps, suggéra que ces fièvres n'étaient qu'une manifestation psychosomatique due au stress des événements que j'avais vécus au côté de mon camarade. Je me demandais parfois où il allait chercher tout cela.

Puis, un jour, un événement extraordinaire se répandit dans toute l'Angleterre comme une traînée de poudre. Mark Dughan venait d'être arrêté. Sa photo s'étalait en première page de tous les magazines, à côté de celle de Lestrade.

Le policier triomphait. Londres était débarrassé de ce fléau humain. Lestrade devint un héros national. Disons plutôt local.

Voici dans son intégralité l'entretien qu'il accorda au journaliste du *Times*.

« Comment êtes-vous parvenu à capturer Mark Dughan, monsieur Lestrade ?

– La police moderne dispose maintenant de moyens sophistiqués. La page de l'empirisme est tournée, n'en déplaise aux amateurs.

– Est-ce à dire que vous avez utilisé des techniques nouvelles pour parvenir à vos fins ?

– Exactement, jeune homme. D'abord, il y a eu ce portrait d'artiste constitué à partir de multiples témoignages et de photographies anciennes de Dughan. Nous l'avons diffusé pendant des mois dans toute l'Angleterre, dans tous les supports susceptibles d'être vus ou lus par le plus grand nombre de personnes. Nos services ont dépouillé des dizaines de témoignages. La plupart conduisaient à de fausses pistes. Mais un jour, nous avons mis la main sur un individu qui se cachait sous le pseudonyme grotesque de Fred Stuff.

– Où avez-vous trouvé ce… Fred Stuff ?

– Dans le petit village de Breakstone, situé au nord de Londres. L'homme prétendait exercer la profession de berger.

– Pouvez-vous nous raconter son arrestation ?

– Oh, ç'a été fort simple. D'une main, je l'ai menacé de mon pistolet, et de l'autre, je lui ai dit : "Rendez-vous, Dughan ! Vous êtes découvert." L'homme a simulé la surprise et n'a pas opposé de résistance.

– Comment avez-vous déterminé qu'il s'agissait vraiment de Mark Dughan ?

– Cela, en revanche, n'a pas été facile. Le bougre était habile et sournois. Il prétendait qu'il ne savait ni lire ni écrire, qu'il n'avait jamais fait d'études de droit, ni d'autres études. Cela m'a semblé suspect.

– Pourtant, s'il était réellement berger ?...

– Impossible ! Nous l'avons confronté à plusieurs témoins qui l'ont formellement reconnu.

– Quels témoins ?

– Je n'en citerai qu'un, et pas des moindres : Baltimor Compostel, le directeur de la prison de Millbank. Mais ce n'est pas tout. L'homme a été emprisonné à Millbank et a été soumis à un questionnement approfondi.

– Qui l'a interrogé ?

– Compostel et ses hommes. Ils possèdent une unité spécialisée dans les cas difficiles. Les résultats qu'ils obtiennent sont remarquables.

– A-t-il fini par avouer ?

– Oui, mais là encore ça n'a pas été pas immédiat. Il n'a craqué qu'au bout de trois semaines, ce qui est un record.

– A-t-il signé ses aveux ?

– Non, il a prétendu jusqu'au bout qu'il ne savait pas écrire. Il s'est contenté d'apposer une croix sous son nom. Je vous l'ai dit : ce Dughan était très fort. »

Stuff-Dughan fut jugé le lendemain de son arrestation et pendu le surlendemain.

Lestrade fut nommé chef de la police londonienne. L'histoire sembla lui donner raison car aucun autre crime sanglant ne se produisit.

Les années passèrent... Ces horribles affaires n'intéressaient plus personne. Londres les avait digérées. Elles faisaient maintenant parties de la légende de la ville. Mark Dughan tomba rapidement dans l'oubli.

Puis, un matin, longtemps après ces événements, je découvris une nouvelle alarmante dans un quotidien : Sherlock Holmes était au plus mal. Sa santé s'était brusquement dégradée et, selon des sources sûres, le grand détective ne passerait pas l'hiver. J'ignorais d'où provenaient ces sources sûres, mais je ne pouvais rester indifférent à cette annonce. Je décidai donc de vérifier les faits par moi-même en rendant une ultime visite à mon camarade. J'avais toujours respecté sa solitude, mais après tout ce temps, j'étais certain qu'il allait me recevoir.

Je connaissais son adresse à la campagne, puisqu'il y faisait toujours suivre son courrier.

Il ne me fallut qu'une heure de train pour gagner le petit village de Kenwood. Un fiacre me conduisit ensuite de la gare au domicile de mon ancien camarade. C'était une petite maison isolée, d'un aspect extérieur sinistre et assez négligé, située à quelques kilomètres du village. Un jardinet à l'abandon occupait l'avant de la maisonnette. Sur la gauche, une cabane à outils délabrée semblait avoir perdu toute utilité depuis fort longtemps. Quelques ruches d'abeilles bourdonnaient dans un verger clairsemé de cerisiers chétifs. Sherlock Holmes devait passer fort peu de temps à cultiver son jardin.

Je poussai la vieille grille rouillée et frappai le marteau de la porte. Un domestique taciturne m'ouvrit. Il portait un grand tablier brun, à la manière des forgerons. Sa chemise, d'une blancheur douteuse, était serrée au col par un foulard à la propreté non moins douteuse. Il ressemblait plus à un ancien bagnard qu'à un valet de pied. Il m'introduisit sans un mot dans un salon encombré d'objets poussiéreux et hétéroclites, vestiges insignifiants d'un passé tumultueux. Il était évident qu'aucune main féminine n'était jamais venue y déposer quelque détail chaleureux. Un bric-à-brac de bouddhas, de vases de Chine, de pots de pharmacie, de masques africains et de bronzes côtoyait des instruments aux mécanismes insensés dont j'aurais été incapable d'imaginer la fonction.

L'attente me sembla interminable. J'eus tout le temps d'inspecter ce lieu étrange qui tenait plus du magasin de brocanteur que du salon domestique. Au plafond, les peintures étaient écaillées. De nombreuses moulures, disparues, n'avaient jamais été remplacées. Plusieurs lattes du parquet étaient défoncées. Par endroits, la tapisserie était décolorée par le soleil et les rideaux aux couleurs délavées étaient couverts de poussière. Les quelques gravures encadrées sur les murs semblaient sans âge sous la lumière vacillante d'un grand chandelier.

J'hésitai plusieurs fois à reporter ma visite. Mais ma patience finit par payer.

Holmes rentra enfin, tard dans la nuit. Son regard lançait des éclairs. Ses cheveux avaient blanchi. Son visage émacié était rongé par une barbe de plusieurs jours. Il paraissait fort excité, comme autrefois, quand il était sur le point de résoudre une énigme compliquée. Il passa devant moi sans me voir, portant sous le bras un objet sphérique, enroulé dans une toile de jute. Je ne saurais expliquer pourquoi, mais cette chose ainsi emmaillotée m'effraya immédiatement. Une odeur de mort flottait dans l'air. Je sentis monter en moi une peur sourde et incontrôlable, cette peur panique que l'on ressent devant l'inconnu et l'inexplicable. Le regard brillant et fiévreux de mon ami me glaça soudain d'horreur. Quels démons le hantaient ? Quels desseins abominables se tramaient dans son cerveau malade ?

Sans prononcer un mot, il déposa le paquet sur la table, à côté d'un chandelier, et se précipita dans la pièce voisine, comme s'il allait chercher un objet indispensable.

Un irrépressible besoin de savoir et de comprendre me poussa à inspecter ce paquet à l'aspect inhabituel.

Je soulevai un morceau de tissu.

Un œil grouillant de mille vermines me fixait sous la toile.

Des larmes de venin coulaient de ce regard mort.

Je vivais un cauchemar éveillé.

Mon cerveau se figea en un bloc inerte.

Mes membres se raidirent d'effroi.

Le sang martela mes tempes.

Je luttai pour ne pas m'évanouir.

Je pris sur moi-même et tentai de me persuader que j'étais le jouet d'hallucinations.

Ma curiosité l'emporta sur mon dégoût et ma peur.

Je fis tomber la toile.

Elle dissimulait une tête humaine atrocement mutilée.

Homme ou femme, je n'aurais pu le dire tant elle était rongée et décomposée.

Quel abominable traitement avait pu subir son propriétaire ?

Qui pouvait être l'auteur d'un tel massacre ?

Mon souffle devint court.

Je sentis soudain une présence glaciale dans mon dos.

Un frisson de terreur parcourut mon corps.

Je fis volte-face et vit Holmes planté devant moi.

Il me parut immense et ses mains décharnées semblaient démesurées.

La flamme du chandelier dessinait sur le mur, derrière lui, une ombre gigantesque qui effectuait une danse macabre.

Ses yeux brillaient comme si quelque suppôt de Satan avait regardé à travers eux.

Il tenait un couteau à nécropsie dans la main droite.

Un petit muscle dansa follement au coin de son œil gauche.

Une lueur meurtrière passa dans son regard.

Son visage cadavérique semblait porter les stigmates de la folie.

Ma gorge se noua.

Je ne parvins pas à parler ni à déglutir.

S'était-il rendu compte que j'avais vu le contenu de son paquet ?

Que s'apprêtait-il à faire avec cet outil ?

J'avais maintenant l'horrible certitude que ce couteau m'était destiné.

Je parvins finalement à me lever.

Je regagnai la porte d'entrée, les membres raidis, tétanisé par la peur.

Dehors, une violente bourrasque me gifla le visage.

Il tombait une pluie torrentielle.

De terribles éclairs lacéraient l'horizon.

Je courus dans la nuit glacée, droit devant moi, afin de mettre la plus grande distance possible entre moi et l'enfer.

Le vent soufflait si fort que la pluie tombait presque en oblique.

Le rire démoniaque de Holmes me poursuivit longtemps.

« Watson, où courez-vous ainsi ? Watson ! »

« Watson… » répéta à l'infini un improbable écho.

Je fuyais dans les ténèbres, ne m'arrêtant que quelques secondes, de loin en loin, pour tenter de reprendre ma respiration.

Quelque effort que je fisse pour fuir cet endroit maudit, la voix de Holmes résonnait toujours dans mon dos : « Watson ! Watson ! »

J'arrivais enfin au village de Kenwood et me précipitai dans la première taverne pour y avaler quelque alcool fort. Le seuil franchi, je m'arrêtai un instant, suffoqué par les vapeurs de tabac qui empuantissaient l'atmosphère. Mes jambes tremblaient encore d'avoir trop couru. On y voyait qu'à travers un brouillard grisâtre. À la lueur bleuâtre de deux quinquets à gaz, je finis par distinguer un pub autour duquel s'agglutinait une faune hétéroclite. Je m'imaginais être tombé au milieu d'une assemblée d'épouvantails. En jouant des coudes, je parvins jusqu'au bar et me fis servir un breuvage à l'odeur d'éther. Je l'avalai d'un trait. Une lame de feu traversa ma gorge et me vrilla l'estomac. La mixture eut néanmoins l'effet de me fouetter le sang et me permit de retrouver mes esprits. Au cinquième verre, mes jambes cessèrent de trembler, mais ma diction devint pâteuse et mon esprit commença à s'embrouiller.

Un rayon de soleil me frappa le visage. Une atroce migraine martelait mon crâne. Je finis par réaliser que j'étais chez moi, allongé dans mon propre lit. Mme Hudson se tenait à mon chevet, un verre à la main.

– Votre ami le docteur London Cayle a recommandé que vous preniez cette potion, docteur Watson.

– Co… comment suis-je arrivé jusqu'ici ?

– Il n'y a que vous qui puissiez le dire, affirma notre logeuse sur un ton de reproche.

Je voulais me persuader que tout cela n'avait été qu'un cauchemar de plus, que je n'avais jamais quitté cette chambre, que Sherlock Holmes serait toujours le génial détective avec qui j'avais partagé tant d'aventures extraordinaires.

Mais, cette fois, je savais que je n'avais été l'objet d'aucune hallucination.

Peu de temps après cette visite, Holmes m'envoya une lettre laconique, exigeant que je lui remette l'intégralité de ce manuscrit. Ce que je fis sans hésiter, pas mécontent de me débarrasser définitivement de cette sordide affaire.

Ainsi s'achève le récit du docteur Watson, provisoirement intitulé : « Terreur sur Londres. »

49

L'horloge qui égrenait les minutes et les heures dans notre dos ne parvenait plus à attirer notre attention tant nous étions plongés dans ce récit. Même Lestrade avait cessé de râler et ouvrait des yeux ronds à chaque rebondissement. Comme nous tous, il découvrait cette affaire sous un jour nouveau.

Maître Holborne interrompit sa lecture, retira son lorgnon et se massa la base du nez entre le pouce et l'index. Puis il se versa un verre d'eau fraîche et le but à lentes gorgées. Mycroft Holmes s'étira comme un gros ours sortant d'hibernation et tourna la tête vers la pendule en bâillant.

– Une heure du matin.

Un rapide calcul m'apprit que le notaire parlait depuis quinze heures. Un peu moins si l'on excluait les pauses des repas. On pouvait comprendre qu'il ait eu besoin de se désaltérer et de marquer une pause.

Je me levai de mon fauteuil en m'appuyant sur ma canne et fis quelques pas.

Ce fut Lestrade encore une fois qui entama la conversation.

– Ce récit prend une tournure inquiétante. Cette visite au pandémonium m'a donné des frissons dans le dos. De plus, j'ignorais les conditions exactes du retrait de Sherlock Holmes. À présent, je commence à entrevoir la vérité.

Mycroft Holmes le considéra d'un regard étonné.

– Vous êtes bien le seul.

– Je comprends que ceci n'est pas un testament mais une confession. J'admets avec le recul que certaines affaires sont plus complexes que je ne le pensais.

Le policier plissa les yeux, ce qui accentua son faciès de rat.

– Sherlock Holmes devait en savoir quelque chose…

Mycroft Holmes fronça les sourcils.

– Qu'insinuez-vous encore, Lestrade ?

– Il est clair que votre frère n'était plus dans son état normal.

– Mon frère n'a jamais perdu ses facultés mentales.

– Je n'ai pas dit cela. Je soutiens seulement qu'il avait un double comportement, un peu à la façon du bon Jekill se transformant en méchant Hyde. Il n'est pas question de folie, mais de dédoublement.

Je sursautai.

– Voilà que vous évoquez le dédoublement, Lestrade ! Je vous rappelle que vous étiez le premier à me reprocher d'avoir évoqué ce sujet dans les chapitres précédents.

– Je n'ai pas changé d'avis. L'expérience de Rose Crowley s'est soldée par un échec dramatique. Je parle du dédoublement de la personnalité. La police connaît bien ce phénomène pour y être confronté quotidiennement. Un homme peut soudain devenir brutal et changer de comportement sous l'effet de l'alcool ou de la drogue. Il peut alors commettre les pires crimes sans en garder la moindre trace dans sa mémoire. J'ai maintenant la conviction que Sherlock Holmes est parti à la recherche de ses propres crimes.

Maître Holborne parut pensif.

– Je me suis posé la question moi-même, en tant que notaire, en lisant ce texte. Avons-nous affaire à un testament ou à des aveux en bonne et due forme ? Quel est votre avis, docteur Watson ?

– Je reconnais que, vers la fin de notre collaboration, mon camarade n'était plus tout à fait lui-même. Ma dernière visite a été un grand choc. J'ai honte de l'avouer, mais j'ai préféré oublier cette affaire afin de ne pas lui causer de tort. J'ai la conviction profonde que cet homme était malade et qu'il souffrait.

Le visage de Lestrade s'assombrit.

– Ce que vous dites est grave, docteur Watson.

– Grave ?

– Oui. En taisant ces faits, vous vous êtes peut-être rendu coupable de complicité de meurtre. Cela expliquerait aussi pourquoi ce texte devait rester secret.

La discussion prenait une tournure pour le moins inattendue.

– Complice ? Vous m'accusez de meurtre, Lestrade ?

– Vous nous apprenez que votre ami se promenait avec une tête humaine sous le bras et que vous n'avez pas alerté la police. Vous aviez donc quelque chose à vous reprocher.

Lestrade fronça les sourcils dans un effort de concentration.

– Oui, c'est bien cela. Votre mutisme est l'aveu de votre culpabilité.

L'atmosphère se chargea soudain d'une tension perceptible. Trois regards convergèrent vers moi, me pressant tacitement de m'expliquer. Il me fallait trouver une parade au plus vite.

– Vous nagez en plein délire, mon vieux. Vous n'avez pas la moindre preuve contre moi.

– Au contraire. Il me suffit de paraphraser Sherlock Holmes lui-même. Votre camarade vous reprochait de n'avoir jamais pris la moindre initiative, ni fait preuve de présence d'esprit en quelque occasion que ce fût. Pour lui, vous n'étiez qu'un boulet accroché à ses pieds, un boulet qu'il n'avait plus la force de tirer. C'est bien ce qu'il a dit, n'est-ce pas ?

– Oui, et après ?

– J'y viens. Vous avez toujours développé un complexe d'infériorité vis-à-vis de votre camarade. Cela se voit comme le nez au milieu de la figure et cette évidence transparaît jusque dans vos écrits les plus anodins.

– Absurde ! Notre collaboration était parfaitement équilibrée. Je n'ai jamais cherché à me comparer à lui.

– Faux, docteur Watson ! Vous admiriez Sherlock Holmes et vous souffriez de votre infériorité patente. Il vous surclassait en tout. Cette situation vous était devenue intolérable et vous avez voulu le battre sur son propre terrain. Vous avez alors imaginé des meurtres abominables.

– Je n'ai pas commis ces meurtres !

– Mieux, vous avez poussé Sherlock Holmes à les commettre.

– Tout cela n'est que pure spéculation, mon pauvre Lestrade.

Le policier gagnait en assurance. Son réquisitoire devenait impitoyable.

– Vous avez écrit qu'il vous arrivait de modifier la solution de cocaïne de votre ami, n'est-ce pas ?

– Bien sûr. Mon but était de réduire les doses afin de le désintoxiquer progressivement.

Lestrade plissa les yeux.

– Et si c'était l'inverse, docteur Watson ?

– L'inverse ?

– Si vous aviez peu à peu augmenté les doses afin de l'anéantir et d'en faire votre esclave ?

– Taisez-vous, Lestrade !

Mycroft Holmes fit un geste de la main, invitant Lestrade à poursuivre son explication.

– Usant de son propre travers, vous avez transformé votre camarade en zombi halluciné. Dans cet état second, il a pu commettre les pires des crimes. Vous l'avez éventuellement aidé.

– C'est absurde !

– Il n'y a que la vérité qui blesse, Watson.

Lestrade parada devant moi comme un coq hargneux.

– Ce n'est pas tout. Ensuite, vous avez relaté ces affaires dans votre journal personnel et avez mis Sherlock Holmes sur la piste de l'assassin. Votre camarade n'a-t-il pas déclaré que seule une personne maîtrisant parfaitement ses méthodes avait pu commettre ces crimes sans laisser le moindre indice derrière elle ? Qui, mieux que Sherlock Holmes lui-même, possédait ces techniques ?

En temps normal, j'aurais peut-être eu la répartie nécessaire, mais maintenant, harassé par cette longue nuit blanche, je ne trouvais aucun argument à lui opposer.

– Mon frère n'est pas un assassin ! tonna soudain Mycroft Holmes. Drogué ou pas, il n'aurait pu commettre ces meurtres. Cherchons plutôt à qui profite le crime.

Ce secours providentiel me permit de reprendre mes esprits et d'organiser une contre-attaque. Je me tournai vers Lestrade.

– Oui. Mycroft Holmes a raison. Je vous renvoie la question, Lestrade : à qui profite le crime ?

Le policier haussa les épaules.

– Inutile de changer de sujet, docteur Watson. Vous savez fort bien que ces affaires n'ont enrichi personne.

– Qui parle d'argent ? N'avez-vous pas tiré quelque avantage personnel de ces affaires ?

– M'accuseriez-vous à présent ?

– Oui. Vous avez été nommé chef de la police de Londres. Vous accédiez enfin au grade suprême tant convoité. Dans le même temps, la presse vous consacrait héros national pour avoir débarrassé l'Angleterre d'un tueur. Que pouvait espérer de mieux le simple policier Lestrade ?

– Absurde ! s'insurgea l'intéressé.

Lestrade perdait de son arrogance et devenait à son tour le centre d'intérêt. Maître Holborne suivait cette discussion, les yeux écarquillés.

Mycroft Holmes prolongea ma pensée.

– Il est vrai que vous avez été chargé de ces enquêtes. Dès que mon frère apparaissait, vous vous empressiez de l'évincer pour agir à votre guise, sans entrave et sans témoin gênant.

– Je n'ai fait qu'obéir à vos ordres ! rugit Lestrade.

– Pas à mes ordres, rectifia Mycroft Holmes, mais à ceux du professeur Hazelwood.

Je décidai d'enfoncer le clou.

– Vous parliez de ma complicité avec Sherlock Holmes, poursuivis-je, mais que dire de celle qui vous unissait à Hazelwood ?

Lestrade se raidit.

– Qu… quoi ?

– Vous prétendiez que personne ne s'est enrichi dans ces affaires. C'est faux. Cornelius Hazelwood a vendu des milliers d'exemplaires de son ouvrage sur les sectes. Contrairement à ses craintes, sa popularité n'a jamais été aussi haute. Elle a culminé avec la prétendue arrestation de Mark Dughan. Et si tout cela n'était qu'un scénario écrit de longue date par le duo Hazelwood-Lestrade ? Chacun y aurait trouvé son compte, n'est-ce pas ?

Lestrade vacilla un court instant mais se ressaisit presque aussitôt.

– Le professeur Hazelwood et moi-même représentions l'ordre et la justice. Nous avons prêté serment. Notre parole ne peut être mise en doute. Quant à moi, je n'ai jamais commis de meurtre, bien au contraire.

Je me retins de ne pas sourire à cette phrase sibylline. Au fond, je ne croyais guère à la culpabilité de ces deux lascars.

– Dans ce cas, pourquoi mettez-vous la mienne en doute ? répliquai-je sur un ton plus calme. J'ai moi-même prêté doublement serment, d'abord en tant que médecin, ensuite en tant que militaire. J'ai ma conscience pour moi et Dieu pour seul juge.

Il y eut un instant de flottement, chacun de nous se trouvant à court d'arguments.

Le majordome choisit ce moment pour faire une nouvelle apparition. Il nous apportait du thé et du café fumant. Nous remîmes à plus tard ces vaines disputes.

L'heure n'était pas propice à l'absorption de ces breuvages aux vertus excitantes ; mais dans le contexte présent, elles furent les bienvenues.

Les boissons nous réchauffèrent le corps et aiguisèrent notre attention. Mon café me fit l'effet d'une bombe. Mon cœur cogna dans ma poitrine à une cadence accélérée. Je sentis mes pupilles se dilater et un léger voile rose flotta devant mes yeux. Mes rhumatismes disparurent comme par enchantement et je me sentais assez en forme pour traverser la Manche à la nage !

Mycroft Holmes eut une série de tics nerveux que je ne lui connaissais pas. Lestrade ricana nerveusement, sans raison apparente. Maître Holborne regagna son bureau avec la démarche saccadée d'un Pinocchio à peine affranchi de ses fils.

Nul doute que ces breuvages contenaient quelques additifs chimiques concoctés par feu Sherlock Holmes en personne.

Passé ce moment d'excitation, chacun s'essuya le front et tenta de retrouver quelque dignité.

Maître Holborne souffla comme pour chasser un trop-plein d'énergie de sa poitrine.

– À quoi bon s'accuser mutuellement ? Il n'y a aucune raison objective pour que l'assassin se trouve dans ce bureau.

Il avait certainement raison.

Puis il évalua du regard la pile de feuilles qu'il n'avait pas encore lues.

– Nous en avons maintenant terminé avec le récit du docteur Watson. Mais il reste l'annexe écrite par Sherlock Holmes lui-même. Vous allez devoir patienter encore quelques heures. À moins que vous ne préfériez remettre la suite de cette lecture à plus tard.

Le notaire guetta notre réaction.

Lestrade, qui n'avait jamais caché son intention de quitter les lieux au plus tôt, saisit la balle au bond.

– Ce serait la solution la plus sage. Nous sommes tous épuisés. D'ailleurs, je ne vois pas ce que Sherlock Holmes pourrait ajouter à ces affaires. Tout a été dit. Si vous êtes d'accord, je vous suggère de remettre cette lecture *sine die*.

– Je m'y oppose ! tonna Mycroft Holmes. Ce sont les dernières volontés de mon frère. Nous avons pris un engagement moral, nous devons les respecter.

Trois regards interrogateurs se tournèrent vers moi. Je sentis que mon avis serait décisif.

– Sherlock Holmes avait certainement des révélations à nous faire. Je suis sûr que c'est le but ultime de ce curieux testament. Il faut le lire jusqu'au bout !

Les traits de Mycroft Holmes se détendirent. Il esquissa vers moi un bref sourire de remerciement. Lestrade s'enfonça dans son fauteuil, vaincu et résigné.

Maître Holborne, se pliant à l'avis de la majorité, ajusta une nouvelle fois son lorgnon et reprit sa lecture d'une voix revitalisée.

– Messieurs, je vous demande la plus grande attention. Ici commence le récit de feu Sherlock Holmes.

50

Si quelqu'un lit un jour ces lignes, qu'il me pardonne mon faible sens de la narration et le manque de rythme de mon récit. Je n'ai pas le talent de mon biographe, le docteur Watson. C'est pourquoi je me suis largement appuyé sur son récit pour étayer le mien.

Il convient donc de lire ce qui suit comme un rapport d'enquête et de faire abstraction du style quelque peu aride. N'est pas écrivain qui veut.

Je n'ai pas jugé utile de préciser les dates et durées de mes différentes recherches. Mes investigations se sont étalées sur plusieurs années. Il m'est arrivé de revenir plusieurs fois aux mêmes endroits, de passer de longues périodes sans obtenir le moindre résultat, puis soudain de découvrir un indice crucial. Le temps n'avait guère d'importance, seul le résultat comptait.

Ceci est donc le résumé d'un long travail, où seul subsiste le fil logique qui m'a guidé : la recherche de l'assassin.

Pour moi, ces enquêtes ne furent jamais closes. Elles comportaient trop d'incohérences.

Il me fallait tout reprendre depuis le début. Et tenter de comprendre.

Comprendre, entre autres choses, pourquoi Cornelius Hazelwood, Lestrade et mon propre frère Mycroft m'avaient tenu à l'écart.

Pour Cornelius Hazelwood, cela pouvait s'expliquer. Le professeur redoutait tout ce qui aurait pu lui faire de l'ombre, à commencer par moi.

Quant à Lestrade, il n'était que le fidèle agent de l'autoritaire et puissant Hazelwood. Le policier n'avait fait qu'obéir aux ordres.

Mais Mycroft ? Avait-il voulu me cacher quelque chose dès le début de ces affaires ? Ou plus simplement, m'avait-il jugé inapte à les résoudre ? Mon frère m'avait toujours considéré, à juste titre, comme très inférieur à lui-même.

Quelle image tous trois avaient-ils de moi ?

Une triste histoire me revint en mémoire.

J'avais connu autrefois un alcoolique mondain, dernier rejeton d'une noblesse fin de race. L'homme voulut se battre en duel à l'épée contre un rival pour une quelconque question d'honneur ou de cœur, peu importe. Ses amis avaient essayé de l'en dissuader en lui faisant comprendre qu'il n'était pas apte à combattre. Mais l'homme s'entêta. Le duel eut lieu. Ses réflexes et sa perception du combat étaient amoindris par l'alcool. Il fut incapable d'esquiver l'épée qui lui transperça le cœur dès le premier assaut. Il périt quelques instants plus tard, sans se rendre compte que son combat était perdu d'avance.

En était-il de même pour moi ?

Avais-je dépassé le stade de ma propre lucidité ?

La drogue avait-elle à ce point affecté mes facultés ?

Watson m'avait pourtant maintes fois mis en garde.

Mon combat était perdu d'avance. J'étais amoindri, non par l'alcool, mais par la drogue.

Tous assistaient à ma lente dégradation. J'étais comme un naufragé, seul sur mon île, regardant passer au loin les navires de l'espoir, mais incapable de tendre la main à mes sauveteurs.

Voilà, à la réflexion, la véritable raison de mon éviction de ces affaires.

Quel tragique constat.

Je savais qu'il me faudrait beaucoup de temps pour mener à bien ma mission. Mais cela m'importait peu. Je devais surmonter mes échecs pour renaître. Pour moi, il ne s'agissait pas d'une enquête de plus, mais d'une question de survie.

Je décidai de reconsidérer chaque affaire d'un œil neuf, avec le maximum de distance et de lucidité.

La lucidité.

C'était précisément ce qui m'avait fait le plus défaut pour mener à bien ces enquêtes. Pourtant, fidèle à ma méthode, je ne m'étais appuyé que sur les faits. Les faits et rien d'autre ! Impossible de me tromper. Les faits ne mentent jamais. C'est un axiome.

Sauf…

Sauf si les faits eux-mêmes avaient été volontairement falsifiés. Quelqu'un aurait-il voulu pervertir l'axiome afin de conduire à coup sûr les enquêteurs vers des conclusions erronées ? Cette idée neuve germa dans mon cerveau. Puis elle y prit racine et se développa peu à peu pour y faire naître un arbre d'évidence.

Je devais repartir des faits et analyser le mécanisme qui m'avait amené à la conclusion de chaque affaire. À quel moment avais-je été abusé ? Où se trouvait la faille ?

Je repris mes notes concernant l'affaire du meurtre de la petite Mary Kinsley.

Comment en étais-je arrivé à considérer le père de la fillette comme le meurtrier ?

Je tentai de reconstituer les étapes de mon raisonnement. Par chance, je pouvais à tout instant me référer au précieux manuscrit du docteur Watson.

J'étais parti d'un fait divers : « Le corps d'une fillette nommée Mary Kinsley, âgée de dix ans, a été repêché dans la Tamise à la hauteur du 21 quai Westing. Il manque les deux mains, sectionnées par la roue d'un wagonnet. La fillette portait une blessure au front. Conclusion de Scotland Yard : mort par accident ayant entraîné la noyade. »

J'avais noté une incohérence. Il fallait au moins deux robustes gaillards pour mettre en branle cet impressionnant dispositif. La fillette n'avait donc pas pu l'actionner seule. La conséquence logique était que quelqu'un lui avait coupé les mains et l'avait jetée vivante dans la Tamise.

Sur place, Jack le Mendiant, un clochard ivrogne, confirma mes déductions. Son témoignage trouvait une conclusion logique et inéluctable : l'assassin ne pouvait être que le père de la pauvre petite. D'ailleurs, ne s'était-il pas accusé lui-même ?

Mais si John Kinsley n'était pas l'assassin, c'est que quelqu'un avait menti.

L'article du journal ne pouvait mentir, puisqu'il émanait d'un rapport de police.

Le seul point faible était donc le témoignage de Jack le Mendiant.

Pourquoi ce pauvre hère m'aurait-il menti ? L'avait-on manipulé ? Pouvait-il avoir commis le crime lui-même ?

Après tout, l'endroit infâme qu'il occupait ne se situait qu'à quelques mètres du logis de l'homme et de sa fille. Il aurait largement eu le temps d'observer leurs allées et venues, de connaître leurs habitudes et leurs emplois du temps. Il savait donc que le seul moment où la fillette passait seule à cet endroit était le vendredi soir à son retour de l'école. À cette heure-là, le quai était désert.

À présent, je pouvais reconstituer mentalement la scène.

Jack le Mendiant sort de son trou, un couteau à la main, assomme sa petite victime pour l'empêcher de crier. Puis il lui tranche les deux mains, appose la marque diabolique sur son front et la précipite dans les eaux glacées de la Tamise.

Mais pourquoi aurait-il fait cela ? Quel pouvait être le mobile d'un crime aussi épouvantable ?

À part… vouloir faire accuser le père de Mary.

Mais pourquoi ? Par vengeance ?

En voulait-il à John Kinsley ?

Pourtant, rien dans le passé de ce veuf rangé et calme ne pouvait justifier une telle punition.

J'essayai de me souvenir du visage de ce mendiant. Au fait, l'avais-je seulement aperçu ? J'avais vu un être en guenilles, allongé sur un grabat infâme, terré au fond d'un trou obscur. Une barbe hirsute lui mangeait la moitié du visage. Quand j'avais allumé une allumette pour discerner ses traits, il avait mis son bras devant ses yeux en un geste réflexe. Pourtant, la faible lueur de l'allumette n'aurait pas suffi à l'aveugler. Dans ce cas, pourquoi avait-il porté sa main devant son visage sinon pour dissimuler ses traits ?

J'avais croisé son regard une fraction de seconde au moment où il avait tendu le bras pour saisir la pièce que je lui donnais.

Ce regard apeuré.

Ce regard troublant, presque halluciné.

Pourquoi avait-il peur ?

Peur de moi ?

Peur que je le reconnaisse ?

Je sortis ma fiche concernant l'« affaire du cannibale » et relus les notes de Watson à ce sujet.

« Un homme a découpé sa femme en morceaux et l'a grillée dans la cheminée de son propre salon... Selon le voisinage, le couple s'entendait bien. Jamais la moindre dispute. »

Le banquier avait-il succombé à une soudaine folie meurtrière ?

Je décidai de retourner sur place et d'interroger la concierge de l'immeuble. J'espérais qu'elle se souviendrait, après tant d'années.

La vieille femme affirma qu'elle n'avait rien oublié. Ces faits étaient gravés à vie dans sa mémoire. Elle se disait, aujourd'hui encore, fort affectée par la disparition de ce couple qu'elle estimait beaucoup. Comme je lui montrais ma compassion de façon ostentatoire, elle se confia sans hésitation.

À présent, je l'écoutais, tête baissée et mains jointes, dans une attitude de vieux monsieur attentif et bien élevé.

– Non, M. Cardwell n'était pas un assassin. Il était trop bon pour cela. D'ailleurs, il me donnait toujours de bonnes étrennes. Il s'essuyait les chaussures sur le tapis, et il n'était pas aussi bruyant et mal élevé que les ivrognes et les drogués qu'on voit de nos jours !

J'opinais du chef à chacune de ses remarques. Elle se sentit comprise. Je décidai à présent de lui poser des questions plus précises. J'adoptai un ton compassé.

– N'aurait-on pu éviter ce malheur ? Comment se fait-il qu'aucun domestique ne se soit trouvé sur place au moment du drame ?

– Les Cardwell avaient l'habitude d'accorder le dimanche après-midi à tous leurs gens. C'est le jour du Seigneur. Le rituel était immuable : leur personnel de maison s'acquittait des tâches quotidiennes dans la matinée, puis quittait l'appartement peu avant midi après avoir préparé le déjeuner. Pour le repas du soir, Madame et Monsieur se débrouillaient seuls. Ils ne sortaient guère ce jour-là. Il aurait été inconvenant pour des gens de leur rang d'afficher une joie de vivre ostentatoire le jour du sabbat. Vous comprenez cela, n'est-ce pas ?

– Bien sûr.

– Ils passaient généralement la soirée seule. Mais il leur arrivait parfois de recevoir un ami ou un parent à l'heure du thé.

– Vous souvenez-vous s'ils ont reçu une visite cet après-midi-là ?

– Oui. Un homme s'est présenté à la loge et m'a dit qu'il était un cousin éloigné de Monsieur. Il était attendu par le couple.

– Vous souvenez-vous de lui ?

– Oui, je le revois comme si c'était hier. C'était un gentleman. Un peu comme vous. Je me trompe rarement sur la vraie personnalité des gens.

– L'avez-vous signalé à la police ?

Elle pinça les lèvres.

– Évidemment.

– Vers quelle heure est passé ce monsieur ?

– À 17 heures exactement. Je m'en souviens bien, car c'est l'heure à laquelle je prends moi-même le thé. Avec une telle ponctualité, il était évident que ce monsieur avait du savoir-vivre et…

– Vers quelle heure est-il reparti ?

– Je venais de desservir la théière et les petits fours. Il devait être environ 18 heures.

– Paraissait-il pressé ou agité ?

– Oh, non. Il m'a même dit quelques mots de courtoisie et s'est excusé pour le dérangement qu'avait occasionné sa visite un dimanche.

– Pouvez-vous me le décrire plus précisément ?

– Il devait mesurer environ un mètre soixante-dix, il était plutôt mince. Je ne me souviens plus de la couleur de ses cheveux, ils étaient en partie cachés par son chapeau.

– Son visage ?

– En fait, je n'ai pas vraiment distingué ses traits. Le monsieur avait noué une grosse écharpe devant sa bouche et remonté le col de son manteau. Il faisait très froid dehors.

– Et ses yeux ?

– Je ne les ai pas vus. Il portait des lunettes sombres, comme celles qu'on met par grand soleil.

– Il y avait beaucoup de lumière dehors ?

– Non. Il faisait déjà nuit. Il n'y avait que la lumière des réverbères, mais à travers le brouillard, elle n'aurait aveuglé personne. J'ai pensé que ce monsieur avait les yeux fragiles…

– Était-il déjà venu ?

– Non. Je suis formelle. Je n'oublie jamais un visiteur.

Je décidai de revoir le lieu du crime. Peut-être y trouverais-je quelque indice épargné par le temps.

– Puis-je visiter l'appartement ?

La concierge se raidit.

– Je ne sais pas si c'est très légal.

Je baissai la voix et pris le ton de la confidence.

– Vous ai-je dit que j'agissais sur ordre de la reine elle-même ?

– Je m'en doutais un peu…

Ce pieux mensonge provoqua l'effet escompté. La vieille femme me considéra avec le respect dû à un émissaire de Sa Majesté et me conduisit aussitôt à l'appartement. Je trouvai les lieux dans un état impeccable, à croire qu'il ne s'y était jamais rien passé. Je les inspectai longuement. Le déclic ne se produisit pas. Il était illusoire d'espérer découvrir quoi que ce fût après tant d'années. Mes faibles espoirs d'entrevoir la vérité reposaient désormais sur les souvenirs des témoins de l'époque. Par chance, il me restait aussi la précieuse chronique du docteur Watson qui, elle, n'avait pas subi l'altération du temps.

Je tentai de faire le point. Il me semblait qu'une piste pouvait émerger de la juxtaposition des affaires Kinsley et Cardwell.

Dans l'affaire Kinsley, un étrange vagabond aurait pu commettre le crime. Je n'avais jamais envisagé une telle hypothèse auparavant, tant elle paraissait farfelue et en contradiction avec les faits. Mais à présent, j'étais bien décidé à explorer toutes les pistes.

Dans l'affaire Cardwell, un « cousin éloigné » avait rendu visite au couple quelques heures avant le crime. Il avait disposé d'une heure. Il aurait très bien pu droguer le couple aux premières tasses de thé. Puis il aurait accompli son infâme besogne et serait reparti en prenant le temps de glisser quelques mots mielleux à la concierge. De toute évidence, l'homme masquait ses yeux et dissimulait ses traits. Exactement comme Jack le Mendiant.

Pouvait-il s'agir de la même personne ? Si tel était le cas, je tenais peut-être un début de piste.

Je consacrai les mois qui suivirent à tenter de retrouver la trace de ce fameux cousin. Cardwell était mort depuis longtemps. Je me livrai à de solides recherches généalogiques. Plusieurs membres de la famille Cardwell pouvaient correspondre à la description de ce mystérieux visiteur. Par chance, ils étaient toujours en vie. Il me fallut encore de longs mois pour les rencontrer un par un. Je vérifiai leurs alibis et fouillai dans leur vie. J'acquis bientôt la certitude qu'aucun d'eux n'avait pu commettre ce crime. Ce cousin éloigné était un imposteur.

Ma conviction prenait corps.

Je rouvris le dossier de l'affaire James Barnes.

Je relus les faits relatés par Watson : « Un vieil homme s'est présenté chez un couple de voisins d'une soixantaine d'années, Emma et James Barnes, avec qui il devait jouer au bridge ce jour-là. Il a frappé longtemps à leur porte, sans succès. Inquiet, il a fini par alerter la police qui a retrouvé le vieux James Barnes, accroupi et prostré dans un coin de sa chambre… Les murs de la chambre étaient tellement maculés de sang qu'il aurait été impossible de deviner leur couleur initiale. Le corps de la malheureuse avait été déchiqueté de façon inhumaine. »

J'avais rencontré James Barnes après le meurtre. Il était interné dans un hôpital pour aliénés. Le choc psychologique de ce meurtre abominable lui avait ôté la raison. Quand on l'interrogeait sur les faits, il se contentait de répéter : « J'ai vu le Diable ! » Le malheureux n'avait rien pu m'apprendre.

Je décidai une fois de plus de mener une contre-enquête sur les lieux du crime. Nous étions au cœur de l'été. Une odeur pestilentielle montait de la Tamise.

L'immeuble décrépit du vieux couple se situait en plein cœur de Limehouse. Il n'avait rien à voir avec le standing cossu de celui du banquier Cardwell. Il me fallut enjamber un monticule de détritus bourdonnant de mouches pour accéder à la porte d'entrée. Un gardien monolithique au faciès de brute m'accueillit d'un grognement hostile. Il avait dû être montreur d'ours avant d'occuper cet emploi. Ses bras velus et crasseux exhibaient des muscles luisants de sueur. Avec celui-ci, inutile d'essayer de faire vibrer la fibre royaliste. Je lui demandai de me conduire à l'appartement qu'occupait le vieux couple Barnes. Pour toute réponse, il cracha par terre.

Je trouvai dans ma poche quelques arguments susceptibles de le rendre plus coopératif. Comme je l'espérais, le montreur d'ours devint servile. Nous gravîmes trois étages. Puis il m'ouvrit une petite porte au fond d'un couloir sombre et crasseux.

– C'est là.

Les murs portaient encore les stigmates du carnage. Je commençai mon investigation sous l'œil incrédule du cerbère. J'inspectai chaque centimètre de la pièce, dans l'espoir de trouver un indice qui aurait échappé aux ravages du temps. À part les traces de sang brunes qui s'étaient imprégnées par endroits dans les murs, l'endroit ne révéla rien de son sinistre secret.

Une fois de plus, il me fallait compter sur la mémoire des témoins. Je me tournai vers le colosse au visage de brute.

– Les voisins n'ont rien entendu pendant le drame ?

– Je sais pas. Faudrait leur poser la question. Mais beaucoup ont déménagé… ou sont morts.

– Les Barnes recevaient-ils des visites ?

– Très rarement. Ils n'avaient pas d'enfants et je ne leur connaissais ni famille ni proches.

L'homme fronça les sourcils dans un effort de concentration.

– À part peut-être…

– À part ?

– Ils avaient un vieil ami qui leur rendait visite chaque fois qu'il montait.

– Qu'il montait ?

– Je veux dire, quand il venait à Londres. Il louait un petit appartement sur le même palier qu'eux. Mais il n'y venait qu'un jour par-ci par-là. Il s'est retiré dans sa résidence secondaire, dans une banlieue chic de Londres. Il gardait cet appartement comme pied-à-terre, pour régler ses affaires dans la capitale.

– Leur a-t-il rendu visite le jour du meurtre ?

Le concierge se gratta le crâne de ses ongles sales, faisant jouer ses muscles luisants de sueur.

– Il me semble, en effet…

– Comment s'appelle ce « vieil ami » ?

– Peter Blackstone.

– L'avez-vous revu depuis le drame ?

– Non, plus jamais.

– L'avez-vous signalé à la police ?

Le colosse exhiba une rangée de dents carnassières.

– La police et moi, ça fait deux. Et puis, il aurait fallu qu'ils me posent la question.

– Quel métier exerçait ce monsieur Blackstone ?

– Pour ce que j'en sais, il était commerçant, comme les Barnes, ce qui explique qu'ils s'entendaient bien. C'était un négociant ou un grossiste, quelque chose dans ce genre-là.

– Connaissez-vous son adresse en banlieue ?

– Non. On ne pose pas de questions quand on a des locataires aussi généreux et discrets.

– Pourriez-vous me le décrire ?

– Me souviens plus. Y a tellement longtemps.

L'hominien serra les mâchoires et eut un geste d'agacement.

– Dites donc, vous n'en seriez pas ?

– Pardon ?

– De la police ?

Je promenai un nouvel argument sous son groin. Il recouvra aussitôt la mémoire.

– Ben, il était très âgé, un peu voûté. Il marchait lentement en s'aidant d'une canne.

Le montreur d'ours imita la démarche du visiteur, ce qui, en d'autres occasions, eût prêté à rire.

– Il portait une barbe bien taillée et des cheveux grisonnants.

– Ses yeux ?

– Je ne pourrais pas vous dire. Il avait toujours de drôles de lunettes sur le nez.

– Des lunettes noires ?

– Oui. Il m'a expliqué une fois que la lumière le gênait beaucoup. À son âge, c'est normal.

Je lui tendis l'argent. Il oublia de me remercier et retrouva son faciès de dompteur d'animaux féroces.

Je consacrai donc les mois suivants à rechercher un négociant ou grossiste du nom de Peter Blackstone. Deux hommes pouvaient correspondre à ce profil. Je leur rendis visite. L'un d'eux n'avait pas plus de vingt-trois ans, l'autre était paralysé de naissance et n'avait pratiquement jamais quitté son village.

J'entrepris également d'interroger les rares voisins des Barnes qui habitaient déjà cet endroit au moment du crime. Tous m'affirmèrent que l'appartement des Barnes était calme le soir du meurtre.

Je sentais cette fois que je tenais la vérité. Il ne faisait plus de doute que le même homme rôdait à proximité de toutes ses victimes. Et s'il portait des lunettes fumées, ce n'était pas pour des raisons d'âge mais bien pour masquer ses yeux et éviter d'être reconnu !

Un spectre semblait donc se dessiner derrière chacune de ces affaires, une présence étrange qui s'évaporait juste après le drame.

Ma détermination était renforcée. Je résolus de revenir sur l'affaire de l'abbé Paul Meredith.

D'abord, il y avait eu cette lettre émanant d'une vieille femme qui avait probablement servi l'abbé. Je relus cette missive que j'avais pourtant analysée des dizaines de fois. Peut-être allais-je y débusquer quelque indice nouveau.

« Monsieur Holmes, il n'y a que vous qui puissiez résoudre ce mystère à ce qu'on m'a dit. Il y a encore un orphelin qui a disparu. Ça fait cinq en tout. C'est l'œuvre du diable ou d'une sorcière. Même ce pauvre bougre de Mulligan s'est pendu hier, lui qui était en pleine forme. Venez ce soir à 20 heures dans l'église Saint-Georges. Je vous expliquerai ce qui se passe, pour ce que j'en sais. Habillez-vous comme y faut pour que je puisse vous identifier facilement. Ma vue a beaucoup baissé ces derniers temps. Je vous demanderai de patienter un peu, le temps que je vienne à votre rencontre, à cause de mes genoux. Au cas où je n'arriverai pas à vous trouver, je me tiendrai dans un coin très sombre, le plus loin possible de l'entrée de la sacristie. Dieu puisse nous venir en aide. Une paroissienne. »

À l'époque, il ne m'avait fallu que quelques secondes pour livrer mes conclusions à Watson. « Nous y retrouverons une bigote d'environ soixante-dix ans, vêtue de noir, le visage à moitié dissimulé sous un voile sombre, agenouillée sur un prie-Dieu, les mains jointes et les lèvres marmonnant d'inaudibles prières. Ses mains trembleront et elle sera visiblement terrorisée car elle craint l'abbé. Elle a dû le côtoyer assez longtemps. Sans doute était-elle attachée à son service. Elle ne nous accordera qu'un très court entretien avant de s'éclipser en claudiquant. »

Tout cela coulait de source. C'était comme un jeu mathématique, une logique programmée, inéluctable. Au pire, Watson aurait pu soulever une ou deux objections. Il m'aurait peut-être demandé comment je savais qu'elle s'éclipserait en claudiquant. Je lui aurais répondu qu'à cet âge, une station prolongée en position agenouillée engourdit quelque peu les articulations. Il suffit d'observer une bigote qui se relève après une longue prière pour s'en convaincre. Il aurait également pu me demander comment j'avais deviné sa tenue vestimentaire. Je lui aurais rétorqué que les toutes les grenouilles de bénitier s'habillent de la même façon et je l'aurais mis au défi d'en trouver une en tutu rose.

Une logique programmée…

Mais par qui ?

Il me fallait retourner là-bas et approfondir mon enquête. J'endossai une tenue d'ouvrier saisonnier. Puis je me rendis sur place. Je savais que personne ne répondrait à mes questions. La loi du silence régnait dans ces bas-fonds où l'âme humaine valait moins qu'une pinte de bière. Je me mis à fréquenter avec assiduité une taverne bruyante et crasseuse située dans une petite rue, non loin de l'église. Au bout de quelques semaines, les gens s'habituèrent à ma présence et me surnommèrent l'Étranger. Je parvins à me fondre dans la masse sans trop de difficulté. Certes, ma connaissance de l'argot présentait de sérieuses lacunes, mais ils mirent cela sur le compte du fait que j'étais d'ailleurs.

Un soir, je parvins m'immiscer dans un groupe de quatre lascars passablement éméchés et à amener la conversation sur le sujet tabou de l'abbé Meredith. Un grand gaillard aux cheveux roux se montra d'emblée plus loquace que ses acolytes. Ses collègues l'appelaient l'Alambic. Il n'avait pas la trentaine, mais son visage était déjà raviné par l'alcool. Un voile permanent embrumait son regard.

– On n'y comprend rien. Même après toutes ces années, on n'arrive pas à se convaincre que l'abbé ait pu faire ça.

– C'était le meilleur homme qu'on avait jamais eu dans la paroisse, renchérit un nabot entre deux hoquets. Pourtant, je peux vous dire que les curaillons et moi, ça fait deux.

– C'est vrai, ajouta un type à l'œil maladif, il aurait tout donné pour son orphelinat. Il y consacrait sa vie.

– Ouais. C'était le seul qui essayait d'aider les malheureux à s'en sortir, ça lui a pas porté chance.

Il était temps de percer l'abcès.

– Pas porté chance ? repris-je, le nez dans ma bière sur un ton faussement détaché.

– Rapport à l'autre fou.

– Vous voulez sans doute parler de ce pauvre bougre de Mulligan ?

L'Alambic roula de gros yeux étonnés.

– Moi, je trouve que t'es bien gentil de l'appeler « pauvre bougre ». Il était fou à lier. Faut dire qu'il avait de qui tenir.

– De qui tenir ?

– Sa mère a crevé à moitié folle à cause de la syphilis.

– Et de l'alcool, ajouta le nabot qui maîtrisait le sujet.

– Quant à son père, il avait engrossé sa fille aînée, un soir où il était plus torché que d'habitude. C'est comme ça qu'est né Mulligan.

Cette sordide révélation provoqua un éclat de rire général. J'affichais un sourire crispé, tentant de masquer au mieux mon dégoût pour ces mœurs abjectes. L'homme émit un rot sonore, s'essuya la bouche d'un revers de manche et poursuivit :

– L'abbé pensait avoir fait une bonne action en le recueillant. Résultat, il a tué cinq pauvres orphelins. Et c'est qui qu'est allé en prison ? C'est notre bon curé. Et maintenant, il est en train de pourrir quelque part sous terre.

– Pourtant, on m'a toujours dit que Mulligan n'aurait pas fait de mal à une mouche.

– C’est ce qu’on croyait. Mais il a commencé à avoir ses visions.

Le plus âgé du groupe se signa soudain et embrassa avec ferveur la croix qu’il portait au cou.

– Faut pas parler du diable, l’Alambic, ça porte malheur !

Le grand rouquin balaya la remarque d’un geste de la main.

– Je crois pas à ces balivernes.

Puis il posa son regard aviné sur moi.

– T’y crois, toi, l’Étranger, au diable ?

J’avançais dans la conversation avec la prudence d’un fakir sur des braises.

– Je ne suis pas superstitieux, mais je préfère toujours connaître le détail des faits avant de me prononcer.

L’homme était en verve.

– Le détail ? C’est pas bien compliqué. Mulligan disait que le diable se baladait dans le cimetière en pleine nuit. Il prétendait même qu’il lui avait parlé. Il était terrorisé. D’après lui, il l’aurait vu quatre fois en train de déterrer des cercueils qu’avaient été mis en terre la veille. Il disait que le diable échangeait les morts contre les vivants.

– Mulligan a-t-il parlé de cela à l’abbé ou à la police ?

– C’est possible, mais personne n’écoutait plus ses histoires de fantômes et de démons. Je suis sûr que c’est lui qui a fait le coup. À force de côtoyer les macchabées, ça l’a rendu définitivement fou. Satan, c’est lui !

Au bout du comptoir, le vieil homme se signa de nouveau, finit sa bière et s’essuya les moustaches d’un revers de manche.

– Je te le redis, l’Alambic, tu devrais pas parler comme ça. Dieu nous protège.

Le rouquin éthylique s’esclaffa et plongea les lèvres dans l’écume blanche de sa douzième chope de bière.

Je tentai encore de prêcher le faux pour savoir le vrai.

– Il faudrait demander son avis à la vieille servante de l’abbé…

– Ça va pas être facile.

– Ah ?

– Martha est morte bien avant les événements.

J’encaissai le coup sans sourciller.

– Monsieur l'abbé a-t-il eu d'autres servantes avant ou après Martha ?

– Non. On voit bien que t'es pas d'ici, l'Étranger. Sinon, tu saurais que Martha a été la première et la dernière servante de l'abbé. Elle a été emportée par la fièvre environ cinq ans avant les assassinats des orphelins. Et quand elle est partie, Meredith a préféré rester seul.

– Ah, je vois, à cause de son caractère. Il était très sévère à ce qu'on dit.

L'homme pouffa de nouveau, projetant un petit nuage d'écume autour de lui.

– Sévère, l'abbé ? C'est la première fois que j'entends ça. Il inspirait surtout le respect et l'humilité. Même le pire des antéchrists pourrait pas dire le contraire.

Soudain, je sentis un liquide chaud couler sur le bas de ma jambe droite. Je reculai d'un bond. L'Alambic soulageait sa vessie.

Puis, sans raison apparente, il entonna à tue-tête une ritournelle salace dont les paroles auraient pu choquer les oreilles les moins chastes. Un client siffla et protesta au fond de l'estaminet. Il n'aimait pas cette chanson, lui en préférant une autre, non moins paillarde. En quelques secondes, l'ambiance bascula dans le chaos. Le bruit devint infernal : chopes frappées sur les tables, interjections, sifflets, rires gras d'ivrognes. Une bouteille vide traversa la salle enfumée et percuta le dos du rouquin qui se retourna, furieux. Une lame de couteau passa à quelques centimètres de mon bras. J'en savais assez. Il était temps d'opérer un repli stratégique. Je fouillai dans ma poche et lançai en l'air une poignée d'arguments. La pluie de pièce s'abattit sur le sol, provoquant une ruée féroce de tous les assistants. Je laissai ces gens à leur curée sordide et en profitai pour m'éclipser.

J'eus toutes les peines du monde à trouver un fiacre qui accepta de me prendre. Il est vrai que mon allure n'avait rien d'engageant. Une fois chez moi, après un sérieux nettoyage, je tentai à nouveau d'y voir clair et de poser les bonnes questions. Toute cette histoire me semblait cousue de fil blanc.

Qui était la vieille femme qui m'avait envoyé ce mot ? Apparemment, elle n'avait jamais été servante de l'abbé. Quel rôle jouait-elle dans cette affaire ? Pouvais-je seulement la décrire ? Il faisait sombre dans cette église, à l'écart de la nef. Sa face était cachée par un voile noir. Je ne connaissais rien d'elle. Comment la retrouverais-je ?

Je tentai de me souvenir de son comportement. Chaque fois que nous lui parlions, Watson et moi, elle détournait les yeux et plongeait le nez dans son missel. J'avais mis cette attitude sur le compte de l'effroi. Mais ne cherchait-elle pas plutôt à se soustraire à notre regard ?

Elle parlait d'une voix basse, comme un murmure rauque, à la limite de l'audible. N'était-ce pas plutôt la voix d'un homme qui tentait de camoufler sa diction ?

Un autre détail me revint en mémoire. Elle avait écourté notre conversation et était sortie de l'église avec une étonnante vélocité. Bien sûr, elle avait boitillé légèrement tant qu'elle avait été à portée de nos regards, mais après ? Elle avait rejoint la porte de l'église en un temps record, comment si elle avait soudainement retrouvé des jambes de jeune fille, ou bien… de jeune homme ? Quelle taille pouvait faire cette étrange créature si elle n'avait pas été voûtée à l'excès ? Environ un mètre soixante-dix. Comme Jack le Mendiant, comme le « cousin » de Cardwell, comme l'étrange voisin du couple Barnes…

Qu'avait bien pu voir Mulligan dans le cimetière à quatre reprises ? Quel spectacle terrifiant avait pu le pousser au suicide ? Simple fantasme d'un esprit dérangé, ou terrible révélation ?

Ma conviction se renforçait néanmoins. Il n'y avait qu'une seule et unique personne derrière tout cela. Une personne qui tuait dans l'ombre après avoir longuement étudié les habitudes de ses victimes. Un être diabolique qui connaissait le défaut de chaque cuirasse et frappait avec la volonté d'infliger le châtiment suprême…

Je savais maintenant que j'allais trouver le même personnage en filigrane dans chacune des affaires.

Je repris le dossier de l'enlèvement de lady Jane Burnington.

La vision de cette fillette, empalée sur une croix retournée, était gravée à tout jamais dans mon esprit. Mais les conditions même de son enlèvement et les mobiles des ravisseurs restaient étranges et incompréhensibles.

Je me souvenais des moindres faits. Lestrade était venu nous trouver avec une lettre qu'avait reçue lord Burnington. « Si vous voulez retrouver votre fille vivante, vous devrez nous verser la somme de 20 000 couronnes sous 48 heures. Nous vous contacterons demain pour vous préciser où et quand l'argent devra nous être remis. Si vous parlez de cela à qui que ce soit, nous sacrifierons votre fille selon le rituel. »

Lady Burnington n'avait pas tenu compte de cet avertissement. Les ravisseurs avaient alors envoyé une deuxième lettre : « Tu as essayé de nous doubler. Ta combine est éventée. La vieille a prévenu la police. On t'avait demandé de garder le silence. Tu es pris à ton propre piège ! Ta fille va payer tes erreurs. Elle va rejoindre ta famille selon le rituel, dans l'antichambre de l'Enfer. Merci quand même pour ce lot de consolation. La gamine est plutôt dégourdie pour son âge. Faut dire qu'elle a de qui tenir ! »

Nous nous rendîmes au caveau de famille de lord et lady Burnington. C'est là que nous retrouvâmes lord Burnington, tentant désespérément de forcer la lourde grille du caveau. Mais au fait, comment était-il arrivé là ?

Je relus ce passage dans les notes de Watson.

« – Un cocher est venu me chercher au château et m'a demandé de le suivre seul. Il m'a dit qu'il savait où se trouvait ma fille. Il m'a conduit jusqu'ici et a aussitôt disparu dans le brouillard. »

Qui était cet étrange cocher surgit comme par enchantement du brouillard pour s'y évanouir un peu plus tard sans la moindre explication ?

Je décidai de partir sur les traces de lord Burnington et de découvrir la face cachée de son existence.

Ce travail de fourmi me prit de longs mois. Il me fallut d'abord prendre contact avec les ayants droit et les proches de lord Burnington. Les serviteurs de la famille se révélèrent également très attachés aux valeurs de leurs maîtres qu'ils tenaient pour exemplaires. Leur contribution et leurs témoignages furent décisifs. Je parvins à les convaincre que ma démarche ne visait qu'à la réhabilitation morale de la famille. On me livra peu à peu des documents de première main : des livres de comptes, des correspondances, et surtout le journal personnel de lord Burnington. Je parvins ainsi à reconstituer son emploi du temps au jour le jour sur plusieurs années.

Rien.

Pas le moindre indice permettant de le soupçonner d'une quelconque double vie. Mieux, ses livres de comptes révélèrent qu'il ne rencontrait aucune difficulté financière. Ses investissements, parfaitement répartis et gérés avec intelligence, s'avéraient très fructueux. Il n'avait aucune dette. Dans sa correspondance et son journal, toutes ses pensées allaient à sa femme et à sa fille. L'homme était irréprochable et sa moralité au-dessus de tout soupçon. Les enquêtes de voisinage confirmèrent mes conclusions : lord Burnington était un modèle de vertu et de probité, tant pour sa propre famille que pour ses innombrables employés.

Plus encore que dans les autres affaires, cette histoire me semblait montée de toutes pièces. Cette fois encore, un mystérieux personnage, le cocher du fiacre, avait tiré les ficelles de ce drame épouvantable, actionnant ses personnages au gré de ses fantasmes.

Mais pourquoi ce scénario sordide ? Pourquoi cet horrible meurtre aux relents de rituel satanique ? La fillette n'avait-elle pas dit avoir vu le Diable avant de mourir ?

J'avais le sentiment de plus en plus fort que le vrai meurtrier essayait de nous orienter vers une fausse piste.

Aleister Crowley était-il le bouc émissaire ou l'inspirateur de ces crimes ? Et Houdini ? Avait-il mis ses dons au service de ces incroyables mises en scène ? La magie noire n'était-elle pas le complément maudit de la magie blanche ?

Je poursuivis mes enquêtes, bien décidé à aller jusqu'au bout de ce mystère.

L'affaire que j'avais appelée « le supplice du rat » restait sans doute la plus énigmatique de toutes. Le pendu n'avait pu être identifié. Personne ne réclama jamais son corps. Nul ne semblait le connaître. Je ne possédais pas le moindre indice me permettant de mener à bien une contre-enquête digne de ce nom.

La seule certitude que je possédais, c'était d'avoir vu dans l'ouvrage de Cornelius Hazelwood une gravure très explicite représentant l'intérieur délabré de cette masure. L'illustration présentait un homme pendu par les poignets. Une cage remplie de rats était accrochée sur son ventre. Un abominable rictus tordait le visage du malheureux tandis que les rats lui dévoraient les intestins.

Un commentaire accompagnait cet effroyable dessin : « Dès le Moyen Âge, on comprit que les rats étaient des créatures néfastes et porteuses de mort. On croyait qu'ils pouvaient jeter des sorts aux gens afin de provoquer d'effroyables douleurs à l'estomac. Alors, afin d'apaiser les animaux, on leur donnait en pâture les viscères d'un homme vivant. Les grands criminels étaient achevés de cette façon. Ils subissaient le fameux supplice du rat. De plus, le peuple raffolait du spectacle morbide du malheureux supplicié se tordant de douleur sous les morsures des animaux. De nos jours, cette tradition demeure dans les bas-fonds. Elle serait encouragée par certaines sectes sataniques aux mœurs décadentes. »

Là encore, les soupçons se portaient sur Crowley.

Quant à la maison, elle était abandonnée depuis près de cinq ans. Le cadastre m'apprit qu'elle avait autrefois appartenu à un capitaine de vaisseau, un certain Léo Barnikel. Le pendu était-il l'ancien propriétaire de la maison ?

Une fois encore, je me rendis sur les lieux du crime. La même vision sinistre s'offrit à moi. La petite maison isolée trônait sur sa colline lépreuse, torturée par le vent violent qui ne semblait jamais cesser de souffler.

À proximité de la masure, quelques ifs se tordaient dans la tempête. Leurs cimes, sous les poussées de la bourrasque, ressemblaient à des têtes décapitées oscillant sur des piques. Rien n'avait changé, comme si le temps n'avait pas de prise sur ce coin oublié de Dieu.

L'auberge la plus proche se trouvait à plusieurs kilomètres. J'y fis une brève halte.

En entrant, je fus saisi par une bouffée suffocante d'air chaud, rempli de vapeurs grasses et fades, contrastant avec le froid sec qui sévissait à l'extérieur. Quelques ouvriers conversaient à voix basse autour de pintes de bière et de verres de gin. Une fumée acre et étouffante de tabac de mauvaise qualité emplissait l'atmosphère confinée de la petite salle.

L'endroit était hostile et mal éclairé. Les gens me dévisagèrent avec méfiance.

Cette fois, je ne voulus pas endosser les habits de l'Étranger. J'étais pressé d'aller au but. L'aubergiste astiquait des verres crasseux derrière son comptoir. Je me plantai devant lui et déposai une demi-couronne sous son nez.

– Je suis Sherlock Holmes. J'enquête sur la « maison hantée ».

Les conversations se turent.

L'homme se figea, le regard apeuré.

– Je ne sais rien.

Il jeta des regards furtifs autour de lui, comme s'il se sentait épié. Puis il saisit la pièce d'un geste vif. Le brouhaha des conversations reprit peu à peu.

Le tavernier se pencha vers moi.

– C'est un sujet qu'on n'aime pas trop aborder par ici. Les gens ont peur.

– Peur de quoi ?

L'homme se signa.

– Du diable, bien sûr.

– Du diable ?

– Oui. La maison est hantée. Tout le monde sait ça. Autrefois, elle appartenait à un ancien capitaine au long cours, Léo Barnikel. Il y vivait seul. Mais la plupart du temps, il était en mer et naviguait. Le diable a commencé à rôder dans le coin.

– Des gens l'ont vu ?

– Oui. Aussi vrai que je vous vois. Parfois, il y avait des hurlements horribles la nuit, comme si on torturait quelqu'un.

– La police a-t-elle été prévenue ?

– Bien sûr. Scotland Yard a mené une enquête mais n'a rien constaté d'anormal. À part que Barnikel ne revenait plus. La compagnie maritime qui l'employait ne l'avait pas revu depuis trois ans.

– Et ensuite ?

L'homme posa sur moi un regard abyssal.

– Ensuite, rien. La maison est tombée peu à peu à l'abandon. Personne ne s'en est plus approché. Le diable continuait à rôder. Jusqu'au jour où on a retrouvé le pendu avec sa cage à rats accrochée sur le ventre. Vous voulez que je vous raconte comment ça c'est passé ?

– Ça ira merci. Le diable n'est jamais revenu ?

– Je sais pas. Je suis pas allé voir.

– Le pendu, c'était Léo Barnikel ?

– Il y en a qui pensent que oui, mais personne n'a pu l'identifier. Faut dire qu'il n'avait pas de famille et très peu d'amis. Alors, comment savoir ? En plus, ce pendu ne ressemblait pas tellement à Barnikel. Ceux qui avaient vu le capitaine disaient qu'il était plutôt gros. Le pendu, lui, il était tout maigre.

51

Nous étions au cœur de la nuit. Le feu se mourait dans l'âtre. L'immobilité et le froid commençaient à engourdir nos membres. Je massai mes genoux afin de chasser la douleur montante de mes rhumatismes.

Soudain, un léger toussotement se fit entendre dans notre dos. Le notaire interrompit sa lecture et leva la tête.

Un grand escogriffe à l'allure un peu gauche attendait, planté dans l'encadrement de la porte, une énorme bûche dans les bras. Il n'osait franchir le seuil de ce bureau, de peur de troubler notre studieuse assemblée.

Maître Holborne lui fit signe d'entrer d'un geste de la main.

– Eh bien, mon vieux, qu'attendez-vous pour raviver le feu ? On se gèle ici.

L'homme baissa les yeux et sourit benoîtement. Puis il déposa sa bûche dans la cheminée. Les flammes commencèrent à lécher l'écorce sèche.

Comme je croisais son regard, le bonhomme se releva en se tenant les reins.

– Un bon feu de cheminée apaisera vos rhumatismes, docteur Watson. Je sais de quoi je parle.

Tant de sollicitude me toucha.

– Merci, mon ami.

Puis il repartit avec cette attitude empruntée qu'ont les gens du peuple quand ils sont intimidés.

Le feu crépita de nouveau dans l'âtre. Une chaleur réconfortante envahit peu à peu le bureau.

Lestrade se leva, se servit une tasse de thé, la but d'un trait et reposa la tasse. La chimie fit de nouveau son effet.

– Ainsi donc, d'après Sherlock Holmes, toute cette affaire aurait été mise sur pied par un mystérieux personnage évoluant dans l'ombre ?

– En doutez-vous encore ? ripostai-je. Les preuves avancées par Sherlock Holmes ne vous suffisent-elles pas ?

Un rictus mauvais anima la face du policier. Il semblait en vouloir à l'humanité entière.

– Si ce que vous dites est vrai, il faut en assumer les conséquences. Je ne connais qu'un homme capable de réaliser ce genre d'exploits en passant inaperçu.

– Allez au bout de votre pensée, mon vieux.

– Si l'on suit les arguments de Sherlock Holmes, l'assassin ne peut être que son propre frère, Mycroft.

L'intéressé sursauta et posa un regard interloqué sur le policier.

– Puis-je savoir comment vous êtes parvenu à cette brillante conclusion ?

Lestrade posa les poings sur ses hanches et bomba le torse.

– Je ne suis pas le premier policier de Londres par hasard. Je n'ai sans doute pas le génie de Sherlock Holmes, mais je raisonne juste, et je vais vous le prouver. Tout le monde s'accorde à penser que vous êtes un esprit brillant, monsieur Holmes, bien supérieur à celui de votre frère, n'est-ce pas ?

– Si vous le dites…

– Mais vous êtes aussi l'homme de l'ombre, le chef des services secrets.

– On ne peut rien vous cacher.

– Votre nom est certes connu du grand public, mais associé au prénom Sherlock. Or vous méprisiez votre frère cadet et ses méthodes empiriques.

Mycroft Holmes haussa les épaules.

– Où allez-vous chercher tout cela ?

Lestrade se tourna vers moi.

– Docteur Watson, Sherlock Holmes ne vous a-t-il pas déclaré : « Mycroft n'a jamais eu la moindre sollicitude à mon égard et ne s'est jamais préoccupé de ma personne. Et c'est réciproque. Il m'est encore plus étranger que vous. » ?

– C'est exact. Cela m'avait d'ailleurs choqué et attristé.

Le limier arpenta le bureau d'un air grave, les mains dans le dos.

– Il n'est pas utile de s'appeler Sigmund Freud pour comprendre que les problèmes existentiels de votre camarade remontaient à sa tendre enfance.

Lestrade s'arrêta soudain et fronça les sourcils, à la recherche de phrases choisies. Mycroft Holmes le considérait avec une condescendance teintée d'ironie. William Holborne, au contraire, semblait le prendre très au sérieux.

Le policier reprit :

– Sherlock a vécu toute sa vie dans l'ombre de Mycroft. Les brimades de son enfance l'ont marqué pour le restant de ses jours. Si Sherlock Holmes a sombré dans la drogue, c'est à cause de Mycroft.

L'intéressé se leva et se planta devant le policier. Il le dominait de deux têtes.

– Vous allez trop loin, Lestrade !

Mycroft Holmes fulminait. Sa lèvre inférieure trembla un court instant, ne trouvant pas les mots pour contrer ces accusations venimeuses. Lestrade poursuivit :

– Mais le destin est imprévisible. Sherlock a pris une revanche éclatante. Et tandis qu'il brillait au firmament et connaissait les honneurs de la presse et du grand public, vous vous terriez au Diogene's Club dans l'indifférence générale. Comment un cerveau comme le vôtre pouvait-il s'accommoder d'une telle injustice ?

Le visage de Mycroft Holmes s'empourpra.

– Vous affabulez, mon pauvre vieux. Vos explications sont aussi nébuleuses que le brouillard londonien. Et même si vous disiez vrai, cela ne ferait pas de moi un assassin. Pourquoi aurais-je massacré tous ces malheureux ?

– Vous seul pouvez le dire. Mais quand deux monarques se déclarent la guerre, combien d'innocents paient de leur vie les délires meurtriers de leurs chefs ?

Mycroft retrouva peu à peu son attitude bonhomme et détachée.

– Avec des arguments aussi fallacieux, nous sommes tous des suspects et des assassins potentiels. Votre argumentation est d'autant moins crédible qu'à présent je connais l'assassin.

Mycroft tentait-il une manœuvre de diversion ou détenait-il réellement la solution de cette énigme ? La réponse ne tarda pas.

Il pointa soudain son index vers maître William Holborne.

– Je vous accuse de meurtres prémédités !

Le notaire s'agrippa aux bras de son fauteuil et devint blanc comme un cierge.

– Qu… quoi ? Moi ?

– Oui, vous ! N'étiez-vous pas un proche de mon frère ?

L'avoué confirma de la tête, mais aucun son ne sortit de ses lèvres.

– N'avez-vous pas déclaré au docteur Watson que vous vous passionniez pour ses récits ?

Le notaire ne répondit pas. Son regard s'agrandit comme celui d'un animal traqué.

Le chef des services secrets retrouva toute sa force de conviction. L'homme qui un instant auparavant était accusé devenait à son tour un redoutable accusateur.

– Vous avez reconnu vous-même que votre fonction ne vous passionnait guère. Je vous cite de mémoire : « J'ai repris l'étude de mon père qui la tenait lui-même de son père. Cela fait partie des avantages mais aussi des vicissitudes de l'aînesse. Je rêvais d'une carrière artistique. Mais mon père n'aurait pas admis que j'embrasse une autre carrière. Alors je passe toutes mes journées dans l'inaction totale de cette étude. Heureusement qu'il y a vos livres pour m'évader de temps à autre et tromper l'ennui. »

Maître Holborne, sans doute peu habitué à se trouver sur le banc des accusés, paraissait incapable de se défendre contre les attaques de Mycroft Holmes.

Devant un spectacle aussi navrant, je décidai de m'improviser avocat de la défense.

– Des milliers de gens dévorent les aventures de Sherlock Holmes et ne sont pas des meurtriers pour autant.

– Certes, mais qui se passionne pour ses traités de criminalistique ? En outre, nous savons que maître Holborne était un des premiers clients de mon frère. Il a donc eu tout le loisir d'étudier ses méthodes.

Je m'insurgeai.

– Il manque un élément fondamental à votre argumentation, monsieur Holmes.

– Ah, oui ? Lequel ?

– Le mobile des crimes.

– Allons donc, docteur Watson, c'est évident. Maître Holborne aura tué ces gens pour tuer le temps. Quel meilleur moyen d'échapper à son univers insipide ?

– Vous êtes sérieux ?

– Non.

Le visage de maître Holborne exprima un mélange d'effroi et de stupeur.

– Mais alors, pourquoi avoir attaqué ainsi notre pauvre ami ?

– Je vous l'ai dit. Avec des arguments fallacieux et une bonne dose de mauvaise foi, on parvient toujours à faire accuser qui l'on veut. N'est-ce pas, Lestrade ?

Le policier fit un geste de la main qui pouvait signifier : « J'abandonne, vous êtes trop fort pour moi. »

De son côté, le notaire reprit peu à peu contenance. Il n'appréciait que modérément d'avoir servi de cobaye pour cette expérience insolite.

– Vous ne m'avez donc pas considéré comme un assassin potentiel ? demanda-t-il, encore sous le choc.

– Bien sûr que non. Vous êtes la dernière personne que l'on puisse décemment soupçonner.

Mycroft Holmes s'étira, sans quitter le notaire des yeux.

– En revanche, je serais intéressé par votre point de vue sur cette affaire.

– Eh bien, contrairement à ce que vous prétendiez dans votre... réquisitoire, je ne suis pas très doué pour résoudre ce genre d'énigmes. Je suis un lecteur assidu des enquêtes de Sherlock Holmes, certes, mais je me laisse porter par l'intrigue sans essayer d'outrepasser mes compétences. Une vague intuition parvient parfois à traverser mon esprit, mais rien de plus.

– Et que vous dit votre vague intuition, dans le cas présent ?

Le notaire prit son menton entre le pouce et l'index.

– Cette question est gênante. Je ne souhaitais pas entrer dans ce débat afin de garder ma neutralité jusqu'au bout.

– L'un n'empêche pas l'autre.

Le notaire réfléchit un court instant, comme s'il voulait prendre la mesure exacte de ses paroles.

– Mon idée vous paraîtra sans doute farfelue. C'est mon côté fantasque. Mais je pense que tous ces meurtres ont une origine surnaturelle.

– Vous ne seriez pas le seul à soutenir cette thèse. Mais quels arguments vous font pencher vers cette interprétation ?

– Une somme de détails. À commencer par la personnalité même de l'évadé de Millbank. Comment un homme aussi pleutre aurait-il pu commettre de tels crimes sans une incitation externe ?

– Selon vous, cette « incitation » viendrait du diable ?

– Peut-être. Plusieurs témoins ont affirmé l'avoir vu, dans des endroits où il était impossible d'entrer et de sortir. Le caveau cadenassé où l'on a retrouvé la fillette empalée, la chambre de lady Saint-James, la chambre close du bébé du juge Richmond…

– Croyez-vous au diable ?

– Pas vraiment, mais reconnaissez que tout cela est troublant.

Maître Holborne ajusta son lorgnon et referma implicitement cette parenthèse.

– Écoutons la suite du récit de Sherlock Holmes !

52

Le mystère de l'assassinat du jeune James Pickox restait également entier.

Son père, le chirurgien John Pickox, retrouva le corps sans vie de son fils sur sa propre table de dissection.

Comment fus-je informé de cela ? Par une lettre anonyme reçue à Baker Street. La calligraphie de cette lettre m'avait choqué. Elle ne se prêtait à aucune interprétation rationnelle et semblait déjouer les règles les plus élémentaires de la graphologie. L'écriture pouvait être celle d'un homme, mais la calligraphie de certaines lettres variait d'un endroit à l'autre, comme si elle avait été écrite par plusieurs personnes à la fois. Certains caractères me posaient de réels problèmes. Par endroits, le « t » possédait une barre oblique orientée vers le haut, tandis qu'en d'autres la barre était très courte et donnait à la lettre des allures de signe plus. Je savais pourtant que ce genre de lettre répond à un automatisme quasiment infalsifiable. Il était donc fort peu probable que sa forme changeât au sein même d'un texte aussi court.

Il me vint soudain l'idée de rapprocher cette écriture de la lettre que m'avait envoyée la vieille femme dans l'affaire de l'abbé Paul Meredith. Je ne m'étais jamais livré à cette expérience, considérant que ces deux documents émanaient d'auteurs totalement différents. Mais maintenant, à la lumière de mes dernières déductions, tout était possible…

Je sortis ma grosse loupe et commençais à comparer les deux écritures. En apparence, elles n'avaient guère de points communs. L'une était hésitante mais régulière. L'autre était solide mais chaotique. Je décidai de concentrer mon attention sur le caractère « t ».

Ma surprise fut immense.

L'écriture de la prétendue vieille femme comportait les mêmes anomalies que la présente missive. Quelqu'un avait donc voulu m'attirer dans cette salle d'étude anatomique précisément ce jour-là. Et ce quelqu'un n'était autre que la vieille femme rencontrée dans l'église. Il s'agissait à l'évidence du meurtrier du jeune Pickox.

Enfin, les indices convergeaient.

Mais une pensée corollaire frappa aussitôt mon esprit. J'avais maintenant la certitude que je connaissais cet individu ! Sinon, pourquoi aurait-il pris soin de modifier son écriture ?

Tout semblait s'enchaîner à présent. Une nouvelle cohésion commençait à voir le jour.

Fort de cette découverte, je poussai mon investigation plus avant.

Le corps du jeune Pickox avait été livré par un homme qui ne faisait pas partie du personnel de la morgue. D'ailleurs, la livraison du corps de la vieille femme n'était prévue que pour le lendemain matin, peu avant le début du cours d'anatomie du docteur Pickox père.

L'homme qui avait livré le corps portait un masque, prétextant des raisons sanitaires. En réalité, il était évident qu'il cherchait à dissimuler ses traits, lui aussi.

J'ouvris le dossier de l'affaire Wheeler.

Le cadavre d'une femme avait été retrouvé, le visage enduit de miel et dévoré par la vermine.

Dans cette affaire, c'est Lestrade lui-même qui avait reçu une mystérieuse lettre dénonçant les agissements troubles de lord Wheeler. La missive révélait que l'homme entretenait une liaison passionnée avec une jeune danseuse surnommée Lulu Grande-Bouche !

Lady Wheeler aurait découvert l'idylle et aurait payé des malfrats afin de faire défigurer la maîtresse de son mari à l'aide de vitriol. Fou de rage, lord Wheeler aurait décidé de punir lui-même sa propre épouse en lui faisant subir un supplice encore plus monstrueux. La lettre indiquait en outre le lieu exact du crime.

De fait, nous trouvâmes sur place le cadavre de lady Wheeler, le visage grouillant de vermine. Sur le lieu de la torture, une foule d'indices accusaient lord Wheeler. Mais peut-on encore parler d'indices ?

On aurait dit que tout avait été mis en œuvre pour conduire à l'inculpation inéluctable de lord Wheeler.

J'entrepris de longues recherches pour tenter de retrouver la fameuse Lulu Grande-Bouche.

Une fois de plus, j'endossai mon déguisement d'ouvrier à la dérive et me rendis à Limehouse. Je décidais de commencer mes recherches par l'estaminet le plus mal famé du quartier : le « Pirate-en-goguette ». Je m'armai de courage et poussai la porte du repaire. Je reçus de plein fouet l'haleine suffocante du lieu. L'endroit était encore pire que ce que j'avais imaginé. L'éclairage était à la hauteur de la moralité ambiante. À travers un brouillard jaunâtre de tabac puant, je finis par deviner une salle tout en longueur où grouillait une humanité de cauchemar. Les pires épaves de la ville, mendiants professionnels, voyous endurcis et prostituées de tous âges semblaient s'être donné rendez-vous dans ce lieu abominable. Des serveuses au visage épuisé circulaient entre les consommateurs, portant des plateaux chargés et esquivant d'une torsion de hanche les mains entreprenantes qui guettaient leur passage. Je parvins à interroger une de ces créatures alors qu'elle passait près de moi.

– Connaissez-vous Lulu Grande-Bouche ?

– Évidemment ! me répondit-elle, à mon grand étonnement.

Puis elle mit ses mains en porte-voix et hurla à travers le brouhaha de la salle :

– Lulu ! Un client pour toi.

Cela semblait un peu trop facile. Une silhouette s'avança du fond de la pièce. C'était une virago corpulente et crasseuse au visage mafflu marbré de couperose. Ses mèches hirsutes tombaient dans ses yeux hagards. Elle serrait une bouteille de gin contre sa poitrine. Je remis une demi-couronne à la harpie et la fis parler en m'efforçant de ne pas croiser son haleine.

Je découvris avec stupéfaction que les bas-fonds londoniens regorgeaient de Lulu Grande-Bouche. Ce pseudonyme semblait très répandu chez les femmes de petite vertu aux pratiques amoureuses peu conventionnelles. Aucune d'entre elles n'avait entendu parler de l'affaire Wheeler. Je rencontrai bien plusieurs femmes défigurées, mais elles m'expliquèrent que cette pratique était courante chez les souteneurs. Quand ces messieurs étaient mécontents du rendement de leurs protégées, ils les punissaient en leur aspergeant le visage de vitriol. Les jeunes femmes, si elles survivaient, étaient ainsi privées de leur unique gagne-pain, aussi sordide fût-il.

Une autre vision me revint en mémoire : celle de la faune abominable qui croupissait dans cette fabrique désaffectée que Crowley prenait pour le pandémonium. Plusieurs femmes avaient le visage en lambeaux et recouvert d'abominables cicatrices. Sans doute d'anciennes prostituées ayant subi le châtiment du vitriol...

Des dizaines de Lulu Grande-Bouche me proposèrent leur plaisir frelaté. J'eus toutes les peines du monde à leur faire comprendre que tel n'était pas le but de ma visite. Je finis par abandonner cette piste, gagné par la nausée.

À l'époque déjà, je n'avais pas cru un instant à la thèse du crime passionnel. La lettre envoyée à la police était du même acabit que celle de la prétendue vieille femme et que celle du soi-disant voisin des Pickox. Elles n'étaient que des scénarios inventés de toutes pièces, de véritables fictions produites par un auteur à l'imagination morbide. Lulu Grande-Bouche était un mythe. Comment Lestrade et ses hommes avaient-ils pu tomber dans des pièges aussi grossiers ?

Je relus les notes de Watson. C'était le jeune Higgins et sa petite bande qui m'avaient prévenu.

Mais comment Higgins avait-il pu tomber précisément sur le meurtrier dans une ville aussi grande que Londres ? La seule mission que je lui avais confiée était de guetter le retour éventuel de Jack le Mendiant.

La réponse se trouvait dans mes notes. À l'époque des faits, le jeune Higgins et sa petite bande habitaient à quelques pâtés de maisons de cette fameuse cave ! Ils ont donc vu passer cet homme déguisé en diable. Ils l'auront suivi et auront découvert ses agissements.

Simple coïncidence ? Ce gamin en savait-il plus long qu'il ne voulait bien le dire ? Pourquoi avait-il fui aussi vite à l'approche du lieu ?

Higgins aurait-il pu être le complice du meurtrier ?

Voilà un nouveau suspect dont je me serais bien passé.

Qu'était-il devenu ?

Tous mes efforts pour retrouver Higgins se soldèrent par des échecs. Autrefois, les Irréguliers étaient des gamins des rues, sans attaches ni famille. Pourtant, je savais où les trouver. Mais à présent ils étaient tous adultes. Quel avait été leur destin ? Étaient-ils seulement toujours à Londres ?

J'espérais trouver plus d'indices dans l'affaire de la Vierge de Lucullus.

Le rapport de police accablait le beau-père de la malheureuse qui avait été enfermée vivante dans la statue-sarcophage.

Je relus les faits qui suivirent notre macabre découverte. Malcolm Fellow, le beau-père de la jeune fille, fut présenté comme un monstre aux mœurs dépravées. Les « preuves » accumulées contre lui étaient accablantes.

Une fois de plus, le scénario était parfait.

Une fois de plus, l'accusé nia les faits qui lui étaient reprochés.

Une fois de plus, mon enquête personnelle ne trouva pas la moindre faille ni la moindre déviance dans la vie exemplaire de ce monsieur.

Mais qu'observait Houdini, caché dans l'obscurité de son confessionnal ?

Était-ce lui l'homme de l'ombre, l'homme aux mille visages, capable de manipuler les autres et de monter des scénarios macabres ?

Cette question n'avait jamais effleuré les enquêteurs. Au contraire, ils s'étaient attaché les services de l'illusionniste et de la spirite Anna Eva Fay. Mais en agissant ainsi, n'avaient-ils pas introduit le loup dans la bergerie ?

À présent, Houdini poursuivait une carrière internationale. Il défrayait régulièrement la chronique avec ses exploits époustouflants. Mais la presse lui prêtait des relations houleuses avec le monde de l'occultisme.

Et cette statue, la Vierge de Lucullus… Elle n'était tout de même pas arrivée là par le miracle du Saint-Esprit, bien que le lieu s'y prêtât. Je décidai de mener une contre-enquête approfondie sur cette mystérieuse statue.

Après plusieurs mois de recherches, j'appris que la Vierge de Lucullus avait été descellée de son socle et réduite en poussière. Le gouvernement avait voulu ainsi éliminer ce symbole de crime et de blasphème par lequel le scandale était arrivé. Mais il avait détruit en même temps une précieuse pièce à conviction.

Je résolus alors d'engager une vaste recherche bibliographique auprès des conservateurs des principaux musées d'Europe. Un an plus tard, je pus enfin compiler les réponses des meilleurs spécialistes. La Vierge de Lucullus était le produit d'un pur fantasme. Aucune statue ressemblant de près ou de loin à cela n'avait jamais existé. Elle était issue de l'imagination d'un malade. En revanche, il existait bien au Moyen Âge une sorte de sarcophage hérissé de pointes, portant le nom peu réjouissant de Veuve de Nuremberg. Les criminels y étaient enfermés jusqu'à ce que la mort les délivre. Le sculpteur diabolique s'était donc inspiré de cet instrument barbare pour créer sa statue.

Quelques mois plus tard, mes recherches me conduisirent dans une des vingt-sept fonderies de Londres. Un rebondissement incroyable se produisit. Je découvris les plans de fabrication de la Vierge de Lucullus. Cette statue avait été fabriquée dans le plus grand secret sur ordre d'un certain… Reginald Foster !

Mon cerveau faillit exploser.

Que venait faire le journaliste dans cette histoire macabre ? Était-il lui-même impliqué dans ces terribles affaires ? Avait-il été manipulé ou soumis à une quelconque pression ? J'avais l'impression de tenir un élément essentiel de ce monstrueux puzzle, même si pour l'instant je ne parvenais pas encore à en saisir la cohérence globale.

J'avais toujours soutenu que le passé expliquait le présent. Cette nouvelle découverte me donna l'énergie de poursuivre mes recherches.

Je me replongeai dans ce fait divers abominable, passé presque inaperçu au milieu de ces quinze affaires sanglantes : un vieux libraire étouffé par un livre. L'enquête avait rapidement abouti à l'emprisonnement de sa propre fille.

Pour la police, la culpabilité de la jeune femme ne faisait aucun doute. Trop de preuves jugées indéniables s'accumulaient sur ses frêles épaules. Mais la malheureuse s'était laissée mourir de désespoir en prison, avant même que ne débute son procès.

Je fouillai pendant de longs mois dans le passé du père et de la fille. Ils avaient eu une vie sans histoires, partageant la même passion studieuse des livres. Rien ne préfigurait un quelconque changement de comportement de la jeune fille, et encore moins le meurtre de son propre père qu'elle semblait adorer.

Une enquête plus poussée menée auprès du voisinage m'apprit qu'une vieille infirmière donnait régulièrement des soins au libraire alité. Il me fallut gratter au fond des mémoires pour apprendre qu'il s'agissait d'une vieille religieuse. Ce qui la plaçait d'emblée au-dessus de tout soupçon. Nul ne parvint toutefois à se souvenir à quel ordre religieux elle appartenait.

La religieuse-infirmière n'était pas réapparue depuis le décès du libraire. Ce qui était logique.

La présence de cette religieuse-infirmière réveilla un souvenir dans ma mémoire. N'était-ce pas une nurse-religieuse, là aussi, qui s'occupait du bébé du juge Allan Richmond ?

Pouvait-il s'agir de la même personne ?

Je m'emparai aussitôt du dossier Richmond.

Les événements étaient encore présents dans ma mémoire, comme s'ils s'étaient déroulés la veille.

Hazelwood et Lestrade espéraient tendre un piège au meurtrier. Ils avaient échoué. Le crime avait eu lieu sous leur nez, dans la chambre même du bébé. Le mystère était total. La police avait acquis la certitude absolue que personne n'était entré ni sorti de cette pièce. La vieille nurse qui veillait sur le bébé n'était malheureusement plus de ce monde pour témoigner.

Alors comment débuter une contre-enquête ?

Je décidai d'appliquer mon vieux principe qui avait fait maintes fois ses preuves : procéder par élimination. C'est-à-dire éliminer toutes les hypothèses impossibles. L'hypothèse restante devait être la solution du problème.

En homme de science cartésien et pragmatique, j'écartai d'emblée les interprétations surnaturelles et autres croyances mystiques.

Si personne n'était entré ni sorti de la chambre du bébé, c'est que le meurtrier se trouvait déjà à l'intérieur. Or, à part le bébé lui-même, il n'y avait qu'une personne dans la chambre : la vieille nurse. Donc la nurse avait tué le bébé ! Cette idée m'avait déjà traversé l'esprit. Mais je l'avais chassée car elle me semblait incompatible avec les témoignages recueillis. En effet, la vieille religieuse était très proche du juge et de sa famille. Sa vie était dévouée aux autres et en particulier à ce nourrisson qu'elle adorait. Alors pourquoi aurait-elle commis un meurtre aussi horrible ?

J'entrepris de relire une fois de plus les précieuses notes de Watson. Voici ce que disait le rapport du *Times*, cité par mon ami, sur les événements qui succédèrent au meurtre :

« Il s'ensuivit un incroyable remue-ménage, accompagné de cris de terreur, d'injonctions policières et de roulements stridents de sifflets. Cédant à la panique, la vieille nurse, encore sous l'effet du narcotique, tomba plusieurs fois à terre et finit par s'enfuir en titubant. Elle sortit de la maison en courant, la face dans les mains, passa devant le chenil et s'enfonça dans les ténèbres glacées. Ajoutant leur sinistre contribution aux cris et aux pleurs, les chiens se mirent soudain à aboyer comme s'ils étaient enragés. Dehors, un nouveau hurlement déchira la nuit. Peu de temps après, on retrouva le corps sans vie de sœur Martha, ses membres raidis et tétanisés. La mort avait figé son visage dans une indicible expression de frayeur. »

Un effroyable doute s'insinua dans mon esprit. « La face dans les mains ! » Qui, dans ce moment de pure panique, aurait pris le temps de dévisager la nurse ? Personne ! Et si cette prétendue religieuse était *réellement* le meurtrier ?

Un autre passage me revint en mémoire : « La voix de la vieille femme était rauque et cassée par l'angine. »

Un scénario abominable prenait forme peu à peu. Chaque donnée du problème devait être reconsidérée.

Et si cette voix cassée n'était qu'un artifice de plus, tout comme la voix de la vieille femme dans l'église ?

Le meurtrier aurait pris la place de la nurse. Après tout, il s'était déjà déguisé en vieille femme dans l'église et en clochard sous les traits de Jack le Mendiant et nous n'y avions vu que du feu ! Si tel était le cas, il avait donc été enfermé dans la chambre avec le bébé. Puis il avait tué l'enfant en ne laissant que la tête sur l'oreiller. Dès la macabre découverte, il avait simulé une terreur sans nom, prétendant avoir vu le diable à l'œuvre. Puis, profitant de la panique générale, il s'était enfui dans la rue en prenant soin de cacher son visage dans ses mains.

Mais qu'avait-il fait du corps ? Il avait bien fallu qu'il s'en débarrasse puisqu'on ne l'avait jamais retrouvé.

Je relus une nouvelle fois le texte de Watson. Un passage attira soudain mon attention : « Ajoutant leur sinistre contribution aux cris et aux pleurs, les chiens se mirent soudain à aboyer comme s'ils étaient enragés. »

Pourquoi les chiens se seraient-ils mis à aboyer comme des forcenés ?

Un frisson d'horreur courut le long de mon échine.

Le meurtrier leur avait jeté le corps du bébé en pâture !

Mais c'est à cet instant que le scénario ne fonctionnait plus.

La vieille femme avait trouvé la mort quelques minutes plus tard. La police avait conclu à un empoisonnement au cyanure.

À moins que…

« Dehors, un nouveau hurlement déchira la nuit. Peu de temps après, on retrouva le corps sans vie de sœur Martha. La mort avait figé son visage dans une indicible expression de frayeur. »

Comment avais-je pu faire preuve de si peu de discernement ?

Ses « membres raidis et tétanisés » ne trahissaient nullement « une indicible expression de frayeur », comme le prétendait l'auteur de l'article, mais une rigidité cadavérique avancée !

D'ailleurs, pourquoi la nurse aurait-elle été terrassée à cet instant par le poison, puisqu'elle avait encore trouvé l'énergie de fuir la maison ?

La malheureuse victime était la vraie nurse. Elle était donc morte bien avant ces événements. Son cadavre devait être dissimulé à proximité de la maison.

À présent, j'étais en mesure de reconstituer les faits tels qu'ils avaient dû se dérouler.

L'assassin devait rôder depuis fort longtemps autour de la demeure du juge. D'ailleurs, ne s'était-il pas représenté lui-même sous les traits du diable dans la gravure de Hazelwood ? Il préméditait son meurtre diabolique. Il avait observé les habitudes de la nurse. Il connaissait les horaires et les durées de ses moindres déplacements, ses heures de prière à l'église et ses heures de promenade avec le bébé du juge Richmond. Il connaissait sa victime sur le bout des doigts. Peut-être était-il allé jusqu'à l'aborder, sous une apparence inoffensive, afin d'entendre le son de sa voix et d'étudier ses comportements de plus près. Chaque jour, devant son miroir, il devait s'habiller en bonne sœur, maquiller son visage et dissimuler ses cheveux sous la traditionnelle coiffe des religieuses. Sans doute avait-il testé son déguisement auprès de tierces personnes. Il avait constaté qu'on l'appelait « ma sœur » et que l'on s'inclinait devant cette image usurpée. L'illusion était parfaite. Il était prêt.

Puis le jour tant attendu arriva. Il enleva la religieuse, l'empoisonna et dissimula son corps près de la maison du juge dans une cachette prévue de longue date à cet effet. On connaît le terrible épilogue de cette histoire.

Il me restait à vérifier mes déductions. Je me rendis sur place et commençai à inspecter les environs de la maison. Les commerçants du quartier connaissaient l'affaire par le menu. L'horrible infanticide alimentait toujours les conversations des commères et donnait naissance aux supputations les plus folles. Tout le monde se souvenait de la vieille nurse. Il me fut facile de recueillir de nombreux témoignages.

Avait-on vu la vieille nurse en compagnie d'une autre personne ? Oui, elle s'était liée d'amitié avec un vieux prêtre qui habitait le quartier et fréquentait le même jardin public qu'elle. On les voyait souvent ensemble.

De quoi parlaient-ils ? De religion, probablement, et du passé, comme font toutes les personnes âgées.

Avait-on revu le vieux prêtre après le décès de son amie ? Tiens, non. Maintenant que vous le dites…

Combien mesurait le vieil homme ? Vous en avez de ces questions ! À peu près comme son amie, environ un mètre soixante-dix.

Se ressemblaient-ils ? Bien sûr que non. Lui était un vieux monsieur, et elle une vieille dame. Mais, en y réfléchissant, il y avait tout de même un sacré mimétisme entre ces deux-là. Ils avaient fini par adopter la même démarche, la même façon de se tenir, les mêmes expressions du visage. Oui, finalement, avec le recul, on peut dire qu'ils se ressemblaient... d'une certaine manière.

Où avait-on retrouvé le corps sans vie de la nurse ? Là-bas, près du local technique.

Local technique ? Oui, une espèce de petite cabane utilisée autrefois par les employés de la voirie. Cela fait des années que ce local n'existe plus. Il a été détruit après l'assassinat du bébé du juge Richmond. On n'a jamais compris pourquoi.

Ainsi la vieille nurse et la religieuse qui soignait le libraire devaient être une seule et unique personne. Tout se recoupait à présent. Le doute s'était transformé en certitude, mais je ne tenais pas la solution de ce mystère pour autant. Il me fallait poursuivre mon investigation, espérant voir surgir la lumière au milieu des ténèbres. Je décidai de ne rien laisser au hasard. Chacune des quinze affaires devait faire l'objet d'une contre-enquête approfondie. En même temps, il me fallait faire vite car le temps passait et ma santé déclinait.

Je repris donc en main le dossier Anita Cornwell. Il s'agissait du meurtre monstrueux d'une jeune femme retrouvée dans une ruelle sordide du quartier de Limehouse, étranglée avec ses propres boyaux. Une vraie boucherie reléguant Jack l'Éventreur au rang d'inoffensif égratigneur.

Un voisin disait avoir assisté à la scène, dans l'obscurité de sa chambre, dissimulé derrière les rideaux. Il avait donné à la police un descriptif précis de l'assassin. Après enquête, Lestrade avait déterminé que le meurtrier était le mari de la jeune femme, un certain William Cornwell, grossiste en vins et spiritueux. La perquisition au domicile du fameux Cornwell avait permis de retrouver des vêtements fraîchement tachés de sang dans un bac à linge sale. Cette découverte conforta Lestrade dans ses conclusions. Là encore, des montagnes de preuves accablaient l'homme.

Mais qui était ce fameux témoin ? Était-il digne de confiance ? S'était-il lui aussi dissous dans l'atmosphère acide de Londres à la façon de Jack le Mendiant ?

Je repris mon bâton de pèlerin et entrepris d'enquêter sur ce mystérieux témoin. Mais comment accéder au dossier de William Cornwell ? J'étais un peu trop connu à Scotland Yard ! Il me fallut déployer des trésors de diplomatie et de ruse.

Je décidai d'abord de convaincre Hazelwood du bien-fondé de ma démarche. Des années s'étaient écoulées depuis ces événements. Le coupable présumé avait été puni.

Hazelwood hésita. Puis il m'arracha d'innombrables promesses.

Non, je ne ferais pas d'ombre au travail de Lestrade.

Non, je ne communiquerais pas à la presse les résultats éventuels de mon enquête.

Oui, j'en informerais exclusivement Cornelius Hazelwood.

Non, mon travail ne serait pas de porter préjudice à la police et à ses méthodes d'investigation modernes.

Hazelwood accéda enfin à ma demande, mais à quel prix ! J'étais tombé bien bas. Me craignait-on à ce point ? Ou cherchait-on à dissimuler une vérité bien plus horrible ? Pourquoi toutes ces précautions à mon égard ?

Quoi qu'il en soit, après plusieurs semaines de démarches administratives obscures, je parvins à obtenir la consultation du dossier, dans les locaux de Scotland Yard, sans autorisation d'emporter de document, en présence d'un agent assermenté et sans possibilité de recopier quoi que ce soit.

Je découvris enfin l'information qui me manquait : le nom et l'adresse du témoin. « M. Mortimer Penderton, 12 Soliman-Bade Street », au cœur de Limehouse.

Je me rendis aussitôt sur place.

Le fiacre me déposa devant le numéro 12. Il s'agissait d'un meublé à la façade lépreuse où les travailleurs s'entassaient par dizaines dans des pièces exiguës et insalubres. Je frappai à l'huis. Un homme gras, crasseux et mal rasé entrebâilla la porte et me dévisagea de la tête aux pieds. Je crus discerner une lueur d'inquiétude dans son regard.

– C'est pourquoi ? C'est... le Service de l'hygiène ?

Le cerbère se méprenait sur l'objet de ma visite et me tendait du même coup une perche inespérée.

– Visite de routine, affirmai-je sur un ton qui ne laissa planer aucun doute dans l'esprit du bonhomme.

Il me fit entrer dans une sorte de petite salle de séjour mal éclairée. Un vieux poêle à charbon de terre ronronnait dans un angle et enfumait l'atmosphère confinée de la pièce en travers de laquelle étaient tendus des fils portant du linge.

J'écartai une rangée de dessous féminins.

– Avez-vous eu un locataire du nom de Mortimer Penderton ?

L'homme se gratta le crâne de ses ongles crasseux.

– Penderton, Penderton, ce nom ne me dit rien. Il s'est plaint au Service de l'hygiène ?

Comme je ne répondais pas, il ouvrit un registre poisseux, dont il tourna quelques pages.

– Je n'ai pas eu de Penderton depuis plus d'un mois.

J'avais omis de lui signaler un élément essentiel.

– Le Penderton que je cherche a séjourné ici il y a quinze ans, au mois de janvier.

Le gros homme me regarda d'un air effaré.

– Quoi ? Et c'est seulement maintenant qu'il se plaint ?

– Je veux des renseignements sur ce type.

– Des… ? À quel jeu jouez-vous ?

– À qui perd gagne. Donnez-moi les informations que je cherche, sinon vous risquez de perdre gros.

– Mais…

– Très gros.

– Ça va, ça va. Je vais regarder dans les archives.

L'homme s'éclipsa un instant et revint avec un registre encore plus crasseux que le précédent.

Il tourna quelques pages. Son index parcourut une liste de noms et s'arrêta soudain.

– Penderton. Mortimer Penderton. Il n'est resté qu'une semaine. La semaine du meurtre. Je m'en souviens maintenant.

– Quelle chambre occupait-il ?

– La seule chambre individuelle. C'est au premier, suivez-moi.

L'homme gravit un escalier pentu qui menaçait de s'écrouler sous chacun de ses pas. Je le suivis en priant pour qu'il ne perde pas l'équilibre sur moi. Arrivé sur le palier, je fus assailli par une odeur abominable. C'était un mélange infect d'oignons frits, de déjections humaines et de charbon de terre. Le gros homme ouvrit une porte d'un coup de fesse autoritaire.

– C'est ici. Comme vous pouvez voir, il y a tout le confort.

Tout le confort consistait en un grabat miteux, une armoire branlante, une table minuscule, une chaise sans dossier et un lavabo jaunâtre surmonté d'un miroir ébréché. Je me pinçai le nez pour lutter contre la puanteur ambiante.

L'homme s'en aperçut et se dirigea vers la fenêtre.

– Les odeurs de voisinage, il suffit d'ouvrir la fenêtre un instant et elles disparaissent aussitôt.

La fenêtre, c'était précisément l'objet de ma visite.

– Voyons cela de plus près !

J'ouvris le carreau branlant et me penchai.

– C'est d'ici que Penderton a assisté au meurtre de la jeune femme ?

Le gros cerbère pointa son doigt vers le trottoir en contrebas.

– Ouais, ça s'est passé de l'autre côté de la rue, juste en face.

– Les autres locataires n'ont rien vu, rien entendu ?

– Pas à ma connaissance. Faut dire que les autres pièces n'ont pas de fenêtre.

– Vous non plus ?

– Pas de danger. Ma chambre donne sur la cour, de l'autre côté.

L'homme me jeta un regard chargé de suspicion.

– Vous ne seriez pas plutôt une sorte de détective ?

– Possible, mais je connais du monde au Service de l'hygiène.

– Vous n'allez pas me faire d'ennuis, au moins ?

– Ça dépend de vous. Décrivez-moi en détail ce Mortimer Penderton.

L'homme se gratta à nouveau le cuir chevelu, comme s'il espérait en extirper quelque souvenir.

– Ben, ça date pas d'hier. Je me souviens plus.

– N'y a-t-il pas un détail qui vous aurait frappé ?

Mon gros interlocuteur ouvrit soudain des yeux de chouette.

– Ah, si. Il portait des lunettes teintées qu'il n'ôtait jamais.

– Même à l'intérieur ?

– Même à l'intérieur.

– Cela ne vous a pas semblé bizarre ?

– Si, mais quand un client paye d'avance un tel tarif, on ne pose pas de questions, monsieur.

– Un tel tarif ?

– Mortimer a payé quatre fois le prix, c'est marqué dans le registre, si vous voulez vérifier.

– Pourquoi a-t-il payé si cher ?

Le mal fagoté haussa les épaules.

– J'en sais rien, moi. Peut-être qu'il se cachait, ou qu'il ne voulait pas qu'on le reconnaisse. C'est pas rare de voir des messieurs de la haute société qui viennent s'encanailler à Limehouse sous des déguisements qui ne trompent personne. Alors on ramasse la monnaie et on ferme les yeux.

– Avez-vous déclaré tout cela à la police lors de l'enquête ?

– Non. D'ailleurs on ne m'a rien demandé.

– Quoi ? Personne ne vous a interrogé ?

– Pour quoi faire ? Mortimer était là. C'est lui qui a répondu aux questions. C'était lui le témoin du meurtre, pas moi.

– Avez-vous revu cet homme ?

– Non, jamais.

Ainsi donc, la police avait recueilli le témoignage du meurtrier lui-même. Une police pas assez soupçonneuse et surtout trop pressée de boucler un coupable.

L'assassin avait pris soin de ne laisser aucun indice pouvant le trahir. Il agissait en professionnel et maîtrisait à l'évidence l'art de l'investigation criminelle. Encore une fois, tout cela cadrait fort peu avec la personnalité de Mark Dughan, l'évadé de Millbank.

53

Ce jour-là, mon destin bascula.

La nouvelle fit la première page du *Times* : « Le célèbre inspecteur Lestrade, mémoire du crime londonien, ouvre ses archives personnelles. »

Les occasions de se divertir n'étant pas si fréquentes, je parcourus l'article intitulé : « Les mémoires de Balthazar Lestrade, premier policier de Londres. » Le plus grand mythomane de Scotland Yard exposait dans une longue entrevue comment il avait réussi à capturer Mark Dughan au terme d'une traque homérique. En fait, ses révélations se bornaient à une suite de mensonges éhontés et de fausses anecdotes visant à flatter son ego. Il revenait également sur les quatorze autres crimes qu'il avait brillamment résolus.

Je poursuivis ma lecture jusqu'au moment où je tombai sur cette phrase : « Lord Saint-James était un dangereux récidiviste. D'ailleurs, il avait déjà été jugé pour le crime de sa première épouse le 25 mai 1895. »

Saint-James récidiviste ? Le fait était nouveau.

Ce bougre de Lestrade aurait-il vu juste ?

Je devais vérifier cette information au plus vite.

Il me serait facile de le faire, car cette fois je disposais de la date de ce fameux procès.

Je me rendis aussitôt aux archives du tribunal de Londres.

Il ne me fallut que quelques minutes pour retrouver le fameux gratte-papier, figé derrière son bureau, momie vivante, naviguant dans quelque dimension parallèle, hors du temps et de l'espace.

Je me campai devant lui, bien décidé à me faire ouvrir la porte des archives. Le grouillot marmonna sans lever les yeux :

– Z'avez une autorisation de consultation ?

– En bonne et due forme, répondis-je en lui enfonçant le canon de mon pistolet dans la narine droite.

Le poussiéreux sursauta. Ses yeux se remplirent de frayeur à ma vue.

– Mon… monsieur Holmes, quel plaisir !

– Ouvrez-moi la salle des archives, je n'ai plus de temps à perdre !

– Tout de suite.

Il ne me fallut que quelques minutes pour dénicher la travée 1895. Puis quelques autres encore pour trouver le mois de mai. Ma main saisit en tremblant un énorme dossier daté du 25 mai 1895. Trois procès avaient eu lieu ce jour-là : Murdoch Latouche, Peter Halliwell et lord William Saint-James !

Mon cœur battait à tout rompre. Je sentais que je touchais enfin au but.

J'ouvris le dossier et découvris l'incroyable : le procès avait été présidé par le juge Allan Richmond.

L'homme jugé ce jour-là était bien lord William Saint-James.

La liste des jurés figurait dans les premières pages. Douze jurés, comme l'exige la loi anglaise.

Mes jambes flageolèrent. Un coup de poing percuta ma poitrine. Je m'adossai un instant contre un mur d'archives afin de reprendre ma respiration.

« Juré n° 1 : John Kinsley, représentant de commerce
Juré n° 2 : Henry Cardwell, banquier
Juré n° 3 : James Barnes, commerçant
Juré n° 4 : Abbé Paul Meredith
Juré n° 5 : Richard Abbenson, industriel
Juré n° 6 : Lady Richard Burnington
Juré n° 7 : Léo Barnikel, commandant de vaisseau
Juré n° 8 : John Pickox, chirurgien
Juré n° 9 : Lord Wheeler
Juré n° 10 : Malcolm Fellow, scientifique

Juré n° 11 : Margareth Battlefield, libraire
Juré n° 12 : William Cornwell, négociant en vins et spiritueux. »

J'avais enfin sous les yeux les noms de douze victimes. Voilà donc le fameux lien qui les reliait ! C'était la révélation que n'avait pas eu le temps de me faire John Pickox. Ces hommes et ces femmes s'étaient ligués contre un homme, certes, mais dans un but de justice et d'équité.

Douze jurés, plus un juge, Allan Richmond, et un accusé, lord Saint-James. Quatorze victimes. Il ne manquait que Dughan à cette liste.

J'avais peine à croire que lord Saint-James était véritablement le meurtrier… Et en quoi Mark Dughan était-il concerné par ce procès ?

Je feuilletai les pages d'introduction du procès, quand une nouvelle poussée d'adrénaline accéléra les battements de mon cœur. Je venais de découvrir le nom du principal accusateur de lord Saint-James : Reginald Foster, journaliste et écrivain !

Que venait faire Foster dans cette histoire ? Et à quel titre accusait-il lord Saint-James ?

J'appris qu'il s'était porté partie civile. Il prétendait détenir des preuves accablantes de la culpabilité de lord Saint-James.

Tout cela pouvait-il avoir un lien avec l'enquête qu'il menait ?

Je parcourus les principales accusations développées par les avocats de Foster à l'encontre de lord Saint-James. Foster l'accusait d'avoir poussé son épouse au suicide pour s'emparer de sa fortune. Il serait parvenu à ses fins par un harcèlement constant et des violences conjugales répétées. Ces accusations étaient-elles fondées ?

Je tournai quelques pages, afin d'analyser les différents témoignages.

« Le docteur Alan Moore est appelé à la barre.

Juge Allan Richmond : Confirmez-vous que vous soigniez lady Saint-James ?

Docteur Moore : Oui, Votre Honneur.

Juge Richmond : Pouvez-vous nous préciser de quoi souffrait lady Saint-James ?

Docteur Moore : Elle connaissait de terribles crises d'angoisse et souffrait de… est-il nécessaire de préciser cela votre honneur ?

Juge Richmond : Bien sûr. Vous ne devez rien omettre. Les jurés doivent posséder le maximum d'informations afin de rendre un verdict équitable.

Docteur Moore : Eh bien, je dirai que lady Saint-James souffrait de graves troubles psychologiques…

Juge Richmond : Ces troubles l'avaient-ils conduite dans un asile de fous ?

Docteur Moore : Je ne pense pas trahir le secret professionnel en rappelant ce que son entourage sait déjà de longue date. Lady Saint-James a effectué plusieurs séjours dans des établissements spécialisés dans les troubles psychiques.

Juge Richmond : Soyez clair. Lady Saint-James était-elle folle ?

Docteur Moore : Il est délicat de répondre à ce genre de question. Nous autres médecins travaillons à la guérison de nos patients et…

Juge Richmond : Répondez à ma question, docteur. Était-elle folle ?

Docteur Moore : Oui.

Juge Richmond : Son état s'améliorait-il au fil du temps ?

Docteur Moore : Non, il se dégradait. Ses crises devenaient de plus en plus fréquentes.

Juge Richmond : En quoi consistaient ces crises ?

Docteur Moore : Elle se sentait étouffée et traquée. Elle semblait avoir peur de tout et de tout le monde. Elle développait une dangereuse paranoïa.

Juge Richmond : Était-elle suicidaire ?

Docteur Moore : Oui. Elle avait tenté plusieurs fois de mettre fin à ses jours. Elle en avait réchappé de justesse plusieurs fois.

Juge Richmond : Avez-vous pratiqué l'autopsie de lady Saint-James ?

Docteur Moore : Oui, Votre Honneur.

Juge Richmond : Pouvez-vous préciser les circonstances exactes de sa mort ?

Docteur Moore : Oui. Elle a fait une chute d'environ dix mètres et s'est empalée sur les grilles de fer forgé qui se situent sous les fenêtres de sa chambre. Elle n'est pas morte sur le coup. De nombreuses personnes ont essayé en vain de retirer son corps. Mais personne n'y est parvenu. Son agonie a duré près d'une heure. Nous lui avons injecté une forte dose de cocaïne pour qu'elle s'éteigne sans trop souffrir.

Juge Richmond : Merci, docteur. Avez-vous quelque chose à ajouter ?

Docteur Moore : Oui, mais cela relève du secret professionnel.

Juge Richmond : Parlez, je vous prie. Les jurés doivent tout entendre.

Docteur Moore : Lors de l'autopsie, j'ai constaté que lady Saint-James portait un enfant. Le fœtus a été tué lors de sa chute. »

Je tournai plusieurs pages, tremblant d'anxiété et de curiosité, à la recherche d'autres témoignages.

« Miss Clary Barnwood est appelée à la barre.

Juge Richmond : Pouvez-vous nous préciser votre fonction ?

Miss Clary Barnwood : Je suis gouvernante, au service de lord Saint-James.

Juge Richmond : Depuis combien de temps ?

Miss Barnwood : Depuis toujours, Votre Honneur. J'ai vu naître lord Saint-James et l'ai vu grandir.

Juge Richmond : Que pensez-vous de la moralité de lord Saint-James ?

Miss Barnwood : C'est un homme bon et juste.

Juge Richmond : Et que pensez-vous de lady Emily, son épouse ?

Miss Barnwood : J'ai fait tout ce que j'ai pu pour elle. Mais c'était une personne tellement fragile et instable... Sa santé mentale n'a cessé de se dégrader. Elle vivait dans un univers fantasmagorique. Elle n'était pas faite pour ce monde. Lord Saint-James a beaucoup souffert de cette situation.

Juge Richmond : Lord Saint-James s'est-il montré physiquement ou verbalement violent envers son épouse ?

Miss Barnwood : Oh, non, Votre Honneur. Il la vénérait et faisait preuve d'une immense attention à son égard.

Juge Richmond : Merci, mademoiselle. Vous pouvez regagner votre place. »

Plus loin, je découvris un autre témoignage intéressant.

« M. Paul Bishop est appelé à la barre.

Juge Richmond : Pouvez-vous nous rappeler votre fonction ?

Paul Bishop : Je suis le conseiller financier de lord Saint-James.

Juge Richmond : Est-il vrai que lord Saint-James était au bord de la faillite ?

Paul Bishop : Non, votre honneur. Lord Saint-James ne connaissait aucun souci financier, bien au contraire. Sur mes conseils, il avait réalisé des investissements qui se sont avérés très profitables.

Juge Richmond : Aurait-il pu tuer sa femme dans le but d'hériter de sa fortune ?

Paul Bishop : Non, Votre Honneur, c'est doublement impossible.

Juge Richmond : Pourquoi cela ?

Paul Bishop : Parce que lady Saint-James ne possédait aucune fortune personnelle. »

Voilà une bien étrange affaire. Quel mobile aurait donc poussé lord Saint-James à tuer son épouse ?

Le rapport décrivait ensuite comment lord Saint-James fut amené à la barre des témoins, où, comme le veut l'usage, il prêta serment sur la bible avant de se soumettre aux questions habituelles concernant ses nom, âge, situation de famille et adresse.

« Juge Richmond : Lord Saint-James, depuis combien de temps étiez-vous marié à lady Saint-James ?

Lord Saint-James : Deux ans, Votre Honneur.

Juge Richmond : Pardonnez la brutalité de mes questions. Pouvez-vous nous dire ce qui vous a attiré chez cette jeune femme instable et suicidaire ?

Lord Saint-James : Ma femme n'a pas toujours été instable et suicidaire, Votre Honneur. Sa santé mentale s'est dégradée progressivement. J'ai assisté à sa déchéance sans rien pouvoir faire. C'était une personne d'une sensibilité et d'une intelligence exceptionnelles, mais terriblement fragile.

Juge Richmond : Le docteur Moore affirme pourtant que votre femme était folle.

Lord Saint-James : Elle l'était sans doute selon ses critères. Mais à ce niveau, la folie confine au génie. Je dirais qu'elle était trop lucide pour supporter ce monde. Il y avait aussi sa beauté, presque irréelle. L'œuvre de Dieu.

Juge Richmond : L'avez-vous tuée ?

Lord Saint-James : Non, Votre Honneur. Mon unique souhait était de la voir guérir. Je l'aimais plus que tout. Il me faudra de longues années pour surmonter cette peine.

Juge Richmond : Merci. Vous pouvez regagner votre place. »

Cet homme paraissait sincère. Mais aurait-il pu supprimer sa femme pour lui épargner une lente agonie mentale ?

« Le juge Allan Richmond appela ensuite à la barre l'avocat de lord Saint-James, maître Mark Dughan. »

J'allais de surprise en surprise. Dughan était donc l'avocat de lord Saint-James. La liste des quinze victimes était à présent complète.

Je parcourus la plaidoirie de Dughan pour parvenir au verdict des jurés : « Non-lieu… Acquitté à l'unanimité du jury. »

Cette fois, je ne comprenais plus rien !

Selon toute logique, lord Saint-James aurait dû être condamné par ce jury. Il aurait ensuite voulu se venger de ses jurés et du juge. Mais c'était tout le contraire qui s'était produit. Ils l'avaient acquitté. Pourquoi aurait-il voulu punir ces gens alors même qu'ils l'avaient innocenté ?

Un grand trouble gagna mon esprit.

Une fois de plus, je parvenais à une voie sans issue.

Je compris que la vérité était ailleurs.

Il me fallait construire un nouveau scénario qui s'accordât avec les faits.

La seule personne qui en voulait vraiment à lord Saint-James était Foster.

Serait-ce lui le meurtrier ?

Je me souvins alors de ma découverte dans une fonderie de Londres. Reginald Foster avait commandé la Vierge de Lucullus.

Absurde. Foster était mort en essayant de démasquer le meurtrier.

À moins que…

54

À moins que le corps retrouvé dans la cellule de Millbank ne soit pas celui de Foster…

Mais comment aurait-il pu en être autrement ?

Un témoignage m'avait pourtant déjà fait douter. Mais j'avais refusé d'y attacher la moindre crédibilité car il provenait de la médium Anna Eva Fay. À l'époque, je suivais le trio constitué de Houdini, de son épouse et d'Anna Eva Fay, persuadé que ces trois-là me conduiraient à l'assassin.

Il ne me fallut que quelques secondes pour retrouver ce passage dans les notes de Watson. La scène se passait dans la cellule de Dughan :

« Anna Eva Fay aurait déclaré qu'elle percevait des ondes négatives… elle a affirmé que le prisonnier ne s'était jamais évadé de sa cellule et qu'il rôdait toujours, quelque part dans l'enceinte de la prison. »

Et si cette spirite avait eu une bonne prémonition ?

Je tentai de me remémorer la suite des déductions qui m'avaient permis de conclure que Foster avait été tué et enterré dans la cellule du prisonnier. D'abord, il y avait eu cet article annonçant l'évasion d'un prisonnier de Millbank, un certain Mark Dughan, avocat ruiné par un sinistre maître chanteur.

Sur place, j'avais découvert que le gardien n'était autre que le journaliste Foster, à la recherche du mystérieux réseau criminel.

On m'avait assuré que personne n'avait pu entrer ni sortir de la prison entre la tombée de la nuit et la relève des gardiens au petit matin.

Procédant par élimination, selon ma méthode habituelle, j'en avais déduit que le prisonnier avait réussi à s'évader en endossant les habits de son geôlier. Watson avait soulevé de nombreuses objections que j'avais rejetées. Ce vieux Watson avait-il eu raison de douter ainsi ?

Pourtant, les faits me donnèrent raison puisque l'on exhuma de la cellule le corps d'un homme correspondant au signalement de Foster. Mais au fait, qui avait identifié Foster ?

Une fois de plus je me replongeai dans le texte de mon ami.

« – Pouvez-vous identifier cet homme ?

Compostel retint un haut-le-cœur et jeta un coup d'œil rapide sur le cadavre.

– C'est bien lui. C'est Foster.

À présent, il semblait pressé d'en finir.

– Merci pour tout, monsieur Holmes. Je… je ne veux pas abuser plus longtemps de votre présence. »

Compostel avait à peine regardé le cadavre. Comment pouvait-il être si formel ? Son seul but était de sortir au plus vite de cette geôle. Il aurait identifié la reine d'Angleterre si on lui avait demandé de le faire.

D'ailleurs, Compostel n'avait-il pas « formellement identifié » le malheureux que Lestrade fit arrêter et pendre en lieu et place de Mark Dughan ? Comment se fier à un tel misérable !

Et si l'homme qui gisait là n'était pas Foster ? Mais comment l'identifier de façon certaine si longtemps après les faits ?

Une nouvelle fois, une étude approfondie du récit de Watson me fournit la solution.

« – Et ce Mark Dughan, avait-il déjà commis des meurtres ?

– Peu probable.

– Pourquoi cela ?

– J'en ai vu des criminels en trente ans de carrière. Celui-ci était peut-être le pire des voleurs, mais la vue du sang l'effrayait. Je me souviens de la fois où il a fallu lui arracher ses molaires cariées. Là. Et là.

Le gardien, qui s'était essuyé les mains sur les pans de sa veste, avait ouvert grand la bouche et désignait plusieurs de ses molaires, au cas où nous n'aurions pas bien compris de quoi il parlait.

– Il préférait souffrir le martyre plutôt que d'affronter le dentiste de la prison. Il en tremblait une semaine à l'avance… »

Les dents !

Voilà qui pourrait constituer un moyen quasi infaillible d'identifier le cadavre ! Cette méthode serait nouvelle et révolutionnaire.

Il me fallait retrouver la tête de ce cadavre.

Je me rendis une nouvelle fois à la prison de Millbank, c'est-à-dire au point de départ de cette incroyable aventure.

Le directeur, Baltimore Compostel, m'accueillit avec des paroles mielleuses et des gestes empressés. Le bonhomme n'avait pas pris une ride tant sa peau était couverte de graisse, mais son allure s'était encore avachie. Des bourrelets de graisse dépassaient de son pantalon tout autour de ses hanches. Sa chemise, bien que très ample, ne parvenait plus à se fermer par endroits. Il empestait toujours autant, mais à présent, une forte odeur de viande avariée s'ajoutait à son arôme naturel de bœuf musqué. Il semblait aussi rassuré qu'une poule invitant un renard à visiter son poulailler. Son regard fuyant par nature trahissait un mélange de méfiance et de crainte. Son nez gardait certainement le souvenir de mon poing.

– Vous vous souvenez sûrement de l'affaire de l'évasion…, commençai-je.

– Bien sûr. Comment aurais-je pu l'oublier ? C'est l'unique évasion de nos annales. Habituellement, personne ne s'évade de Millbank.

– Mon hypothèse tendrait à vous donner raison. Ce prisonnier ne s'est peut-être pas évadé.

Le directeur de la prison me regarda d'un air effaré.

– Quoi ? Mais, nous avons pourtant retrouvé le corps de Foster dans la prison.

– Je n'en suis plus si sûr.

Compostel prit son air le plus imbécile, ce qui ne le changea guère.

– Alors là, je ne comprends plus rien.

– Êtes-vous certain d'avoir reconnu Foster lors de l'identification du cadavre ?

Le bœuf eut un moment d'hésitation.

– Oui…

Je massai lentement les phalanges de ma main droite.

– Absolument certain ?

D'instinct, l'homme porta sa main à son nez.

– Je… enfin, pour tout dire, je ne me souvenais pas du visage de Foster. Je ne l'avais aperçu qu'une seule fois. Et… devant ce cadavre… je voulais en finir au plus vite.

– Qu'avez-vous fait du corps que nous avons exhumé ?

– On l'a enterré au cimetière de la prison, le jour même de la macabre découverte.

– Il me faut sa tête.

Compostel s'affaissa dans son siège comme un gros ballon de baudruche qui se dégonfle.

– Sa… tête ? Vous n'y pensez pas.

Cette idée le terrorisait.

– Le résultat de mon enquête repose sur l'analyse de sa dentition.

– De sa… ? Non, je ne peux pas. Je risque ma place.

Connaissant bien la nature humaine, j'avais préparé un argument proportionnel au poids de mon interlocuteur. Je sortis de ma poche une bourse remplie de pièces, la fis sauter deux ou trois fois dans ma main et la posai devant lui.

– Ne pourrait-on pas trouver un arrangement ?

Compostel soupesa la bourse.

– C'est interdit…

Il tira sur le cordon de la bourse. Un flot de pièces dorées coula entre ses doigts. Son regard porcin s'illumina.

– D'accord. Mais je ne suis au courant de rien.

Le cimetière n'était pas gardé. Je m'y glissai à la faveur de la nuit et parvins à retrouver assez facilement la tombe de Reginald Foster grâce aux indications de Compostel. Le reste me prit moins d'une heure. J'enroulai la tête du cadavre dans une épaisse toile et m'enfuis avec mon étrange butin. Je rentrai chez moi, épuisé mais heureux.

Watson avait choisi ce jour-là pour me rendre visite. Il m'attendait sagement dans le salon. Mon vieux camarade ne semblait pas dans son assiette. Je n'eus pas le temps de lui faire part de mes déductions.

Il partit brusquement, sans raison apparente. Je tentai de le rattraper, mais il s'enfuit en courant dans la nuit, comme s'il avait vu le diable en personne. Allez comprendre la nature humaine.

Je retournai à ma tâche. L'étude de la mâchoire révéla qu'il lui manquait les molaires désignées par le vieux gardien.

J'avais entre les mains la tête de Mark Dughan. Décidément, rien n'était simple dans cette affaire.

Foster avait donc tué le prisonnier, et non pas l'inverse.

Je tentai une nouvelle fois d'élaborer un scénario compatible avec ma découverte.

Que s'était-il passé à Millbank ? Foster s'était introduit dans la cellule. Il avait tué Mark Dughan, l'avait découpé et enterré sous le lit. Puis il avait laissé son message de vengeance, annonciateur des crimes à venir. Ainsi, tout conduisait à penser que ce cadavre était celui de Foster. Dès lors, tout le monde fut persuadé que Dughan s'était évadé. Pourquoi Foster s'était-il livré à une telle manipulation ? De toute évidence pour disparaître aux yeux de tous et faire porter les soupçons de ses futurs meurtres sur cet insaisissable tueur.

Ainsi donc, Foster était toujours vivant. Nous pourchassions un fantôme depuis le début. Toute cette mise en scène visait seulement à détourner notre attention.

Et le malheureux qui avait été arrêté, jugé et pendu par Lestrade n'était pas Mark Dughan, mais bien un pauvre bougre qui avait payé très cher sa ressemblance avec Dughan.

55

On frappa à la porte. Maître Holborne leva la tête.

– Entrez !

– Petits déjeuners, messieurs.

– Vous devez faire erreur, reprit le notaire.

Puis il posa un regard effaré sur la pendule.

– 8 heures du matin.

Dehors, le jour se levait à peine. Quelques rayons de soleil filtraient par les interstices des rideaux. Une soubrette les ouvrit en grand et inonda le bureau de lumière. Il faisait froid. Le grand benêt aux cheveux gris réapparut et remit une bûche dans l'âtre. Le feu reprit bientôt et une douce chaleur se propagea à nouveau dans la pièce.

Nous prîmes place pour la cinquième fois autour de la table de collation.

Cette petite pause arrivait à point nommé. Pourtant, nous décidâmes d'un commun accord de l'écourter autant que faire se pouvait. Nous étions tous pressés de connaître l'épilogue de cette incroyable histoire et la fatigue se faisait cruellement ressentir.

Je bus un thé, en espérant qu'il serait moins corsé que le précédent.

– Je sais qui est l'assassin, déclara Mycroft Holmes, d'une voix grave et calme.

Lestrade se frotta les yeux et bâilla à s'en décrocher la mâchoire.

– Encore une de vos expériences ?

– Non. Cette fois, je suis très sérieux. Je disais tout à l'heure : cherchons à qui profite le crime. J'ajouterai maintenant un corollaire : cherchons par qui le scandale arrive.

Lestrade fit une moue sceptique.

– Ah oui, par qui ?

– Tout a débuté dans le magazine *Fantastica*. Rappelez-vous. L'enquête de Foster a été publiée dans *Fantastica*. Les descriptions des crimes avaient également été publiées dans *Fantastica*.

– Et alors ?

– Alors, souvenez-vous aussi de ce que disait Samuel Bocton, le directeur de *Fantastica*. Je le cite de mémoire : « Les gens veulent du sang, des crimes atroces, de l'horreur afin d'exorciser leurs peurs et d'assouvir leurs fantasmes les plus inavouables. *Fantastica* leur offre tout cela et bien plus. »

William Holborne ouvrit de grands yeux.

– Vous prétendez que Bocton serait à l'origine de tout cela ?

– Pourquoi pas ! C'est par lui que le scandale est arrivé. N'avait-il pas publié tous les crimes bien avant qu'ils aient lieu ? Et c'est à lui qu'a profité le crime. N'a-t-il pas déclaré avec fierté : « Nous quittons enfin ce maudit quartier pour nous installer à Saint-John's Wood et occuper une place plus digne de notre magazine. Qu'importe le prix à payer. J'ai enfin atteint le but de ma vie. » ? Tout se tient.

Le notaire souffla, comme pour évacuer un trop-plein de stress.

– Mais comment ce Samuel Bocton aurait-il réussi à commettre ces crimes sans laisser le moindre indice derrière lui ?

– Mon frère l'a déclaré lui-même. Le meurtrier connaissait bien ses méthodes et était en mesure de les contrer.

Mycroft Holmes se tourna vers Lestrade.

– Samuel Bocton a toujours rêvé de rivaliser avec le *Strand Magazine*. Il a étudié la moindre enquête de Sherlock Holmes et connaissait les rouages de sa pensée.

Lestrade luttait contre le sommeil. Il se beurra un toast et essuya son couteau sur le pan de sa veste qu'il confondit avec sa serviette.

– Donc, Bocton aurait massacré des innocents dans le seul but d'assouvir l'appétit morbide de ses lecteurs et d'améliorer son statut social. Mais quel rapport y a-t-il avec le procès de lord Saint-James ?

Mycroft Holmes resta muet.

Lestrade revint à son toast et oublia sa question.

Une pensée insidieuse germa en moi. Le chef des services secrets avait-il inventé cette ultime théorie pour mieux se disculper lui-même et détourner les soupçons vers quelqu'un d'autre ?

Le thé étant une boisson particulièrement diurétique et la taille de la vessie humaine n'étant que ce qu'elle est, nous nous succédâmes une nouvelle fois aux commodités avant de regagner nos places,

Dans le dos de maître Holborne, un feu vigoureux nous faisait oublier le frimas matinal.

Selon un rituel désormais établi, le notaire ajusta son lorgnon, tourna la page et entama le chapitre suivant. Nous touchions au but.

56

Il ne faisait maintenant plus aucun doute que Foster était le véritable assassin. Mais quel mystérieux personnage se cachait sous ce pseudonyme ? Quel caméléon démoniaque capable de prendre des apparences aussi diverses et inattendues qu'une vieille bigote, un mendiant, une religieuse, un cocher de fiacre ou un employé de la morgue ?

Qui pouvait se livrer à de telles transformations et faire à ce point illusion ?

Illusion…

Seul Houdini aurait été capable de mystifier ainsi son entourage.

Un passage me revint en mémoire. Le célèbre magicien avait semblé très contrarié que sa propre femme évoquât ses talents d'hypnotiseur. Avait-il évincé le sujet de peur d'être accusé ? Les questions demeuraient, comme au premier jour.

Je disposais néanmoins de données qui m'échappaient à l'époque. Je savais que Foster était le meurtrier, qu'il avait longtemps observé ses victimes et imaginé des scénarios effroyables pour les détruire, allant jusqu'à publier à l'avance l'histoire de ces meurtres dans la revue *Fantastica*.

Il était à l'évidence l'auteur des nombreuses lettres anonymes qui jalonnaient ces affaires.

Il me connaissait. Peut-être mieux que moi-même…

Mais il me manquait toujours le mobile, l'indice qui aurait pu me conduire jusqu'à lui.

Quel lien y avait-il entre Foster et le procès de lord Saint-James ?

Foster avait anéanti tous les protagonistes de ce procès : les douze jurés, le juge, l'accusé et son avocat.

J'étais certain que la solution se trouvait une fois de plus dans le manuscrit du docteur Watson. Je relus un passage de la lettre que Foster avait envoyée à *Fantastica* pour annoncer son dernier meurtre : « Pourtant, je ne suis pas un monstre. Ne croyez pas que cela m'amuse de massacrer des innocents. J'accomplis seulement ma destinée. Puisque Dieu n'a pas écouté mes prières, je m'en remets à la justice du Diable. Je vais briser la vie de celui qui a brisé la mienne. Il a tué ma pauvre Emily, mon tendre et fragile amour aux boucles de feu et au regard d'espoir. Je veux lui faire vivre l'enfer. La mort serait trop douce pour cet assassin. Sa pauvre épouse paiera pour lui. »

Ces crimes étaient passionnels. Foster était donc amoureux de la première épouse de lord Saint-James, Emily Saint-James. La jeune femme mourut. Foster était persuadé que le meurtrier était lord Saint-James lui-même. Il se porta donc partie civile et plaida contre lui à son procès. En vérité, Emily Saint-James, dépressive et suicidaire récidiviste, s'était donné la mort elle-même.

Mais qui était vraiment cette Emily aux boucles de feu ? Une femme à la chevelure rousse, de toute évidence.

Au regard d'espoir… Que voulait-il dire ? Le vert est la couleur de l'espoir.

Son Emily était une rousse aux yeux verts ! Bien sûr !

Où avais-je déjà entendu parler d'une rousse aux yeux verts dans ce récit ?

Un doute s'empara de moi.

Je parcourus nerveusement le précieux manuscrit du docteur Watson.

Le choc de cette révélation fut si violent que je vacillai un instant avant de me laisser tomber dans un fauteuil, comme assommé. Il me fallut de longues minutes pour remettre un peu d'ordre dans mon esprit. Une fée aux boucles de feu venait de me foudroyer de sa baguette tragique.

Tout était si évident et lumineux à présent. Le plus incroyable, c'est que nous avions eu l'aveu de la bouche même de l'intéressé. Watson l'avait consigné noir sur blanc dans ses notes.

J'avais lu moi-même ce passage des dizaines de fois sans jamais y prêter la moindre attention.

Le jour se leva enfin. J'eus soudain le sentiment de renaître. Ce fut comme une grande libération. Un esprit neuf pénétra dans mon vieux corps. Rien ne serait plus jamais comme avant. Fallait-il passer par tant d'épreuves pour trouver la paix intérieure ?

À présent, tous les éléments du puzzle étaient en ma possession. Il me suffisait de les replacer dans le bon ordre pour voir apparaître le nom de l'assassin de façon lumineuse. Aucune question ne demeurait sans réponse.

L'évadé de Millbank ? Un leurre visant à orienter les enquêteurs sur une piste insaisissable. Foster avait enlevé la femme de l'avocat. Puis il l'avait fait chanter, précipitant sa chute jusqu'à la prison. Il était alors venu l'assassiner dans sa cellule de ses propres mains. La croix inversée ? Un autre leurre destiné à faire croire à un rituel satanique.

Le directeur de la revue *Fantastica* ? Un simple pion. Un monstre de cynisme, sans doute. Un loup dévoré par l'ambition, certes, mais pas un assassin. Foster s'était servi de lui pour éditer ses nouvelles morbides dans les mois qui avaient suivi la mort d'Emily Saint-James. Samuel Bocton n'y avait vu que du feu. Sans le savoir, il avait publié mois après mois les annonces des terribles meurtres à venir.

Harry Houdini, son épouse Bess et leur amie Anna Eva Fay ? Trois cheveux sur la soupe. Ils étaient arrivés au milieu de cette affaire par le plus pur des hasards. Le goût du sensationnel avait amené le magicien à s'intéresser à ces affaires et à collaborer avec la police. Il en tirait des idées de spectacles, rien de plus.

Rose et Aleister Crowley ? Deux illuminés qui n'avaient servi qu'à détourner les soupçons et à alimenter les scénarios morbides de Foster. D'ailleurs, j'avais moi-même fini par me lasser de surveiller Crowley et j'avais acquis la certitude que cet homme était un idéaliste inoffensif, escaladant la montagne de l'utopie à mains nues et sans rappel. Comment Foster avait-il entendu parler des Crowley ? Par son éditeur Samuel Bocton, bien sûr. Bocton était proche des Crowley et faisait partie de l'Étoile d'argent depuis sa création. Il y voyait un moyen de côtoyer les hautes sphères artistiques et littéraires auxquelles il aspirait depuis toujours.

Cornelius Hazelwood et mon frère Mycroft ? Des rouages indispensables dans la machinerie infernale imaginée par Foster. Il avait besoin d'un appui haut placé pour parvenir à se faire nommer au poste de gardien-espion à Millbank. Foster avait donc appâté Hazelwood avec son enquête. Hazelwood, toujours à la recherche de sujets sensationnels et avide de notoriété, avait mordu à l'hameçon. Le professeur avait donc fait pression sur Mycroft pour faire nommer Foster au poste de gardien-espion à Millbank. Mycroft aurait sans doute flairé la supercherie si Hazelwood lui avait permis de rencontrer Foster. Mais mon frère s'était contenté de subir lui-même la pression du professeur et d'obéir aux ordres.

Higgins et sa petite bande des Irréguliers de Baker Street ? Ils avaient fait ce qu'ils pouvaient. Foster connaissait leur cachette. Il s'était montré, déguisé en démon, aux yeux des enfants terrorisés. Le pauvre Higgins y avait cru dur comme fer… et avait contribué à renforcer mes doutes.

Lestrade ? Un policier besogneux et soumis à sa hiérarchie. Il n'était qu'un agent docile de Hazelwood et ne risquait pas de lui faire de l'ombre. Sa mécanique cérébrale aux rouages fortement grippés ne lui aurait pas permis d'imaginer tout cela. Mais Lestrade avait tout de même eu de la chance dans cette affaire. Sa notoriété n'avait cessé d'augmenter au fil des arrestations. Il avait été consacré avec l'emprisonnement et la pendaison de lord Saint-James. Lestrade était persuadé d'avoir mis le grappin sur Mark Dughan en envoyant à la potence un pauvre hère formellement identifié par Compostel et ses sbires. Les faits semblèrent d'ailleurs lui donner raison puisque les crimes cessèrent après cette arrestation.

Watson ? Mon pauvre vieux… Vous êtes peut-être passé non loin du châtiment suprême vous aussi. Votre seul tort dans cette affaire était d'être mon ami. Quant à vos cauchemars, vos malaises, vos fièvres ? Des traitements médicaux inadaptés et incompatibles, rien de plus ! Comme dit le proverbe : les cordonniers sont toujours les plus mal chaussés… Il était en effet curieux de constater que votre fièvre augmentait chaque fois que vous preniez vos fameux remèdes. D'ailleurs, comme l'avait prédit un de vos éminents collègues, tous vos maux ont disparu avec l'arrivée du printemps et l'arrêt des médications aux combinaisons néfastes…

Et moi ? J'en étais presque arrivé à me soupçonner moi-même ! Mais pourquoi Foster m'avait-il épargné ?… Non, il ne m'avait pas épargné ! Comme il avait compris qu'il était inutile de s'en prendre à Watson ou à Mycroft, il s'en était pris à mon cerveau ! Il savait qu'un problème insoluble pourrait me rendre fou et me tuer à petit feu au moyen de la drogue que je m'injectais moi-même. Or ce n'était pas un, mais quinze problèmes qu'il m'avait soumis. De quoi mettre mon équilibre psychique à rude épreuve ! D'ailleurs, il avait bien failli réussir. Il s'en était fallu de peu que je ne devienne mon propre assassin ! Et si Crowley n'était pas parti au Portugal, Dieu seul sait dans quel état je serais aujourd'hui.

Et pourquoi pas Mme Hudson ?

Alors, l'assassin ? Foster, évidemment. Reginald Foster : un nom d'emprunt, comme en utilisent tant d'écrivains.

Est-il nécessaire de révéler la véritable identité de celui qui se cache derrière ce pseudonyme ? Mes lecteurs testamentaires auront compris depuis longtemps qu'il s'agit de

57

Tout se déroula en un éclair.

Mycroft Holmes braqua son arme sur le notaire. La surprise figea un court instant les traits de William Holborne. Sa main gauche glissa vers un tiroir de son bureau.

– Levez les mains sans faire de geste brusque ! tonna Mycroft Holmes.

Les deux hommes s'affrontèrent du regard. Lestrade et moi restâmes interdits. Nous étions tous à bout de forces. Une extrême tension régnait dans le bureau. Le notaire leva lentement les bras au-dessus de sa tête. Il tenait toujours le manuscrit dans sa main droite.

Une étrange lueur brilla dans son regard.

– Votre baroud d'honneur est pathétique et inutile, monsieur Holmes. Vous ne tromperez personne en me menaçant de la sorte. Chacun sait que la meilleure défense est l'attaque.

Puis il nous désigna du menton.

– Ces messieurs sauront se faire leur propre opinion.

En fait, ces messieurs avaient bien du mal à saisir la situation. Une seule certitude : l'assassin était l'un d'eux, mais lequel ?

Mycroft Holmes ne relâchait pas son attention. Il s'adressa à nous, tout en fixant l'homme qui se tenait en face de lui.

– Ne l'écoutez pas, il tente de vous manipuler. C'est lui l'assassin. Il vient de lire son propre nom sur le testament de mon frère.

– Dans ce cas, il suffit de lire la suite du testament pour savoir qui de vous deux dit la vérité, proposai-je.

– Oui, et qu'on en finisse une fois pour toutes avec ces pitreries, rugit Lestrade, à la limite de l'hystérie.

– Watson a raison. Remettez-nous ce document ! ordonna Mycroft Holmes.

Le notaire baissa doucement le bras droit et fit le geste de donner le document à Lestrade. Le policier se leva et tendit sa main pour saisir le feuillet. Ce faisant, il passa devant Mycroft Holmes, créant ainsi un écran involontaire entre l'arme et le notaire.

Les événements s'enchaînèrent en une fraction de seconde. Le notaire fit volte-face et précipita le précieux épilogue dans l'âtre de la cheminée. Le papier s'enflamma comme une torche. Ce comportement inattendu nous prit de vitesse. J'allais me précipiter vers l'âtre pour récupérer ce qui pouvait encore l'être quand je m'aperçus que maître Holborne braquait à son tour une arme vers nous. Dans la confusion, le notaire avait réussi à saisir son pistolet et nous tenait maintenant en respect.

– Ce geste vaut tous les aveux, annonça Mycroft Holmes comme un verdict. Posez cette arme, vous êtes fini mon vieux !

Les canons des deux armes s'observaient avec hostilité.

– C'est faux. Nous sommes maintenant à égalité. Vous n'avez aucune preuve contre moi. J'ai fait cela dans l'unique but de créer une diversion.

Je devais prendre parti pour l'un ou pour l'autre. Je me souvins des propos de mon malheureux ami : « Vous n'avez jamais pris la moindre initiative, Watson… » Cette fois, il me fallait réfléchir vite et ne pas commettre d'erreur de jugement. Il était temps de choisir mon camp.

Mes pensées s'enchaînèrent à une vitesse ahurissante.

Qu'est-ce que mon camarade aurait attendu de moi dans une telle circonstance ? Les termes du testament me revinrent également en mémoire : « À mon cher frère, je lègue mes déductions, qu'il en fasse bon usage le moment venu. » Sherlock Holmes savait que son frère était le seul de nous trois qui serait en mesure de dévoiler l'assassin. Pourquoi maître Holborne aurait-il brûlé l'unique document susceptible de l'innocenter ? Holborne était l'assassin, bien que je fusse incapable à cet instant de comprendre comment une telle chose était possible.

Cette certitude s'imposa à moi. Ma décision était prise.

Mon geste fut rapide et précis. Le lourd pommeau de ma canne s'abattit sur la main du notaire qui lâcha son arme avec un cri de douleur. Le pistolet tomba à terre et je m'en emparai aussitôt. Deux canons étaient maintenant braqués sur le notaire. Le mien tremblait encore, agité par l'angoisse d'avoir commis une erreur irréparable.

– Attachez-le, ordonna Mycroft Holmes en nous désignant les cordons des rideaux.

Le ton était tellement autoritaire que je fus aussitôt certain qu'il était celui de la justice. Lestrade et moi ligotâmes solidement le notaire à son fauteuil.

Un sourire cynique passa encore sur ses lèvres.

– Que comptez-vous faire à présent, messieurs ? Les preuves sont réduites en cendres.

Mycroft Holmes eut un sourire énigmatique.

– En êtes-vous si certain ? Revenons aux premiers instants de cette réunion. Souvenez-vous des propos du clerc qui nous a livré notre premier repas. Il a dit : « Il y a aussi l'annexe à son testament apportée par coursier *et une enveloppe qui vous est adressée à titre personnel.* » À cet instant, vous étiez persuadé que feu mon frère vous offrait sa dernière monographie. Mais il eût été malvenu de la consulter sur-le-champ. Une tâche plus urgente vous attendait. Je vous propose de regarder ce que contient ce paquet.

Mycroft Holmes se dirigea vers la petite table où se trouvait toujours le fameux cadeau testamentaire de Sherlock Holmes à maître Holborne. Il coupa la ficelle qui retenait le feuillet et en lut la première page.

– C'est exactement ce que je disais. Sherlock a copié l'épilogue de son testament, je cite : « … au cas où il viendrait à maître Holborne la mauvaise idée de le détruire avant de le lire ».

Le visage de l'intéressé se décomposa. Une lueur inquiétante passa dans son regard. Il marmonna quelques mots, comme s'il faisait un sinistre bilan pour lui-même :

– Qu'importe, j'ai atteint mon but. Oui, j'ai tué tous ces gens. Ils ont tous souffert au moins autant que moi. J'ai vengé ma chère et tendre Emily et j'en suis fier.

Mycroft Holmes reposa le feuillet sur la table.

– Je n'ai pas besoin de lire cela pour résoudre cette énigme. D'ailleurs, le docteur Watson a déjà tout révélé dans son récit. Je préfère donc m'appuyer sur ses propos, comme l'a fait Sherlock.

Mycroft Holmes saisit mon manuscrit, le feuilleta et s'arrêta à une page.

– L'assassin se dévoile au tout début de l'histoire. Laissez-moi vous rappeler ce passage. Maître Holborne rendit visite au docteur Watson. Il lit une nouvelle dans laquelle il était question de la célèbre Irène Adler. Écoutez ce que disait maître Holborne au sujet d'Irène Adler :

« – Cette Irène Adler. Quelle femme exceptionnelle ! J'ai dévoré votre histoire, docteur Watson. Quel récit passionnant et émouvant.

Maître Holborne semblait très ému.

– La description que vous faites de cette demoiselle Adler, une jeune femme superbe aux cheveux de cuivre et au regard d'émeraude, me rappelle en tout point ma bien-aimée.

– Votre bien-aimée doit être une fort jolie personne, répondis-je dans un demi-sommeil.

– Elle l'était.

– J'espère qu'il ne lui est rien arrivé de fâcheux.

– Elle est morte.

Je venais de rater une excellente occasion de me taire. Une éternité s'écoula. Puis le notaire ajouta, comme se parlant à lui-même :

– Vous ne pouviez pas savoir. Elle est tombée d'une fenêtre de sa propriété.

Je me raclai la gorge, tentant de retrouver une certaine contenance.

– Un… accident ?

– Elle n'est plus là pour le dire. Des soupçons ont pesé sur un familier. Mais il a été jugé et innocenté.

– C'est… c'est affreux… balbutiai-je, rouge de confusion. »

Mycroft Holmes fixa le notaire.

– Vous veniez de révéler à Watson votre passion pour cette femme. De surcroît, vous fournissiez sa description et les circonstances de sa mort. N'est-ce pas, maître Holborne ?

– Exact. Je n'aurais jamais dû me laisser aller à une telle confidence. Je suis trop sensible, voyez-vous.

– Je n'en doute pas. En tout cas, mon frère, qui a parfois des éclairs de lucidité, a bien fait le rapprochement entre cette Emily « aux cheveux de cuivre et au regard d'émeraude » et celle que vous citez dans votre lettre : « ma pauvre Emily, mon tendre et fragile amour aux boucles de feu et au regard d'espoir »... Le cuivre et le feu désignent le roux des cheveux, l'émeraude et l'espoir, le vert des yeux.

Mycroft Holmes tourna encore quelques pages.

– Mais ce n'est pas tout. Nous connaissons aussi la raison exacte pour laquelle vous en vouliez à mon frère. Sherlock semblait faire peu de cas de vos énigmes qui se résolvaient « entre deux bâillements ».

Un éclair traversa le regard du notaire.

– Sherlock Holmes méprisait mes requêtes comme il me méprisait. J'avais pourtant admiré cet homme comme un dieu. Il était mon idole et mon modèle. Il a peuplé mes rêves et enflammé mon imagination. J'ai étudié son œuvre jusqu'à l'obsession.

William Holborne déglutit, tentant de chasser la boule de haine qui s'était formée dans sa gorge.

– J'ai sollicité son aide pour tenter de prouver la culpabilité de lord Saint-James. Lui seul aurait pu faire la lumière dans cette affaire. Il était mon dernier espoir. Mais votre frère a refusé à chaque fois, prétextant un surcroît de travail. Il méritait de payer comme les autres. Au fond, il n'était qu'un monstre d'égoïsme et de cynisme. Qu'il me méprise, passe encore, mais qu'il refuse de m'aider pour rendre justice à mon Emily, cela je ne pouvais l'admettre.

– Sherlock serait parvenu à la même conclusion que le juge et les jurés.

Mycroft Holmes appuya chaque syllabe.

– Pour l'unique raison que lord Saint-James n'a jamais tué Emily, sa première femme. Vous le savez fort bien.

Le visage du notaire se ferma. Il refusait d'entendre la vérité. Son regard se perdit dans le néant.

Mycroft Holmes se tourna vers nous.

– William Holborne a donc voulu punir Sherlock de ne pas l'avoir aidé. Notre ami connaissait l'œuvre du docteur Watson sur le bout des doigts. Or mon frère avait déclaré dans *Le Chien des Barkerville* : « D'une manière modeste, j'ai combattu le mal ; mais m'attaquer au diable en personne pourrait être une tâche trop ambitieuse… » Il l'a pris au mot et lui a opposé le diable.

Mycroft Holmes revint vers le meurtrier. Sa voix devint grave et hypnotique :

– Comment avez-vous fait la connaissance d'Emily Saint-James ?

À l'évocation de ce prénom, le notaire sembla revenir de l'au-delà.

– J'ai réglé plusieurs affaires notariales pour le compte de lord Saint-James. C'est à cette occasion que j'ai rencontré sa jeune épouse. Notre passion a été immédiate et réciproque.

– Avez-vous souvent revu la jeune femme ?

– Oui. Nous avons eu une liaison passionnée pendant huit mois. Elle attendait un bébé de moi. Mon enfant.

Mycroft Holmes baissa encore la voix, à la manière d'un abbé recueillant la confession intime d'un fidèle.

– Racontez-nous cela. Comment parveniez-vous à voir Emily Saint-James à l'insu de son mari et de leurs gens de maison ?

Les yeux de l'homme ligoté s'allumèrent, comme s'ils revoyaient les scènes de son passé.

– Notre liaison était interdite. Nous devions nous cacher en permanence. Mais Emily avait découvert un passage secret dans sa chambre. Une grande fresque bucolique coulissait sous l'action d'une manette dissimulée dans la cheminée. Elle cachait un souterrain qui aboutissait à une petite chapelle située à proximité du château. C'est par là que je lui rendais visite, à la nuit tombée, dès que son vampire de mari s'éloignait.

– Ce passage secret, ce château, ces amours interdites… tout cela enflammait votre imagination romanesque, n'est-ce pas ?

– Nous vivions une passion absolue. Emily incarnait la princesse idéale des contes de mon enfance. Je venais de renaître. Tout ce que j'avais souhaité dans mes rêves les plus audacieux prenait soudain vie. Jusque-là, mon existence s'était cantonnée dans la petite mort de ce cabinet notarial que j'exècre. Vous comprenez ?

Mycroft Holmes hocha la tête et l'invita du regard à poursuivre son histoire.

– Plusieurs fois, j'ai voulu l'enlever. Mais elle n'a pas osé, car elle craignait la réaction de son mari.

– Lord Saint-James était-il violent à son égard ?

– Non, son attitude était bien plus insidieuse. Il lui vouait un véritable culte et l'adorait comme une sainte.

– Vous disiez que lord Saint-James avait tué sa femme.

Le notaire se raidit.

– Bien sûr. Il l'a tuée par excès d'amour.

Ses traits se transformèrent en un rictus douloureux. De grosses larmes coulèrent sur ses joues. J'avais maintes fois maudit le meurtrier sanguinaire qui se cachait derrière toutes ces affaires, mais maintenant qu'il était en face de moi, je ne parvenais plus à le haïr. Sa douleur était sincère. William Holborne était pathétique, emmuré vivant dans ses propres fantasmes, prisonnier de ses rêves inassouvis d'enfant triste.

Mycroft Holmes se tourna vers nous.

– Laissons-le. Je pense que nous en savons assez à présent. D'ailleurs, peu d'éléments m'avaient échappé à la lecture du récit du docteur Watson. Il est vrai que Sherlock m'en avait confié la responsabilité. « À mon cher frère, je lègue mes déductions, qu'il en fasse bon usage le moment venu. » Je n'ai pas exclu la possibilité que l'assassin soit dans ce bureau…

– Vous êtes vraiment incroyable ! m'exclamai-je.

Mycroft Holmes m'adressa un clin d'œil complice.

– C'est de famille. Je vous ai tous observés à votre insu, y compris le notaire. Je guettais la moindre de vos réactions, ce qui expliquait mon mutisme. Il m'a semblé percevoir plusieurs fois des signes de surprise lors de la lecture de maître Holborne. Ce récit le concernait trop pour que ses sentiments ne transparaissent pas. Il revivait ses crimes avec intensité, persuadé que mon frère ne parviendrait jamais à le démasquer.

Le policier se gratta le menton, sceptique.

– Quand avez-vous commencé à soupçonner le notaire ?

– Je dois vous avouer que mes doutes sont apparus très tard dans cette lecture, un peu grâce à vous d'ailleurs.

Lestrade sursauta.

– Grâce à moi ?

– Oui. Vous veniez de porter de graves accusations contre moi. Je suppose que vos propos dépassaient votre pensée, une fois de plus.

Il fallait bien que votre agressivité se déverse sur quelqu'un ou quelque chose.

Lestrade baissa les yeux. Le rat se transforma en souris.

– Il était tard. J'étais épuisé. Et ce… café m'avait mis les nerfs à fleur de peau. Je ne savais plus ce que je disais. Je vous prie d'accepter mes excuses.

– Je ne vous en veux pas, Lestrade. Aucun de nous n'était dans son état normal. Je me suis moi-même senti obligé de me défendre contre vos accusations. À mon tour, j'ai accusé maître Holborne d'être le meurtrier afin de vous prouver que n'importe qui pouvait être suspecté de meurtre, pour peu que l'on fasse preuve d'imagination et d'une bonne dose de mauvaise foi. Mon accusation avait donc valeur de démonstration. À cet instant précis, je plaçais le notaire au-dessus de tout soupçon. Mais sa réaction a été inattendue. Il a soudain semblé tétanisé de frayeur. J'ai alors décidé de lui tendre un piège en lui demandant de me livrer ses propres soupçons.

– Je me souviens. Il a soutenu que les crimes étaient l'œuvre du Diable. Ridicule !

– Pas tant que cela. Souvenez-vous que toute sa mise en scène visait à nous convaincre de l'existence de causes surnaturelles. Seul l'assassin pouvait soutenir cette thèse.

Mycroft Holmes posa sa main à plat sur la copie de l'annexe rédigée par son défunt frère.

– Je me suis alors souvenu d'un autre détail. Rappelez-vous. C'est maître Holborne lui-même qui a proposé d'ajourner la lecture de la fameuse annexe, prétextant l'heure avancée. J'ai dû user de toute ma force de persuasion pour qu'il se remette au travail. Dès lors, le notaire ne pouvait plus faire marche arrière. Il a continué à lire jusqu'à l'instant fatidique où son propre nom lui a sauté au visage. Pris au piège, il n'avait d'autre ressource que de détruire le document qui l'accusait. En remontant plus loin dans ce récit, je me suis également souvenu que c'est maître Holborne lui-même qui a déposé à mon frère le récit publié dans *Fantastica*. Sans l'aide de la providentielle Mme Hudson, cette enveloppe aurait été ensevelie dans les archives de Sherlock.

Le chef des services secrets se cala dans son fauteuil.

– Voilà. Je pense que tout est dit à présent.

Lestrade fronça les sourcils.

– Il demeure encore quelques zones d'ombre…

Dans la bouche du policier, l'expression avait un doux relent d'euphémisme.

Mycroft Holmes prit un air étonné.

– Auriez-vous encore des doutes, Lestrade ?

– Non, non. J'aimerais juste préciser quelques points de détail.

Holmes rassembla l'extrémité de ses dix doigts. Une teinte d'ironie passa sur ses lèvres. Il me sembla revoir un court instant mon défunt camarade.

– Quoi donc, mon ami ?

– Pourquoi William Holborne a-t-il publié le récit de ses meurtres dans *Fantastica* ?

L'intéressé sursauta, comme si son esprit venait brutalement de réintégrer son corps.

– *Fantastica* ! J'ai tout écrit. Oui. Reginald Foster est mon nom d'écrivain. Je voulais prouver à Sherlock Holmes que mes énigmes valaient bien les siennes. J'ai réussi, n'est-ce pas ?

– Incontestablement, admit Mycroft Holmes.

– Mais pourquoi avoir publié ces nouvelles dans le livre de Cornelius Hazelwood ? insista Lestrade.

– Ce n'était pas mon intention initiale, reprit le notaire. Mais Hazelwood m'en demandait toujours plus. Il me fallait le satisfaire pour gagner sa confiance. J'avais besoin de lui pour monter mon plan. Lui seul pouvait me faire nommer au poste de gardien de Millbank.

Son regard glissa de nouveau vers un monde parallèle.

– Je ne suis pas un monstre. J'ai fait tout cela par amour pour Emily.

Lestrade se tourna vers Holmes en plissant les yeux.

– Si je résume, maître Holborne a accompli lui-même tous ces meurtres. Foster et Holborne sont une seule et unique personne.

– Remarquable synthèse ! railla Mycroft Holmes.

– J'ai donc commis d'effroyables erreurs judiciaires.

– Vous comprenez mieux pourquoi mon frère écrivait dans son testament : « À ce bon Lestrade, policier pétri de certitudes et de convictions, je lègue mes doutes et mes remords. »

Le policier devint livide. Ses repères se brouillaient. Ses certitudes éclataient sous son crâne comme des bulles de soupe sous le couvercle d'une marmite.

– Mais comment maître Holborne a-t-il pu en arriver là ?

– Il nous est facile de l'imaginer. Après le procès de lord Saint-James, maître Holborne a certainement connu une longue période de déprime. Sa souffrance a dû être immense. Il venait de perdre celle qu'il aimait, et cette disparition le privait à tout jamais des joies de la paternité. Peut-être a-t-il songé un instant à se suicider. Mais la haine l'a maintenu en vie. Le plus insoutenable pour lui était de savoir que ceux qu'il tenait pour responsables de son malheur coulaient des jours heureux.

– Responsables de son malheur ? Vous voulez parler de lord Saint-James et de son avocat, du juge, des douze jurés et de Sherlock Holmes lui-même ?

– Exact. Maître Holborne a alors commencé à imaginer sa vengeance. Pendant trois longues années, il a étudié et traqué ses futures victimes. Il est devenu le voisin attentionné du vieux couple Barnes, il est devenu le prêtre, ami et confident de la vieille nurse du juge Richmond, il est devenu Jack le Mendiant, épiant les allées et venues de la petite Mary Kinsley… Il est rentré dans la vie de ces gens, souvent par la petite porte, et a conçu le scénario d'une souffrance abominable pour chacun d'eux.

Les mots de Holborne me revinrent soudain en mémoire : « J'ai même pris des cours de dessin et de théâtre… Mes professeurs se disaient fort satisfaits de moi. »

Lestrade chassait toujours ses zones d'ombre.

– Pourquoi ne pas les avoir tués tout de suite, puisqu'il était si proche de ses victimes ?

– Il ne voulait pas. Il l'a écrit lui-même, la mort aurait été trop douce. Les vraies victimes sont ceux qui restent, n'est-ce pas docteur Watson ?

Mycroft Holmes faisait allusion à la réflexion qui m'avait valu le titre éphémère d'« authentique génie ». J'opinai du chef, pas peu fier de ma découverte involontaire.

Le policier s'emballa soudain :

– Soit, soit, admettons. Je me suis trompé du début à la fin. Mais pourquoi toutes ces mises en scène sanglantes ? Il a étranglé une femme avec ses propres boyaux. Il a enduit le visage d'une malheureuse captive avec du miel et l'a abandonnée à la merci de la vermine. Il a enterré des enfants vivants, ligotés à des cadavres en décomposition. Il a empalé une fillette sur un crucifix retourné, et je ne sais quoi encore. Pourquoi ces spectacles morbides ?

Le policier haletait. Des gouttes de sueur perlaient sur ses tempes. Il était visiblement en proie à un délire mortifiant, seul avec sa mauvaise conscience, hanté par le spectre de ses propres erreurs.

– Calmez-vous, mon vieux. Nous n'y pouvons plus rien. Tout cela est du passé. Je vais tenter de vous expliquer pourquoi William Holborne a agi aussi cruellement. Il avait subi un profond traumatisme lors du décès d'Emily Saint-James. Les conditions de sa mort sont rappelées dans les minutes du procès de lord Saint-James.

Le chef des services secrets tourna quelques pages de mon manuscrit.

– « Elle a fait une chute d'environ dix mètres et s'est empalée sur les grilles de fer forgé qui se situent sous les fenêtres de sa chambre. Elle n'est pas morte sur le coup. De nombreuses personnes ont essayé en vain de retirer son corps. Mais personne n'y est parvenu. Son agonie a duré près d'une heure. » William Holborne n'a probablement pas assisté à cette scène, mais il en a pris connaissance dans la presse. Le choc a dû être terrible. La vision de ce corps empalé, luttant contre la mort, s'est imprimée à tout jamais dans son cerveau malade. Il a voulu infliger des sorts similaires à ses futures victimes. Il a alors pu donner libre court à son imagination morbide. Il a rédigé les scénarios de ses meurtres et les a accompagnés de gravures très explicites.

Mon dos se figea soudain, comme tétanisé dans un corset de terreur. Je venais de comprendre le sens de cette phrase : « Bien sûr, je n'oublierai pas de prélever un peu de son sang dans un récipient, comme pour les autres. Cela me permettra d'admirer mon œuvre jusqu'à mon dernier jour. » L'ocre, le rouge et le brun submergèrent mes sens jusqu'à la nausée. Il me sembla sentir l'odeur fade du sang, là, tout près de moi. Mon estomac se tordit. Je ne pus retenir le flux de fiel qui emplit soudain ma bouche. Je portai un mouchoir à mes lèvres.

Je parvins enfin à surmonter mon dégoût et à tourner la tête vers le mur, derrière moi, pour affronter la terrible réalité.

Lestrade et Holmes, apeurés, suivirent mon regard. Je vis à l'expression de leur visage qu'ils venaient de comprendre à leur tour.

William Holborne eut un ricanement diabolique.

– Oui, messieurs. C'est moi qui ai réalisé ces peintures. Avec le sang de mes victimes. J'ai mis en application les idées exposées par Thomas De Quincey dans son brillant ouvrage *De l'assassinat considéré comme un des beaux-arts*. Ainsi j'ai pu savourer le spectacle de ma vengeance durant toutes ces années. Mes visiteurs, jusqu'à vous-mêmes ce matin, en ont largement profité eux aussi. Il vous suffisait de déchiffrer l'ultime message sous la croûte de sang séché, de saisir l'allégorie, la métaphore. De comprendre la beauté qui se cache sous l'horreur.

Le notaire laissa retomber sa tête sur sa poitrine, comme si chacune de ses incursions dans le monde de la raison devenait plus pénible.

Lestrade s'épongea le front. Puis il ouvrit une fenêtre avec précipitation, aspirant à pleins poumons l'air frais du matin. Un courant d'air léger passa sur mon visage comme une caresse. Je pris à mon tour une profonde inspiration.

La tension retomba peu à peu. J'étais maintenant pressé d'en finir avec cette abomination.

Dans notre dos, les tableaux macabres irradiaient des ondes d'horreur et de sacrilège.

Holmes but un verre d'eau et reprit son explication avec courage.

– William Holborne a proposé ses textes à plusieurs éditeurs qui les ont refusés. Seul Samuel Bocton, le directeur de *Fantastica*, a accepté de les publier, car ils entraient dans la contestable ligne éditoriale qu'il s'était fixée. Bocton lui a parlé de ses amis, Rose et Aleister Crowley, et de l'Étoile d'argent. William Holborne tenait là des boucs émissaires de premier choix. Il a alors inventé cette histoire de secte satanique. Il s'est déguisé en Satan pour commettre plusieurs de ses crimes et a disséminé quelques crucifix inversés sur les lieux de ses exactions. Vous connaissez la suite… Ai-je répondu à toutes vos questions ?

Lestrade leva un index timide, comme à l'école.

– Je n'ai toujours pas compris pourquoi Holborne tenait tant à publier ces… documents ?

– Il a déjà répondu à cette question. Il souhaitait par ce moyen rendre justice à celle qu'il aimait. Quant à moi, j'y vois deux autres bonnes raisons. Nous savons que William Holborne rêvait d'embrasser une carrière littéraire, ou du moins artistique. « Tout sauf notaire ! » avait-il confié au docteur Watson. Ces publications lui ont donné l'occasion de satisfaire cette inclination trop longtemps étouffée. La deuxième raison, c'est qu'il voulait provoquer Sherlock sur son propre terrain en lui soumettant des enquêtes insolubles. C'était sa façon de se venger de lui. Souvenez-vous de l'histoire du diable…

– Il y avait une meilleure façon de faire du mal à votre frère, objecta Lestrade.

– Ah ?

– En toute logique, si toutefois on peut utiliser ce terme dans le cas présent, il aurait dû s'en prendre à vous et au docteur Watson.

– Non, car Sherlock avait pressenti le danger. Il avait découvert que l'assassin le connaissait puisqu'il avait pris soin de lui cacher son écriture. Mon frère a donc déclaré à qui voulait l'entendre qu'il n'éprouvait aucun attachement à notre égard. Dès lors, Holborne n'avait plus aucune raison de nous éliminer.

Lestrade demeura pensif.

– Mais comment se fait-il que votre frère ne soit pas parvenu à résoudre ces affaires plus tôt ? Quand il reprend la plume, des années après les événements, tout semble se déduire comme par miracle.

Mycroft prit le ton patient du professeur s'adressant à l'élève étourdi.

– Il n'y a pas de miracle, mon bon Lestrade. À l'époque des crimes, Sherlock était sous l'emprise de la drogue. Il manquait de lucidité. La police ne lui faisait plus confiance. Les portes des administrations se sont fermées. On lui a barré l'accès à de nombreux dossiers. Ce n'est que beaucoup plus tard, une fois débarrassé de ce handicap, qu'il a pu reprendre chaque affaire avec l'acuité qu'on lui connaît. Cela n'a d'ailleurs pas été aussi simple que vous le pensez. Il lui a fallu de longues années d'investigations pour découvrir la vérité.

– Mais pourquoi ne pas avoir aussitôt expliqué tout cela à la police ?

– Il était peut-être déjà trop tard. À bout de forces et sentant la mort approcher, il a préféré la solution du testament. Ou alors…

– Ou alors ?

– Il craignait que la police n'étouffe l'affaire afin d'éviter le scandale.

Le chef de la police baissa les yeux.

Un long silence suivit cette explication magistrale.

Ligoté sur son fauteuil, maître Holborne souriait aux anges, ou plutôt aux démons. Il semblait s'éloigner un peu plus de nous, comme si la révélation de cette sordide histoire avait balayé les dernières parcelles de raison qui subsistaient dans son esprit malade. Son regard exprimait tour à tour la démence la plus effroyable et une candeur presque enfantine.

Lestrade, dont le regard n'exprimait qu'une faible lueur d'intelligence policière, se leva soudain et pointa son doigt sur le notaire d'un geste dérisoire.

– Maître William Holborne, je vous arrête pour meurtres avec préméditation.

L'autre ne réagit pas. Il s'enfonçait inexorablement dans les abîmes de la folie.

Le rideau tombait.

La représentation était terminée.

58

J'aurais dû me réjouir de l'arrestation de l'assassin, mais c'est une tout autre idée qui me rendait heureux : mon vieil ami Sherlock Holmes m'avait éloigné de lui dans le seul but de m'épargner.

Lestrade fit appeler une voiture de police et emmena un maître Holborne hébété sous le regard incrédule des badauds.

Mycroft Holmes héla un fiacre. Au moment de monter, il se tourna vers moi.

– Je passe au Diogene's Club avant d'aller me coucher. Voulez-vous profiter de mon fiacre, docteur Watson ?

– Non, merci, je vais faire quelques pas. J'ai besoin de me dégourdir les jambes. C'est le meilleur remède contre l'arthrite.

Le fiacre se noya bientôt dans le trafic qui était déjà très dense.

Je me retrouvai seul dans la rue avec le violon testamentaire de Sherlock Holmes sous le bras. Je tirai ma montre oignon : 10 heures ! La matinée était claire. Quelques nuages d'altitude défilaient à une vitesse impressionnante, ne parvenant pas à masquer l'ardent soleil printanier. Je fus aveuglé un instant par cette lumière intense et sentis la chaleur des rayons sur ma peau, comme autrefois, avant que les usines de l'East End ne répandent leurs miasmes dans l'atmosphère.

Une foule bruyante et cosmopolite s'activait autour moi. J'avais l'impression de revivre. Je retrouvais mon Londres. Celui des meilleurs moments passés aux côtés de mon célèbre ami. Comme il me semblait loin à présent le Londres-Pandémonium de Crowley. Je sentais, partout autour de moi, l'effervescence des premiers jours de printemps.

Un groupe d'enfants traversa la rue en courant. D'autres jouaient à la marelle sur le trottoir, indifférents au tumulte de la rue. Je les trouvais plutôt sympathiques et dégourdis, ces gamins. Ils étaient les dignes successeurs du jeune Higgins et de sa petite bande.

Londres la cosmopolite, Londres la sublime, Londres la fascinante m'enivrait d'une débauche de parfums, de sons et de couleurs. Londres, toujours foisonnante de vie et d'idées nouvelles. Chaque être qui peuplait ce boulevard me sembla soudain attachant.

Je croisai un groupe de moines bouddhistes, avançant à la queue leu leu au milieu de la foule. Leurs toges orange réfléchissaient le soleil. L'un d'eux me frôla de sa large manche et m'adressa un clin d'œil complice. Je lui rendis son clin d'œil et m'écartai pour laisser passer leur petit train méditatif. Plus loin sur le trottoir, un groupe d'hommes, de femmes et d'enfants se pressait avec gourmandise autour d'un vendeur de marrons chauds. Je les dépassai. Plus loin encore, un crieur de journaux annonçait les titres du jour.

– Le comte Ferdinand von Zeppelin va atterrir à Hyde Park avec le plus grand ballon dirigeable du monde ! Demandez le *Times* ! Le plus grand dirigeable du monde fait escale à Londres !

Un homme coiffé d'un magnifique turban serti de rubis et vêtu comme un prince des Indes entra dans une bijouterie de luxe, suivi d'une armada de serviteurs et de femmes voilées.

Deux messieurs en costumes noirs et au visage fermé passèrent devant moi, fendant la foule tête baissée. Ils semblaient se précipiter vers quelque rendez-vous d'affaires dans une urgence de fin du monde. Pour moi, plus rien ne pressait…

Soudain, le soleil disparut et la rue fut plongée dans une pénombre crépusculaire. Je crus d'abord qu'il s'agissait d'une éclipse solaire. Je levai les yeux et retins mon souffle. Une immense clameur s'éleva de la foule. Le temps sembla s'arrêter. Chacun suspendit ses activités et pointa son nez au zénith pour admirer l'incroyable engin qui venait de couper les rayons de l'astre du jour.

Le zeppelin mesurait plus de cent mètres. Il naviguait à quelques dizaines de mètres seulement au-dessus des toits. Sans doute allait-il se poser de façon imminente. Le dirigeable passa avec majesté sous